KB030165

마안갑의 살인

魔眼の匣の殺人

MAGAN NO HAKO NO SATSUJIN

Copyright © Imamura Masahiro 2019
Korean translation rights arranged with TOKYO SOGENSHA CO., LTD.
through Japan UNI Agency, Inc., Tokyo and JM Contents Agency Co. (JMCA)

이 책의 한국어판 저작권은 JMCA를 통한
저작권자와의 독점 계약으로 '엘릭시르, (주)문학동네'에 있습니다.
저작권법에 의해 한국 내에서 보호를 받는 저작물이므로
무단 전재와 무단 복제를 금합니다.

마안갑의 살인

魔眼の匣の殺人

이마무라 마사히로 지음

김은모 옮김

엘릭시르

마안갑 단면도
뒷문
겐자키
욕실
사키미
세면실
탈의실
하무라
식 당
핫토리
화병
복 도
화병
화장실
화장실
현관홀
접수·사무실
창고
[1층]
도이로
옛 실험실1
도키노
시시다, 준
옛 실험실2
우스이
복 도
오 지
구키자와
[지하층]
N

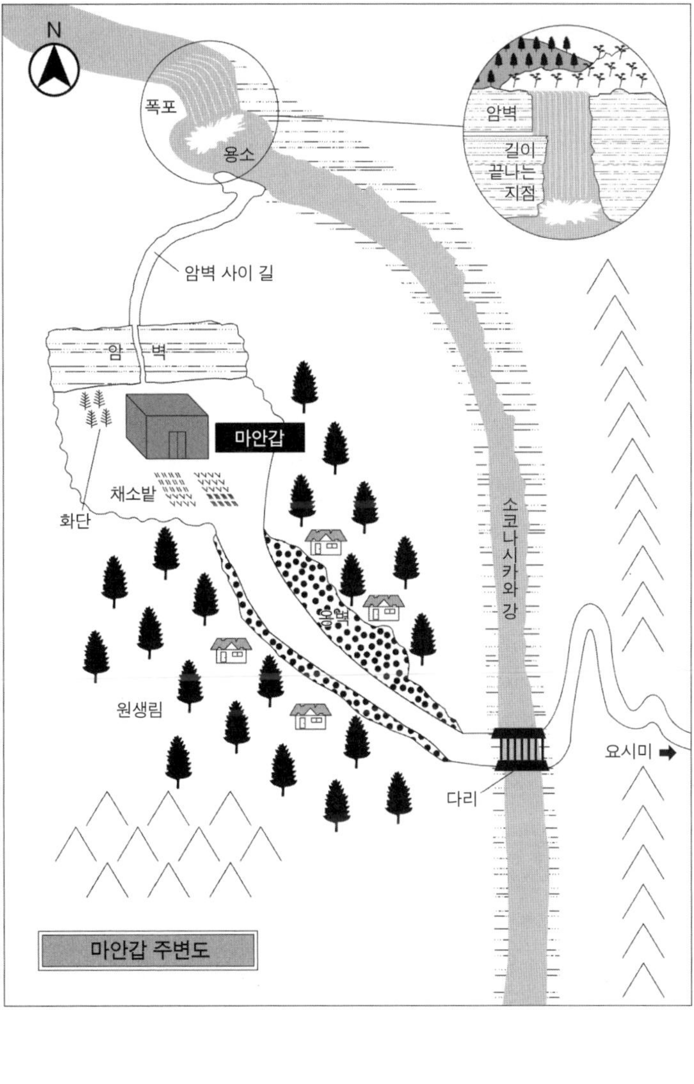

마안갑 주변도

등장인물

하무라 유즈루葉村譲

신코 대학교 경제학부 1학년. 미스터리 애호회 회장.

겐자키 히루코剣崎比留子

신코 대학교 문학부 2학년. 미스터리 애호회 회원.

도이로 마리에十色真理絵

고등학교 2학년. 미래를 내다보고 그림으로 그리는 예지 능력자.

구키자와 시노부茎沢忍

고등학교 1학년. 도이로의 후배. 오컬트를 좋아함.

오지 다카시王寺貴士

잘생기고 너글너글한 회사원.

도키노 아키코朱鷺野秋子

한때 요시미 주민. 새빨갛게 꾸미고 다님.

시시다 이와오師々田厳雄

까다로운 성격의 사회학 교수.

시시다 준師々田純

이와오의 아들. 초등학생.

우스이 라이타臼井頼太

《월간 아틀란티스》 기자.

핫토리 야스코神部泰子

사키미의 수발을 드는 요시미 주민.

사키미サキミ

미래를 내다보는 예언자.

아케치 교스케明智恭介

전前 미스터리 애호회 회장.

차례

겐자키 히루코 님께

(전략)

새해 인사도 제대로 못 하고 실례했네. 변함없이 잘 지내나? 예정보다 보고가 늦어져 미안하다는 말부터 해야겠군. 반년 전과 사정이 완전히 달라지는 바람에.

작년 여름 네가 휘말렸던 사베아 호수 집단감염 테러 사건. 그 사건으로 말소됐을 마다라메 기관이라는 조직의 연구 내용이 어딘가에 은닉돼 있을 가능성이 대두돼, 공안도 경계를 강화했어.

사건 이후 연락이 안 된다는 네 친구에 대해서는 아직 정보를 입수하지 못해 공안의 짓이라고 단정하지는 못하겠어. 하지만 마다라메 기관에 대해 섣불리 냄새를 맡고 돌아다니면 안 된다는 건 확실해.

그런데 이번에 또 이런 사건이라니.

너는 마다라메 기관과 참 인연이 깊은 것 같아. 전부 네가 ~~지닌 체질~~ 아냐, 본론으로 돌아갈게.

마다라메 기관의 거점 시설이 오카야마 현 O시에 있었다는 건 일전에 보고했지. 조사를 진행하는 동안 분서라 할 만한 연구 기관이 몇 군데—판명된 것만으로도 간토 지방에 한 곳, 긴키 지방에 두 곳, 주고쿠 지방에 한 곳—존재했다는 사실을 알아냈어. 각 시설에서는 전혀 다른 주제로 연구를 진행했던 모양이야.

그중 한 곳이 있었던 장소가 이번에 너희가 휘말린 사건의 무대, W현 I군 옛 진안 지구지. 이미 일대를 공안이 샅샅이 수색해서 이렇다 할 실마리는 남아 있지 않았어. 하지만 운 좋게도 이십 년 전까지 옛 진안 지구 근처에 살았던 인물을 찾아냈지. 본인은 이미 사망했지만, 유족의 양해를 얻어 유품인 일기장을 읽다가 흥미로운 구절을 발견했어.

이번 사건에서 너희가 확보한 정보의 진실성을 뒷받침할 구절—옛 진안 지구에 존재했던 시설에서 일찍이 초능력 연구가 행해졌다는 내용이야…….

——

서장

신생 미스터리 애호회

고등어 양념구이야말로 본격 추리다.

나는 앞쪽 사람을 노려보며 확신했다.

여기는 간사이 지방의 유명한 사립대학인 신코 대학교. 그 캠퍼스에서 제일 큰 학생 식당, 센트럴 유니온이다.

커다란 유리 벽에 둘러싸인 넓은 식당은 밝은 나뭇결무늬가 들어간 테이블과 의자로 가득하다. 슬슬 오전 강의가 끝날 무렵이라 아까까지는 띄엄띄엄 들렸던 학생들의 목소리가 넓은 실내에 점점 차오르고 있었다.

떠들썩한 분위기에서 달아나듯 구석 자리에서 과제를 하

고 있던 나는 아까부터 손을 멈춘 채, 쟁반을 들고 주문 카운터 근처에 서 있는 한 학생을 가만히 주시하는 중이었다.

풋풋함이 남아 있는 생김새로 보건대, 아마 나처럼 1학년으로 추정되는 아담한 여학생. 살짝 갈색기가 도는 머리를 어깨 높이로 가지런히 잘랐고, 복장과 얼굴도 수수하다. 캠퍼스에서 마주쳐도 분명 기억에 남지 않으리라. 이름도 모르는 여학생은 주문한 음식이 완성되기를 기다리며 옆으로 이동해 밥과 된장국을 쟁반에 얹었다.

자, 저 학생은 뭘 주문했을까. 나는 재빨리 추리를 시작했다.

밥을 집었으니 일단 덮밥과 파스타, 피자 등 탄수화물이 많은 양식은 제외해도 될 것이다. 라면과 우동 역시 제외다. 그 밖에 다른 정보는 없을까.

학생 바로 앞 케이스에 샐러드와 찜 요리 등의 반찬이 담긴 그릇이 있지만 손을 뻗으려는 낌새는 없다. 젊은 여자가 채소를 전혀 섭취하지 않으리라 보기는 힘드니까, 주문한 음식에 채소가 포함된 거겠지. 돈가스나 햄버그스테이크 등 고기가 주류인 메뉴 역시 제외해도 될 듯하다.

그렇다면 채소볶음이나 돼지고기 생강구이 같은 단품 요리를 주문했을 가능성과 주요리에 반찬이 딸려 나오는 요일별 정식을 주문했을 가능성이 있다. 주목해야 할 점은 가격이다. 단품 요리는 주로 운동부나 남학생을 대상으로 한 푸짐한 메뉴로, 양이 많은 만큼 가격도 오백 엔이나 돼 비싸다. 육십 엔짜리 밥과 삼십 엔짜리 된장국을 추가하면 총 육백 엔에 가깝다. 이미지상 여학생의 점심과는 거리가 멀고, 설령 운동부원이라도 평일 오전에 격한 운동을 하고 왔을 것 같지는 않다. 반면 요일별 정식은 밥과 된장국도 포함해 사백삼십 엔. 적당하다.

오늘 정식 메뉴를 확인해보니 두부 햄버그스테이크 또는 고등어 양념구이 중 하나를 선택할 수 있었다. 각각 채소가 곁들여져 나온다. 음, 역시 여학생이 선택한다면 요일별 정식이리라.

그럼 두부 햄버그와 고등어 양념구이 중 뭘 골랐을까. 저칼로리라 여자에게 인기가 있을 법한 두부 햄버그? 아니면.

"응?"

내가 보는 앞에서 여학생은 식기함으로 걸어가 젓가락을 집었다. 포크와 나이프에는 손을 대지 않았다. 그럼 두부 햄버그는 아닌 건가.

아니, 잠깐만. 두부 햄버그를 젓가락으로 먹지 말라는 법은 없다. 오히려 학생 식당에서는 포크와 나이프를 쓰는 사람이 드물지 않을까.

이지선다에서 잠깐 망설였지만 처음에 여학생이 된장국을 쟁반에 담은 게 생각났다. 분명 된장국에는 두부가 들어갔을 터. 아무리 건강을 소중히 여기더라도 재료가 겹치는 메뉴를 선택할까?

역시 고등어 양념구이다! 저 여학생의 감성이 평범하다면!

나는 도출된 결론에 만족해 유유자적 결과를 기다렸다.

카운터에서 주문한 요리를 받은 여학생이 내 쪽으로 걸어왔다. 과연 쟁반 위에 있는 것은.

갈색 소스로 맛을 내고, 하얀 김이 피어오르는…….

볶음우동.

나는 지나쳐 가는 여학생의 뒷모습을 멍하니 바라보았다.

아니, 알기는 안다. 도호쿠 지방 출신인 나는 이해 못 할 감성이지만, 오사카를 중심으로 한 그 일대에서는 탄수화물을 반찬 삼아 밥을 먹는 문화가 탄탄한 지지를 받고 있다는 사실을. 거리에서도 볶음우동 정식이니 오코노미야키 정식 같은 메뉴가 종종 눈에 띈다.

하지만 설마 얼핏 얌전해 보이는 여학생이 기본기가 확실한 본격파 간사이 사람이었을 줄이야.

"마음먹은 대로는 안 되는군."

나는 잠시 패배감에 풀이 죽어, 아무리 기다려도 들리지 않는 그 말을 나에게밖에 들리지 않을 목소리로 내뱉었다.

패배의 여운을 맛보는 사이에도 학생 식당 입구로 학생들이 끊임없이 몰려들었다. 밖이 훤히 내다보이는 유리 벽 근처 자리를 노리는 사람, 친구를 위해 자리를 맡는 사람. 얼마 지나지 않아 쟁반을 들고 빈자리를 찾아 헤매는 모습도 늘어날 것이다. 나는 테이블에 펼쳐놓았던 노트와 필기구를 재빨리 챙기고, 점심시간을 맞아 학생 식당이 본격적으로 시끄러워지기 전에 자리를 떠났다.

얼마 전부터 나는 학생 식당에서 점심을 먹지 않는다.

일찍이 매일 앞에 앉아 있던 남자가 지금은 없다는 걸 의식하게 되니까. 그리고 식당에 있는 사람들이 그의 부재에 무관심한 것도 견딜 수가 없다.

돌아보자 아까까지 내가 앉아 있던 자리에 남녀 한 쌍이 사이좋게 앉아 있었다. 이제 여기에 네가 있을 곳은 없다고 말하는 것만 같아 이번에야말로 부리나케 식당을 빠져나왔다.

맑고 온화한 날씨임에도 학생들은 모두 추운 듯 겉옷 앞

섬을 여미고 고개를 움츠린 채 캠퍼스를 오갔다. 달력은 이미 11월. 이 나라는 꼼짝없이 겨울 안으로 끌려 들어가고 있는 중이다.

"슬슬 시간이 됐나."

학생 식당으로 향하는 인파를 거슬러 걸으며 나는 평소 일과를 마치고자 스마트폰을 꺼냈다. 발신 내역에 똑같은 전화번호가 주르르 줄지어 있다. 오늘도 그 번호를 꾹 눌렀다. 단조로운 통화 연결음을 들으며 가만히 기다렸다.

십여 초 후에 소리가 끊기더니 마치 브라질에 국제전화를 건 것처럼 시차를 두고 드디어 "……눼에" 하고 나른하니 늘어진 목소리가 들렸다.

나는 항공관제사처럼 냉정하게 말했다.

"히루코 씨, 일어나셨어요? 이만 집을 나서지 않으면 오후 강의에 늦을 겁니다."

아주 귀찮다는 듯이 이불 속에서 몸부림치는 소리가 몇 번 들린 후.

"안 되겠어."

방금 전보다 흐릿한 목소리다.

이런, 이불을 뒤집어썼구나.

"오늘 수업 있는 근대종교학은 출석 일수가 아슬아슬하

잖아요."

"하무라 유즈루. 행복이란 시간에 쫓기며 찾지 않아도 의외로 자기 바로 옆에 있는 법이야……."

"그건 행복이 아니라 타락이에요. 타, 락."

"너무해……."

정신적으로 적당한 충격을 주었다 싶어 나는 전화를 뚝 끊었다. 이제는 이것도 일상이다.

오후 강의가 끝나자 단골 가게로 향했다.

학교에서 근처 역까지는 편의점, 음식점, 학생용 연립주택 등이 번화하게 늘어선 가로수 길이 뻗어 있지만, 정문을 나서서 오른쪽으로 향하면 차분한 주택가가 펼쳐진다.

길을 따라 나아가다 제일 처음 나오는 작은 교차로. 단골 카페는 그 모퉁이의 잡거빌딩 1층에 있다. 손님의 발길이 끊어지지 않지만 결코 자리가 가득 차지는 않는 신기한 가게다.

늘 앉는 4인용 자리에 앉았다. 낯익은 종업원은 내가 계절에 어울리지 않게 크림소다를 주문해도 전혀 의아해하는 표정을 짓지 않는다.

잠시 혼자서 크림소다를 홀짝홀짝 마시고 있으니, 다 마시기를 기다렸다는 듯 문에 달린 종이 울렸다. 깔개를 밟는 소리만 듣고도 기다리던 사람임을 알아차리고 나는 고개를 돌렸다.

"안녕, 하무라."

테이블로 다가온 아담한 미녀는 걸치고 있던 가을 코트를 접어서 의자 등받이에 걸치고 내 맞은편 자리에 앉아 빙긋 미소 지었다. 고급스러운 목관악기를 연상시키는, 맑으면서도 엄숙한 음색. 주변 손님들의 시선이 그녀에게 몰리는 게 느껴졌다.

이 미녀가 한낮까지 퍼질러 자다가 전화기에 대고 "눼에" 하고 말했을 줄은 아무도 상상 못 하겠지.

겐자키 히루코. 나와 같은 신코 대학교 학생이자 문학부, 나보다 한 학년 높은 2학년. 나를 제외하면 미스터리 애호회의 유일한 회원이다.

"나는 커피 마실까. 하무라는 코코아면 되지?"

테이블 구석에 오도카니 놓인 빈 잔에는 아무 언급도 없이 히루코 씨는 새로 주문했다. 이 자리에서 크림소다를 주문하는 것. 그것이 내게 소중한 습관임을 그녀는 알고 있다.

히루코 씨와는 작년 여름, 이 카페에서 처음 만났다.

당시 미스터리 애호회에는 아케치 교스케라고 하는, 두 살 많은 선배이자 미스터리 애호회의 회장이 있었다. 히루코 씨는 우리가 여름방학 일정을 두고 이러쿵저러쿵 떠들고 있을 때 나타났다. 그후 많은 일을 거쳐 아케치 씨와 교체되듯이 히루코 씨가 회원으로 들어와 애호회는 다시 활동을 시작했다.

1학년이면서 회장이라는 큰 역할을 이어받다 보니 긴장되는 출범이었지만, 히루코 씨와 함께라면 잘 해나갈 수 있을 것 같은 예감도 들었다.

그런데 맙소사.

매주 화요일과 금요일 점심시간과 방과 후에 활동하기로 결정한 신생 미스터리 애호회. 그 첫날을 히루코 씨는 땡땡이쳤다.

바람을 맞은 후 전화를 걸어보자 점심시간이 다 끝나가는데도 히루코 씨는 아직 이불 속에 있었다. 평소 양갓집 규수처럼 말쑥하게 차려입고 다니는 히루코 씨는 사실 엄청난 늦잠꾸러기였던 것이다.

듣자 하니 히루코 씨는 그 버릇 때문에 지금까지도 결석을 밥 먹듯이 했고, 작년부터 이미 세 과목이나 학점을 못 따서 유급당할 위기라지 않는가. 캠퍼스에서 그다지 눈에 띄지 않기에 이상하다 싶기는 했지만, 설마 그런 이유였을 줄이야!

"하지만 여름 합숙 때는 제때 일어나셨잖아요?"

그렇게 묻자 히루코 씨는 불만스러운 눈으로 나를 째려보았다.

"저기, 아무리 그래도 '그런 상황'에서 단잠에 취할 만큼 둔감하지는 않거든."

그것도 그런가.

"유급당하면 저랑 같은 학년이 되겠군요."

"너도 참, 의외로 인정머리 없는 소리를 하는구나."

그저 농담으로 넘길 수는 없는지 히루코 씨는 고민스러운 표정으로 머리카락 끝을 만지작거리다가 이윽고 얼굴을 확 펴더니, 좋은 생각이 떠올랐다는 듯 손뼉을 치며 '그 대사'를 꺼냈다.

"거래하자, 하무라."

그리하여 점심시간에 미스터리 애호회 활동을 하는 건 단념했다. 나는 매니저처럼 히루코 씨가 출석하는 강의를 파악해 지각하지 않도록 전화를 걸어 깨워주는 대신, 강의가 다 끝난 후에 음료수를 얻어먹는 계약을 맺었고 지금도 우리의 계약은 현재진행형이다.

"하지만 네가 내준 과제를 하느라 늦잠을 잘 수밖에 없는 거잖아."

히루코 씨는 문고본 두 권을 꺼냈다. 애거사 크리스티와 요코미조 세이시. 모르는 사람이 없는 해외와 국내 거장의 추리소설은 며칠 전에 내가 빌려준 것이다.

히루코 씨는 경찰도 한 수 위로 여길 만큼 추리력이 뛰어나고, 경찰협력장•을 받을 만큼 두뇌가 우수하지만, 추리소설은 읽어본 것이 거의 없었다. 그래서 내가 히루코 씨를 위해 적당한 책을 고르고, 다 읽은 후에 서로 감상을 이야기하는 것을 동아리의 주된 활동으로 삼았다.

참 희한하게도 히루코 씨는 실제 사건 현장에서는 사소한 단서를 바탕으로 손쉽게 진실을 밝혀내면서, 창작물을 상대로는 전혀 힘을 발휘하지 못할 때가 많았다.

특히 서술 트릭같이 작품 속의 범인이 아니라, 작가가 독자에게 사용하는 트릭에는 아주 간단히 걸려들었다. 그때마다 내 휴대전화에는 "다 읽었어. 성질 나" 하고 감정을 거리낌 없이 드러낸 문자 메시지가 온다.

• 警察協力章. 경찰이 아닌 일반인 중 범죄 예방과 피의자 체포, 인명 구조 등에 현격한 공로가 있다고 인정된 사람에게 경찰청장관이 수여하는 훈장.

이번에도 애거사 크리스티가 쓴 모 작품의 손바닥 위에서 놀아난 듯 예쁜 눈썹을 치켜세우고 화를 냈다.

"그렇게 주의하며 읽었는데, 아아, 또 속았네. 웃기면 실컷 웃든가. 추리 작가는 심술쟁이뿐이야!"

그 표정을 보고 싶어서 일부러 그런 작품을 선택한다고는 입이 찢어져도 말 못 한다.

"부감俯瞰하는 게 중요해요, 부감. 스토리에 푹 빠져들면 걸리거든요."

시치미를 뚝 떼며 달콤한 코코아를 입속에서 굴렸다.

평화롭다.

아름다운 선배와 작은 테이블에 마주 앉아 추리소설에 대해 각자 느낀 바를 이야기한다. 나는 분명 이상적인 캠퍼스 라이프를 향유하고 있는 거겠지. 하지만…….

으윽.

온화한 시간을 만끽하려 할 때마다 머리가 깨질 듯이 욱신거린다. 머릿속에 박힌 차가운 창이 아직 여기에 있다고 존재감을 드러낸다.

아아, 그래.

수많은 것들을 빼앗아 간 여름. 범인은 밝혀졌고, 사건은 수습됐고, 나는 살아남았다. 하지만 제일 알고 싶은 수수께끼, 사태의 원인이 된 조직의 전모는 여전히 오리무중이다. 한동안 우리의 중심에 있었던 그 화제도 요즘은 전혀 진전이 없어, 침묵의 보고가 이어지는 동안 이 자리에서 설 곳을 잃어가고 있었다. 마치 여름 더위가 만들어낸 나쁜 환상이었다는 것처럼.

테이블 구석에 밀어둔 잔 속에서 얼음이 달칵, 하고 소리를 내며 무너졌다.

안타까운 나날은 영원히 계속될지도 모른다.

"어쩌면 큰 단서일지도 모르겠어요."

다음번 미스터리 애호회 활동을 하는 날, 나는 카페의 같은 자리에서 잡지를 내밀었다.

막 도착해 주문을 하려고 손을 든 히루코 씨는 흥분한 내 모습에 뭔가 느낀 듯 손을 내리고 잡지로 고개를 돌렸다.

"《월간 아틀란티스》?"

소용돌이치는 흐린 하늘 아래 바벨탑 같은 건물이 그려진 표지에 "충격 사진?! 가스미가우라의 거대한 용", "실존한 미쓰쿠비 터널의 저주", "정부가 진행중인 노부나가 부활 계획" 등 수상쩍은 표제가 큼지막하게 박혀 있었다.

UFO나 심령현상, 도시 전설 등 오컬트 미스터리와 관련된 소재를 다루어 컬트적인 인기를 자랑하는 월간지다. 상당히 마니악한 잡지지만 창간한 지 사십 년 가까이 됐고, 텔레비전의 오컬트 특집 프로그램에도 편집장이 이따금 출연한다. 히루코 씨는 설명을 요구하듯 시선을 들었다.

"오늘 같은 강의를 듣는 동기한테 솔깃한 소리를 들었어요."

평소 그리 친하게 지내는 사이는 아니지만, 여자와 가까이 지내는 기색이 없는(그렇다기보다 친구 자체가 적은) 내가 이 카페에서 눈이 번쩍 뜨일 만한 미인과 친근하게 이야기를 나누는 모습을 우연히 목격했는지 웬일로 먼저 말을 걸어왔다.

"'그렇게 예쁜 여자 친구가 있다니 여간 아닌데, 다시 봤어' 하고 감탄하더라고요."

그렇게 말하는 내 목소리가 아무래도 부자연스러웠던 모양이다.

"실제로는 뭐라고 했어?" 히루코 씨가 눈을 가느스름하게 뜨고 추궁해서 자백했다.

"'악질적인 영업 사원한테 걸려서 뭘 사라고 강요당하는 거 아니냐. 필요하면 상담해줄게' 하고 걱정하던데요."

히루코 씨가 고개를 푹 꺾었다. 둘 다 상처 입을 게 뻔해서 일부러 말 안 한 건데.

아무튼 미스터리 애호회에 대해 설명하자 그는 “그러고 보니 너 아는 사람도 그 테러 사건의 피해자 아니었나?” 하고 사베아 호수 이야기를 꺼냈다.

사베아 호수에서 발생한 전대미문의 테러 사건에 우리 학교 영화 연구부와 연극부가 휘말린 일이 한때 캠퍼스에서 큰 화제였다. 하지만 그들이 그 와중에 처참한 연쇄살인 사건을 겪었으며, 멤버 중에 나와 히루코 씨도 있었다는 사실은 공론화되지 않았다. 테러 사건에 세상을 뒤흔들 특이한 요소가 내포되어 있던데다 히루코 씨의 본가—요코하마의 명가이자 지금도 기업그룹을 경영하는 겐자키 가문—가 보도를 막았기 때문이다.

“걔가 《월간 아틀란티스》를 즐겨보는데 거기에 그 테러 사건이 예고돼 있었다는 거예요.”

“출판사에 범행 성명을 냈다는 뜻?”

히루코 씨가 딱딱한 목소리로 물으며 몸을 내밀었다.

테러 사건의 주모자인 하마사카 도모노리라는 남자의 내력은 뉴스에서도 자주 언급됐지만, 사전에 범행 성명을 냈다는 이야기는 못 들어봤다.

“아니요. 정확하게 말하자면 예고가 아니라 예언이겠죠.”

나는 잡지를 펼쳐 히루코 씨에게 내밀었다. 6월 말에 간행된 7월 호다.

충격 보도! 《월간 아틀란티스》 편집부에 배달된 괴문서!
그 빌딩 화재는 예언됐다?!

모든 일의 시작은 올해 4월 편집부 앞으로 도착한 익명의 편지였다. 불길한 예언 같은 내용이라 필자는 또 이런 편지인가, 하고 탄식했다. 이러한 장난 편지나 메일은 심심치 않게 온다. 편집부원 몇 명이 돌려 보았지만, 결국 기사로 채택되지 않았고 편지의 존재는 잊혔다.
그런데 약 두 달 후인 6월 상순, 한 편집자가 신문에서 어떤 기사를 보고 고개를 갸웃했다.
"저기 이거, 전에 왔던 편지 내용이랑 비슷하지 않아?"
오사카 미나미의 환락가에서 일어난 빌딩 화재 사건의 기사였다. 아시는 독자도 많겠지만 빌딩 2층의 주방에서 가스가 폭발해 불이 났는데, 환락가 특유의 좁은 도로와 인파 때문에 진화 작업이 늦어진 결과 열두 명이나 사망한 참사다. 무엇보다도 화재 피해자들의 끔찍한 모습에 세간은 들끓었다. 불덩어리가 된 채 뛰어내린 피해자들이 주변에 있던 구경꾼

들을 붙잡고 도움을 요청해 큰 혼란이 벌어진 것이다.
보관해두었던 편지를 서둘러 찾아내 살펴보자 이런 문장이 눈에 띄었다.

6월 둘째 주 금요일, 오사카에서 수많은 사람이 불타며 갈팡질팡한다.

편집부는 오싹함을 금할 수 없었다. 이렇게나 일치하다니 참으로 으스스했다. 평범한 화재라면 오사카에도 흔하겠지만, 날짜에 더해 '수많은 사람이' '불타며 갈팡질팡한다' 하고 사건의 특징까지 딱 맞히지 않았는가.

게다가 그걸로 끝이 아니었다. 또 다른 예언이 있었다.
8월 마지막 일요일. 죽은 자가 수없이 되살아난다. S현 호수 근처, 그 참상은 그야말로 지옥도 같으리.

편집부에 무거운 침묵이 흘렀다. 이건 정말로 미래에 일어날 일을 예지한 편지일까. 만약 그렇다면 앞으로 약 두 달 후인 8월에 '지옥도'와 같은 대사건이 일어나는 셈이다.
이 편지는 누가 보냈고, 어떻게 미래를 알았을까. 또한 왜 편집부에 편지를 보냈을까. 보낸 사람을 찾아내기 위해 전력을 다하는 동시에, 8월에 아무 일도 없기를 기원할 따름이다.

다시 말하지만 이건 6월 말에 발행된 잡지의 기사다. 《월간 아틀란티스》 편집부가 예언을 얼마나 진심으로 받아들였는지는 모르지만, 앞으로 비슷한 일이 발생하면 특종감이라는 계산은 있었을 것이다.

수다스러운 문장으로 가득한 페이지를 훑어보던 히루코 씨가 여전히 납득이 되지 않는다는 표정으로 나를 바라봤다.

"일치하다니 확실히 신기하기는 하네. 그런데 이거랑 우리가 무슨 상관인데?"

나는 대답 없이 다른 잡지를 내밀었다.

사베아 호수 사건이 일어나고 그다음 달에 간행된 10월 호다.

예언 적중! 《월간 아틀란티스》 독점 정보

사베아 호수 테러 사건—실현된 '지옥도'

편집부에 또다시 충격적인 편지가!

8월 말, 대사건이 온 세상을 뒤흔들었다. 이제 와서 다시 설명할 필요도 없는, 사베아 호수 집단감염 테러 사건이다. 하지만 《월간 아틀란티스》 편집부를 덮친 충격과는 비교도 되지 않을 것이다.

《월간 아틀란티스》는 이 전대미문의 대사건을 예고했다. 계기는 4월에 편집부 앞으로 도착한 익명의 편지다. 편지에는 6월에 오사카에서 발생한 빌딩 화재 사건의 예언과 함께 "8월 마지막 일요일. 죽은 자가 수없이 되살아난다. S현 호수 근처, 그 참상은 그야말로 지옥도 같으리"라고 적혀 있었다.(자세한 내용은 7월 호 기사를 참조)

사태를 무겁게 받아들인 편집부는 편지를 보낸 사람을 찾는 동시에 관계 기관에 경고했지만, 아쉽게도 예언은 현실이 되고 말았다.

하지만 그게 끝이 아니었다. 무력감에 젖은 우리에게 같은 사람이 보낸 걸로 추정되는 편지가 또 온 것이다. 첫 번째 편지와 완전히 같은 봉투와 글씨체. 소인 역시 W현. 편지를 읽은 우리는 말문이 턱 막혔다.

편지에 따르면 수십 년 전, 낯선 남자들이 W현의 외진 마을을 찾아왔다고 한다. 자칭 M기관에서 나왔다는 그들은 탐색 금지와 비밀 엄수를 조건으로 마을 사람들에게 거액의 사례금을 지불하고 마을 제일 안쪽에 실험 시설을 세웠다. 각지에서 모은 사람들을 데리고 거기서 초능력 실험을 행했다고 한다.
그렇다면 우리에게 보낸 예언은 그 초능력 실험의 성과일까.
M기관이란 대체?
현재 편집부에서는 총력을 기울여 조사를 진행중이다. 다음 기사를 기다려주시길 바란다.

히루코 씨의 눈빛이 달라졌다.
"M기관."
우리는 사베아 호수 사건을 겪는 도중에 주모자인 하마사카의 소지품으로 추정되는 수첩을 들여다볼 기회가 있었다. 거기에 '마다라메 기관'이라는 단어가 등장했다. 그후 히루코 씨가 알고 지내는 탐정이 조사한 바에 따르면, 이 조직은 제2차세계대전 후에 분명히 실재했으며 윤택한 자금을 기반으로 수많은 연구를 진행했다고 한다. 기관의 연구 성과를 하마사카가 악용했을 가능성이 높다. 하지만 정부는 하마사카와 그의 동료들이 테러를 자행했다고 발표했으며, 마다라메 기관이라는 이름도 미디어에 노출되지 않았다. 하마사카의 수첩을 챙겼던 우리 지인이 사건 후 연락

두절된 것만 봐도, 이 조직에는 일반인이 미루어 짐작할 수 없는 비밀이 감추어져 있을 가능성이 높다.

나는 열띤 어조로 말했다.

“기사를 곧이곧대로 받아들이겠다는 건 아니에요. 하지만 마다라메 기관이 관련됐다면, 적어도 테러 사건의 예언이 적중한 건 설명이 되죠. 마다라메 기관은 이를테면 테러 사건의 흑막이었던 셈이니까요.”

“‘예언’이 아니라 그저 ‘예고’였다면 오사카의 빌딩 화재에도 기관이 관련됐다는 소리인데…….”

히루코 씨가 하얀 도자기 같은 손가락으로 머리카락을 돌돌 감았다가 풀었다. 그녀가 생각에 잠겼을 때 나오는 버릇이다.

“그냥 넘어갈 수는 없어요. 기사화하지 않은 정보가 있을 수도 있어요. 편집부에 물어보면 뭔가 알 수 있을지도 모르잖아요.”

오랫동안 실마리조차 잡지 못했던 조직의 작은 조각이 생각지도 못한 곳에서 굴러들어 잊어버리고 있었던 활기가 간만에 넘쳐났다. 하지만 히루코 씨는 진정하라는 듯 눈앞으로 손을 쳐들었다.

“편집부를 떠보는 건 찬성이지만, 일단 나한테 맡겨줘.”

"히루코 씨한테요?"

"편집부 입장에서는 특종감에 관련된 사항이야. 우리 같은 대학생이 물어본들 상대해주지 않을 가능성이 높아. 우리한테도 사베아 호수 테러 사건의 당사자라는 비장의 카드가 있긴 하지만, 흥정이 어떻게 굴러갈지는 모르는 법이니까. 평소처럼 조사를 의뢰할까 싶어."

히루코 씨에게는 자별하게 지내는 탐정이 있다. 대기업의 VIP나 각료, 관료를 고객으로 삼는 특수한 인물로, 겐자키 가문과도 인연이 있었다는 모양이다. 사베아 호수 테러 사건 후에 마다라메 기관에 대한 정보를 수집해준 것도 그 사람이므로 히루코 씨의 제안은 합당하지만…….

"괜찮으시겠어요?"

"뭐가?"

히루코 씨가 커다란 눈으로 바라보자 스스로도 무슨 생각으로 그런 말을 했는지 긴가민가해서 "아니요"라고만 중얼거렸다.

히루코 씨는 결국 아무것도 주문하지 않고 바로 의뢰해야겠다며 자리에서 일어섰다. 석연치 않았지만, 히루코 씨가 가뿐한 몸놀림으로 코트를 입고 아담한 등을 돌렸을 때 아까 꺼내지 못했던 말이 문득 머릿속에 떠올랐다.

'여전히 제 힘이 필요한가요?'

여름에 사건이 발생했을 때, 히루코 씨는 절망적인 상황에서도 살인범의 정체를 밝혀냈다. 평소 추리소설 마니아를 자칭하는 나는 발끝에도 못 미칠 만큼 멋진 관찰력과 추리력으로.

한편 나는 아케치 씨와의 관계에서 자랑거리로 삼았던 조수의 존재 가치조차 지키지 못했다.

그런 내가 히루코 씨 옆에 머물 필요가 있을까.

그후 며칠 간격으로 히루코 씨에게 조사 진척 상황을 물어보았지만, 이렇다 할 대답을 듣지 못한 채 시간만 자꾸 흘러갔다.

11월 마지막 주. 날로 심해지는 추위에 얇은 이불 한 장으로 애써 저항하며 얕은 잠에 빠져 있다가 "왕" 하는 위세 있는 울음소리에 잠이 깼다. 창밖을 보자 할아버지가 대형견에게 끌려가다시피 산책하고 있었다.

손목시계를 확인하니 오전 7시였다. 오늘은 1교시 강의가 없으니까 일어나기에는 조금 이른 시각이다.

그때 스마트폰이 진동했다. 히루코 씨 전화다. 나는 크게 심호흡을 하고 통화 버튼을 눌렀다.

"어쩐 일이세요? 이런 시간에 깨어 있다니 별일이네요."

"아침 일찍부터 미안해. 감기 기운이 있어서 오늘은 강의 쉴 거야. 수고 끼치면 미안하니까 미리 알려주려고."

건강할 때는 못 일어나면서 감기에 걸렸을 때는 참 부지런도 하시네.

"그거 큰일이네요. 그래도 잠기운이 없어서 그런지 평소보다 목소리가 더 또렷하게 들리는데요."

"그, 그런가?" 히루코 씨가 갑자기 코맹맹이 소리를 냈다.

"독감은 아니겠죠? 병원에는 다녀오셨어요?"

"괜찮아, 괜찮아. 누워서 푹 쉬면 괜찮아질 거야. 아무튼 내 걱정은 마."

수상쩍은 대답이었지만 지금은 그런 데 신경 쓸 때가 아니었다. 나는 재빨리 차림새를 가다듬으며 시선을 창밖에 고정했다.

십 분쯤 기다리자 앞쪽 건물 입구에 사람이 보였다. 외벽에 타일을 붙인 고급스러운 십 층짜리 맨션. 독신 여성 전용으로, 학생에게는 비용의 문턱이 높아 보인다. 오토로크 자물쇠가 달린 현관에서 나온 사람은 상당히 큼지막한 배낭을 메고 있었다. 나는 서둘러 문을 열고 그 뒷모습을 쫓으며 스마트폰 화면을 눌렀다.

그러자 눈앞의 사람도 스마트폰을 꺼내 전화를 받았다.

나는 단숨에 말했다.

"하무라예요. 지금 바로 뒤에 있어요."

눈앞의 인물, 히루코 씨가 뒤를 돌아보고 "꺄아악!" 비명을 질렀지만, 개의치 않고 배낭 윗부분의 걸이끈을 꽉 잡았다. 합기도를 배운 그녀의 움직임을 봉쇄하려면 신체를 접촉하는 것보다 이러는 편이 낫다.

"하, 하, 하무라! 어째서……."

"제가 할 말인데요. 감기 기운이 있어서 집에 누워 있는 거 아니었어요?"

"으으……."

고개를 숙인 히루코 씨는 가을 코트가 아니라 방한성이 높은 다운코트를 입고 운동화를 신은 활동적인 차림새였다. 이런, 이런, 예상과 일치하는 결과가 나왔다.

히루코 씨라면 마다라메 기관에 관해 새로운 정보를 입수해도 내게 알리지 않고 혼자 조사하러 가지 않을까 예전부터 의심했었다.

"그나저나 내가 오늘 떠날 줄은 어떻게 알았어?"

"아아, 그건……."

뒤쪽으로 고개를 돌리자 길가에 서 있는 왜건이 눈에 들어왔다.

나는 방금 전까지 저 차 안에서 기다리고 있었다. 엄지를 세워 작전 성공을 알리자 축하하듯 깜박이가 세 번 깜박거렸다.

"누구야?"

의아해하는 히루코 씨에게 나는 자랑스러운 기분으로 소개했다. 그녀만 아는 탐정이 있는 건 아니다.

"미스터리 애호회가 자주 아르바이트를 하는 다누마 탐정 사무소예요. 이번에는 히루코 씨의 동향을 감시하기 위해 도움을 요청했죠. 오늘로 잠복 이레째입니다."

의뢰비는 아르바이트 할인을 적용해 특가고, 그것도 할부다. 할 일이 다 끝났다는 듯이 왜건에 시동이 걸리고 멀어져갔다. 동시에 스마트폰에 메시지가 왔다.

"임무 완료. 그럼 힘내라, 2대 회장."

그렇다, 그들과의 인연도 선대 회장이 남겨준 소중한 유산이다.

히루코 씨가 차를 바라보며 멍하니 중얼거렸다.

"스, 스토커다. 하무라가 스토커가 돼버렸어……."

나와 히루코 씨는 근처에 있는 대형 프랜차이즈 카페에 가서 마주 앉았다.

"설마 일주일이나 감시했을 줄이야. 내가 어디 사는지, 맨션 몇 호실인지 전부 네 손안에 있었던 거네. 그래, 그래. 이런 식으로 탐정에게 조사당하다니, 참 좋은 경험 했다."

히루코 씨는 턱을 괸 채 왼쪽 주먹으로 테이블을 콩콩 두드리며 싸늘한 웃음을 던졌다. 원래 귀엽다기보다는 가까이하기 어려운 인상의 미인이지만, 웃는 얼굴이 이렇게까지 무서운 적은 처음이었다.

"그러고 보니 어젯밤에 잠옷 차림으로 창가에 섰던 것 같은데. 그걸 봤다면…… 강제로 기억을 지우든가, 똑같이 창피한 꼴을 보여주든가, 둘 중 하나밖에 없겠네."

"아니에요, 맨션 출입구만 확인했다고요!"

평소 게으른 탓인지 히루코 씨는 남의 눈에 생활상이 드러나는 걸 몹시 싫어한다. 하나 이번만은 나도 할 말이 있다.

"하지만 히루코 씨, 예언에 관한 기사를 본 다음부터 거동이 수상해진걸요. 물어봐도 아무 말도 안 해주고."

히루코 씨가 눈을 돌렸다.

최근에는 특히 동아리 활동을 할 때 끊임없이 머리카락을 만지작거렸고, 대화중에도 건성일 때가 많았다. 결국에는 아직 출석 일수에 여유가 있는 강의가 뭔지 계산까지 했으니, 조만간 행동에 나서리라고 의심하는 게 당연하다.

"마다라메 기관에 대해 뭔가 알아내신 거죠?"

나는 본론으로 들어갔다.

히루코 씨는 단념한 듯 자세를 바로 하고 고개를 끄덕였다.

"기사에 실렸던 실험 시설의 위치를 어느 정도 알아냈어. 그걸 확인하러 가려고 했지."

"왜 혼자서?"

"하무라가 죽을지도 모르니까."

예리한 한마디로 내 말문을 막고 말을 이었다.

"예전에 내 저주받은 체질에 대해 말했었지?"

히루코 씨는 기괴한 사건을 끌어당기는 체질로 태어난 탓에 가족도 기피하고 있다. 체질은 나이를 먹을수록 강해져 최근에는 서너 달에 한 번꼴로 사건에 휘말린다고 한다.

"자담장에서 사건을 겪은 지 석 달 넘게 지났어. 슬슬 '다음'이 일어날 때가 됐지. 그걸 알면서도 널 데려갈 수는 없어."

히루코 씨 나름의 배려이리라. 하지만 나는 불만이었다. 왜 아무 상의도 없이 일방적으로, 함께 싸우는 쪽에서 보호

받는 쪽으로 위치를 바꿔버린단 말인가.

"위험한 일을 당하는 건 히루코 씨도 마찬가지잖아요! 지금까지 혼자 발버둥 치다가, 더이상 그러기 싫으니까 저한테 조수가 되어달라고 부탁한 거 아니에요? 저만 안전한 곳에서 기다리는 건 사양하겠습니다!"

히루코 씨는 한순간 흠칫 놀란 표정을 지었지만 바로 힘차게 고개를 젓더니, 방금 전의 냉철한 모습과는 딴판으로 발그스레하게 얼굴을 붉히며 비난했다.

"아냐, 아냐, 아냐, 네가 조수 역할을 거절했잖아! 내가 부탁했더니 '할 수 없다'고 딱 잘라 말했어. 거절당한 사람은 그거 다 기억한다? 그런데 이번에는 데려가달라니 너무 뻔뻔하지 않아?"

이번에는 내가 말이 쏙 들어갈 차례였다.

분명 거절했다. 그럴 수밖에 없었다. 내 안의 홈스를 그렇게 쉽게 바꿀 수 없다고 할까, 그런 행동을 해놓고 왓슨 역할을 받아들일 수는 없다고 할까.

"……하지만 히루코 씨는 미스터리 애호회의 회원이고, 저는 회장이니까."

"그건 또 무슨 논리야."

정말 그렇다.

둘 다 힘이 쭉 빠져 미지근해진 음료수에 미리 짠 것처럼 일제히 손을 뻗었다.

다행히 얼마 안 되는 손님들만이 띄엄띄엄 앉아 있어 우리가 이런 대화를 주고받아도 유심히 보는 사람은 없었다.

"네 호의가 성가신 건 아니야."

히루코 씨는 조그마한 양손을 바라보며 안타까운 듯이 말을 골랐다.

"난 내 체질이 무서워. 죽기는 싫다고. 그래서 네가 함께 있어주면 안심되는 것도 사실이야. 하지만 자담장 사건 때 남에게 도움을 청하는 게 어떤 결과를 초래하는지 알았어."

고작 몇 달 전 여름. 나와 아케치 씨는 일상에는 없는 수수께끼를, 그리고 히루코 씨는 조수를 원해 자담장으로 향했다. 그 결과 우리는 상상도 못 할 사태에 직면했고, 결국 히루코 씨는 냉정하게 창을 휘둘렀다. 히루코 씨의 체질이 그 사건을 끌어당겼다면, 앞으로 또 똑같은 일이 벌어진들 이상할 건 없다.

"나와 같이 있으면 너도 앞으로 아케치 씨와 비슷한 운명을 맞을지도 몰라. 그걸 알면서 데려갈 수는 없어. 미안해."

알고 있었다. 히루코 씨가 중대한 이유로 생각에 생각을 거듭한 끝에 이런 행동에 나섰다는 것은. 하지만…….

"그래도 저는 같이 가야 해요."

나는 히루코 씨의 눈을 보고 똑똑히 말했다.

"작년까지였다면 분명 히루코 씨를 배웅했겠죠. 굳이 위험한 일에 고개를 들이밀려고 하지 않았을 거예요. 하지만 지금은……."

미스터리 애호회 회장이다. 눈앞에 수수께끼가 있는 걸 보면 주저하지 않는다. 궁지에 몰린 사람을 내버려두지 않는다. 그 사람은 그랬다.

"아케치 씨하고 똑같이 할 수는 없을지도 몰라요. 하지만 단 한 명의 회원이 필요로 한다면 발 벗고 나설 겁니다."

히루코 씨의 눈이 휘둥그레졌다. 제정신인가 싶어 당황한 눈치였다.

나는 질세라 그 눈을 똑바로 들여다보았다.

히루코 씨는 압력에 밀린 듯 시선을 내리고 "어쩌지" 하고 중얼거리더니 설탕 단지를 끌어당겨 설탕을 한 스푼 듬뿍 떠서 식어버린 커피에 쏟아부었다.

"자, 잠깐만요."

내 제지에도 아랑곳없이 히루코 씨는 휘저은 커피를 한 모금 꿀꺽 마시고 어깨를 바르르 떨었다.

"히, 히루코 씨?"

"미안, 딱 이런 기분이야."

히루코 씨는 목구멍이 타들어갈 것만큼 달착지근한 커피를, 미려한 얼굴을 찡그리면서도, 어쩐지 기쁜 듯 시간을 들여 깔끔하게 비웠다.

001 마안갑

1

서둘러 집으로 돌아가 짐을 챙기고, 히루코 씨와 함께 전철로 갈아탄 뒤 세 시간. 정오가 조금 지나 겨우 W현에 도착했다. 거기서 노선버스를 타고 목적지로 향했다.

터미널이 있지만 번화하다고는 보기 힘든 시가지를 벗어나자, 순식간에 논밭과 공터가 눈에 띄었다. 도중에 손님이 몇 번 하차 버튼을 눌러 버스에서 내렸지만 타는 사람은 없었다. 그러는 사이에 왕복 2차선 도로는 산지로 향하는 오르막길로 변했고, 버스는 불안하게 삐걱대는 소리를 내며 굽이굽이 꺾이는 커브길을 나아갔다.

창밖으로 보이는 건물이 줄어들었다. 승객도 줄었다. 아까부터 차내에 울려 퍼지는 건 다음 버스 정류장을 알리는 안내 방송뿐이다. 급한 경사와 커브길에 차체가 흔들대자 마음까지 흔들릴 것만 같았다.

히루코 씨 이야기로는 사흘 전에 그 탐정님—이름은 가이도. 어떤 한자를 쓰는지는 못 들었다—에게 목적지에 관한 조사 보고를 받았다고 한다. 단서가 잡지 기사뿐이라 난다 긴다 하는 가이도 씨도 정보를 모으기가 힘들어 애먹었다는 모양이다.

"W현의 산속에서 비밀 연구를 했다는 너무나 막연한 이야기였고, 마다라메 기관이 관련됐다면 정보 관리도 철저했을 거야. 그렇게 쉽게 풀리지 않을 줄은 알고 있었어."

확실히 그렇다. 차근차근 탐문해가려고 해도 실마리가 너무 없다.

"하지만 과연 대단해. 가이도 씨는 기사에 있는 한 문장에 주목했어."

끊임없이 흔들리는 버스에서 히루코 씨가 《월간 아틀란티스》를 펼쳤다. 유심히 들여다보자 멀미가 날 것 같았지만, 히루코 씨는 아무래도 자칭 M기관에서 나왔다는 남자들이 "마을 제일 안쪽에 실험 시설을 세웠다"는 대목을 가리킨 것 같았다.

"이게 왜요?"

"조직이 아니라 수상한 시설에 관한 정보를 물어보며 돌아다녔대."

"물어봤다니 누구한테요?"

히루코 씨는 마치 자기 일처럼 의기양양하게 웃었다.

"일상적으로 사람이 사는 곳이라면 어디든지 드나들고, 대부분의 건물을 파악하고 있는 직업, 집배원한테."

과연. 집배원이라면 매일 여러 동네를 돌아다닐 테고, 어디에 누가 사는지도 안다. 만약 용도가 불분명한 건조물을 볼 기회가 있다면 인상에 남을 것이다.

"시골 특유의 너글너글함이랄까, 도시에 비해 사생활 의식이 느슨한 점도 도움이 됐겠지. 우체국을 중심으로 탐문을 진행한 결과, 가이도 씨는 마침내 그럴싸한 정보를 입수했어. 하지만 현지에 가기 전에 급한 의뢰가 들어왔는지 경과만 먼저 보고했어. 그렇다면 내가 직접 확인하는 게 빠르겠다 싶어서."

그리하여 우리는 현재 '요시미'라고 불리는 동네로 향하고 있다. 내가 렌터카를 몰고 가는 방법도 있었지만, 장롱면허라 괜한 위험은 피해야 한다고 판단해 안전하게 대중교통을 타고 가는 방법을 택했다. 하지만 버스 운행 편수가 몹시 부족하다는 점을 감안하면 이 선택지가 과연 옳았는지 미심쩍기도 하다. 익숙지 않더라도 기동력은 확보해두어야 하지 않았을까.

오후 3시가 되었다.

좁고 비탈진 협곡에 낸 좁은 도로를 주행하는 탓에 버스는 좀처럼 속도를 내지 못했다. 한가을이 지나 살풍경하게 빛바랜 산들을 바라보자 나도 모르게 부정적인 생각이 입을 타고 나왔다.

"무사히 목적지에 도착하더라도 돌아가는 버스를 놓치면 야단나겠네요."

"갈아입을 옷은 몇 벌 가져왔지만, 근처에 민박집은 없으니 시가지까지 돌아가야 해. 최대한 빨리 목적지를 찾아내야 할 텐데."

히루코 씨가 양손을 마주 비비며 중얼거렸다. 난방은 틀었지만 넓은 차내에 우리 말고는 승객이 한 쌍밖에 없는 것도 추위의 원인일지 모르겠다.

그런데 그 승객들이 묘하다.

"여행을 온 걸까요?"

"이런 곳에? 우리가 그런 소리를 하는 것도 이상하지만."

역시 히루코 씨도 신경이 쓰였던 모양이다.

우리와 같은 터미널에서 출발 직전에 올라탄 승객들. 어깨 너머로 시선을 던지자 제일 뒤쪽 긴 좌석에 나란히 앉은 두 사람이 눈에 들어왔다. 둘 다 우리보다 어린 고등학생 정도로 보였다.

통로 끝에 위치한 한가운데 자리에 갈색 케이프• 차림의 소녀가 앉아 있었다. 어깨까지 내려오는 단발머리와 만년필로 선을 슥 그은 듯 날렵한 얼굴선이 참으로 산뜻한 인상이다. 중학생 때 육상부 단거리 에이스였던 여학생이 딱 저런 느낌이었다.

한편 창가에는 소녀보다 머리 하나쯤 키가 큰 소년이 앉아 있었다. 검은색 다운재킷을 입어서 알아보기는 힘들지만, 굳이 따지자면 호리호리한 윤곽이 버스가 커브를 돌 때마다 좌우로 흔들렸다. 소녀와 달리 전체적으로 텁수룩하게 자란 머리털 때문인지 쉽게 귀찮아할 것 같은 인상이었다.

그들이 이야기하는 소리가 네 줄쯤 앞에 앉은 우리에게도 가끔 들렸다. 소년이 소녀를 '선배'라고 부르는 걸 보니 같은 고등학교에 다니는 걸까. 하지만 연인같이 가까운 관계로 느껴지지 않는 건 소녀의 배낭과 토트백이 두 사람 사

• 어깨 위로 걸쳐 입는 짧은 민소매 외투.

이를 가로막고 있기 때문만은 아니다. 아무래도 대화가 일방통행이다.

"선배, 엉덩이 엄청 아프지 않아요? 아침부터 내내 앉아만 있었잖아요."

"응."

"등받이를 넘길 수 있으면 조금 나을 텐데요. 신칸센처럼요. 나는 그런 좌석이 좋아요. 이렇게 휙 젖힐 수 있으면 편하잖아요."

"응."

처음에는 한두 마디 답변하던 소녀도 귀찮아졌는지 아까부터 창밖에 시선을 고정한 채 스마트폰의 음성 인식 서비스보다 무뚝뚝한 맞장구로 일관하는 중이다. 원래보다 몇 음 낮은 목소리에 '지금 어떻게 해결할 수 없는 일을 가지고 구시렁거리지 말라'는 듯한 불쾌함이 배어 있었지만, 소년은 눈치 없이 이야기를 자꾸 이어나갔다.

"아까부터 어딜 봐도 산이네요. 그러고 보니 초등학생 때, 임간학교라는 게 있었잖아요?"

"응."

"나, 선생님한테 무지하게 혼난 기억이 있어요. 들어볼래요? 강에서 물고기를 잡아서 구울 때 별다른 도구도 없이 불을 피우느라 다른 조는 엄청 고생했거든요. 그런데 난 몰래 라이터를 가져간 덕분에 바로 불을 피워서 물고기를 구워 먹었어요."

소녀가 말없이 반대편 차창만 바라보는데도 아랑곳없이 소년은 떠들어댔다.

"꼬치구이라니 처음에는 섬뜩했는데, 먹어보니 맛있더라고요. 선배는 그런 기억 없었어요?"

이야기가 느닷없이 엉뚱한 방향으로 튀어나갔다. 앞을 향한 채 흘려듣고 있던 나는 귀를 의심했고, 옆을 보자 히루코 씨도 곤혹스러운 표정으로 나를 보았다. 뒷좌석의 소녀도 똑같은 기분이었던 모양이다.

"……뭐?" 이 초쯤 침묵을 지키다가 그렇게 대꾸했다.

"네?" 소년의 얼빠진 목소리.

"왜 네가 당황하냐? 선생님한테 혼난 이야기는?"

"그건 숙소로 돌아간 후예요. 라이터를 가지고 온 걸 들켜서."

"……거기까지 말해야 할 거 아니야."

소녀가 크게 한숨을 쉬는 기척이 전해져 왔다.

소년의 이야기는 종잡을 수가 없어서 듣는 이에게 스트레스를 준다. 말하는 동안 이야기의 초점이 어긋나 시작했을 때와는 동떨어진 지점에 다다르거나, 중요한 정보를 자주 빼먹는 느낌이다. 오랜 시간 행동을 함께하고 있을 소녀는 그야말로 정신이 피폐해졌을 것이다.

"선배 어째 안색이 안 좋아 보이네요."

"멀미 같으니까 좀 조용히 해."

"선배, 차멀미해요? 나는……."

"시, 끄, 러, 워."

일본어를 모르는 외국인이라도 소녀가 화났다는 것 정도는 알아차릴 수 있지 않을까. 그제야 소년이 입을 다물었다.

"가출한 걸까요?" 히루코 씨에게 작은 목소리로 물어보았다.

"차에 탄 지 얼마 안 돼서 돌아가는 차편을 상의하는 말소리가 들렸으니 가출은 아닐 거야."

오순도순 여행을 온 관계로는 보이지 않으니, 우리처럼 같은 동아리 소속의 선후배 사이일까. 하지만 오늘은 평일이다. 평범한 동아리 활동은 아니리라.

"어쩌면……." 히루코 씨가 심각한 목소리로 말했다.

"어쩌면?"

"남자애가 여자애한테 일방적으로 들러붙는 걸지도 모르

겠네."

"들러붙는다고요?"

"그러면 태도가 우호적이지 않은 것도 설명이 되겠지. 여자애는 혼자 있고 싶은데, 남자애가 늘 저런 식으로 끈질기게 따라다니는 거야. 마치 스토커처럼."

"……."

"그래, 스토커처럼."

어라? 혹시 뒤끝 있으신 거예요?

이야기를 돌리기 위해 나는 목적지까지 얼마나 남았는지 확인하고자 스마트폰을 꺼냈다. 하지만 화면을 보고 신호가 안 잡힌다는 걸 깨달았다. 여기는 그 정도로 외진 곳이다.

"목적지에서는 휴대전화가 터질까요?"

"글쎄. 요즘은 육지의 외진 곳보다 오히려 외딴섬이나 배 위에 설비가 더 잘 갖추어져 있기도 하니까. 연결이 되지 않을 거라 각오해두는 편이 낫겠지."

형세가 심상치 않게 흘러간다.

예정대로라면 앞으로 십 분쯤 후에 도착할 버스 정류장이 가이도 씨의 보고서에 있었던 요시미라는 동네의 입구다. 나머지 세세한 장소는 알아서 찾아야 한다. 오늘 안에 얼마나 조사를 진행할 수 있을까. 역시 렌터카로 오는 편이 나왔을지도 모르겠다.

그때 다시 뒤쪽에 시선을 준 히루코 씨가 뭔가를 알아차리고 움직임을 멈췄다.

나도 따라서 고개를 돌리자 뒷좌석 한가운데 앉은 소녀가 스케치북을 들고 있었다. 아마 옆에 있는 토트백에서 꺼낸 것이리라. 자세히 보니 소녀의 허리에 감긴 벨트에는 파우치가 달려 있고, 열린 지퍼 사이로 수많은 색연필이 보였다. 아무래도 그걸로 그림을 그리고 있는 것 같았다.

버스 안에서? 왜 하필 지금?

그 기묘한 행동이 머리를 맴도는 몇몇 의문보다 더욱 흥미를 돋우었다.

소녀는 왼손과 배로 고정한 스케치북을 뚫어지게 들여다보며 엄청난 기세로 오른손을 움직였다. 마치 그녀를 관리하는 시스템에 버그가 발생한 것 같은 일종의 발작적인 움직임이 으스스해 보이기조차 했다.

방금 전까지 떠벌떠벌 말을 늘어놓던 소년은 그런 소녀의 모습을 눈앞에 두고도 당황하는 기색 없이 오히려 흥미진진하게 손놀림을 지켜보았다.

대체 뭐야, 저 두 사람은.

시간이 많이 흐른 것 같았지만 실제로는 오 분도 채 걸리지 않았으리라. 소녀가 갑자기 움직임을 멈추었다가 마비에서 풀려난 것처럼 어깨에서 힘을 빼고 검은 머리를 들었다.

"끝났어요? 선배, 보여줘요."

소년이 바로 옆에서 손을 뻗어 짐 너머로 스케치북을 받으려 했다. 우리 자리에서는 어떤 그림인지 보이지 않았다.

그때 힘이 쭉 빠진 소녀의 손에서 툭 떨어진 갈색 색연필이 통로를 굴러 우리 쪽으로 왔다.

"아." 소녀가 엉거주춤 몸을 일으키는 것과 동시에 통로 쪽에 앉아 있던 나도 색연필을 주워주려고 몸을 내밀었다.

그 순간이었다.

귀가 찢어질 듯한 브레이크 소리와 함께 쿵, 하는 충격이 버스 전체를 덮쳤다. 나는 통로에 나동그라져 좌석 모서리에 머리를 찧었다. 엎친 데 덮친 격으로 뒷좌석 한가운데 앉아 있던 소녀가 허공을 헤엄치듯 푹 고꾸라졌다. 똑바로 쓰러진 내가 자유로이 움직일 수 있는 부분은 두 팔뿐. 하지만 덮쳐오는 소녀의 얼굴이나 가슴을 밀쳐낼 수도 없어 어중간한 자세로 받아내는 게 고작이었다.

"꺅."

짤막한 비명. 소녀가 가벼운 덕분에 짓눌려 뭉개지는 꼴은 면했지만, 정신을 차리고 보니 소녀의 얼굴이 귀와 귀가 닿을 만큼 가까이 있었다.

"저, 저기요! 뭐 하는 거예요."

위기를 모면한 소년이 당황해서 목소리를 높이더니, 스케치북을 들고 포개어 쓰러진 우리에게 다가왔다. 불가항력이었다고는 하나 민망한 신체 접촉이 있었던 것 아닐까 가슴이 철렁했지만, 당사자인 소녀는 몸을 일으키자마자 고개를 꾸벅 숙였다.

"죄송합니다. 괜찮으세요?"

소년과 이야기를 나눌 때는 듣지 못했던 정중한 말투로 사과하더니 내 얼굴을 보고 당황한 목소리로 말했다.

"아, 얼굴색이 좀 변했어요! 뭔가 차가운 걸로……."

허둥지둥 배낭을 열려는 소녀를 옆에서 날아든 목소리가 만류했다.

"걱정 마. 오래된 흉터 자국이니까." 히루코 씨다.

듣고 보니 소녀는 좌석에 찧은 뒤통수가 아니라 관자놀이를 보고 있었다. 옛날에 지진이 났을 때 입은 상처다. 거무스름하게 변색돼서 착각한 것이리라.

"어, 앗, 저, 저……."

소녀는 히루코 씨와 눈이 마주치자마자 말을 더듬으며

시선을 이리저리 돌렸다. 아무래도 히루코 씨의 미모에 깜짝 놀란 모양이다. 흐트러진 앞머리를 몇 번 매만지더니 눈을 치뜨며 "어, 아무튼 죄송합니다!" 하고 사과했다.

그런데 나를 향한 히루코 씨의 시선이 약간 끈끈해 보이는 건 내 기분 탓일까?

"죄송합니다. 다치지는 않으셨습니까?"

쉰 살이 넘어 보이는 운전기사가 거무스름한 얼굴 가득 당황한 표정을 지으며 우리가 무사한지 확인했다. 아무도 다치지 않았다는 걸 알자 그는 급정거해서 미안하다고 다시 사과한 후, 앞쪽을 보고 못마땅하다는 듯 말을 내뱉었다.

"멧돼지가 갑자기 튀어나왔어요."

운전기사를 따라 버스에서 내리자, 버스 바로 앞쪽의 피웅덩이와 그 위에 누워 있는 짐승이 눈에 들어왔다. 몸길이가 약 일 미터쯤 되고 묵직해 보이는 멧돼지였다.

멧돼지는 여기저기 바위가 노출된 도로 왼쪽의 급경사면을 달려 내려와서 도로에 뛰어든 모양이었다.

"요 부근에서는 옛날부터 짐승이 자주 출몰했습니다. 사슴이며 멧돼지며, 어미 곰이 새끼 곰을 데리고 길을 가로지르는 것도 본 적 있다니까요. 조심하기는 했습니다만 워낙 갑작스러워서 제때 멈추지를 못했네요."

운전기사는 아까 전부터 사과에 급급했지만, 길이 구불구불해서 시야가 좋지 못하니 그를 탓하는 것은 너무한 처사이리라. 히루코 씨는 "오히려 반사적으로 운전대를 꺾지 않아서 다행이야" 하고 반대편 골짜기를 보며 중얼거렸다. 만약 가드레일을 뚫고 떨어졌다면 모두 목숨을 잃었을 것이다.

"해냈다. 대단해요, 선배."

느닷없이 들려온 목소리에 돌아보자 출입문 옆에서 소년이 흥분한 기색으로 소녀에게 뭔가 말하고 있었다. 소녀는 우리가 시선을 보내는 걸 알아차리고 황급히 소년을 나무랐다.

"촐싹거리지 마. 뭐가 그리 좋은 일이라고."

"하지만 봐요, 완벽하잖아요."

"알았으니까 좀 조용히 해."

소녀는 낮은 목소리로 소년을 야단친 후 죄송합니다, 하고 우리에게 머리를 숙이더니 버스로 돌아갔다. 소년은 여전히 뭔가 말하고 싶은 눈치였지만, 잠자코 소녀의 뒤를 따랐다.

목장갑을 낀 운전기사가 멧돼지를 도롯가로 끌고 가는

동안, 나는 기지개를 쭉 펴며 오랜만의 바깥 공기를 크게 들이마셨다. 난방을 틀어놓은 차 안에 오래 있었던 탓도 있겠지만, 시가지보다 공기가 차갑게 느껴졌다.

일반 도로에서 야생동물을 치었을 경우 경찰이나 해당 관청에 연락해야 하던가? 아무튼 더이상 일정이 늦어지지는 말았으면 했다.

그때 히루코 씨가 버스 출입문을 가만히 바라보고 있다는 걸 알아차렸다.

"왜 그러세요?"

"저 여자애가 그린 그림, 급정차하면서 난리가 났을 때 살짝 보였어."

히루코 씨는 내게만 들리도록 목소리를 잔뜩 낮추어 말했다.

"갈색 짐승 같은 게 피를 흘리며 쓰러져 있더라. 땅딸막하게 생겼으니까 멧돼지일지도 몰라. 그 뒤편에는 각진 윤곽의 버스와 그림자처럼 까만 사람 형체가 몇 개 보였고."

무슨 말인지 이해하는 데 몇 초 걸렸다.

피를 흘리는 멧돼지. 버스. 사람.

마치 지금의 사고 현장 그 자체 아닌가. 하지만 소녀는 사고가 일어나기 일이 분 전에 그림을 완성했다. 히루코 씨는 급제동 때문에 우리가 넘어졌을 때 그 그림을 보았다니까.

예언.

중요한 키워드가 머리를 스쳤다. 내 생각이 전해졌는지 히루코 씨가 신중하게 의견을 제시했다.

"모르겠어. 기사님도 요 부근에서는 짐승이 자주 출몰한다고 했으니, 이런 사고는 흔할 수도 있어. 좀더 파고들어 보면 그들의 자작극일지도 모르고."

"설마요. 고의로 멧돼지를 버스에 치이게 하는 방법이 어디 있겠어요? 게다가 버스에 탄 다른 승객이 그림에 흥미를 가질지 말지 예측하기는 불가능하다고요."

내 반박에도 히루코 씨는 아주 진지하게 고려하는 눈치였다. 버스에서 떨어져 길가로 이어지는 가파른 비탈을 올려다보았다.

"만약 협력자가 있었다면 가능하지 않을까. 멧돼지를 붙잡아서 비탈 위에 숨겨놓고 버스가 지나갈 때 풀어준다. 버스는 늘 똑같은 시간에 지나갈 테니까."

"멧돼지가 기대한 대로 움직여줄까요? 그리고 대체 뭣 때문에요?"

"글쎄. 그냥 가능성 중 하나를 말해본 거야."

그렇게 소곤소곤 이야기를 나누고 있는데, 소년과 소녀가 짐을 들고 버스에서 내려 운전기사에게 말을 걸었다. 두 사람은 운전기사와 한두 마디 이야기를 나눈 후 도로를 따라 걸어갔다.

"저 두 사람, 어디 가는 건가요?"

다급히 운전기사에게 물어보자 방금 소녀에게 받은 버스비를 보여주며 대답했다.

"다음 정류장이 어디인지 묻길래 이제 다 와간다고 했더니, 여기서부터는 걸어가겠다더라고요. 버스를 간단히 점검하고 바로 출발하겠다고 했는데, 아무래도 바쁜 모양이에요."

히루코 씨는 부리나케 버스로 몸을 돌렸다.

"하무라, 우리도 가자. 아무래도 목적지가 같은 모양이야."

버스에서 내려 산을 따라 커다란 커브길을 돌자 완만한 내리막길이 펼쳐졌다. 내리막길을 걷기 시작해 오 분도 지나지 않아 삼거리에 위치한 버스 정류장이 보였다. 왼쪽은 더 북쪽으로 향하는 길이고, 오른쪽 산길을 나아가면 목적지인 요시미라는 동네에 도착하는 듯했다. 산길은 나무에 뒤덮여 시야가 좋지 못했지만, 앞서간 두 사람의 모습이 나뭇잎 사이로 얼핏얼핏 보였다. 역시 그들도 요시미에 볼일이 있는 모양이다.

사전에 알아봤지만, 만약을 위해 돌아가는 버스 시각을 확인했다.

"예상대로 세 시간 후가 오늘 마지막 차편이네요."

"놓치면 안 돼. 텔레비전에 흔히 나오는 것과 달리, 나한테는 모르는 사람 집에 가서 재워달라고 부탁할 능력이 없으니까."

걱정 마라, 내게도 없다. 현역 미스터리 애호회 회원들은 유들유들함이라는, 어떤 의미에서 탐정에게 가장 필요한 능력을 갖추지 못했다.

요시미로 이어지는 산길은 처음에는 콘크리트로 포장되어 있었지만, 대부분이 낙엽과 산에서 내려온 흙으로 뒤덮여 있었고 금방 자갈길로 바뀌었다.

운동이 부족한 몸에 채찍질을 하며 산길을 오르다 보니 길이 점점 좁아져 차 한 대가 간신히 지나갈 수준이 되었다. 우리의 호흡이 살짝 흐트러졌을 무렵, 오르막길이 끝나고 이십 미터쯤 앞에 소년과 소녀의 뒷모습이 보였다. 쉬는 줄 알았지만, 더 앞쪽을 보니 노란색 장애물이 길을 막고 있었다. 공사 현장 등에서 흔히 볼 수 있는, 노란색과 검정색 사선과 "안전제일"이라는 글씨가 들어간 펜스다. 왜 이런 곳에 저런 게.

더 다가가자 두 사람이 발소리를 듣고 돌아보았다. 버스 승객과 이런 곳에서 다시 만날 줄은 몰랐는지 놀란 표정이었다.

"어머, 여기서 또 보네."

뒤따라 왔다는 내색은 전혀 없이 히루코 씨가 말을 붙였다.

호리호리한 소년은 곤혹스러운 기색으로 고개를 살짝 까딱한 게 끝이었지만, 단발머리 소녀는 히루코 씨와 눈이 마주치자마자 긴장한 표정으로 등을 쭉 폈다.

"저어, 아까 버스에서는 정말 실례했습니다!"

배낭을 멘 채 머리를 숙이는 바람에 균형을 잃은 소녀는 허둥지둥 다리에 힘을 주어 버텼다.

"실례는 하무라가 했을지도 모르겠네."

히루코 씨의 심상치 않은 목소리에 나는 "둘 다 안 다쳐서 다행이야" 하고 빠르게 말하고 앞에 있는 펜스로 화제를 돌렸다.

"여기는 못 들어가나?"

두 개를 이어 붙여 길을 막은 펜스 앞면에는 페인트로 "출입 금지"라고 적혀 있었다.

"하지만……."

소녀는 이해가 안 간다는 얼굴로 길가를 가리켰다. 펜스 앞쪽, 마주 오는 차를 피하기 위해 마련해놓은 듯한 작은 공터에 승용차 한 대가 서 있었다. 안에는 아무도 없었다. 차를 몰고 온 사람은 걸어서 들어갔을 거라 말하고 싶은 것이리라.

"어쩌면 좋을까. 우리는 요 앞 요시미라는 곳에 볼일이 있어서 왔는데, 너희는?"

히루코 씨의 질문에 소녀가 손을 꼼지락꼼지락 마주 잡으며 "저희도요. 동행이네요" 하고 표정을 풀었다. 한편 호리호리한 소년은 값어치를 매기는 듯한 눈으로 우리를 훑어보았다.

"여기 사는 사람 아니죠? 고등, 아니 대학생?"

"구키자와, 존댓말." 즉시 소녀의 나지막한 목소리가 날아들었다.

"……대학생이에요?"

소년은 약간 기죽은 목소리로 다시 말했다. 아무래도 두 사람의 역학 관계는 소녀 쪽으로 크게 기울어져 있는 모양이다. 마주 서니 키는 나보다 크지만 전체적으로 몸에 살집이 없었다. 눈매도 어쩐지 불안스레 치켜 올라가 있는 탓에 가까이하기 어려운 인상이었다.

"나는 겐자키, 얘는 하무라라고 해. 같은 대학에 다녀. 너희는 고등학생?"

"네. 저는 도이로라고 해요. 얘는……."

"구키자와입니다, 도이로 선배와 같은 학교에 다니는."

"그냥 선후배 관계예요."

도이로가 구키자와의 말을 막고 웃음 띤 얼굴로 못을 박듯 말했다. 사귀는 사이라 착각하지 말라고 말하고 싶은 모양이다. 히루코 씨가 신기하다는 듯 고개를 갸웃거렸다.

"우리는 동아리 활동의 일환으로 요시미에 왔는데, 너희는 이런 곳에 여행? 단둘이?"

'단둘이'라는 말에서 고의성이 느껴졌다. 히루코 씨는 두 사람에게 뭔가 특수한 사정이 있음을 짐작하고 그냥 여행 왔다는 답변으로 회피하지 못하도록 그렇게 물어본 것이다.

아니나 다를까 그들은 함정에 빠졌다.

"아니에요." 도이로는 부정.

"맞아요." 구키자와는 고개를 끄덕였다.

거짓말쟁이는 구키자와겠지만, 실수한 건 도이로다.

아차 싶었는지 얼굴을 마주 본 두 사람 중에서 먼저 여유를 되찾은 건 구키자와였다.

"뭐, 조사를 하러 왔어요. 아무에게도 말할 수 없는, 이 동네에 관한 정보를 입수했거든요."

의기양양하게 말하는 후배를 나무라듯 도이로가 "구키자와" 하고 불렀다.

나는 내심 어이가 없었다. 감추어야 하는 정보를 가지고 있으면서 '아무에게도 말할 수 없다'고 굳이 밝히는 바보는 없다. 구키자와는 일부러 우리의 흥미를 끌려고 한다기보다 특급 정보를 가지고 있다고 슬쩍 내비치는 행위 자체에 우월감을 품고 있는 것이리라. 하지만 히루코 씨가 덤덤하게 "우리도 그렇지만 너희도 고생이 많구나" 하고 여유로운 태도를 보이자 구키자와의 얼굴이 굳어졌다.

히루코 씨는 도이로가 오른손에 든 토트백에 시선을 옮기고 물었다.

"그러고 보니 도이로, 미술부니?"

도이로가 입을 꾹 다물었다. 토트백에 스케치북이 들었다는 걸 우리가 안다. 즉, 버스에서 그림 그리는 모습을 들켰음을 깨달은 것이다.

"네. 아직 실력이 부족해서 평소에 이것저것 많이 그리려고 해요."

"그래. 노력파로구나."

히루코 씨는 더이상 파고들지 않았다. 그림 내용에 대해 묻고 싶은 마음은 굴뚝같지만, 대화를 해보니 아직 정보를 끌어내기는 힘들다고 판단한 것이리라.

"어디 볼까."

나는 분위기를 전환하듯 소리 내어 말하고 펜스 쪽으로 눈을 돌렸다. 바람에 쓰러지지 않도록 끈으로 길가의 나무에 동여매어놓았지만, 빠져나갈 틈새는 얼마든지 있다. 만약을 위해 펜스를 살펴보았지만, 어디에도 관공서나 건설회사의 이름은 기재되어 있지 않았다. 왜 이런 걸 설치했는지는 모르겠지만, 사유지가 아니라면 자유로운 통행을 제한당할 이유는 없다. 히루코 씨와 얼굴을 마주 보았다.

"어쩔 수 없지."

"어쩔 수 없죠."

서로 고개를 끄덕이고 펜스 옆으로 돌아 나가자 도이로와 구키자와도 따라왔다.

조금 걷자 오른편의 잡목림이 끝나 시야가 트였다. 산중턱에서 분지를 내려다보는 형태다. 작은 산과 언덕이 얼키

설키 복잡하게 얽힌 지형이라 평지는 적다. 그 얼마 안 되는 평지에 띄엄띄엄 자리 잡은 논밭과 기와지붕 집이 보였다. 저게 요시미라 불리는 동네인 듯했다.

산중턱에서 보이는 민가의 수는 열 채에 못 미쳤다. 아직 요시미의 전체 모습을 파악한 건 아니지만, 일단은 목적지에 도착해 어깨의 짐이 약간 가벼워진 기분이었다.

“주민한테 이야기를 들을 수 있으면 좋을 텐데.”

히루코 씨가 중얼거리자 도이로도 고개를 끄덕였다. 그들의 목적은 불분명하지만, 당장의 행동 방침은 우리와 똑같다고 봐도 될 듯했다. 어쩌면 왜 펜스를 지나쳐 왔느냐고 주민이 힐문할지도 모르지만, 의심받지 않도록 당당하게 대응하기로 결론짓고 우리는 요시미에 발을 들여놓았다.

하지만 결과적으로 그 걱정은 완전한 기우로 끝났다.

아무리 찾아봐도 주민은 한 명도 보이지 않았기 때문이다.

2

“저, 젊은이들. 미안하지만 좀 쉬면서 상황을 정리하자. 다리가 아파.”

한 시간 넘게 산간 지역을 돌아다닌 끝에 히루코 씨가 웬일로 약한 소리를 하더니, 분지 한복판에 위치한 낡은 우체통 앞에 배낭을 내려놓고 그 위에 앉았다.

히루코 씨는 보기 드물게 걷기 편한 운동화를 신었다. 운동용 모델인지 다리를 뻗었을 때 보인 밑창에 톱니 모양이 같은 간격으로 새겨져 있었다. 하지만 산 지 얼마 안 돼서 발이 익숙하지 않은데다 산길을 오르내리다 보니 체력이 많이 소진된 모양이다.

"젊은이라뇨. 우리랑 얼마 차이도 안 나면서."

도이로도 지친 표정으로 웃더니 제자리에 쪼그려 앉았다. 날이 흐린 탓인지 하얀 입김이 나올 만큼 추웠다.

넷이 분담하여 산길과 논두렁길을 걸어 방문한 집은 열두 채. 산에 막혀 빙 둘러가거나 수많은 갈림길에서 갈팡질팡하는 등 제법 애를 먹었다. 우리 딴에 찾아갈 수 있는 집은 다 찾아가보았지만, 성과는 없었다. 초인종을 누르는 데 그치지 않고 현관문을 두드리고 아주 크게 불러보기도 했다. 하지만 어느 집이든 문은 굳게 잠겨 있고, 창문에는 덧문을 닫아두었으며, 인기척도 없었다.

물론 우리가 찾는 시설도 발견하지 못했다.

"혹시 겨울철에는 돈을 벌러 타지에 나간다든지."

몇몇 집의 차고가 비어 있었다는 것이 그렇게 생각하는 근거다. 즉, 주민들은 차로 외출했다. 하지만 그러려면 출입금지 펜스를 통과해야 한다. 드나들 때마다 펜스를 이동시키고 끈으로 다시 동여맨다면 너무나 번거로울 테니, 나간 차는 당분간 돌아올 예정이 없다고 봐야 자연스럽지 않을까.

고등학생인 도이로와 구키자와는 "그러게요" 하고 고개를 끄덕였지만, 히루코 씨는 푹신푹신한 흰색 다운코트 호주머니에 손을 넣고 큼지막한 검정색 숄에 얼굴을 코까지 묻은 '눈사람 스타일'로 부정적인 의견을 내놓았다.

"밭과 정원의 텃밭은 최근까지 돌본 것 같고, 아직 수확하지 않은 작물도 있었어. 방치해뒀다고 보기는 힘들어."

"그럼 우연히 볼일이 생겨 나간 걸까요?"

"이 일대의 주민이 동시에? 설령 그렇더라도 그렇게까지 엄중하게 문단속을 할 필요는 없을 것 같은데."

도이로가 히루코 씨를 어쩐지 촉촉한 눈으로 바라보았다. 존경의 눈빛일까.

"그런 것까지 다 살펴보셨군요. 저희는 사람을 찾는 데만 정신이 팔렸는데."

"아무리 상상의 나래를 펼쳐본들 사람이 없는데 그게 다 무슨 소용이람."

떨떠름한 표정의 구키자와를 도이로는 단 한 번의 눈길로 조용히 시켰다. 강하다.

우리는 찾는 건물을 발견하기 전에 수수께끼의 집단 실종 사건과 맞닥뜨렸다. 집단 실종 하면 선원과 그 가족들이 모조리 사라진 채 표류하다 발견된 메리 셀레스트호 사건이 떠오른다. 아니, 이번 상황과 비교하자면 캐나다 북부에서 서른 명 정도의 이누이트가 사라진 안지쿠니 호수 사건이 더 적절하려나. 추리소설이라면 『그리고 아무도 없었다』를 언급하고 싶은 상황인데…….

그때 도이로가 눈을 동그랗게 뜨고 우리가 내려온 산길을 가리켰다.

"저기! 동네 사람 아닐까요!"

지친 얼굴들이 일제히 그쪽을 향했다. 손가락으로 가리킨 곳에 산에서 내려온 작은 사람 형체가 보였다. 검은색 라이딩 재킷을 입었는데, 남자일까. 백 미터쯤 떨어진 거리다. 어찌됐든 집에 들어가기 전에 붙잡아야 한다.

"실례합니다, 잠깐만요."

우리는 소리를 치며 뛰어갔다.

우리가 짐을 끌어안고 냅다 달려가자 그는 순간 움찔했

지만 달아나지 않고 입을 열었다.

"너희들 여기 사는 사람이야?"

만화였다면 발을 미끄덩하며 자빠졌을 장면이다. 기대에 어긋난 한마디에 우리는 발을 멈췄다.

"히, 히루코 씨!"

다만 히루코 씨는 충격이 너무 컸는지 배낭의 무게를 못 이긴 듯 뒤로 벌렁 자빠졌다. 히루코 씨를 부축해 일으키며 남자에게 물었다.

"혹시 요시미에는 처음 오셨나요?"

"그런데?"

그 순간 도이로가 "뭐야" 하고 얼굴 가득 실망스러운 빛을 띠었고, 구키자와는 노골적으로 한숨을 내쉬었다. 남자는 우리를 둘러보고 솔직한 심정을 토로했다.

"나, 날 보고 왜 이렇게 낙담하는 거야?"

이십 대 후반에서 삼십 대 초반으로 추정되는 라이딩 재킷 차림의 남자는 본인을 오지라고 소개하고 헬멧 모양으로 눌린 머리칼을 쓸어 올렸다. 키는 남자치고 작아서 히루코 씨보다 약간 큰 정도다. 뽀얀 피부와 바람에 살짝 휘날리는 벼 이삭 같은 머리색, 일본인답지 않게 높은 코에서는 기품마저 느껴졌다. 상당한 미남이다.

"주유소에 들르는 걸 깜박해서 여행중에 기름이 다 떨어졌어. 이런 산속에는 주유소도 없을 테니 기름을 좀 얻으러 왔지."

오토바이는 산길 앞에 세워두고 왔다고 한다. 출입 금지 펜스를 지나쳐 온 건 우리와 마찬가지였다.

사람들이 전혀 보이지 않는다는 현상황을 설명하자 그는 미심쩍다는 듯 미간을 찌푸렸다.

"거참 묘하네. 그게 사실이라면 정말 곤란한데……."

모두가 입을 다문 가운데 구키자와가 중얼거렸다.

"어쩐지 스기사와무라 마을 같네요."

그런 마니악한 이야기를.

"하무라, 스기사와무라 마을이 뭐야?" 히루코 씨가 내 팔을 쿡 찔렀다.

"옛날에 유행한 도시 전설이에요. 한 마을 사람이 다른 사람들을 몰살시켜 스기사와무라 마을은 폐촌이 됐고 지도에서도 지워졌는데, 산속을 헤매다 우연히 거기에 당도했다는 이야기가 퍼졌죠."

물론 실재하는 마을은 아니고, 어떤 소설의 무대를 바탕으로 지어낸 이야기라 일컫는다.

하지만 화제가 받아들여졌다고 생각했는지 구키자와가 기운차게 말을 덧붙였다.

"그 마을은 이제 악령의 소굴로 변해서, 담력 시험을 하러 간 사람은 저주를 받아 미쳐버리거나 행방불명된대요."

"야야, 그만해!"

오지는 괴담이 질색인지 진심으로 무서워했다.

"구키자와, 실없는 소리 하지 마." 도이로가 시끄럽다는 듯이 말을 막았다.

막차 시간까지 아직 두 시간쯤 남았다. 우리는 다시 동네 사람들을 찾기로 했지만, 히루코 씨도, 도이로와 구키자와도 수확은 없으리라 예상했는지 발걸음이 무거웠다.

한편 오지는 언덕 위에 위치한 민가의 차고에 오토바이가 있는 걸 보고 현관문을 두드리며 사람을 불러봤지만, 역시 반응이 없자 미련 가득한 표정으로 오토바이를 이리저리 만지며 말했다.

"키가 없으면 주유구가 안 열릴 텐데."

"뭐 하는 거야!"

그때 뒤에서 느닷없이 성난 목소리가 날아들어 오지와 우리는 말 그대로 펄쩍 뛰어올랐다. 돌아보자 세 사람이 언덕길을 올라오고 있었다. 여자 하나, 남자 하나, 아이 하나.

"당신들 여기 사람 아니지? 남의 집에서 뭐 하는 거야?"

강렬한 연지색 코트를 입은 젊은 여자가 힐문조로 다그쳤다. 구두도 빨간색이고, 자세히 보니 머리카락도 빨갰다. 신문지로 감싸서 들고 있는, 공화로 보이는 국화꽃만 유일하게 점잖은 색깔……인가 싶었더니 손톱까지 빨갛게 칠했다.

"착각하지 마. 기름을 좀 얻으려고 그랬어. 이 집 사람이야?"

오지가 머쓱한 투로 변명했다.

히루코 씨도 '수수께끼의 기관이 설립한 실험 시설을 찾으러 왔습니다'라고 설명하기보다 이 화제에 묻어가는 편이 낫겠다고 판단했는지 오지에게 가세했다.

"저희들, 계속 동네 분을 찾고 있었어요. 그런데 다들 출타하신 것 같아서 얼마나 난감했는지 몰라요."

뒤편에서 도이로와 구키자와도 몇 번이고 고개를 끄덕여 동의를 표했다.

"나는 예전에 여기 살았던 사람이야. 오늘은 성묘하러 들렀을 뿐이지. 본가도 이미 처분했다고. 그런데 다들 출타하신 것 같다니 무슨 소리야? 그 거추장스러운 펜스도 당신들 짓 아니야?"

여자는 경계 태세를 늦추지 않고 주변을 둘러보았지만, 우리 주장대로 어디에도 인기척이 없어서 이상했는지 얼굴에 곤혹스러운 빛이 서렸다. 그녀의 말을 듣자 하니 역시 평소에는 출입 금지 펜스를 쳐놓지 않는 모양이다.

자칭 예전 주민이라는 빨간 머리 여자는 이십 대 중반쯤으로 보였다. 달걀형 얼굴에 쌍까풀이 뚜렷하니 미인이었으나 화려한 색상의 차림새도 그렇고 진한 화장도 그렇고, 내 편견일지도 모르지만 호스티스 같은 분위기를 풍겼다. 한편 그 뒤쪽에 서 있는 오십 대 남자는 체형이 땅딸막하고, 커다란 얼굴에 비해 눈이 작았으며, 한일자로 꾹 다문 입은 완고해 보였다. 예복 같은 양복 위에 후줄근한 점퍼를 걸친 것으로 보아 빈소에 다녀오는 모양이다. 그의 등 뒤에 숨은 초등학교 저학년 정도의 소년은 아들일까.

하지만 온통 빨간색으로 치장한 화려한 여자와 땅딸막한 남자는 부부가 아닌 것 같았다. 일단 나이 차가 많았고, 서로 약간 떨어져서 서 있는 모습이 마음의 거리를 보여주는 듯했다.

그런 시선을 알아차렸는지 빨간 머리 여자는 한숨을 푹 내쉬고 설명했다.

"산길을 달리다가 이 사람들이 차에 문제가 생겨서 오도

가도 못하고 있길래 데려온 거야. 이 부근은 휴대전화가 불통이니까 유선전화가 없으면 견인차도 못 부르잖아."

이번에는 히루코 씨에게 고개를 돌렸다.

"정말로 전부 다 찾아봤어?"

"전부 다는 아닐지도 모르지만, 열 집 넘게 돌아다녔어요. 지금 시기에 특별한 행사가 있다든가, 돈을 벌러 나간 건 아니죠?"

"아니야."

빨간 머리 여자는 딱 잘라 부정한 후, 턱에 손을 대고 잠시 생각에 잠기는가 싶더니 시원치 못한 어조로 말을 이었다.

"사키미 님이 계신 곳에는…… 소코나시카와 강 건너편 건물은 확인했어?"

나는 히루코 씨와 얼굴을 마주 보았다. 강은 못 봤는데 어디를 말하는 걸까.

그러자 잠시 침묵을 지키던 고등학생 두 명이 반응을 보였다.

"지금 사키미라고 하셨어요?"

"역시 여기 있군요, 그 사람!"

역시? 그럼 그들의 목적은 사키미라는 인물일까?

그런데 사키미라……. 사키先, 미見. 앞을, 내다본다……. 혹시 '미래시未来視'인가?

어떤 예감이 들어 가슴이 술렁거렸다.

"당신들, 사키미 님께 볼일 있어?"

빨간 머리 여자의 목소리가 매서워졌다. 그걸 알아차린 도이로가 말을 얼버무렸다.

"볼일이라고 할지, 한번 뵙고 싶어서요."

"무슨 꿍꿍이인지는 모르지만, 호기심 때문이라면 그만둬. 좋은 꼴 못 볼 테니."

단칼에 거절당한 도이로가 당황하자 오지가 도움의 손길을 내밀었다.

"동네에 남아 있는 사람이 있다면 내게도 소개해주지 않겠어. 진짜 난감한 상황이라고."

"저, 저도 부탁드릴게요!"

간청하는 도이로를 따라 구키사와도 고개를 숙였다.

그래도 빨간 머리 여자는 망설이는 기색이었지만 결국 꺾였다.

"하는 수 없군. 우리 집안 무덤도 같은 방향에 있으니. 그나저나 이름 정도는 알고 가자. 난 도키노 아키코라고 해."

도키노의 말에 따라 나와 히루코 씨, 구키자와와 도이로,

오지 순서로 이름을 댔다.

구키자와의 이름은 시노부, 도이로의 이름은 마리에. 그리고 오지의 이름은 다카시였다.

마지막으로 아빠와 아들이 자기소개를 했다.

"난 시시다 이와오라고 해. 대학교에 사회학 교수로 있지. 이쪽은 아들 준."

아빠 뒤편에 숨어 히루코 씨 쪽을 가만히 쳐다보던 준이 머리를 꾸벅 숙였다.

"오토바이에 귀중품을 놔두고 왔어. 가져올게."

되돌아가려는 오지를 보고 도키노가 어이없다는 듯 말했다.

"이런 촌구석에 도둑이 어디 있다고 그래. 그냥 놔두고 와."

말이 끝나기가 무섭게 도키노는 빨간 머리를 휘날리며 앞장서서 걸어갔다.

빨간 머리 여자, 도키노를 따라가자 어느 작은 산의 기슭에 민가가 두 채 있었다. 도키노는 우리도 조사를 끝낸 그 집들의 뒤편으로 돌아갔다. 그러자 뒤뜰 끄트머리에 산속으로 이어지는 나무 계단이 있었다. 미처 못 보고 지나쳤던 모양이다.

도키노가 설명하기를 이 산을 넘으면 소코나시카와 강이 나오고, 다리 건너편에 사키미라는 사람이 살고 있다고 한다.

"또 산길이네."

준을 제외하고 제일 어린 구키자와가 낙심한 목소리로 투덜거리자 당황한 도이로가 낮은 목소리로 "그럼 남을래?" 하고 불만을 원천 봉쇄했다.

올라가다 보니 요시미 전체가 내려다보이는 산중턱에 오래된 묘비가 늘어선 묘지가 있었다. 도키노는 그중 하나에 재빨리 성묘를 마치고 다시 앞장서서 걸음을 옮겼다. 그런 그녀에게 히루코 씨가 말을 걸었다.

"죄송해요. 기껏 성묘를 오셨을 텐데 길 안내를 부탁해서."

도키노는 시선을 힐끗 던지고 "괜찮아, 어차피 형식뿐인 관습이니까" 하고 중얼거리더니 화제를 바꾸자는 듯 목소리를 높였다.

"당신들이 보기에는 우스꽝스러울만치 벽촌이겠지. 왜 이런 곳에 사람이 정착했을 것 같아?"

그러자 내 앞을 걸어가던 땅딸막한 체형의 시시다가 몸

시 불쾌한 목소리로 대답했다.

"옛날에 다이라 가문이 도망쳐 온 거겠지●. 전국 어디에든지 전해져 내려오는 이야기야. 신기할 것도 없어."

"뭐, 그렇죠." 도키노도 시시하다는 듯 고개를 끄덕였다. "옛날부터 작은 마을은 있었던 모양이야. 전쟁에서 패한 무사들이 거기로 도망쳤고, 몸을 숨기기 위해 소코나시카와 강 건너편에 다른 마을을 만들었대. 임업과 숯 만들기가 생업이었다고 어릴 적에 들었어. 그 마을은 우리 아빠가 태어나기 전에 없어진 모양이지만."

그러자 뒤쪽에서 구키자와의 당황스러운 목소리가 들렸다.

"자, 잠깐만. 사키미라는 사람은 있는 거지?"

"존댓말." 바로 도이로가 질책했다.

"……있는 거죠?"

선배와 후배라기보다 완전히 누나와 동생이다.

"사키미 님은 마을 사람이 모두 없어진 후에 왔어. 지금 살고 있는 건 그 사람뿐이야."

"그 마을 이름은 뭐였나요?" 히루코 씨가 물었다.

● 헤이안 시대 말기 겐페이 전쟁에서 패한 다이라 가문의 생존자가 곳곳으로 도망쳐 숨은 것을 가리킨다.

"진안. 우리는 거기서 발음을 따와서 사키미 님의 거처를 이렇게 불렀어."

도키노는 어깨 너머로 시선을 주며 말했다.

"'마안갑'이라고."•

3

도키노의 안내를 받아 산길을 다 오르자 험준한 벼랑 저 아래를 흐르는 강이 보였다. 수면을 찢고 튀어나온 바위에 거센 물살이 부딪쳐 하얀 물보라가 일었다.

벼랑 옆의 굽이진 길을 내려가자 강에 걸린 다리가 나왔다. 다리 앞에서 시시다의 아들 준이 불안한 목소리로 말했다.

"이걸 건너가는 거야?"

경자동차 한 대가 겨우 지나갈 정도의 목조 다리는 대체 언제 놓은 건지 나무가 거무스름했고, 다리 어귀에서도 상판 곳곳에 금이 간 게 보였다. 영화라면 틀림없이 발을 올리자마자 무너질 것이다.

• 일본어로 진안(真雁)과 마안(魔眼)은 발음이 '마간'으로 서로 같다.

하지만 시시다는 콧방귀를 끼고 의연하게 답했다.

"걱정 마. 몇 사람이 건너간다고 무너지기야 하겠어? 다들 겁먹기는."

아무래도 시시다라는 이 대학교수는 입을 열 때마다 밉살스러운 말을 덧붙이는 버릇이 있는 모양이다.

우두커니 선 준에게 용기를 북돋아주려는 듯 오지가 가슴을 두드렸다.

"괜찮아. 다 같이 건너면 안 무섭다는 말도 있잖아."

그러자 준은 단호하게 말했다.

"다 같이 건너면 무거우니까 더 무서워요. 그리고 그건 신호등을 무시할 때 쓰는 말이니까 싫어요."

초등학생에게 핀잔을 들은 오지가 어깨를 움츠리자 시시다가 "어린 녀석이 입만 살아가지고" 하며 입을 삐죽거렸다. 그후에도 아빠와 아들 사이에 "이리 와", "싫어" 하고 실랑이가 이어졌다.

억지로 안고 건너는 편이 빠르지 않을까 생각하고 있자니 히루코 씨가 앞으로 나섰다.

"괜찮아, 봐봐."

히루코 씨는 일부러 통통 튀는 발걸음으로 두 사람을 앞질러 다리 한복판에서 두 팔을 벌렸다.

"이리 오렴, 준."

히루코 씨의 순수한 미소에 두려움을 떨쳐냈는지 준은 칭얼거림을 멈추고 아빠를 남겨둔 채 히루코 씨 곁으로 쪼르르 달려갔다. 그걸 보고 시시다는 "정말 약아빠진 녀석이라니까" 하고 콧김을 씩씩 뿜어냈다.

나는 평소 히루코 씨의 냉철한 모습에 익숙한지라 이렇듯 환히 웃으며 아이를 상대하는 그녀를 보고 있으니 신선하면서도 어쩐지 마음 한구석이 쓰린 기분이었다.

옆에서 도이로가 동경의 눈빛을 던지며 멍하니 중얼거렸다.

"겐자키 씨는 좋겠다. 예쁜데다 다정하기까지 하다니, 뭘 먹으면 저렇게 될 수 있을까."

"나도 떼를 좀 써볼까." 오지가 농담을 던졌다.

"바보 같은 소리 그만하고 가자."

도키노가 재빨리 걸음을 옮겼다.

아래에서 우렁차게 흘러가는 소코나시카와 강을 바라보며 다리를 건너자, 경사가 급한 산비탈이 양쪽을 감싸고 울창한 나무들이 위쪽을 뒤덮은 길로 들어섰다. 어제 비가 내렸는지 축축한 낙엽이 덮인 길에서 풍기는 냄새가 코를 찔렀다.

얼마 지나지 않아 선두에 있던 준이 뭔가를 가리키며 소리쳤다.

"저 집 좀 봐요. 엄청 고물이야!"

길 양쪽 비탈의 오 미터쯤 위에 반쯤 낙엽에 묻힌 채 간신히 가옥의 형태를 유지한 폐가가 띄엄띄엄 보였다. 패잔병들의 후예가 살았던 집들의 잔재일까.

옆에서 걷던 히루코 씨가 비탈에 얼굴을 가까이 댔다.

"이 비탈, 인공적으로 만든 옹벽이었네."

히루코 씨 말대로 토사에 파묻혀 거의 눈에 띄지 않았지만, 흙덩이 틈새로 규칙적으로 쌓인 돌이 보였다.

"집을 세우려고 지반을 강화한 걸까요?"

"산비탈이 무너지는 걸 방지하는 것처럼도 보이는데."

"이런 곳에 아직도 사키미라는 사람이 살고 있단 말이야?"

사람이 살 만한 집이 보이지 않아서인지 시시다가 경계심 어린 목소리로 물었다. 하지만 앞장서서 나아가는 도키노는 한순간 어깨 너머로 시선을 주었을 뿐 대답하지 않았다. 따라오면 알 거라는 듯한 낌새였다.

그때 도키노 바로 뒤를 걷던 오지가 놀란 듯 목소리를 높였다.

"저건 뭐야."

시선이 향한 산길의 도착점은 광장처럼 탁 트인 장소였다. 좌우는 산, 뒤편은 암벽으로 둘러싸였고, 광장 앞쪽에는 테니스 코트만 한 채소밭이 있었다. 그 안쪽에 지금까지 본 폐가들과는 완전히 딴판으로 생활감이 느껴지지 않는 모양의 건물이 있었다.

마안갑魔眼匣.

우리는 곁으로 다가가 건물을 올려다보았다.

확실히 상자匣라는 이름에 어울리는 건물이었다. 디자인이라는 개념은 어디다 팔아먹었는지 단순히 약간 납작하게 생겼을 뿐인 콘크리트 건조물은, 짓고 나서 오랜 세월이 흘렀는지 외벽 곳곳이 검은 곰팡이와 이끼에 뒤덮여 암녹색으로 물들어 있었다.

"뭔가 좀 이상하지 않아요?"

겁에 질린 듯 도이로의 목소리가 약간 떨렸다.

도이로뿐이 아니었다. 건물이 뿜어내는 요상한 분위기가 모두를 집어삼켰다.

폭이 이십 미터가 넘는 건물이지만, 창문은 하나도 보이지 않았다. 주거용이라기보다는 광에 가깝다. 외부의 침입을 막고, 안에 든 것을 감추기 위한 건물.

이상하다.

그렇기에 우리의 목적지가 맞다는 확신이 솟았다.

옆을 보자 히루코 씨도 경계심이 가득한 눈으로 건물을 쏘아보고 있었다. 정말로 마다라메 기관과 관련된 시설이라면 앞으로 어떤 위험이 기다리고 있을지 모른다.

하지만 태평하게 목소리를 높이는 사람도 있었다. 구키자와다.

"대단하다, 여기가……."

구키자와는 들뜬 표정으로 건물 옆쪽으로 돌아가려 했다.

하지만 다음 순간, 그는 "으악" 하고 비명을 지르며 엉덩방아를 찧었다.

건물 뒤편에서 검은 형체가 쑥 나타났다.

검은 원피스를 입은 날씬한 여자. 그 모습을 보고 도키노는 딱딱한 목소리로 말했다.

"핫토리 씨, 무슨 짓을……."

여자는 엽총을 들고 있었다. 하지만 다행히도 총구는 이쪽을 향하고 있지 않았다. 핫토리라고 불린 여자는 엉덩방아를 찧은 구키자와에게서 우리 쪽으로 시선을 옮겼다.

"도키노…… 아키코 씨잖아요. 의외네요, 설마 당신이 돌아올 줄이야."

차분한 목소리. 나이는 도키노보다 약간 위, 아마 서른 살 전후이리라. 아무렇게나 묶은 긴 흑발이 뽀얀 피부와 어우러져 일본화에 나오는 여자 귀신을 방불케 했다. 코와 입이 조그마하고 약간 여우 눈을 지닌 미인이다.

"성묘하러 들렀을 뿐이야. 그보다 왜 총을 들고 돌아다니는 거야?"

도키노의 비난 섞인 말에 핫토리는 채소밭 쪽으로 시선을 옮기고 중얼거렸다.

"곰."

자세히 보니 채소밭에는 잡아 뜯긴 작물의 잎과 줄기가 어지러이 널려 있었고, 흙도 부자연스럽게 울룩불룩했다.

"곰 발자국이에요. 겨울잠을 자기 전에 먹을 게 없어서 내려왔는지도 모르겠네요."

"이야, 어디어디?"

오지가 싹싹한 태도로 핫토리 곁에 다가가 쪼그려 앉았다.

"이게 곰 발자국? 용케 알아봤네. 그럼 지금도 곰이 이 주변을 어슬렁거리고 있다는 겁니까?"

"산으로 돌아간 것 같아요. 하지만 요 몇 년 새 목격되는 빈도가 늘어났으니 조심하는 게 좋겠죠."

오지는 핫토리가 든 엽총에 시선을 주었다.

"실물은 처음 봤는데 생각했던 것보다 작네요. 이걸로 곰을 잡을 수 있습니까?"

"산탄총이니까 일반적인 소총보다는 작죠. 원래 커다란 짐승을 사냥하는 용도는 아니지만, 지금은 슬러그탄•을 장전해놨어요."

"그런가요. 산탄총 하면 조그마한 탄알이 흩뿌려지는 이미지인데, 총알에도 여러 가지가 있군요."

오지는 친근하게 잡담을 이어나갔다. 안타깝게도 핫토리는 자기소개도 없이 친밀한 태도로 나오는 그가 약간 성가신 듯 보였지만.

"저 사람은 어떤……?"

히루코 씨가 작은 목소리로 물었지만 도키노는 들으라는 듯이 크게 대답했다.

"사키미 님의 수발을 들고 있어. 옛날에 요시미에 살던 친척에게 사키미 님 이야기를 듣고 봉사할 숙명을 느꼈다나. 내가 아직 요시미에 있었던 시절이니까 오 년쯤 전일

• 산탄총에 이용되는 한 개의 덩어리로 된 총알. 산탄보다 사정거리와 파괴력이 뛰어나다.

거야. 직장까지 때려치우고 도쿄에서 이런 촌구석으로 오다니, 정신이 어떻게 됐나 봐."

그러자 핫토리가 몸을 돌려 의미심장한 시선을 던졌다.

"남이 뭐라 생각하든 어떻게 살지는 본인의 자유예요. 안정된 직장을 버리고 낙향하든, 아버지의 죽음을 계기로 시골을 떠나 머리를 빨갛게 물들이든."

언급을 피하고 싶은 이야기였는지 도키노의 얼굴이 붉으락푸르락 달아올랐다.

"늘 그렇게 사람을 낮잡아보고!"

언성을 높이다가 겨우 자제했다.

아무래도 두 사람은 겉모습이 대조적일 뿐만 아니라 예전부터 서로 잘 안 맞았던 모양이다.

"그것보다, 요시미 주민들은 대체 어디로 갔어? 그리고 도중에 있는 출입 금지 펜스, 그건 또 뭐야?"

"저 말고 다른 사람들은 며칠 전에 마을을 떠났어요." 핫토리는 무감정하게 대답했다.

"무슨 일 있었어?"

"아직은 없죠."

그건 무슨 소리지.

핫토리가 왜 이렇게 아리송하게 표현하는지 몰라 우리는

그저 얼떨떨하면서도 당혹스러울 뿐이었지만 도키노는 안색이 싹 달라졌다.

"설마 사키미 님이……."

도중에 말을 끊었다. 그걸 보고 핫토리는 태연하게 대꾸했다.

"알고 싶으면 직접 여쭤보는 게 어떨까요. 마침 지금……."

"이보게들, 무슨 잡설이 그렇게 길어?"

뒤쪽에서 이야기를 듣고 있던 시시다가 더는 못 참겠다는 듯 끼어들었다.

"아까부터 이야기에 전혀 진전이 없잖아. 부탁하는 입장이면서 미안하지만, 난 전화 한 통만 빌리면 된다고."

뒤이어 각자 기름이 필요하다는 둥 사키미를 만나고 싶다는 둥 원하는 바를 밝히자 핫토리는 "일단 안으로 안내할게요" 하며 앞장섰다.

도키노는 여전히 땅에 발이 붙은 듯 꼼짝도 하지 않았지만, 히루코 씨가 "안 가세요?" 하고 재촉하자 체념한 듯 마지못해 따라왔다.

핫토리가 거대한 콘크리트 상자 앞에 서서 쌍바라지 철문의 한쪽만 앞으로 당겼다.

살풍경한 현관홀이 눈에 들어왔다. 정면 벽의 양 모퉁이에서 꺾어 들어 디귿 자 모양으로 복도가 뻗어 있는 듯했다.

"신발을 신고 들어와도 상관없지만 흙은 털어주세요."

난방이 되어 있으리라 기대하고 현관홀에 발을 들여놓았지만, 온도는 바깥과 다를 바 없었다. 역시 창문은 없고, 좌우 복도 안쪽에서 희미한 빛이 새어 나오고 있을 뿐이었다. 전등을 최소한으로 켜놓은 모양이다. 제일 앞에 있던 핫토리가 망설임 없이 벽에 달린 스위치 몇 개를 누르자 복도의 형광등이 켜져 시야가 단숨에 밝아졌다.

온통 흰색 도료가 칠해진 콘크리트 벽이라 형광등 불빛이 오히려 싸늘한 인상을 더했다.

우리가 선 입구 바로 오른쪽에는 유리가 끼워진 접수창구가 있었다. 그 앞에는 서양의 요정을 모방한 듯한, 주먹 두 개 크기의 녹색 펠트 인형이 네 개 놓여 있었다. 각각 봄, 여름, 가을, 겨울을 형상화한 듯 왼쪽부터 벚나무 가지, 밀짚모자, 단풍잎, 눈 결정으로 장식해두었다. 수작업으로 만들었는지 친근한 느낌의 인형이지만 이 건물의 분위기에는 어울리지 않았다.

그때 오른쪽 복도에서 중년 남자가 나타났다. 자수가 많이 들어간 블루종에 물이 빠진 청바지. 머리숱이 적고 등이 굽어 나이 들어 보이지만 어쩌면 아직 마흔 살 정도일지도 모르겠다. 만약 여기가 파친코 게임장 앞이었다면 이 남자만큼 잘 어울리는 사람은 없으리라.

"아, 핫토리 씨. 저 전화 완전히 먹통인데. 고장 난 거 아니야?"

불만스럽게 말을 꺼내던 남자는 입구를 막듯 서 있는 우리와 눈이 마주치자 얼굴 전체를 구기듯 일그러진 웃음을 지었다.

"어쩐 일로 이렇게 많이들 오셨대? 단체 관광객? 아니지. 이런 두메산골에서는 조난이나 집단 자살이 더 현실적인 걸."

주민인 핫토리 앞에서 뻔뻔스레 떠벌리고는 제풀에 어깨를 흔들며 낄낄거렸다. 아무리 농담이라도 도가 너무 지나친 것 아닌가. 나는 초면인 이 남자를 마음속 '싫음' 박스 안에 분류하고 최대한 얽히지 않기로 결심했다.

"전화가 불통이라고? 이봐, 그게 무슨 소리야."

시시다가 남자의 발언을 물고 늘어졌다.

"그게 말이죠." 남자는 뒷주머니에서 자동차 리모컨 키가 달린 '피처폰'을 꺼내고 어깨를 으쓱했다. "직장에 보고하려는데 이게 안 돼서 유선전화를 빌렸거든요. 그런데 수화기를 들어도 아무 소리도 없이 잠잠하더라고요. 핫토리 씨,

저거 동전을 넣어야 되는 거 아니지? 아니면 잘 두드려야 하나?"

남자는 익살스럽게 손날로 내리치는 동작을 취하고 또 혼자 웃었다. 몸짓 하나하나가 눈에 거슬리는 사람이다. 마음속에서 남자를 '몹시 싫음' 박스로 옮기고 있자니 옆에 있던 히루코 씨가 등을 탁탁 두드렸다. 그리고 고개를 끄덕이며 벚꽃색 입술을 '워워' 하고 움직였다. 내 얼굴에 드러난 짜증을 읽은 모양이다.

핫토리는 남자의 익살에 표정 변화 하나 없이 "불통이던가요" 하고 대꾸했다.

"이만 갈래!"

갑자기 뒤에서 도키노가 외쳤다.

그녀는 딱딱하게 굳은 표정으로 입구를 향해 한 발짝 한 발짝 뒷걸음쳤다. 방금 전까지의 강경하던 태도는 자취를 감추고 눈에 공포의 빛이 어렸다. 대체 어찌된 일일까.

"들었죠. 전화는 못 써요. 더이상 여기 있을 이유 없잖아요."

도키노가 시시다 부자를 설득하려 했지만 시시다는 아직 포기가 안 되는 모양이었다.

"잠깐만. 기초적인 작동 불량일 가능성도 있어. 일단 전화기가 있는 곳으로 안내해줘."

"내가 전화를 쓸 수 있는 곳까지 차로 데려다주면 되잖아요."

"여기서 마칠 수 있는 일이라면 여기서 마치는 편이 합리적이지. 아닌가."

말다툼을 나누는 두 사람 사이에서 준이 머뭇머뭇 입을 열었다.

"나, 화장실 가고 싶은데."

독기가 빠진 듯 두 사람은 응수를 멈췄다.

그러자 핫토리가 방치되어 있던 우리를 한 명씩 바라보며 분위기를 수습했다.

"여기에 이러고 서 있다고 이야기에 진전이 있는 건 아니겠죠. 일단 안으로 안내할 테니 각자의 용건은 그후에."

모두가 핫토리를 뒤따르는 가운데, 도키노 혼자 "여기서 기다릴게" 하고 완강히 거부했다. 하는 수 없이 그녀를 현관홀에 남겨두고 우리는 오른쪽 복도로 나아갔다.

"아, 예쁘다."

음울한 분위기를 전환하려는 듯 도이로가 목소리를 높였다. 그녀는 복도 끝 벽에 설치된 간소한 꽃병 받침대를 보고 있었다. 받침대에는 노란 꽃나무가 꽂힌 꽃병이 놓여 있었다. 수많이 갈라진 가지에 비즈처럼 조그마한 꽃이 만발해 화려했다.

"저건 핫토리 씨가 꽃꽂이하신 거예요?"

앞장서서 걸어가던 핫토리가 고개를 돌리고 아주 살짝 웃음을 지었다.

"뒤뜰에서 기르는 에리카라는 꽃이에요. 저쪽에는 흰색을 꽂아놨죠. 이런 거라도 놔두지 않으면 너무 살풍경하니까요."

그러면서 뒤쪽의 왼쪽 복도 끝을 가리켰다. 반대쪽 꽃병에는 흰색 꽃이 보였다.

"그럼 아까 그 펠트 인형도?"

나는 접수창구에 놓여 있던 인형 네 개에 대해 물어보았다. 살풍경한 분위기를 완화하기 위해서 놓아두었느냐는 뜻이었지만, 핫토리는 다르게 받아들인 듯 고개를 저었다.

"저건 요시미 주민이 취미로 만든 걸 받은 거예요. 자, 이쪽이에요."

모퉁이에서 왼쪽으로 꺾자마자 나온 방으로 안내받았다. 난방이 되어 있어 따뜻했다. 큼지막한 테이블 두 개가 나란히 배치되어 있었고, L 자 형으로 구부러진 방 안쪽에 카운터식 주방이 보였다. 카운터에 놓인 전기밥솥에서는 작은 소리와 함께 김이 피어오르고 있었다. 식당인 듯했다.

우리가 짐을 내려놓고 한숨 돌리는 사이에 핫토리는 준을 데리고 화장실로 향했다.

입구 옆 받침대에 놓인 전화기는 코드가 달린 구식이었으나 그나마 버튼식이었다. 시시다는 몇 번 수화기를 들었다가 놨다가 버튼을 눌렀다가 하더니 결국 고개를 저었다.

"안 되는군. 소리가 전혀 들리지 않는 걸로 보아 전화기나 회선 둘 중 하나에 문제가 있는지도 모르겠어."

"이런, 이런. 재수 옴 붙었네요."

오지가 어깨를 움츠렸다. 과장된 연기 같은 몸짓이었지만 신기하게도 눈꼴시지 않은 건 그가 미남이기 때문일까.

나는 그 옆에서 히루코 씨와 얼굴을 마주 보았다. 도착하자마자 전화가 불통이라니, 단순한 우연으로 치부해도 괜찮을까.

말없이 테이블을 둘러싸고 앉은 우리에게 중년 남자가 히죽거리며 흥미를 보였다.

"그런데 그쪽 분들은 어쩌다 여기에?"

히루코 씨가 남자를 똑바로 바라보고 웃음을 지었다.

"각자 사정이 있겠지만 저는 당신들의 기사를 보고 왔어요, 《월간 아틀란티스》 기자님."

느닷없는 강펀치였다.

남자뿐만 아니라 나까지 깜짝 놀라 히루코 씨의 얼굴을 들여다보았다.

"우, 우리, 어디서 만났던가?"

"그렇게 놀라지 마세요. 반쯤은 감이니까요. 펜스 앞 공터에 세워져 있던 승용차. 번호판에 대여업용인 '와'가 들어 있으니까 렌터카일 가능성이 높죠. 즉, 운전자는 요시미 주민이 아니라고 보는 게 자연스러워요. 그렇다면 가장 유력한 후보는 저희보다 먼저 와 있던 당신이겠죠. 또한 렌터카는 개인 차량보다 보수와 점검에 훨씬 공을 들일 테니 고장 나서 거기 멈췄다고 보기는 힘들어요. 다시 말해 요시미나 옛 진안 지구가 목적지였을 테고요. 그리고 당신은 아까 '직장에 보고'라는 표현을 썼어요. 연락이 아니라 보고. 여기에 업무의 일환으로 왔다는 뜻이죠."

히루코 씨의 달변에 시시다와 오지도 어안이 벙벙한 표정이었다.

"마지막으로 하나 더. 번호판에 기재된 지명은 여기 W현이었어요. 이건 좀 따져봐야 해요. 왜냐하면 렌터카를 이용하는 이유는 주로 세 가지니까요.

첫 번째, 차가 없는 사람이 차를 이용할 필요가 있는 경우.

두 번째, 이사 등 특수한 용도에 적합한 차가 필요한 경우.

세 번째, 여행 등의 목적으로 멀리 떨어진 곳에서 이용하는 경우.

당신은 휴대전화에 리모컨 키를 달아놓았으니 첫 번째는 제외할 수 있어요. 렌터카는 보통 승용차였으니까 높은 확률로 두 번째도 제외. 남은 건 세 번째. 당신이 멀리서 비행기나 기차로 왔을 경우예요. 적어도 이 지역 밖에서 왔다고 봐야겠죠. 이상을 정리하면 업무를 하기 위해 관광지도 아닌 산속에 왔다. 스마트폰이 아니라 피처폰을 사용하는 걸로 보건대 전화를 많이 하는 직종에 속한 사람이지만, 이렇게 사람이 없는 곳에 영업을 하러 오지는 않았을 것이다. 따라서 사키미라는 인물을 취재하기 위해 수도권에서 온 기자가 아닐까 추측해봤을 뿐이죠. 유일한 답은 아니지만 제일 자연스러운 해답일 것 같았어요."

멍하니 입을 벌리고 있던 중년 남자가 "이야, 굉장한걸" 하고 중얼거리며 블루종 호주머니에서 명함을 꺼내 히루코 씨에게만 내밀었다.

"이렇게 젊은 여성 독자도 있다니 우리도 아직 쓸 만하군. 만나서 반가워, 우스이라고 해. 편집자지만 기자도 겸하거든."

우스이 라이타.

명함에 "히사마쇼보 《월간 아틀란티스》 편집자"라는 직함이 명조체로 당당하게 적혀 있었지만, 상대의 신용을 얻고 싶다면 잡지 이름은 반드시 빼는 편이 나을 듯했다.

"기자라."

시시다가 씁쓸하게 중얼거렸다.

"우와, 진짜 《월간 아틀란티스》 사람? 왜 선배, 내가 요전에 보여준 잡지 있잖아요."

뒤쪽에서 이야기를 듣고 있던 구키자와가 흥분한 어조로 도이로에게 말했다. 스기사와무라 마을에 얽힌 도시 전설에 관해서도 해박한 것으로 보아, 그는 오컬트 애호가이자 《월간 아틀란티스》의 독자이기도 한 모양이었다.

대화를 따라가지 못한 오지가 의문을 제기했다.

"기자라니요?"

우스이가 《월간 아틀란티스》 편집부에 기묘한 편지가 배달됐다는 것, 편지 내용과 흡사한 사건이 잇달아 발생했다는 것, 옛날에 어떤 조직이 초능력 실험을 행했다는 것 등을 설명했다.

"그리고 실험이 행해진 마을이 아무래도 여기인 듯해서 취재하러 온 거야."

자랑스러운 듯한 우스이의 말에 오지는 "아, 네" 하고 둔한 반응을 보였다. 시시다는 상대할 가치도 없다고 생각했는지 그냥 무시했다.

나도 궁금한 점을 물어보았다.

"기사에는 익명의 편지라고 나왔던데요. 어떻게 여기 옛 진안 지구를 찾아내신 건가요?"

우리처럼 탐정에게 의뢰라도 한 걸까.

하지만 우스이는 "안 돼, 안 돼" 하고 옅은 웃음을 지었다.

"그건 기업 비밀……이라고 할 정도는 아니지만 나중에 기사로 쓸 소재니까 좀 봐주라. SNS 같은 곳에 퍼지기라도 했다가는 분명 감봉이야. 안 그래도 박봉인데. 아, 내 성에 빗댄 건 아니고•."

그렇게 말하고 또 혼자 낄낄거렸다.

히루코 씨가 어이없다는 듯 한숨을 쉬길래 등을 탁탁 두드려주었다.

"내비게이션에도 산밖에 안 나오는 곳이잖아. 아침부터 사방을 헤맨 끝에 간신히 이 건물을 발견했는데, 사키미 님과는 못 만나니까 돌아가라는 말로 일관하더군. 두 시간을

• 일본어로 '우스이(薄い)'에는 얇다, 모자라다, 박하다 등의 뜻이 있다.

버틴 끝에야 간신히 면담을 허락받았어. 댁들도 나한테 감사하라고."

아아, 아까 핫토리가 "마침 지금"이라고 한 건 우스이가 사키미와 면회한다는 뜻이었구나.

잠시 후 핫토리가 준을 데리고 식당에 돌아오자 시시다가 일어섰다.

"역시 도키노 씨에게 신세를 지는 수밖에 없겠군. 먼저 실례할게."

잠깐 쉴 틈도 없어 준은 진저리난다는 표정이었지만, 나갈 때 히루코 씨를 보고 "안녕" 하고 손을 흔들었다. 히루코 씨도 작게 손을 흔들어 답했다.

그들의 뒷모습이 현관 쪽으로 사라지자 핫토리가 "그럼 사키미 님과 면담을 희망하시는 분은 안내하겠습니다" 하고 말했다. 목 빠지게 기다렸다는 듯 벌떡 일어선 우스이에 이어 우리도 식당을 나섰다. 기름이 필요한 오지는 이야기를 꺼낼 기회를 놓쳤지만, 흥미를 느꼈는지 얌전하게 따라왔다.

식당을 나서 현관과 반대 방향인 왼쪽으로 나아갔다. 그리고 바로 나온 모퉁이에서 오른쪽으로 꺾자 목제 미닫이문이 보였다. 핫토리는 그 앞에 멈췄다.

"얘들아, 뭐 해?"

제일 뒤에 있던 오지가 소리쳤다. 돌아보자 도이로와 구키자와가 따라오지 않았다.

"아, 바로 갈 테니까 먼저 가세요."

아까 있었던 식당 방향에서 구키자와의 목소리가 들렸다. 사키미를 만나려고 왔을 텐데 뭘 하는 걸까 마음에 걸렸지만, 우스이가 조바심을 내며 "사키미 씨를 마냥 기다리게 하는 것도 실례잖아" 하고 재촉해서 핫토리는 미닫이문 너머에 말을 걸었다.

"실례합니다. 방문객을 모셔 왔어요. 실은 방금 전보다 인원이 늘었는데요."

안에서 흐릿한 목소리가 들렸다. 들어오라고 한 것 같았다.

낡은 탓인지 미닫이문이 빽빽해서 드륵, 드륵, 하고 두 번에 나뉘어서 열렸다.

안쪽은 네 평이 좀 안 되는 전통식 방이었다. 입구 정면에 놓인 서궤 뒤편에 한 할머니가 앉아 있었다.

저 사람이 사키미인가.

사키미는 무녀나 수행자가 입을 법한 흰옷 차림이었다. 소맷자락에서 뻗어 나온 두 팔은 살가죽이 뼈에 달라붙은 듯이 보일 만큼 가늘었다. 백발은 힘없이 머리에 찰싹 들러붙었고 얼굴에는 주름이 자글자글했지만, 둘레가 거무스름한 두 눈으로 마치 먹잇감을 노리는 맹금류같이 날카롭게 우리를 노려보았다.

서궤 위의 작은 꽃병에는 아까 복도에서 본 하얀 에리카꽃이 꽂혀 있었다. 오른편에 이부자리가 깔려 있는 것으로 보건대 사키미는 하루의 꽤 많은 시간을 누워서 보내는지도 모른다. 왼편에는 나지막한 옷장과 아담한 화장대. 천장에는 약간 침침한 형광등이 방을 밝히고 있었고, 그 외에는 환기용으로 추정되는 통풍구가 있을 뿐이었다.

"목숨 아까운 줄 모르는군."

땅속에서 기어 나온 듯 잠긴 목소리가 사키미의 입에서 흘러나왔다.

"썩 떠나라고 충고했을 텐데."

초장부터 적의를 보이는 통에 나는 숨을 삼켰다. 충고는 우스이만 받았으니 나머지 사람들 입장에서는 생뚱맞을 따름이지만, 어쨌거나 사키미는 우리의 방문을 환영하지 않는 모양이었다.

"에이, 그러지 마시고요. 저도 먹고살아야 하지 않습니까. 이야기만 들으면 바로 물러가겠습니다."

우스이는 사키미의 불만에도 아랑곳없이, 권하지도 않았는데 그녀의 정면에 떡하니 앉았다.

핫토리가 뭐라고 말하려 했을 때, 사키미가 혈관이 불거진 양손을 서궤에 짚고 등이 굽은 몸을 앞으로 쑥 내밀며 기침을 하기 시작했다. 물결치듯 몸을 들썩들썩하는 것이 몹시 괴로워 보였다.

핫토리가 재빨리 달려가 등을 문질러도 기침은 좀처럼 잦아들지 않았다. 무슨 지병이라도 있는 걸까.

겨우 기침이 잦아들자 사키미는 어깻숨을 쉬면서 뒤에 선 핫토리에게 말했다.

"야스코, 이제 됐어. 그만 가봐."

"하지만……."

"어정거리지 말고 얼른 가. 다음 달에 다시 오게."

야스코가 핫토리의 이름인 모양이다. 안정을 되찾은 사키미의 재촉에 핫토리는 공손하게 머리를 숙인 후 우리에게는 아무 말도 없이 밖으로 나가서 빽빽한 미닫이문을 닫았다.

나는 사키미가 '내일'이 아니라 '다음 달'에 오라고 한 것이 마음에 걸렸다. 오늘은 28일이니까 앞으로 이틀은 안 와도 된다는 걸까. 도키노의 설명에 따르면 핫토리는 요시미 주민이라는데, 무슨 사정이라도 있는 걸까.

"언제까지 거기 우두커니 서 있을 건가?"

나무라는 듯한 사키미의 목소리에 우리는 차례차례 자리를 잡고 앉았다.

"삼십 분이야. 그 이상은 못 줘."

사키미의 말에 우스이가 조금 불만스러운 표정으로 우리를 빙 둘러보았다. 취재이므로 상관없는 사람들은 나가 있기를 바랐겠지만, 사키미가 전혀 개의치 않는 기색이라 우스이도 체념한 듯 입을 열었다.

"히사마쇼보의 우스이입니다. 거두절미하고 여쭙겠습니다. 사키미 씨, 여기서 음, 예언자로 활동하고 계신다는 게 사실인가요?

이상한 표현이었다. 활동하고 계시다니 마치 의사나 변호사 같지 않은가. '네, 덕분에 번창하고 있습니다'라는 대답이 나오면 걸작이다.

사키미가 대답하려고 입을 열었다.

"아, 죄송합니다." 우스이가 불쑥 끼어들어 녹음기를 꺼냈다. "대화를 녹음하겠습니다."

참으로 경박한 남자다. 사키미가 한숨을 쉬었다.

"뭐라고 부르든 자유지만, 근 반세기 전부터 여기에 살면서 요시미에서 일어날 사고와 세상의 대사건에 관해 충고는 해왔지. 그뿐이야."

특수한 능력이 있음을 인정하는 발언이었지만 사키미의 표정은 아주 평온했다. 과장하거나 거짓말을 하는 낌새는 없었다. 일일이 "호오!" 하고 목소리를 높이는 우스이의 태도가 오히려 연기 같았다.

"근 반세기 전부터! 즉, 미래가 보인다 그 말씀이시죠?"

"눈으로 보는 것과는 달라. 사건의 단편이 영상도 문자도 아닌, 그저 정보로서 전해지지."

잘 모르겠지만 우리가 평소 보거나 듣는 것과는 다른 감각이라는 뜻이리라.

"아무튼 지금까지 수없이 적중시키셨겠죠. 어릴 적부터 가지고 계셨던 능력인가요?"

잇따른 질문에 대답하고자 사키미가 입을 열자 다시 기침이 터져 나왔다. "괜찮으세요?" 하며 일어선 히루코 씨를 손짓으로 제지하고 되물었다.

"그나저나 어떻게 나에 대해 알았지? 먼저 그것부터 들어볼까."

좀처럼 이야기가 진행되지 않아 안달이 나는 듯 우스이는 자세를 바꿔 양반다리를 하더니 아까 우리에게 했던 설명을 되풀이했다.

4월에 편집부 앞으로 익명의 편지가 배달됐다는 것. 편지 내용과 합치하는 대사건—오사카의 빌딩 화재, 사베아 호수의 집단감염 테러—이 발생했다는 것. 그리고 9월에 배달된 두 번째 편지에 W현의 외진 마을에서 초능력 실험이 행해졌다고 씌어 있었던 것.

"여기까지가 기사로 낸 내용입니다. 하지만 내지 않은 정보도 있어요."

이 말에 나와 히루코 씨는 흥미진진하게 귀를 기울였다. 우스이는 가방에서 클리어파일을 꺼내 안에 든 편지지 사본을 서궤에 내려놓고 말을 이었다.

"이곳 주소와 오늘 거기로 향하라는 지시. 그리고 하나 더."

사키미가 편지지에 적힌 해당 부분을 읽었다.

"사키미가 새로이 예언을 했다. 또 사람이 죽을 것이다. 그 저주받은 여자를 단죄해야 한다."

"어떻습니까. 이런 편지를 받았는데 무시하고 넘어갈 수는 없잖아요."

새로운 예언. 저주받은 여자. 단죄.

이렇듯 사위스러운 내용을 조사하기 위해 우스이는 지시

를 받아들여 이곳을 찾아온 것이다.

"그렇군. 자네는?"

사키미의 물음에 히루코 씨는 우리가 대학교 초자연현상 동아리이며 《월간 아틀란티스》의 기사를 보고 예언에 흥미를 느껴 독자적인 조사를 통해 겨우 여기를 찾아냈다고 즉흥적으로 이야기를 척척 지어냈지만, 우리가 사베아 호수에서 벌어진 사건의 당사자라는 사실과 마다라메 기관의 이름은 꺼내지 않았다. 공연히 그 이름을 퍼뜨려서는 안 된다는 마음에서였을 것이다.

"그 기사만 보고서 용케 여기를 찾아냈군."

우스이가 감탄한 시선을 던졌지만 히루코 씨는 "조사비를 얼마나 퍼부었는데요" 하고 웃음으로 얼버무렸다. 마지막으로 오지가 "저는 오토바이를 타고 가다가 우연히 근처에서 기름이 떨어져서요" 하고 주눅 든 목소리로 설명했지만, 우스이는 오지를 무시하고 손가락으로 편지지를 가리켰다.

"보시다시피 편지에는 어르신이 '저주받은 여자'이며 '단죄해야 한다'는 말이 적혀 있습니다. 이건 고발이라기보다 협박에 가까워요. 보낸 사람은 어르신을 노리고 있는지도 모릅니다."

사키미의 협력을 얻기 위해서인지 불안을 부추기는 듯한 말투였다.

그러자 사키미가 의외의 말을 꺼냈다.

"분명 요시미 주민의 짓이겠지. 빌딩 화재와 감염 테러도 내가 예전에 요시미 주민들에게 예언했던 일들이야."

"왜 마을 사람이 이런 편지를?"

사키미는 찻잔을 들어 목을 축인 후 한숨 섞인 목소리로 말했다.

"날 폄하하고 싶은 작자들의 헛된 발버둥이지. 기자인 자네가 예언을 흠잡아주길 바라는 거야. 그런다고 운명이 바뀌지 않는다는 건 잘 알 텐데."

"그 말씀인즉." 우스이가 입술을 핥고 목소리에 힘을 주었다. "편지에 적힌 내용은 진실이라 받아들여도 되겠군요. 어르신은 미래에 일어날 일을 알아맞힐 능력이 있으며 이 시설에서는 일찍이 M기관이 초능력 연구를 행했다."

"그 기관에 대해 말할 생각은 없어."

"그럼 곤란한데요. 저희도 아무 방증 없이 기사를 쓸 수는 없거든요. 예를 들어 내일은 어디서 어떤 사건이 발생한다는 식으로 지금 예언해주실 수는 없을까요?"

사키미는 "허어" 하고 작게 중얼거렸다. 뻔뻔한 제안에

화가 났나 싶었지만 아니었다. 사키미는 우리가 무심결에 자세를 바로 할 만큼 진지한 눈빛을 던지며 조용히 말했다.

"원래대로라면 구경거리가 아니라고 나무라야겠지. 하지만 편지에 적혀 있다시피 나는 이미 요시미 주민들에게 예언을 하나 했어. 자네들에게 알려주든 감추든 결과는 변하지 않겠지."

"어떤 예언을 하셨는데요?" 히루코 씨가 물었다.

사키미는 찻잔에 시선을 준 채 입을 열었다.

"11월 마지막 이틀 동안 진안에서 남녀가 두 명씩, 총 네 명이 죽는다."

방에 있던 모두가 그 말의 의미를 파악하는 데 잠시 시간이 걸렸다. 두 명씩, 총 네 명이 죽는다?

"믿든 말든 마음대로 해……. 왜 사람들이 아무도 없는지 이제 알겠지?"

오늘은 11월 28일. 내일과 모레가 바로 11월 마지막 이틀에 해당한다. 핫토리에게 다음 달에 오라고 한 것도 그래서인가.

이 예언은 전혀 예상외였는지 우스이가 머리를 긁적이며 수첩을 펼쳤다.

대화가 끊기자 나는 도이로와 구키자와가 아직 오지 않

왔음을 깨달았다. 지금 이 이야기를 듣는 게 사키미를 만나러 온 그들의 목적 아니었을까. 옆에 있던 오지에게 말을 걸었다.

"도이로 일행이 늦네요."

사키미가 놀란 표정으로 이쪽을 보았다.

"도이로? 누가 또 남았나?"

"고등학생 두 명인데 지금 식당에."

그러자 오지가 이렇게 말했다.

"식당을 나설 때 힐끗 봤는데 도이로가 가방에서 노트 같은 걸 꺼내더라고."

버스에서 목격한 광경이 머리를 스쳤다. 스케치북은 토트백에 들어 있었다. 설마 지금 도이로는 그때처럼 그림을 그리고 있는 것 아닐까.

히루코 씨와 눈이 마주쳤다. 도이로의 동태를 살피러 가야 한다. 하지만 둘 다 여기를 떠날 수는 없다. 우스이가 다른 정보를 꺼낼지도 모르고, 사키미와 이야기를 나눌 수 있는 시간은 한정되어 있다. 몸을 일으켜 내가 보러 가겠다는 의사를 표시하자 히루코 씨도 고개를 끄덕였다.

"잠깐 실례하겠습니다." 그렇게 말하고 방을 나서서 재빨리 식당으로 향했다.

쌍바라지 문은 닫혀 있었다. 도이로가 그림 그리는 걸 감추고 싶어 했다는 사실이 생각나 나는 살금살금 문으로 다가갔다. 운 좋게도 문짝이 서로 잘 맞물리지 않는지 빈틈이 있어 안을 엿볼 수 있을 것 같았다.

빈틈에 살그머니 오른쪽 눈을 가져다 대자 이쪽에 등을 돌리고 앉은 도이로가 보였다. 테이블 위에 이미 사용한 듯한 색연필 몇 개가 어지러이 널브러져 있었다. 살짝 비스듬히 옆에서 들여다보는 각도라 도이로의 어깨 너머로 스케치북이 거의 다 눈에 들어왔다.

스케치북에는 뭔가가 활활 불타는 광경이 그려져 있었다. 검은색과 갈색으로 이루어진 평평한 구조물을 보니 소코나시카와 강을 건널 때 지나온 낡은 목조 다리가 제일 먼저 떠올랐다.

안에서 도이로와 구키자와가 말다툼을 벌였다.

"도망치자니, 왜?" 도이로의 비난 어린 목소리.

"그거, 아무리 봐도 도중에 건너온 다리잖아요. 그 다리가 불타 무너지면 여기서 못 나가요. 시간이 없다고요."

구키자와의 목소리에서 지금까지는 느껴지지 않았던 초조함이 묻어났다.

"우리만? 다른 사람들한테도 알려줘야지."

"뭐라고 설명할 건데요. 좀 있으면 다리가 불탈 거라고?"

반론에 도이로가 입을 다물었다.

역시 도이로는 우리가 식당을 나설 때부터 그림을 그린 것이리라. 구키자와는 그림을 지켜보기 위해 남았다. 그리고 그들은 그림의 내용이 곧 현실이 되리라 믿는다.

더이상 숨어 있을 이유는 없다. 두 사람에게 사정을 들어야 한다고 판단하고 나는 문을 활짝 열었다. 두 사람은 용수철 장치처럼 뒤를 홱 돌아보았다.

"하무라 씨."

도이로는 동요를 감추지 못했다. 경계를 풀 만한 말을 건네려고 내가 입을 열었을 때였다.

현관 쪽에서 남자가 쉰 목소리로 고래고래 고함을 질렀다.

"큰일이다! 다리에, 다리에 불이 났어!"

한순간 얼굴을 마주 본 우리는 즉시 현관으로 달려갔다. 시시다가 무릎을 손으로 짚은 채 거친 호흡을 가다듬고 있었다. 뛰어서 여기까지 돌아온 모양이다.

그의 목소리가 들렸는지 사키미의 방에 있던 사람들도 허둥지둥 달려왔다.

식당 맞은편의 방문이 열리고 핫토리가 나왔다. 이미 요시미로 돌아간 줄 알았는데 아직 남아 있었던 모양이다.

"다리에 불이 났다고요? 그게 무슨 말씀이세요?" 핫토리가 차분한 목소리로 물었다.

"말 그대로야. 활활 타올라서 건너갈 수가 없다고. 소방 도구는 없나!"

시시다의 말에 일동이 술렁거렸다. 핫토리가 현관홀 옆 사무실처럼 보이는 방에서 낡은 소화기를 꺼내 왔지만 시시다는 "그런 걸로는 어림도 없어" 하고 탄식했다. 도키노와 준은 어쨌느냐고 묻자 다리에서 떨어진 곳에 대기시켜 놓았다고 했다.

"일단 가보죠."

히루코 씨가 밖으로 뛰어나갔다. 오지가 "저한테 주세요" 하고 핫토리 손에서 소화기를 받아 들었고, 우리도 현관을 뛰쳐나갔다.

하늘은 밤 속에 가라앉으려는 듯 깊은 남색으로 물들어 있었다.

다리로 달려가며 아까 식당에서 본 도이로의 그림에 대해 생각했다.

요시미로 향하는 버스 안에서 도이로는 버스 사고로 추정되는 그림을 그렸고, 직후에 그림 속 광경은 현실이 됐다. 양쪽에 인과관계가 있는지는 아직 모르겠다. 도이로와 구키자와가 획책한 트릭이었을 가능성도 부정할 수는 없다. 텔레비전 방송이든 마술 쇼든 까보면 '왜 그렇게까지' 하고 모두가 어이없어할 만큼 공을 아끼지 않는 사람은 존재한다.

하지만 식당에서 본 그들의 안절부절못하는 모습은 도저히 연기로 느껴지지 않았다.

"하무라, 저기!"

히루코 씨가 외치는 것과 동시에 나도 알아차렸다. 색종이를 잘라 붙인 것처럼 남색 하늘을 가린 나뭇가지와 잎 틈새로 마치 온 세상에 암흑을 흩뿌리듯 시커먼 연기가 피어오르는 것이 보였다.

"젠장." 나도 모르게 욕이 튀어나왔다.

그로부터 채 오 분이 지나기도 전에 현장에 도착했지만 다리는 이미 대부분 불타서 무너졌고, 골짜기 아래의 교각에 남은 불길만이 약 올리듯 혀를 날름거리고 있었다. 원래 다리가 있었던 곳에는 깎아지른 듯한 골짜기가 입을 떡 벌리고 있었다.

도키노는 연기에 휩싸이지 않도록 충분히 떨어진 곳에 넋이 나간 얼굴로 우두커니 서 있었고, 아직 상황을 이해하지 못했을 준이 오히려 걱정스레 그녀를 올려다보고 있었다.

"기름 냄새가 나. 최근에 비가 내려 다리가 젖어 있었을 테니 연료를 뿌리고 불을 질렀겠지."

히루코 씨가 호흡을 가다듬으며 매서운 눈으로 남은 교각을 바라보았다.

"왜 다리가? 대체 어떻게 된 겁니까?"

소화기를 끌어안은 오지가 다그치자 시시다는 "내가 어떻게 알아!" 하고 벌컥 화를 냈다. 우스이와 고등학생 두 명도 할 말을 잃고 그저 어깻숨을 내쉬는 가운데, 뒤쪽에서 생뚱맞도록 냉정한 목소리가 들렸다.

"늦었나요? 딱해라."

늦었다? 딱하다? 그게 무슨 뜻이야.

"당신."

시시다가 닦아세우려 했을 때 히루코 씨가 건너편을 가리키며 날카로운 목소리로 말했다.

"봐요, 저기!"

다리 옆에서 산비탈로 이어지는 구불구불한 언덕길. 우거진 나무들과 석양의 역광에 섞여 사람 대여섯 명이 어렴풋하게 눈에 들어왔다.

그 모습을 보자 여름에 있었던 사건의 한 광경이 떠올랐다. 하지만 그때와는 달리 그들에게는 습격할 낌새가 없었다.

"이봐요, 거기! 보이죠. 좀 도와줘요!"

오지가 양손을 흔들었다. 하지만 그 사람들은 우리의 동태라도 살피듯 아무 반응 없이 조용했다. 그러다 한 명 또 한 명 모습을 감추고 우리만 옛 진안 지구에 남겨졌다.

돌아갈 수 있는 유일한 길인 다리가 불타 우리는 혼란스러운 심경으로 마안갑에 돌아올 수밖에 없었다.

도중에 시시다가 전화 말고 다른 연락 방법은 없냐고 핫토리에게 따지듯이 물었지만 "그런 건 없습니다" 하고 쌀쌀맞은 대답만 돌아왔다.

시선을 떨어뜨린 채 그들의 대화를 들으며 걷고 있자니 누군가가 옆에 다가붙었다. 몸집이 작아 히루코 씨인 줄 알았는데 갑자기 속삭였다.

"그림에 대해서는 비밀로 해주시면 안 될까요?"

도이로였다. 내가 되물을 틈도 없이 "부탁드립니다" 하며 고개를 살짝 숙이고 앞으로 갔다. 자신의 그림에 남에게는 말할 수 없는 비밀이 있다는 걸까. 그렇다면 그런 그림을 그리는 도이로는 대체 뭘까. 그리고 사키미를 찾아온 이유는?

이런저런 생각을 하고 있는데 느닷없이 몸 왼쪽에 통, 하고 부드러운 충격이 가해져 헛발을 짚었다.

몸을 부딪쳐 온 사람은 이번에야말로 히루코 씨였다.

"뭐, 뭐예요."

"분명 나한테 의견을 구할 거라 생각했는데, 아무리 기다려도 여고생의 매력에서 헤어나질 못하는 걸 보니 그만 샘이 나서."

"아니에요! 도이로의 행동이 신경 쓰여서, 아니, 그런 게 아니라."

놀린다는 걸 알면서도 불만스러운 듯한 얼굴로 쳐다보면 그만 동요하고 만다. 히루코 씨는 우후후 웃었다.

하지만 그 웃음에서 위화감이 느껴졌다.

억지로 밝게 행동하는 듯한 느낌이 들었다.

4

오후 6시 반.

손목시계를 보니 오늘 막차가 도착할 때가 됐다. 설마 이런 식으로 막차를 놓칠 줄은 꿈에도 몰랐다.

우리를 다시 식당에 모은 핫토리는 우선 사키미의 방으로 갔다가 돌아와서 이렇게 말했다.

"사키미 님은 잠자리에 드셨어요. 외부인과 이야기를 나눌 일은 좀처럼 없으니 피곤하신 거겠죠."

"그런 무책임한 이야기가 어디 있나."

시시다가 반발하고 나섰다.

"사키미 님께 아무리 불평해본들 새 다리가 생기는 것도 아닐 텐데요."

핫토리가 멋지게 받아치자 대학교수는 "그야 그렇지만" 하고 의기소침해졌다. 어쩌면 그저 화내는 데 지쳤을 뿐인지도 모르지만.

침묵이 찾아오자 이때다 싶었는지 아들 준이 "배고파" 하고 소심하게 말을 꺼냈고, 우리도 공복을 느꼈다.

"물어보고 싶은 게 많으시겠지만, 일단 저녁부터 드시지 않겠어요? 바로 준비할 수 있는 건 즉석식품밖에 없지만요."

핫토리는 익숙한 몸놀림으로 찬장을 열어 즉석 카레를 꺼내고 물을 끓이기 시작했다. 상황은 무엇 하나 호전되지 않았지만 먹을 게 있다는 것만으로도 불안이 약간 가시는 기분이었다.

하지만 핫토리가 퍼 담은 밥을 보고 나는 위화감을 느꼈다.

"핫토리 씨. 여기에 사키미 씨 말고 다른 분도 사시나요?"

"아니요. 사키미 님 말고는 저만 수발을 들러 드나들어요. 저도 집은 요시미에 있으니까 자고 가는 일은 거의 없고요."

의혹이 더더욱 굳어졌다.

"그 밥, 사키미 씨 혼자 드시기에는 너무 많은걸요. 누가 먹으라고 그렇게 많이?"

내 추궁에 의기소침했던 사람들도 고개를 들었다.

접시에 담긴 밥은 한 공기 이상. 핫토리는 이미 네 번째 접시를 들고 있지만, 양을 조절할 낌새는 없었다. 이대로 가면 아홉 공기가 넘는 셈이다. 우리가 처음 식당에 왔을 때 전기밥솥은 이미 작동중이었다. 처음부터 사키미 혼자서는 다 못 먹을 양을 짓고 있었던 것이다. 내일 이후의 식사도 준비해놓으려는 생각이었을까. 하지만 아까 핫토리는 금방 준비가 되는 건 즉석식품밖에 없다고 했다. 반찬은 일절 없이 밥만 잔뜩 지어놓는 건 부자연스럽다.

핫토리는 내 지적에 한순간 굳었다가 무표정하게 주걱을 다시 움직였다.

"사키미 님의 예언은 들으셨나요?"

사키미와 면담하지 않은 시시다가 무슨 소리냐는 듯 눈썹을 치켜세웠지만, 예언이라는 말에 도이로와 구키자와는 불에 덴 것처럼 고개를 번쩍 들었고, 도키노도 "역시!" 하고 원망스러운 목소리를 흘렸다.

"사키미 님은 다리가 불탈 걸 알고 있었던 거로군. 정말 못됐어. 빨리 가르쳐줬으면 갇히지 않았을 텐데."

"다리가 불탈 거라 예언하신 게 아니에요."

흥분한 도키노를 타이른 후, 핫토리는 사키미의 예언을 되뇌었다.

—11월 마지막 이틀 동안 진안에서 남녀가 두 명씩, 총 네 명이 죽는다.

"사키미 님의 예언은 반드시 적중합니다. 따라서 11월 마지막 이틀간, 즉 내일과 모레까지 사람이 네 명쯤 찾아오리라는 건 알고 있었어요. 실제로 우스이 씨가 오셨길래 더 늘어날 걸 대비해서 많이 지어놓은 거예요."

하지만 그 설명에 수긍하고 넘어가는 사람은 없었다. 다리가 불타 여기에 고립되고 말았는데 핫토리의 태도는 너무나 냉정했다.

오지가 긴장 어린 목소리로 물었다.

"설마 핫토리 씨도 '그놈들'과 한패인 겁니까?"

그놈들이란 다리를 불 질렀으리라 추정되는 골짜기 건너편 사람들을 가리키는 것이리라. 하지만 핫토리는 밥과 대화하듯 시선을 손에 떨어뜨린 채 고개를 저었다.

"그들은 요시미 주민들이에요. 하지만 다리까지 불태울 줄은 몰랐네요. 전화가 불통인 것도 분명 그들이 전화선을 끊은 탓이겠죠."

"뭐라고?" 하며 화를 내는 우스이를 제지하고 히루코 씨가 대화에 끼어들었다.

"낮에는 몸을 감추고 있었던 건가요? 대체 왜요?"

"물론 예언이 두려웠기 때문이죠. 그들은 숨은 게 아니라 며칠만이라도 요시미를 떠나 친척이나 지인의 집에 머무르며 예언으로 지정된 날짜가 지나가길 기다리고 있는 거예요. 예언에서는 진안에서 사람이 죽는다고 했지만, 요시미에 있다가는 어떤 사정으로 예언에 휘말릴지 모르니까요. 또한 집을 비운 사이에 지인이나 친구가 갑작스레 찾아올지도 모르죠. 출입 금지 펜스는 그런 느닷없는 방문을 막기 위해 부랴부랴 설치한 거예요."

“잠깐만! 그런 논리라면 사키미라는 여자는 왜 여기에 남아 있나? 사람이 죽는다고 본인이 예언해놓고.”

시시다가 밥을 다 담은 핫토리에게 삿대질을 하며 소리쳤다. 옆에 있던 준이 어깨를 잔뜩 움츠렸다.

정작 핫토리는 태연한 표정으로 내 앞에 김이 피어오르는 카레를 놓았다. 일단 “감사합니다” 하고 고개를 숙였다.

“누가 죽는다고 콕 집어 지정하신 건 아니고, 사람은 언젠가 죽는 법이잖아요. 사키미 님은 미래를 괜스레 두려워하거나 피하려 하시지 않고 평소처럼 지낼 생각이셨어요. 걱정되셨는지 저한테는 여기를 떠나라고 말씀해주셨지만요.”

하다못해 밥을 차려놓고 떠나려다 다리가 불타서 오도가도 못하게 된 것이다.

“마을 사람들은 여러분을 가둘 의도가 아니었을 거예요. 그저 요시미에서 진안으로 못 가도록 하고 싶었던 거겠죠. 진안으로 통하는 유일한 다리를 불태우면 누가 실수로 건너갈 위험도 없어지니까요. 그래서 평소 제가 집으로 돌아가는 시간까지 기다렸다가 다리에 불을 지른 직후, 진안에 남겨진 여러분의 모습을 보고 그 사람들도 놀라지 않았을까요.”

"하지만 그들은 우리를 구조하지 않고 떠났어."

"날짜가 바뀌기 전에 구조하기는 불가능하다고 판단해 단념한 거겠죠. 로프를 건너질러서 매는 정도는 가능할지도 모르지만 아마추어만으로는 위험이 따라요. 경찰이나 소방서에 신고해도 구조대원은 날이 저문 뒤에야 도착할 테고, 구조에는 시간이 걸리겠죠. 사정을 설명하기 위해 그들도 그 자리에 머물러야 할 테고요. 그들 입장에서는 제일 피하고 싶은 사태일 거예요."

"그런 이유로……."

말하다 말고 시시다는 더 토해놓을 분노도 없다는 듯 어깨를 축 늘어뜨렸다.

참지 못하겠다는 듯 구키자와가 소리를 질렀다.

"결국 버린 건 버린 거잖아요. 이거 감금이죠? 예언을 피하기 위해 이런 범죄 같은 짓을 저지르다니, 주객전도라고요."

"아니, 꼭 그렇다고 볼 수는 없어요."

대답한 건 핫토리가 아니라 히루코 씨였다.

"마을 사람들의 안전만을 고려했다면 이렇게까지 하지 않았겠죠. 만약 우리처럼 외부에서 우연히 찾아온 사람이 진안에서 네 명이나 죽는다면 세상 사람들은 어떻게 생각할까요? 하필이면 그날 요시미 주민들이 모두 집을 비웠다면요."

그 말을 듣고 나도 납득이 갔다.

"우연이라고 부르기에는 너무 수상하죠. 여론은 분명 요시미 주민들이 뭔가 관련된 게 아닐까 의심할 거예요. 경찰도 마찬가지고요. 예언은 안 믿어줄 테고, 그런 말을 입에 담기만 해도 더 수상쩍게 보겠죠."

"맞아. 마을 사람들은 자신이 죽는 것뿐만 아니라, 나중에 가해자로 의심받는 상황도 피해야 해. 그러려면 자신들이 손을 쓸 수 없는 곳에서 사람들이 죽을 필요가 있지. 그래서 다리를 불태워 요시미와 진안을 격리시킨 거야. 다리가 불탄 것만이라면 원인 모를 화재라고 얼마든지 말을 맞출 수 있으니까."

마을 사람들의 안위를 위해 제물로 바쳐졌다. 너무나 박정해서 현실미가 느껴지지 않아 우리는 멀뚱히 얼굴을 서로 마주 보는 것이 고작이었다.

"역시 그런 거였구나."

잠시 아무 말도 없었던 도키노가 밉살스럽다는 듯이 중얼거렸다.

"옛날부터 요시미 주민들은 사키미 님의 예언을 몹시 두려워했어. 하지만 설마 자신들이 살아남기 위해 이렇게까지 할 줄이야."

한때 주민이었던 그녀는 요시미에서 발생한 이변이 사키미의 예언과 관련이 있으리라 어렴풋이 눈치채고 있었던 것이리라.

"최악이야." 오지가 천장을 올려다보았다. "이런 일이 일어날 줄이야. 오토바이에 두고 온 지갑에 부적도 들어 있었는데. 놔두고 오는 게 아니었어."

"자네까지 비논리적인 이야기를 하는 건가."

시시다가 넌더리난다는 표정으로 말하자 오지가 "믿는 사람한테는 효험이 있다고요" 하고 대꾸한 걸 끝으로 침묵이 찾아왔다.

히루코 씨가 "먹을까요?" 하고 말을 꺼내자 드디어 저마다 카레에 손을 댔다. 한입 먹자마자 준이 "매워" 하고 아빠에게 혀를 쏙 내밀었다. 조용한 식당에 한동안 식기와 스푼이 달그락거리는 소리만 울려 퍼졌다.

그건 그렇고.

이 소동을 이해하려고 하면 할수록 요시미 주민들이 사키미의 예언에 얼마나 큰 영향을 받고 있는지, 그 괴이함이 부각된다. 요즘 같은 세상에 초자연적인 힘을 이렇게까지

맹신하다니.

하지만 불안한 분위기가 감도는 가운데, 이 상황을 기뻐하는 사람이 한 명 있었다. 《월간 아틀란티스》의 기자 우스이다.

그는 수첩을 꺼내 방금 히루코 씨와 핫토리가 말한 내용을 메모한 후 "좋아, 좋아" 하고 신이 난 듯 입가를 끌어올리며 말을 술술 늘어놓았다.

"어마어마한 일이 벌어졌군. 할멈한테 시시한 점괘나 들을 줄 알았는데 이런 소동이 날 줄이야. 잘하면 전국지에 실릴 수준의 현장에 있다니, 역시 인간 만사는 새옹지마라니까. 핫토리 씨, 알려진 것 말고도 예언이 실현된 사건이 있으면 이야기 좀 들려줘."

"몰라요."

사키미를 두고 할멈 운운해서 기분이 상했는지 핫토리는 딱딱한 태도로 대꾸했다. 그래도 우스이는 어딘가 뚫고 들어갈 구석을 찾아 계속 치근거렸다.

"이봐, 앞일도 생각해야지. 난 여기서 일어난 일을 하나도 빠짐없이 기사로 쓸 거야. 요즘은 인터넷으로 금방 장소와 이름을 알아낼 수 있으니, 기사를 읽은 호기심쟁이들이 몰려올 텐데. 협력하지 않으면 후회하는 건 당신이라고."

회유가 통하지 않으면 공갈인가. 참 골치 아픈 저널리스트다. 아니나 다를까 반감을 느꼈는지 오지가 우스이의 태도를 나무랐다.

"세상 물정 모르는 소리 하지 말아요, 기자님. 요즘은 잡지만이 정보 매체가 아니라고요. 당신한테 불리한 정보가 SNS에서 확산될 수도 있어요."

아까 전까지 핫토리를 다그쳤던 시시다도 "정말이지 기자라는 족속들은 돼먹지가 못했다니까" 하고 팔짱을 끼고 고개를 끄덕였다. 다른 사람들을 둘러본 우스이는 아무래도 형세가 불리함을 깨달았는지 거친 콧숨을 내쉬며 숱 없는 머리를 벅벅 긁었다.

"뭐, 알았습니다. 하지만 이것만은 물어봐야겠어요. 이 건물은 뭐지? 편지에는 수수께끼의 기관이 설립한 연구 시설이었다고 적혀 있었는데."

나와 히루코 씨는 표정 변화 없이 귀에 온 신경을 집중했다.

핫토리의 대답은 간결했다.

"오십 년쯤 전에 사키미 님을 비롯한 초능력자 몇 명을 대상으로 연구를 진행했다고 들었어요. 그게, 마다라메 기관이라는 조직이었다던가."

5

마다라메 기관이 초능력을 연구한 건물, 우리의 목적지인 '마안갑'. 오늘 아침까지만 해도 설마 거기에 숙박하게 될 줄은 상상도 못 했다. 방문객은 나와 히루코 씨를 포함해 아홉 명이나 되지만, 이 건물에는 지하층도 있어 방은 충분하다는 모양이다.

"당시는 지하에 실험실과 연구실, 실험 대상자의 방이 있었고, 1층 방은 연구원들이 사용했다고 들었어요."

핫토리는 이날에 대비해 사람이 묵을 수 있도록 평소 사용하지 않는 방을 청소해두었다. 하지만 침대는 낡은 걸 버려서 두 개가 모자란다고 한다.

"설마 이렇게 많이 오실 줄은 몰라서…… 죄송합니다."

핫토리가 고개를 숙였다. 일단 시시다 부자가 한 침대를 쓰기로 했다. 남은 건 한 명.

"제가 침대 없는 방에서 잘게요."

오지가 선선히 나섰다. 나보다 형인 그에게 미안해서 나와 바꾸자고 했다.

"라이딩하다 보면 노숙할 때도 있거든. 지붕과 이부자리가 있는 것만으로도 천국이야."

오지는 본보기로 삼아도 될 만큼 사람 좋은 웃음을 지으며 사양했다. 작은 덩치와 아이돌이라고 해도 통할 법한 잘생긴 외모만 보면 상상이 안 되지만, 오토바이를 타고 여행을 다니는 만큼 아웃도어에 익숙한 모양이라 순순히 호의를 받아들이기로 했다.

넓지는 않지만 욕실도 있다기에 희망하는 사람은 고맙게 사용하기로 했다. 지하층을 사용하는 사람부터 순서를 정해 목욕하기로 하고 헤어졌다. 이렇듯 사연 많을 법한 건물에 갇혀놓고 '잘 자라'거나 '내일 보자'고 인사하기도 이상했는지 일동은 "그럼" 하고 짤막하게 인사하고 각자 방으로 이동했다.

6

나와 히루코 씨는 1층 방을 배정받았다.

일찍이 연구원들의 방으로 사용되었다지만, 간이침대와 낡은 석유난로 말고는 아무것도 없었다. 천장 부근에 격자가 달린 통풍구가 하나 있을 뿐이다. 빈말로도 쾌적하다고는 하기 힘들었지만 불청객 입장이라 불평은 할 수 없었다.

일단 짐을 내려놓고 히루코 씨가 내 방으로 왔다.

식당에 있었던 도이로와 구키자와의 행동을 제일 먼저 화제로 삼았다.

"네가 보러 갔을 때, 걔들은 뭘 하고 있었어?"

뭐라고 대답해야 할까.

아니, 물론 히루코 씨에게 비밀을 만들 생각은 없었다. 원래 목적인 마다라메 기관의 연구와 관계가 있을지는 모르겠지만, 도이로는 버스 사고와 다리 화재, 두 번에 걸쳐 수상한 행동을 했다. 허심탄회하게 의견을 나누어야 한다.

하지만 비밀로 해달라고 부탁한 도이로의 목소리에서도 무시하기 힘든 진실미가 느껴졌다.

"하무라?" 의아해하는 목소리.

고민했지만 식당에서 내가 본 걸 솔직하게 털어놓고 최대한 도이로를 배려해주고 싶다는 속마음도 전했다.

"그렇구나." 히루코 씨는 입가에 주먹을 대고 심각한 눈으로 바닥을 내려다보았다. "두 사람의 태도로 판단하건대 사건과 그림이 일치한 건 우연이 아닌가 보네. 그리고 도이로는 그 사실을 남에게 숨기고 싶어 하고. 물론 자작극일 가능성도 버릴 수는 없지만."

자작극. 버스가 통과할 때에 맞추어 멧돼지를 풀어놓았다는 추리와 마찬가지로, 다리에 불을 지른 것도 그들이라는 건가.

"우리가 사키미 씨와 이야기하는 동안 다리에 불을 지르고 돌아오기는 시간상 힘들겠죠. 그리고 다리까지는 외길이니까 먼저 나간 시시다 씨와 도키노 씨와 마주칠 거예요."

"시한장치를 사용했을 가능성도 있어."

"그럼 다리 건너편에 있던 요시미 주민들로 보이던 사람들은 무관한 건가요?"

"우연히 연기를 보고 무슨 일인지 확인하러 왔을 뿐인지도 모르지. 그리고 핫토리 씨 말마따나 구조를 포기하고 돌아갔다거나."

무시할 수 없는 가능성이지만 그렇다고 납득이 가는 건 아니었다.

"그럼 도이로가 식당에서 그림을 그린 이유가 설명이 안 돼요. 자작극이 목적이라면 우리 눈앞에서 그렸겠죠. 제가 식당에 간 건 어디까지나 우연이라고요."

그 말을 듣고 히루코 씨는 입매를 누그러뜨리며 성의 없이 박수를 쳤다.

"과연 회장다워. 자작극이라면 상당히 아슬아슬한 계획에, 다른 협력자도 필요할 테니 그럴 가능성은 낮겠지. 그래도 자작극이라면 다음 행동에 나설 테니 일단 상황을 좀 볼까. 오히려 조심해야 할 건 사키미 씨의 예언이야."

"앞으로 이틀 동안 네 명이 죽는다는 그거요? 하지만 사키미 씨의 예언도 지금은 진위를 확인할 방법이 없잖아요."

핫토리와 도키노의 말을 믿는다면 사키미는 지금까지 몇 번이나 주민들 앞에서 한 예언이 적중했다. 사베아 호수 감염 테러와 미나미의 빌딩 화재에 대한 예언도 그렇다. 그렇기에 그들은 예언을 두려워해 다리를 불태우면서까지 진안을 고립시켰다.

하지만 예언이라는 건 거짓말이고, 모든 사건의 이면에서 마다라메 기관이 암약하고 있을 가능성도 완전히 배제할 수는 없지 않을까.

"어느 쪽이든 상관없잖아."

히루코 씨의 목소리가 복잡한 생각을 쫓아버렸다.

"하무라, 우리는 마다라메 기관에 대해 탐색하기 위해 온 거야. 예언이 진짜든 가짜든, 사키미 씨와 마안갑을 조사하는 건 변함없어."

그렇다. 그러고 보면 불가항력이라고는 하나 여기에 머무를 수 있어서 다행인지도 모르겠다.

"시간은 있어. 내일부터 본격적으로 조사를 시작하자."

이야기를 결론짓고 한 시간쯤 잡담을 나누고 있자니 누가 문을 두드렸다. 욕실을 사용하라고 알리러 온 오지였다. 벌써 일곱 명이나 목욕을 마쳤나 싶어 놀라자 우스이와 시시다 부자는 갈아입을 옷이 없어 목욕을 하지 않았다고 한다.

히루코 씨가 먼저 목욕하고 나도 욕실로 향했다. 장소는 식당 뒤쪽, 건물 뒷문 바로 앞이다. 대중목욕탕처럼 남탕과 여탕으로 구분되어 있지는 않다.

벽에 상하로 구분된 선반 여섯 칸에는 각각 옷을 담는 바구니가 놓여 있었다. 오른쪽 윗단을 골라 벗은 옷을 넣고 있자니, 바구니 가장자리에 걸린 윤기 흐르는 긴 흑발 한 가닥이 눈에 들어왔다. 도키노의 머리카락은 빨갛고, 도이로는 단발머리다. 핫토리는 아직 목욕하지 않았을 터. 그렇다면 이 바구니를 사용한 건.

나는 속으로 '실례했습니다' 하고 중얼거리고 재빨리 옆 칸으로 옷을 옮겼다.

욕탕은 그리 크지 않았지만 물은 뜨끈뜨끈하니 좋았다.

욕실을 나서서 쌀랑한 복도를 종종걸음 쳤다.

내 방으로 이어지는 모퉁이에 접어들었을 때 거기 서 있던 사람과 눈이 마주쳤다.

도이로였다.

무슨 일인가 싶어 걸음을 멈추자 도이로는 몸 앞에 양손을 마주하고 고개를 숙였다.

"저어, 감사합니다."

사람들 앞에서 그림에 대해 언급하지 않은 것을 고마워하는 듯했다. 히루코 씨에게는 말했지만, 요청에는 최소한은 부응한 셈일까.

"아니, 뭐." 갈팡질팡하는 마음으로 대답했다. 이렇게 빨리 도이로가 접촉해 올 줄은 몰랐다. 아까 상황을 보기로 결정했지만 이대로 지나쳐도 될까.

"그럼."

"그 그림 말인데."

도이로가 물러갈 낌새를 보여서 순간적으로 말을 꺼내고 말았다.

"나한테는 다리가 불타고 있는 것처럼 보였어."

두려움이 도이로의 얼굴을 희미하게 스치고 지나갔다.

"우연이에요."

낮의 또릿또릿한 태도와는 딴판으로 시선을 돌리며 속삭였다.

이건 연기가 아니다. 나는 거듭 말했다.

"그렇더라도 그 타이밍에 그림을 그리는 건 부자연스러워. 너희는 사키미 씨에게 흥미가 있었잖아. 이야기를 들을 기회를 날리면서까지 왜?"

"미술부라 그림 그리는 걸 좋아하거든요. 틈만 나면 그림을 그려요."

그걸 핑계라고 대는 건가.

"그렇기로서니……."

"너무 좋아해서 어쩔 수 없어요."

도이로는 어쩐지 울 것 같은 눈으로 우겼다. 옹색한 변명임을 본인도 알고 있는 것이리라. 나는 접근 방법을 조금 바꾸기로 했다.

"내 생각도 그래. 그러니까 감출 필요 없잖아."

"이해해줄 리 없잖아요."

"말해보지 않으면 모르지. 히루코 씨한테는 내가."

"나한테 뭐 어쩌겠다고?"

으스스한 목소리가 들린 방향으로 고개를 돌리자 히루코 씨가 자기 방의 문을 반쯤 연 채 내다보고 있었다. 덜 마른 머리카락 사이로 형형하게 번뜩이는 왼쪽 눈이 이쪽을 응시한다. 우리는 뱀의 눈빛에 사로잡힌 개구리처럼 굳어버렸다.

“히, 히루코 씨. 어디서부터 들으셨어요?”

히루코 씨는 심령사진 같은 모습 그대로 나와 도이로가 나눈 말을 정확하게 재현했다.

“‘너무 좋아해서 어쩔 수 없어요’, ‘내 생각도 그래. 그러니까 감출 필요 없잖아’, ‘이해해줄 리 없잖아요’, ‘말해보지 않으면 모르지. 히루코 씨한테는 내가’라고 하던데.”

허어어억! 어떻게 그런 부분만 콕 짚어서!

저주를 퍼붓는 듯한 목소리가 냉기를 흩뿌리며 이어졌다.

“낮부터 어째 수상하다 싶더라니. 내 추리가 옳았어.”

“대화! 그건 의도적으로 잘라낸 대화예요!”

“아니. 어떤 의미에서 안심했어. 오늘부터 널 엄연한 육식동물의 카테고리에 넣겠어. 회장 만세.”

“그만, 도이로가 얼어붙었잖아요!”

“뭐, 농담은 이쯤 하고.”

순순히 목소리를 바꾼 히루코 씨가 복도로 나와 앞쪽에 있는 내 방문을 열었다.

“둘 다 감기 걸리겠어. 들어가자.”

"저, 진짜 모델인 줄 알았어요. 엄청 미인이고 몸매도 좋아서요."

"몸매라니." 히루코 씨는 쓴웃음을 지었다. "옷이 두꺼운데 어떻게 알아. 그리고 키도 작은걸."

"그뿐만이 아니에요. 요시미가 이상하다는 걸 알아차리고, 우스이 씨의 직업도 맞히셨잖아요. 대단한 사람이다 싶어 좀더 이야기를 나누고 싶었지만 어쩐지 기가 죽어서."

도이로와 히루코 씨는 침대에 나란히 앉아 사이좋게 이야기를 나눴고, 방 주인인 나는 난로 옆에 선 채 그 모습을 바라보았다.

도이로는 우리 앞에서 처음에는 긴장된 기색이었지만, 히루코 씨가 그림과는 상관없는 이야기를 꺼내자 금방 활발함을 되찾았다. 들어보니 버스에서 히루코 씨를 보았을 때부터 그 미모가 머릿속을 떠나지 않았다고 한다. 대학 생활은 어떻냐부터 시작된 질문은 평소 몸매를 유지하는 비결이나 옷은 어느 매장에서 구입하는지 등 히루코 씨의 사생활에까지 이르렀다. 특히 머릿결과 피부 관리에 대해서 아까부터 자세하게 물어보았지만 히루코 씨는 특별한 관리는 하지 않는다고 주장했다.

"언제나 잠을 잘 자는 거려나."

"어, 그것뿐이에요?"

겸손이라 받아들였는지 도이로는 깔깔 웃어넘겼다.

미용과 관계가 있는지는 모르겠지만 히루코 씨가 잘 자는 건 사실이다. 하지만 부디 다른 여자분들은 흉내 내지 말길 바란다. 전국에서 학급 붕괴가 발생할 테니.

고등학교와 대학교의 차이, 교우관계에 대해 이야기가 뻗어나가자 이번에는 히루코 씨가 물었다.

"구키자와랑은 사이가 좋니?"

그러자 도이로는 노골적으로 인상을 쓰며 "아아" 하고 머리를 끌어안았다.

"걔랑은 아무 사이도 아니에요. 걔가 중학교 때부터 껌딱지처럼 들러붙어 다녔을 뿐이라고요."

"평소 같이 놀지도 않고?"

히루코 씨의 질문에 도이로는 고개를 젓고서 분통을 터뜨렸다.

"전혀요. 입만 열었다 하면 UFO가 어쨌느니 음모가 저쨌느니 통 모를 소리만 하는걸요. 오늘도 도중에 논을 보자마자 미스터리 서클 이야기를 꺼내더라고요. 그런 소리를 할 거면 밥은 어떻게 먹느냐고 쏘아붙이고 싶더라니까요."

"그, 그렇구나." 히루코 씨는 어색한 미소를 지었다. "그럼 왜 함께 여기에."

도이로가 과장되게 한숨을 지었다.

"으음, 뭐라고 말하면 되려나. 걔는 아무리 거절해도 안 통하거든요. 자기한테 유리하게만 해석하고, 호박에 침 주기랄까요. 요즘은 적당히 받아주면서 넘어가는 게 편하다 싶어서요."

그렇게 대답했을 때만 눈을 돌린 듯 보인 건 내 착각일까.

오후 11시가 지나 헤어지기로 했다.

"하무라, 방까지 바래다줘."

히루코 씨가 자기 방으로 돌아가면서 그렇게 제안했다.

"어머나, 괜찮아요." 도이로가 미안해했다.

"하지만 어두워서 으스스하잖아."

히루코 씨 말마따나 이미 복도의 불은 꺼져 있었다. 스위치가 어디 있는지 잘 모르니 스마트폰 손전등 불빛에 의지해 돌아가야 하리라. 도이로 혼자 보내려니 역시 딱했다. 나는 제안을 받아들였다.

잘 자라는 말을 남기고 히루코 씨는 문을 닫았다. 나와 함께 걸음을 옮기던 도이로가 계단 어귀에서 발을 멈췄다.

"여기까지면 돼요. 제 방, 계단에서 그렇게 안 멀거든요."

"하지만……."

반발하려는 나를 만류하고 "그런 것보다" 하며 도이로는 화제를 바꾸었다.

"하무라 씨, 혹시 겐자키 씨 애인 아니에요?"

"아닌데."

딱 잘라 말하자 "에이, 에이, 에이" 하고 기가 막힌다는 듯한 탄식이 되돌아왔다.

"차인 거 아니죠? 왜 안 사귀어요? 이렇게 함께 외박도 하는 사이인데. 혹시 시력이 안 좋아요?"

반응을 확인하듯 스마트폰 손전등 불빛 앞에다 손을 흔들었다. 얘, 말로 사람 때리는 재주가 있구나.

나는 이런 유의 이야기가 거북해서 얼렁뚱땅 넘어가기로 했다.

"내 연애 대상이 남자라면 어쩔래."

"아, 그건 아니에요." 도이로는 즉답했다. "그럼 아까 겐자키 씨가 질투했을 이유가 없고, 하무라 씨가 안절부절못한 것도 설명이 안 되니까요."

날카로운걸.

"서로 간에 지금 같은 관계가 좋아."

시원치 못한 내 대답에 도이로는 심술궂은 웃음을 지었

다.

“안 돼요. 그렇게 방심하다가 다 망친다니까요. 왜, 오지 씨는 엄청 잘생겼잖아요. 괜한 태클이 들어오는 건 싫죠? 그럼 좀더 적극적으로 밀어붙여야 한다고요!”

“구키자와처럼?”

내 반격에 도이로는 혀를 날름 내밀었다.

“아차차. 이 일은 서로 각별히 검토해보는 걸로 하죠.”

도이로는 단칼에 대화를 마무리 짓고 불러 세울 틈도 없이 지하로 이어지는 계단을 뛰어 내려갔다. 내 배웅을 무난하게 거절하기 위해 연애 이야기를 꺼냈나 싶을 만큼 절묘한 퇴장이었다.

002 예언과 예지

002 예언과 예지

1

아주 추운 곳을 걷고 있었다.

어디에라도 있을 법한, 하지만 처음 보는 시골길.

길이 너무 안 좋았다. 발을 내디딜 때마다 이슬비에 질척해진 흙이 운동화 고무 밑창을 붙들고 잡아당겨 보폭이 좁아졌다.

히루코 씨가 눈앞에서 걸어가고 있었다. 나와 달리 고생하는 낌새 없이 발자국을 남기며 성큼성큼.

뒤처지면 안 된다. 나는 필사적으로 따라갔다.

둘 사이의 거리가 서서히 벌어졌다. 히루코 씨의 뒷모습이 점점 작아졌다.

히루코 씨가 걸음을 멈췄다.

히루코 씨가 멈춘 곳 한 발짝 앞에서 갑자기 길이 뚝 끊기고 깎아지른 듯한 벼랑이 나타났다. 시선을 들자 바위산 위에서 폭포가 떨어지고 있었고, 벼랑 앞쪽은 용소였다. 어느 틈엔가 배를 울리는 폭포 소리가 귀를 때리고 있었다. 낙차가 상당한 모양이었다.

—위험해요. 이쪽으로 물러나세요.

내 목소리에 히루코 씨가 돌아보았다.

히루코 씨가 입을 천천히 벌려 뭐라고 중얼거렸다.

폭포 소리가 너무 시끄러워서 안 들린다. 뭐라고?

포기한 듯 히루코 씨가 웃었다.

안 된다. 내가 아는 웃음이다.

입술이 움직였다. 이번에는 알아들었다.

—마음먹은 대로는 안 되는군.

기억이 찢어지는 듯한 비명을 질렀다.

왜 당신이 그 사람의 말을.

갑자기 히루코 씨의 몸이 벼랑 너머로 기울었다.

나는 이쪽으로 뻗은 가느다란 팔을 잡으려고 했지만 몸

이 말을 듣지 않았다.

어느덧 폭포 소리마저 귓속에서 사라졌다.

구해야 해.

안다. 이미 알고 있다. 구하지 못한다는 걸. 이미 늦었다.

나는 또, 내 홈스를…….

이번에는 귓가에서 들렸다.

"거짓말. 넌 거절했잖아."

짜악, 하고 소리가 나는 게 아닐까 싶을 만큼 눈을 번쩍 떴다. 꿈이었다.

땀을 흥건하게…… 흘리지는 않았다. 오히려 추웠다.

문을 똑똑 두드리는 소리와 함께 "하무라?" 하고 부르는 히루코 씨의 목소리가 들렸다. 꿈의 구체적인 내용은 80퍼센트쯤 잊어버렸지만, 그 목소리를 듣자 누군가에게 몹시 고마워하고 싶어졌다.

"지금 나갈게요."

머리맡에 놓아둔 스마트폰을 더듬더듬 찾아서 켜자 액정 불빛이 병실 같은 하얀 천장과 벽을 비췄다.

현재 오전 6시 45분.

이틀 동안 네 명이 죽는다는 예언이 떠오르자 즉시 카운트다운이 머리를 스쳤다.

남은 시간 약 41시간.

문을 열자 이미 옷을 갖춰 입은 히루코 씨가 서 있었다.

크림색 니트는 낙낙한 터틀넥. 펑퍼짐한 실루엣에서 각선미를 강조하듯 검은색 슬림팬츠에 감싸인 다리가 쭉 뻗어 나왔다.

정신이 확 들었다.

"이른 시간에 미안해. 아침을 먹기 전에 상황을 정리해두고 싶어서."

"어째서 강의가 없을 때는 혼자서도 이렇게 일찍 일어날 수 있는 거예요?"

"긴장감의 문제지. 언제 남이 찾아올지 모른다는 생각에 마음 놓고 푹 잠들 수가 없다고."

방에는 자물쇠가 달려 있다. 열쇠 구멍은 없고, 안쪽에서 잠금 손잡이를 돌리면 문에서 데드볼트라는 이름의 빗장이 튀어나와 문틀의 구멍에 삽입되는 단순한 구조다.

즉, 실내에서 자물쇠를 열지 않는 한 잠옷 차림이 남의 눈에 띌 걱정은 없지만, 히루코 씨는 아주 작은 생활감조차 남에게는 보여주고 싶지 않다고 한다.

의자도 없어 방금 전까지 내가 자고 있던 침대에 나란히 앉았다.

“어제 안면을 튼 사람들부터 정리할까. 제법 수가 많은데, 이름은 다 기억해?”

몇 달 전, 히루코 씨와 비슷한 대화를 나누었던 게 기억났다.

“대개는요. 히루코 씨는 성하고 이름까지 다 기억하시는 거죠?”

“물론이지.”

의기양양하게 고개를 끄덕였다. 그렇다면 들어보자, 히루코 씨의 인물 기억술.

“외우기 쉬운 사람부터 꼽자면 대학교수 시시다 이와오師々田厳雄려나. 아주 엄厳한 선생님師 같은 이름이고, 얼굴도 엄격하잖아. 아들인 준純은 아빠와 달리 순純수한 성격인데.”

“그 나이에 아빠 같은 성격이면 고생할걸요.”

항상 신경질적으로 보이는 시시다의 우거지상이 떠올랐다. 그의 강의를 듣고 학점을 따려면 아주 고생스러울 듯하다. 차에 문제가 생겼다는 그들은 장례식에 다녀오는 길인지 겉옷 안에 예복을 입고 있었다.

"다음으로 오토바이 기름이 다 떨어졌다는 오지 다카시王寺貴士. 키는 작지만 만화에 나오는 왕족이나 귀족처럼 잘생겼지. 병원에 가면 '왕자님●'이라고 불리려나."

어제 관찰한바, 오지는 사람들 중에서도 이야기하기 편한 유형이었다. 이 상황에 당혹스러워는 하지만, 누구와도 격의 없이 이야기를 나누고, 솔선해서 소화기를 들고 가거나 침대를 양보하는 등 신사적인 면모도 보여주었다. 약간 연극조로 말하는 점도 왕자를 연상시킨다.

"그리고 예전에 요시미에 살았다는 도키노 아키코朱鷺野秋子. 어제는 코트도 신발도 완전히 빨간색이었지."

"자세히 보니 머리랑 손톱도 빨갛게 물들였더라고요."

붉을 주朱 자는 선명한 빨간색을 가리키고, 아키코라는 이름도 그럴싸하다●●.

"그 사람은 성묘하러 왔어. 어머니 기일이었대."

도키노는 물론 사키미가 예언자임을 알고 있고, 사키미를 두려워하는 듯 보였다.

"그리고 《월간 아틀란티스》의 기자, 우스이 라이타臼井賴

● 일본어로 '왕자'는 '오지'라고 발음한다.

●● 아키(秋)는 가을이라는 뜻.

太. 그는 정말 박薄해."

어제의 무례한 언동이 생각났는지 히루코 씨는 웬일로 앙심을 담아 깎아내리기 시작했다.

"말과 행동은 경박輕薄하고, 양심도 얄팍하고, 머리숱도 적어!"

어우야. 공중파에는 못 내보내겠네요.

"모든 것이 박한 라이터writer. 우스이 라이타. 이름은 실체를 나타낸다는 말이 이렇게 잘 들어맞는 사람도 드물 거야."

뭐, 그렇게까지 노골적으로 무례하게 구는 사람은 기자 중에서도 아주 드물겠지만.

"다음으로 마안갑의 관리와 사키미 씨의 수발을 맡은 핫토리 야스코神服泰子. 신神에게 복종服한다고 쓰고 '핫토리'라고 읽는 건 보기 쉽지 않은데. 받들다奉라고 쓰는 이름도 그렇고, 사키미 씨에 대한 충성심이 투철한 그 사람한테 딱 들어맞아."

마치 로봇처럼 표정 변화 없이 사키미에게 헌신을 다하는 핫토리. 좋게 말하면 우아하고 점잖아서 오지 등은 탐탁하게 여기는 모양이지만…….

"솔직히 핫토리 씨는 조금 거북해요."

내 솔직한 심경에 히루코 씨는 눈을 깜박였다.

"도키노 씨처럼 직설적으로 욱하는 사람보다는 너랑 마음이 맞을 것 같은데."

"그러니까요. 이성적으로 보이는 핫토리 씨가 예언자라 불리는 사키미 씨를 그토록 숭상한다는 게 어쩐지 이해가 잘 안 돼서요."

"무슨 말인지는 알겠어. 실제로 핫토리 씨는 다리가 불타 무너졌는데도 동요하지 않았지. 침착하다는 수준을 넘어선 걸로 보이더라."

그렇다. 지금은 요모조모 보살펴주고 있지만, 핫토리는 1, 2위를 다툴 만큼 무슨 생각을 하는지 알 수가 없다.

"다음으로 사키미 씨에 관해서는 아직 잘 모르겠어. 본명인지, 통칭인지, 역시 '미래시'에서 따온 걸까. 마다라메 기관이며 예언이며, 사키미 씨한테는 묻고 싶은 게 산더미처럼 많아. 우리끼리 이야기를 나눌 기회가 있으면 좋겠는데."

자, 이제 남은 건 고등학생 두 명이다.

"일단 도이로 마리에十色真理絵. 색色연필을 다루어 앞일을 예견한 듯한 그림絵을 그리는 여고생. 수수께끼가 많은 아이지만, 어제 조금이나마 이야기를 나눈 건 수확이었어."

평소 밝고 싹싹하지만, 버스 사고와 다리 화재 두 번에 걸쳐 앞일을 예지한 듯한 그림을 그린 것에 관해서는 입이 무겁고 우연이라 주장한다.

나는 마지막 한 명을 언급했다.

"구키자와, 이름이 뭐였죠?"

"시노부. 구키자와 시노부茎沢忍야." 역시 즉답.

"어째 딱 와닿는 점이 없는 이름이네요. 뭐, 하지만 걔는 키가 크고 말랐으니까 식물 줄기茎 같다고 생각하면 그럴듯한가. 어때요?"

나는 제일 단순한 발상을 꺼내보았다.

히루코 씨는 단단히 팔짱을 낀 채 미동도 없었다. 눈을 감고 있지만 고민하는 것은 아니리라. 생각에 잠길 때는 머리카락을 만지작거리는 게 그녀의 버릇이니까.

"영어."

"네?"

"'줄기'는 영어로 뭘까?"

나무라면 tree고 잎이라면 leaf겠지만 줄기가 영어로 뭔지는 배운 기억이 없다. 내가 고개를 갸웃거리자 히루코 씨는 약간 내리깐 목소리로 정답을 가르쳐주었다.

"stalk야."

"스토크?"

"응. 줄기나 자루라는 뜻이지. 철자는 같지만 은밀히 다가가다, 들러붙다라는 뜻의 단어도 있고."

은밀히 다가가다●. 구키자와의 이름은 시노부다.

나도 모르게 침을 꿀꺽 삼켰다.

히루코 씨는 목소리를 낮춘 채, 보는 사람을 돌로 바꿀 법한 웃음을 지으며 내 얼굴을 들여다보았다.

"'구키'자와 '시노부'. 둘 다 스토크. 흠, 어쩐지 최근에 비슷한 말을 한 것 같은데. 뭐였더라, 하무라?"

아직도 뒤끝이 남아 있는 건가요.

2

7시에서 십오 분쯤 지났다.

마안갑에는 창문이 없으므로 지금이 아침이라는 실감은 들지 않았다.

문득 바깥 공기를 쐬고 싶어 둘이서 현관으로 향하자 문이 활짝 열려 있었다. 불어드는 바람은 고개를 돌리고 싶어

● '忍び寄る'라고 쓰고 '시노비요루'라고 읽는다.

질 만큼 차가웠지만, 건물 안에 고인 공기가 씻겨나가는 것 같아서 기분 좋았다. 밤사이에 비가 내렸는지 하늘에는 구름이 잔뜩 끼었고, 땅은 조금 축축했다.

밖에서 어제와 똑같이 검은 원피스를 입은 핫토리가 돌아왔다. 손에는 어제처럼 산탄총을 들고 있었다.

"편히 주무셨나요?" 핫토리가 우리를 보고 머리를 살짝 숙여 인사했다.

"네, 덕분에요."

태도는 정중하지만 접대용 미소는 일절 없다. 핫토리는 친절한 마음에서가 아니라 사키미의 시중꾼이라는 의무감에서 우리를 대접해주는 것이리라.

채소밭을 순찰하고 오느냐고 묻기 전에 핫토리가 말했다.

"어젯밤에 곰이 내려온 흔적은 없지만, 혼자 밖을 돌아다니는 건 삼가주세요. 아무래도 최근에 이 부근을 어슬렁거리는 것 같으니까."

여름에 묵었던 자담장과 비교하면 같은 위험이라도 곰 쪽이 그나마 귀여운 구석이 있다. 하지만 곰은 창으로 못 쓰러뜨릴 테니 그게 그거다.

"찜찜한 하늘이로군."

갑자기 뒤에서 목소리가 들려 나와 히루코 씨는 동시에 어깨를 움찔했다.

돌아보자 사키미가 서 있었다. 방 밖을 돌아다니는 모습은 처음 봤다. 아마 화장실에서 나왔겠지만 발소리는 들리지 않았다.

"안녕하세요."

사키미는 우리의 인사에 고개를 끄덕했다.

"아침 식사는 어떻게 하시겠어요?" 핫토리가 물었다.

"나중에 먹을게. 자네도 다른 사람들 시중을 드느라 바쁠 테지."

그렇게 대답하고 사키미는 방 쪽으로 돌아갔다. 움직임은 느리지만 발걸음은 의외로 안정적이었다. 저 정도라면 집안일을 제외한 옷 갈아입기나 목욕 등은 혼자서도 할 수 있으리라.

핫토리는 현관 옆 사무실로 들어갔다. 핫토리가 청소 도구함 같은 로커에 총을 넣고 자물쇠를 잠그는 모습이 펠트 인형 네 개가 놓인 접수창구를 통해 보였다. 저기가 총기를 보관하는 곳인 모양이다. 총 대신에 걸레 몇 장을 들고 나온 핫토리가 화장실 앞 복도에 쪼그려 앉아 바닥을 닦기 시작했다.

살펴보니 어째선지 화장실 앞만 물에 젖어 있었다.

“어젯밤에 또 비가 한바탕 뿌린 모양이에요. 건물 여기저기가 낡아서 물이 새는 곳도 있답니다.”

말이 끝나기가 무섭게 물방울이 뚝 떨어졌다. 올려다보자 콘크리트 천장에 가느다랗게 금이 가 있었다.

그후 아침 식사를 준비하겠다는 핫토리와 함께 식당으로 향했다. 물어보니 사키미는 식욕이 떨어져 지금은 늦은 아침과 이른 저녁, 이렇게 하루에 두 끼만 식사를 한다고 한다.

“어디 아프신 건가요?”

히루코 씨가 묻자 약간이기는 하지만 처음으로 핫토리의 표정이 흐려졌다.

“예전에는 건강하셨는데, 몇 년 전부터 몸 상태가 별로라고…… 해마다 증상이 심해지고 있어요.”

“의사한테 진찰은?”

핫토리는 고개를 저었다.

“사키미 님은 연구 때문에 진안에 끌려오다시피 하셔서 제대로 된 주민표가 없어요. 성가신 일이 일어나는 걸 싫어하셔서 바깥출입은 안 하십니다.”

“그럼 정확한 병명도 모르겠군요.”

"네, 다만……." 핫토리는 잠시 머뭇거리다가 말을 이었다. "근육이 심하게 쇠약해지신 것 같아요. 아마추어의 견해지만, 근위축성 난치병이 아닐까 싶기도 하고요."

사키미는 아직 일흔 살이 되지 않았다고 한다. 얼굴에 자글자글한 주름과 가느다란 팔을 보고 좀더 나이가 들었을 줄 알았다.

핫토리는 어두운 화제를 떨쳐내듯 익숙한 손놀림으로 프라이팬과 주발을 준비했다. 워낙 식사할 사람이 많으니 뭔가 도울 일이 없을까 생각하고 있는데, 히루코 씨가 긴장된 목소리로 물었다.

"메뉴는 뭔가요?"

"간단한 것밖에 못 만들어요. 밥과 된장국, 채소볶음이랑 계란말이 정도?"

그 대답에 히루코 씨는 고개를 작게 끄덕였다.

"계란말이. 응, 괜찮아. 도울 수 있…… 도울게요, 핫토리 씨."

왠까. 팔을 걷어붙이고 주방으로 향하는 히루코 씨의 뒷모습에서 전쟁을 앞둔 병사 같은 긴장감이 절절히 전해져 왔다.

그러고 보니 나는 히루코 씨가 요리하는 모습을 한 번도 못 봤다. 평소 밥을 같이 먹어도 학생 식당이고, 자담장에서 합숙할 때는 식사를 챙겨주는 사람이 있었다. 히루코 씨는 자취생이지만 태생이 양갓집 규수고, 의절당한 거나 마찬가지라고는 하나 본가에서 금전적으로는 제법 도움을 줄 것이다. 과연 혼자 밥을 차려먹고 있을까.

내가 불안에 찬 시선을 던지는 줄도 모르고 히루코 씨는 오른손을 살짝 쥐더니 싱크대 모서리에 달걀을 깨는 동작을 연습했다.

아, 어째 못 미더운걸.

아침 식사 자리에 어젯밤과 완전히 똑같은 면면이 모였다. 나와 히루코 씨, 구키자와와 도이로 말고는 어제와 거의 똑같은 행색이었다. 짐다운 짐 없이 여기에 갇히는 바람에 갈아입을 옷이 없는 까닭이다.

"최악이야. 방 환풍구 속에서 밤새 버스럭버스럭 소리가 나더라고. 분명 쥐가 들어간 거겠지. 물리면 어쩌나 싶어서 거의 잠을 못 잤어."

어제는 올렸던 머리를 내린 도키노가 아침부터 불쾌한 티를 팍팍 냈다. 잠이 부족한 탓인지, 아니면 화장 도구가 없는 탓인지 안색이 신통치 못했다.

"핫토리 씨. 쥐 잡는 약 같은 건 없어?"

"사키미 님 방에다 쓰는 게 남아 있을 거예요. 나중에 갖다드릴 테니 좀 기다리세요."

"그리고 슬리퍼도. 구두를 신고 있으니까 발이 부어서 아파."

모두 다리 화재와 사키미의 예언 때문에 혼란에 젖어 있었던 어젯밤에 비하면 기분이 나아진 듯, 얼핏 보기에는 평온하게 식사를 했다. 다행히 달걀말이가 찌그러졌다든가 너무 익혀서 딱딱하다고 불평하는 사람은 없었다.

한편 내 옆에 앉은 히루코 셰프를 보자, 앞자리에서 "있죠, 우리 방은 귀신의 집 같아서 엄청 무서워요!" 하고 천진난만하게 조잘대는 준에게 고개를 끄덕이며 '탄 달걀'이라고 불러야 할 듯한 물체를 자기 손으로 가린 채 우물우물 씹고 있었다. 표정도 씁쓸해 보였다. 아, 차로 삼켰다.

"그런데 오늘은 어떻게 할 거지?"

《월간 아틀란티스》 기자인 우스이는 왕성한 식욕을 발휘해 아침밥을 먹어치우고 주변 사람들의 얼굴을 둘러보았다.

"물론 '외부'와 연락할 수단을 찾아야지. 앞으로 이틀이나 이런 곳에 갇혀 지낼 수야 있나."

시시다가 변함없이 부루퉁하게 대답하자 도키노도 스마트폰을 테이블에 내던지고 진절머리 난다는 표정으로 투덜댔다.

"연속으로 무단결근할 수는 없어. 마담한테 뭐라고 한담."

상상했던 대로 도키노는 호스티스 같은 일을 하는 모양이다.

도이로가 식당 구석에 놓인 유선전화를 보았다.

"하지만 전화는 불통이었잖아요. 스마트폰도 신호를 못 잡고요. 따로 연락을 취할 방법이 있을까요?"

"어떻게든 강을 건너든가 산을 넘든가, 방법은 있겠지. 준, 젓가락질 똑바로 안 할래?"

말하면서 시시다가 눈치 빠르게 아들에게 주의를 주자 준은 입을 삐죽 내밀었다.

"젓가락질을 어떻게 하든 자기 마음이지. 개성은 중요하다고 선생님도 그랬어."

"핑계 대지 마. 이건 예의범절의 문제야."

"아빠도 늘 잘못된 방법으로 파스타 먹으면서."

"그런 데 규칙이 어디 있어!"

아빠와 아들의 말다툼은 본체만체 핫토리가 충고했다.

"소코나시카와 강은 폭은 좁지만, 물살이 세서 빠지면 큰 일나요. 조심하세요."

못 건너가겠지만 굳이 말리지는 않겠다는 뜻을 넌지시 비쳤다. 본의 아니게 갇힌 입장에서는 서운한 반응이지만, 그래도 이곳 지리를 잘 아는 핫토리에게 최대한 정보를 끌어내야 하리라.

"상류로 가면 뭐가 나오나요?"

"폭포. 주변도 높이 이십 미터쯤 되는 암벽이라 장비 없이는 못 올라가."

도키노가 옆에서 대답했다.

폭포라는 말에 가슴이 철렁했다. 잘 기억나지 않지만, 오늘 아침의 불길한 꿈에 폭포가 나온 듯한 기분이 들었다.

덧붙여 하류는 다른 지류와 합류해 강폭이 더 넓어지므로 못 건너간다고 한다.

"나머지는 다리고 마을이고 없는 원생림이야. 조난당하기 싫거든 안 들어가는 걸 추천할게."

예전에 살아서 지리를 훤히 꿰고 있기 때문인지 도키노는 이미 탈출을 포기한 투로 말했다. 확실히 어제 버스로 한 시간도 넘게 걸린 거리를, 그것도 길 없는 산속을 도구도 없이 뚫고 나가는 건 무모한 짓이리라.

밥을 다 먹고 무료해 보이는 우스이가 물었다.

"오늘은 사키미 씨하고 언제 이야기를 할 수 있을까?"

"여쭤볼 게 더 남았나요?" 핫토리는 역시 우스이에게 쌀쌀맞았다.

"그야 물론이지. 기사로 쓸 만한 정보를 못 얻었으니까."

그러자 시시다가 냉소했다.

"그걸 공상으로 채우는 게 당신네들이 제일 잘하는 일 아닌가? 노스트라다무스니, 마야 문명이니, 예언과 관련된 소재에는 익숙할 텐데."

"선생님이 그렇게 생각하시는 것도 무리는 아니지만요." 우스이는 비굴한 말투로 대꾸했다. "우리 같은 오컬트 잡지가 요즘 같은 시대에도 밥줄이 끊기지 않는 건, 백 가지 기삿감 중에 단 하나라도 진짜가 있기 때문입니다. 과학으로는 설명이 안 되는 진짜 오컬트가 말이죠. 그래서 나머지 아흔아홉 가지 거짓말에도 독자가 흥미를 가지는 거예요."

"진짜 오컬트라. 예를 들면 어떤 게 있나요?"

오컬트를 좋아하는 듯한 구키자와가 이야기에 끼어들었다.

우스이는 잠시 생각하다 어떤 기사를 언급했다.

"최근에는 그렇지. 분명 반년쯤 전에 쓴 기사인데, O현에 미쓰쿠비 터널이라는 유명한 심령 스폿이 있는 거 알아? 이제는 사용되지 않는 오래된 터널인데."

"아아, 그거 읽었어요!"

구키자와는 《월간 아틀란티스》를 구독하는지 기쁜 표정으로 몇 번이고 고개를 끄덕였다. 그러고 보니 나도 그런 표제를 본 기억이 났다. 우스이는 다른 사람들에게도 들리도록 설명을 시작했다.

O현의 미쓰쿠비 터널에는 이런 괴담이 있다.

십 년 전, 커플이 탄 차가 속도를 너무 내다가 커브를 완벽히 돌지 못하고 벽에 충돌해 터널 안에서 불타는 사고가 발생했다. 두 사람은 아직 살아 있었지만, 조수석에 앉은 여자는 파손된 시트에 몸이 끼어 옴짝달싹도 못 하는 상태였다. 남자는 당치 않게도 도움을 요청하는 여자 친구를 불 속에 남겨두고 혼자 달아났다. 진화 후 현장을 조사하자 여자의 피가 눌어붙었다고 추정되는 손자국이 불타고 남은 자동차의 잔해 여기저기에 찍혀 있었다. 그후로 남자가 운전하는 차가 미쓰쿠비 터널을 지나가면 여자의 원령이 한없이 쫓아와서 죽인다는 소문이 퍼졌다.

"작년에 차를 몰고 그 터널에 담력 시험을 하러 갔던 젊은이 네 명이 돌아오는 길에 사고를 당했지. 운전대를 잡은 청년이 운전중에 돌연사한 탓이야. 경찰 조사 결과, 사인은 허혈심장질환으로 결론 내려졌어. 하지만 청년이 입은 셔츠 어깨 부분에는 뒤에서 붙잡은 듯 피에 젖은 손자국이 뚜렷하게 남아 있었지."

"으아, 그거 정말인가요?"

도이로가 시원스러운 외까풀 눈으로 웃음을 지으며 천연덕스럽게 무서운 척을 하자, 이야기는 여기부터라는 듯 우스이가 몸을 내밀었다.

"괴담의 바탕이 된 사고는 십 년 전에 실제로 있었던 일이야. 터널 안에는 지금도 화재의 흔적이 선명하게 남아 있다고. 분명 이걸로도 사진을 찍었을 텐데……."

"안 보여줘도 돼요, 아침 먹는 자리에서 무슨 그런 걸."

도키노가 따끔한 목소리로 제지하자 우스이는 휴대전화를 만지작거리던 손을 덤덤하게 멈추고 이야기를 되돌렸다.

"담력 시험에 참가한 젊은이 중 한 명을 직접 취재했어. 취재중에도 '그게 온다, 그게 온다' 하며 어찌나 겁을 내는지, 도저히 거짓말처럼은 안 보이더군. 그런데 그가 그후에 어떻게 됐을 것 같아? 죽었어. 취재한 지 고작 석 달 후에 사베아 호수 테러 사건에 휘말려서. 죽은 그의 옷에도 무수히 많은 손자국이 남아 있었지."

예상치 못한 곳에서 그 사건 이야기가 튀어나와 내심 깜짝 놀랐다. 눈만 움직여 주변을 살폈지만 다행히 아무도 못 알아차린 듯했다.

"더 재미있는 건 세 번째 젊은이가 오사카에서 발생한 빌딩 화재 사건으로 불타 죽었다는 거야. 이걸로 미쓰쿠비 터널에 갔던 네 명 중 세 명이 죽은 셈이지."

"굉장하네요. 게다가 그거 둘 다 사키미 씨가 예언한 사건이잖아요. 분명 뭔가 있어요. 나머지 한 명은 어떻게 됐나요?" 구키자와가 신나게 떠들었다.

"모르겠어. 지인들과도 연락이 끊겼다더군. 어쩌면 벌써 저주의 희생양이 됐는지도 모르지."

우스이가 그렇게 결말을 짓자 모두가 "끝?" 하고 말하고 싶은 듯한 표정을 지었다.

참으로 어중간한 결말이다. 이게 백 가지 중 하나의 진짜 오컬트란 말인가.

시시다는 시간 낭비했다는 듯이 고개를 내저었다.

"사베아 호수 테러 사건도 원령의 소행이라는 건가. 어처구니가 없군. 그 사건으로 오천 명도 넘게 죽었어. 피에 젖은 손자국이 뭐 그리 대수라고."

우스이도 울컥해서 받아쳤다.

"맘대로 생각하쇼. 명절에 부모님 영혼이 만나러 와도 착각으로 치부할 양반일세."

우스이가 짜증난다는 듯 담배를 꺼내 물자 잠자코 이야기를 듣던 핫토리가 입을 열었다.

"사키미 님의 몸 상태만 괜찮으시다면 점심쯤에 한번 뵐 수 있겠죠. 여기는 금연이에요."

"어이쿠, 어디에도 금연 표시가 없길래."

우스이가 비아냥거리듯 대꾸하자 핫토리는 딱 잘라 말했다.

"제가 담배 냄새를 싫어해서요."

3

오전 9시.

식사를 마친 사람들은 누가 먼저랄 것도 없이 현관 앞에 모였다. 좀 전에는 탈출에 부정적이었던 도키노도 있었다. 괴상한 건물에서 가만히 있을 바에야 헛수고일지언정 탈출 방법을 찾는 편이 낫겠다고 생각했는지도 모르겠다.

우스이는 없었다. 특종을 노리는 만큼 사키미와 마다라

메 기관에 대해 조사하는 것이 우선이리라.

"준은요?"

어제처럼 다운코트와 큼지막한 숄로 무장한 히루코 씨가 소년이 어디 있는지 묻자 시시다 씨는 귀찮은 투로 대답했다.

"방에 있으라고 했어. 사람 손이 미치지 않은 산을 얕봐서는 안 돼. 다치기라도 하면 큰일이잖아."

따라서 탐색 참가자는 방문객에서 우스이와 준을 뺀 일곱 명이다.

다 함께 줄줄이 걸어가는 건 효율이 떨어지므로 두 팀으로 나누기로 했다.

나와 히루코 씨는 오지, 도키노와 함께 마안갑 주변을 조사하고, 도이로와 스토커……가 아니라 구키자와는 시시다와 함께 불탄 다리 방향으로 가보기로 했다.

시시다 팀을 배웅한 후 일단 예전에 주민이었던 도키노의 의견을 물어보았다.

"도키노 씨, 진안의 지리를 잘 아시나요?"

"어릴 적에 친구와 몇 번 와봤지. 어른들한테 들켜서 눈물이 쏙 빠지게 혼났어. 마안갑에는 다가가지 말라더라. 요시미 주민들에게 다리 너머는 '궁흉한 곳'이었던 거겠지.

나도 설마 이 나이를 먹고서 안에 들어가게 될 줄은 몰랐네."

궁흉한 곳이란 저주받은 걸로 취급돼 사람들이 출입을 기피하는 곳을 가리킨다. 요시미 주민들이 마안갑을 그렇게까지 꺼렸다는 것에 놀라는 동시에, 나는 한 가지 마음에 걸리는 점을 물어보았다.

"일찍이 여기에 있었다는 '진안'이라는 마을에서 발음을 따와 '마안갑'이라고 불렀다고 하셨는데, 예언자와 마안魔眼은 이미지가 좀 다르지 않나요? 굳이 따지자면 천리안이 떠오르는데요."

"주민 입장에서는 어느 쪽이든 똑같아."

도키노는 성가시다는 듯 빨간 앞머리를 쓸어 올리더니 콘크리트 건물을 한번 노려보고 벽을 따라 걷기 시작했다.

"어디 가세요?" 우리는 허둥지둥 따라갔다.

"'상자' 뒤편. 분명 아까 이야기했던 폭포로 이어지는 길이 있었을 거야."

앞쪽에서는 건물 바로 뒤편이 암벽으로 막혀 있는 듯 보이지만 실은 샛길이 있다는 모양이다.

"요시미 주민들은 사키미 씨를 싫어했나요?"

히루코 씨가 앞을 나아가는 도키노 씨의 등에 대고 말을 던졌다.

"두려워하는 마음도 있었고, 숭상하는 마음도 있었어. 아무튼 우리 눈과 귀가 닿지 않는 곳에 있어줬으면 했지. 그래서 필요 이상으로 사키미 님과 가까이 지내려 들지는 않았어."

"그건 사키미 씨가 예언자이기 때문인가요?"

"멍청해 보여?" 히루코 씨의 말이 끝나기가 무섭게 대답이 날아들었다. "믿으라고는 하지 않겠어. 하지만 정말이야. 그 사람은 조작할 방도가 없는 세상의 재해와 사건을 계속 예언했다고. 가끔은 요시미에서 사람이 죽으리라는 걸 딱 알아맞히기도 했지. 그 사람이 입을 열 때마다 누군가 죽어. 하지만 억지로 입을 막을 수는 없으니까, 우리가 눈과 귀를 돌리는 수밖에 없잖아."

앞을 걸어가는 도키노의 표정은 보이지 않는다. 다만 딱딱한 목소리에서 전해지는 경외심은 진짜로 느껴졌다.

아까 왜 "어느 쪽이든 똑같다"고 했는지 이해가 갈 것 같았다.

멀리 떨어진 곳이나 사람의 마음, 미래를 꿰뚫어 보는 천리안과 달리, 악의를 품고 상대를 노려봄으로써 저주를 거는 것이 마안이다. 하지만 사람의 죽음에 관한 사키미의 예언이 절대로 빗나가지 않는다면 주민들에게는 천리안도 마안과 마찬가지다. 아니, 오히려 죽음에 대한 불안을 발산시키기 위해서는 마안이라 칭하며 꺼리는 편이 나았을지도 모르겠다.

마안갑 뒤편으로 돌아가자 흙이 드러난 좁은 공간이 나왔고, 그 가장자리에 어제 핫토리가 이야기한 작은 화단이 있었다. 화단에는 복도와 사키미의 방을 장식한 에리카라는 꽃이 색색으로 피어 있었다. 그 뒤뜰 너머 거의 수직으로 솟은 암벽 한복판에 사람 한 명이 빠져나갈 수 있을 만한 틈이 있었다.

"여기를 통해 용소로 나갈 수 있어." 도키노가 말했다.

틈을 통과하자 암벽 사이에 낀 이 미터 넓이의 길이 오른쪽으로 휘어지며 이어졌다. 아무래도 암벽 사이에 우연히 생긴 틈을 이용한 통로인 듯 이십 미터쯤 위에서 바위가 끊기고 하늘이 펼쳐졌다.

"여기를 기어올라 탈출하기는 어렵겠네."

오지가 남자치고는 나긋나긋한 손놀림으로 암벽을 쓰다듬었다. 그다지 울퉁불퉁하지 않은 벽면은 통로 끝에서 습기가 흘러드는데다 볕이 잘 안 들어서인지 눅눅했고, 군데군데 이끼가 끼었다.

올라갈 수 없을까 시험 삼아 발을 올려보았지만, 운동화로는 줄줄 미끄러질뿐더러 발을 단단히 디딜 만한 곳도 전혀 없었다. 맨손으로 올라가려면 클라이밍 선수도 몹시 애먹을 것이다.

이윽고 구부러진 길 앞쪽의 시야가 트임과 동시에 길이 끊겼다. 종착점이다. 지름 삼십 미터 정도의 용소를 사이에 두고 맞은편 절벽 위에서 힘차게 떨어지는 폭포수가 하류로 흘러갔다.

"봐, 안 되겠지?"

도키노가 돌아보고 부아가 치민다는 듯 입술을 일그러뜨렸다. 핫토리 말대로 폭포의 물살이 너무 거세서 설령 튜브가 있더라도 금방 뒤집힐 것 같았다. 강 건너편에 로프를 던져서 건너려 해도 로프를 고정시킬 만한 나무도 없거니와 애당초 거리가 너무 멀었다.

어쩔 도리도 없어 그저 우렁찬 폭포 소리를 듣고 있는데 오지가 "그러고 보니" 하고 우리를 둘러보았다.

"방이 좀 이상하지 않았어?"

나는 내가 묵은 방을 떠올렸다. 침대와 석유난로밖에 없는 방. 딱히 이상한 구석은 없었다. 하지만 오지는 다른 점을 지적했다.

"내 방만 그런가. 목소리가 울리질 않더라고. 방에서 소리를 쳐도 마치 이불에 얼굴을 묻은 것처럼 흡수돼버려."

"맞아, 그랬어." 도키노도 동의했다.

히루코 씨를 보자 고개를 저었다.

나와 히루코 씨 방은 1층이고, 오지와 도키노의 방은 지하층이다. 지하층에는 일찍이 실험에 사용된 방도 있다고 했다. 그게 방의 특징 차이로 이어졌는지도 모르겠다.

우리는 막막한 기분으로 오 분쯤 용소를 내려다본 후 마안갑으로 돌아왔다.

"이만 방으로 가야겠다."

도키노는 의욕을 상실한 표정으로 등을 돌렸다. 그러자 히루코 씨가 바로 부탁했다.

"갑작스레 죄송하지만 방이 어떻게 생겼는지 좀 보여주시면 안 될까요? 목소리가 울리지 않는다는 게 신기해서요."

도키노는 딱히 싫어하는 내색 없이 "알았어" 하고 승낙했다.

한편 오지는 아직 기운이 남은 듯 잠깐만 더 주변을 산책하고 오겠다고 했다. 마안갑 좌우가 험한 산이라고는 하지만 실제로 들어가보지는 않았다. 확실히 조사할 가치는 있을 듯했지만, 아침 식사 자리에서 조난당하기 싫으면 들어가지 말라고 충고한 도키노는 불만인 것 같았다.

"다쳐도 몰라."

"무리 안 할게. 정말로 원생림 속을 돌아다닐 수 없는지 확인만 해볼 거야."

우리는 현관 앞에서 오지와 헤어져 도키노의 방으로 향했다.

어젯밤부터 사키미의 방, 식당, 그리고 자기 방, 이렇게 1층만 오갔던 나와 히루코 씨는 처음으로 현관에서 왼쪽으로 꺾어 복도 끄트머리에 있는 계단을 내려갔다. 계단에는 미끄러지지 않도록 녹색 융단을 깔아놓았고, 습기를 머금은 곰팡내가 풍겼다.

"어두워……."

지하층은 마치 와인 저장고처럼 희미한 오렌지색 불빛으로 가득한 세계였다. 띄엄띄엄 천장에 매달린 알전구. 개중에는 이미 수명이 다 된 것도 있었다. 그 탓에 눈앞에 있는 도키노의 얼굴조차 거의 음영의 덩어리 수준으로밖에 보이지 않았다.

이래서 아침 먹을 때 준이 귀신의 집 같다며 요란을 떤 거로구나.

"이런 곳에서 용케 밤을 보내셨네요."

히루코 씨가 진저리난다는 듯한 목소리로 말했다.

오래된 건물을 두고 흔히 '고색창연하다'는 표현을 쓰는데, 여기는 으스스하다는 말밖에 안 나온다. 그러자 눈앞에서 도키노의 입가가 일그러지듯 구부러졌다. 웃은 것이다.

"도시에서 자란 너희들은 상상도 못 하겠지만, 여기 같은 촌구석에는 아주 최근까지 '이런 곳'이 남아 있었어."

"죄송해요. 제가 입을 함부로 놀렸네요." 히루코 씨는 바로 사과했다.

"아니야. 틀린 말도 아닌데 뭘."

어둠에 눈이 익숙해지자 지하층도 기본적인 구조는 1층과 똑같다는 걸 알았다. 식당 바로 밑에 해당하는 커다란 방을 사이에 끼고 복도 두 줄이 평행하게 뻗었고, 개인실로 보이는 방의 문이 나란히 배치되어 있었다.

도키노의 침실은 계단에서 먼 모퉁이를 왼쪽으로 꺾어 오른편 두 번째 방이었다. 그녀는 안쪽으로 열리는 문을 몸으로 떠밀듯이 힘주어 열었다. 내 방문과는 달리 꽤나 묵직하다는 것을 알았다.

도키노가 형광등을 켰다. 최근에 갈아 끼웠는지 무심코 눈을 돌릴 만큼 밝았다.

"문에도 방음 처리를 해놓은 모양이네."

히루코 씨가 문을 조사하거나 말거나 도키노는 석유난로를 켰다. 방의 작은 책상에는 도키노의 스마트폰 말고는 아무것도 놓여 있지 않았다.

방에서 실제로 소리를 쳐보자 전혀 울리지 않았다. 초중학교 때 시청각실이 이런 느낌이었던 기억이 났다. 시험 삼아 히루코 씨를 방에 남겨두고 복도로 나가자, 평범하게 불러서는 실내에 들리지 않았고, 실내에서 나는 소리도 밖으로 새어 나오지 않았다. 틈새에 얼굴을 바짝 붙이고 소리쳐야 겨우 귀에 들어올 정도다.

"이제 속 시원하니?"

도키노의 목소리에서 귀찮음이 느껴져 우리는 그만 물러가기로 했다.

"혹시 탈출할 방법을 알아내면 알려줘."

그 말을 끝으로 문이 닫히자 소리가 싹 사라져 방 안의 도키노가 살았는지 죽었는지도 모를 지경이었다.

"기왕 내려왔으니 여기도 좀 조사해둘까."

히루코 씨는 맞은편 큰 방의 문 위쪽을 보았다. 꽤 많이 벗겨졌지만 "실험실1"이라고 적힌 팻말이 붙어 있었다. 그 옆의 팻말은 "실험실2". 여기서 초능력 실험을 했다고 생각하자 안을 보기가 조금 망설여졌다.

히루코 씨가 손을 댄 문은 도키노의 방 문보다 훨씬 무거운데다 오래되어 빽빽한지 잘 안 열렸다. 내가 히루코 씨의 어깨 위로 양손을 내밀어 힘을 보태자 벽과 문을 연결하는 경첩이 녹슨 소리를 내며 천천히 열렸다.

그러자 품속에 있던 히루코 씨가 고개를 틀어 나를 올려다보고 불쑥 말했다.

"벽쿵, 양손 버전 후방식."

"어헉!"

내가 당황하는 사이에 히루코 씨는 내 팔 밑을 스르르 빠져나가 어둠 속으로 미끄러져 들어갔다. 후방식은 무슨. 게임 기술이냐.

히루코 씨가 벽의 스위치를 누르자 천장에 달린 형광등 중 절반만 켜졌다.

실험실1에는 긴 책상 두 개와 동그란 의자 몇 개를 제외하면 책장조차 없었다. 마치 원래부터 이 방에는 최대한 물건을 놓아두지 않기로 했던 것처럼.

이어서 실험실2에 들어가자 아까 전과는 달리 다양한 언어로 쓰인 전문 서적이 꽂힌 책장과 실험에 사용했으리라 추정되는 기구가 가득했다. 수많은 플러그와 바늘이 달린 기록 장치가 연결된, 뇌파계 같은 기계도 있었다.

"아마 우리가 쓰는 방에 남아 있던 짐을 전부 모아둔 거겠지."

우리는 물건들을 주의 깊게 살펴보았다. 당시의 실험이나 마다라메 기관에 관련된 자료가 남아 있지 않을까 기대했지만, 당연히 남의 눈에 띄어도 탈 없을 서류만 남겨놓은 것 같았다.

"이건 뭘까요?"

나는 방 한구석에 있는 선반에 눈길을 주었다. 사키미가 입은 것과 비슷한 흰옷이며 두건 같은 의복 외에, 모양이 요상한 색색의 돌멩이, 끝부분이 뾰족한 일 미터 길이의 나무 막대, 구부러진 철사 등 종잡을 수 없는 물건들이 아무렇게나 놓여 있었다.

"실험에 사용한 것들인가."

히루코 씨는 고개를 갸웃했지만 바로 눈을 돌렸다.

우리는 그후로도 방을 조사했지만 이렇다 할 수확은 없었다. 가능하면 다른 사람들이 쓰는 방도 살펴보고 싶었지만 무단으로 들여다볼 수는 없는 노릇이라 지하층을 뒤로 했다.

4

"뭐 하시는 거예요?"

1층에 올라오자마자 복도에 날카로운 목소리가 울려 퍼져 엉겁결에 히루코 씨와 함께 등을 쭉 폈다.

하지만 소리친 사람은 없었다. 목소리가 들린 식당으로 향하자 입구 앞에 준이 서 있었다.

"무슨 일 있었어?"

히루코 씨의 물음에 준은 대각선 방향에 있는 사키미의 방을 가리켰다.

"핫토리 누나가 사키미 할머니한테 아침밥을 가져갔는데, 방에서 저 누나가 나왔어요."

고개를 푹 숙인 채 핫토리에게 질책을 받고 있는 사람은 다리로 향했을 도이로였다. 혼자 탐색을 중단하고 사키미의 방을 몰래 찾아온 걸까. 취재에만 흥미가 있는 우스이라면 모를까, 도이로가 이렇게 멋대로 행동하다니 의외였다.

"죄송해요. 화장실 가려고 돌아왔는데, 어제 사키미 씨와 못 만났잖아요. 지금이라면 다양한 이야기를 들을 수 있지 않을까 싶어서."

도이로는 싹싹 빌다시피 했다.

"면담은 낮부터 할 거라고 말씀드렸잖아요. 안 그래도 몸이 편찮으신데 정신적으로 스트레스가 될 만한 행동은 삼가주세요."

핫토리가 엄격한 말투로 쫓아내자 도이로는 어깨를 축 늘어뜨린 채 우리 앞을 지나쳐 밖으로 나갔다. 고개 숙인 얼굴이 깊은 생각에 잠긴 듯 딱딱하게 굳어 있어 호기심이라는 말 한마디로는 정리가 안 되는, 긴급한 사연을 품고 있는 것처럼 보였다. 자신의 신비한 능력에 관해 사키미에게 물어보고 싶었던 걸까.

핫토리가 사키미의 방으로 들어가고, 우리도 그 자리를 벗어나려 하자 준이 기대에 가득 찬 눈으로 히루코 씨를 올려다보았다.

"누나, 놀 수 있어요?"

"미안해. 좀더 일하지 않으면 아빠한테 혼날 거야."

그렇게 사과하자 준은 "그럼 나중에 놀아요" 하고 식당으로 돌아갔다. 히루코 씨를 아주 잘 따른다.

언제까지고 마안갑에 있어본들 의미가 없기에 우리는 별동대인 시시다 일행을 찾아 다리가 있던 곳으로 향했다. 낡은 옹벽과 폐가가 보이는 중간 지점에서 우스이 라이타가 혼자 담배를 피우고 있었다. 가능하면 말을 섞고 싶지 않았지만 무시하면 오히려 시비를 걸 것 같아서 말을 붙였다.

"시시다 씨 일행 못 보셨어요?"

더할 나위 없이 무난한 질문을 하자 우스이는 담배를 문 채 알아듣기 힘든 목소리로 대답했다.

"여자애는 아까 다리 쪽으로 가던데. 아저씨는 몰라. 아직도 강을 건널 방법을 찾고 있지 않을까?"

시시다를 보고 아저씨라. 남 말할 처지도 아닐 텐데. 적당히 인사하고 지나치려 하자 우스이도 따라왔다.

"너희들 우리 잡지 기사를 읽고 예언에 흥미를 가졌다면서? 그런데 정말로 그게 다야?"

힐끔 보자 끈덕진 시선이 내게 들러붙어 있었다. 기자의 후각이라는 걸까, 묘하게 날카로운 녀석이다. 잠자코 있으니 건질 게 있다고 판단했는지 더욱 파고들었다.

"그렇게 경계하지 마. 이런 일을 오래 하다 보면 오컬트를 믿는 사람인지 아닌지 딱 안다고. 구키자와랬나, 걔는 전형적인 마니아야. 하지만 너희는 아니지. 원래 같으면 이쪽 분야를 절대로 상대하지 않을 유형이거든. 그런데 굳이 여기를 조사해서 찾아왔으니 뭔가 특별한 이유가 있을 거야. 맞지?"

우스이가 내게 끈끈한 웃음을 던지고 있음을 알아차렸다.

히루코 씨에게 이야기를 끌어내기는 어렵겠다고 판단한 걸까.

애석하게도 속내 떠보기로는 우스이의 적수가 못 된다. 나는 눈이 마주치지 않도록 걸으면서 질문으로 답했다.

"우스이 씨야말로 어떠세요? 만약 어제 우스이 씨가 한 이야기가 사실이라면 우리는 아주 위험한 곳에 있는 셈인데요."

"어제 이야기?" 우스이는 시치미를 뗐다.

"편집부 앞으로 온 새로운 편지 말이에요. 보낸 사람은 사키미 씨가 무슨 예언을 했는지 내용을 알면서도 그날에 맞춰 우스이 씨를 진안으로 보낸 거잖아요. 그렇다면……."

"나를 의도적으로 몰아넣었다고?"

"그럴 가능성이 크겠죠. 어쩌면 다리를 불태운 주민 중 누군가가 편지를 보냈고, 또 뭔가를 저지를 작정일지도 몰라요."

뒤에서 피식거리는 듯한 웃음이 따라왔다.

잡지기자가 이 정도로 겁을 먹을 것 같지는 않았지만, 견제할 정도면 된다고 생각했다.

하지만 그는 조용해지기는커녕 대뜸 소리를 쳤다.

"암, 그렇게 나와줘야지, 안 그러면 곤란해!"

이번에는 히루코 씨도 놀란 얼굴로 걸음을 멈췄다.

"당연한 걸 가지고! 우리한테 이상한 편지는 일상다반사야. 사회부적응자가 죽어라 떠드는 종말론부터, 젖비린내 풍기는 애송이가 꾸며낸 '낚시' 정보까지 차고 넘쳐! 제대로 된 편지는 불만 편지 정도라고."

너무 열을 낸 나머지 담배가 입에서 떨어졌다.

"우리는 그런 하수구에서 쓸 만한 정보를 건져서 기사로 내야 먹고살 수 있어. 이번에도 헛수고할 각오로 와봤더니 이렇게 재미있는 상황이 벌어진 거야. 할멈한테 인터뷰해주셔서 고맙다는 인사나 하고 끝낼 수는 없잖아, 썩을! 하다못해 한 명은 죽어야 기사로 써먹을 수 있다고."

우스이는 평소에 쌓인 불만을 토해내며 담배꽁초를 콱콱 짓밟았다.

너무나 이기적인 말에 뭐라고 되받아치려 했지만, 어이가 없어 힘이 쭉 빠지는 바람에 할 말이 떠오르지 않았다. 히루코 씨의 반쯤 벌어진 입에서 당장이라도 '얼간이'라는 말이 흘러나올 것만 같았다.

길 끝에서 나타난 시시다가 민망한 침묵에 사로잡힌 우

리를 구했다. 구키자와와 합류한 도이로도 있었다. 시시다는 우리를 보자마자 단도직입적으로 말했다.

"글렀어. 강 주변을 조사해봤는데 못 건널 것 같아. 그쪽은 뭔가 수확이 있었나? 당신도 이제 도울 마음이 생겼나 보지?"

마지막은 우스이를 비꼬는 말이다. 아까까지 펄펄 열을 내던 기자는 거북이처럼 옷깃 사이로 목을 움츠리더니 불만스러운 듯 콧김을 내뿜고 담배를 새로 꺼내 피우기 시작했다.

히루코 씨가 마안갑 뒤편에서 암벽 사이로 이어지는 길과 그 끝에 있는 폭포에 대해 말해주었다. 둘 중 어느 쪽에서도 탈출 방법을 찾지 못했다는 사실도.

결국 아무 성과도 얻지 못한 채 우리도 마안갑으로 돌아가기로 했다. 우스이는 움직일 기색 없이 담배만 피우고 있길래 내버려두었다.

구키자와와 시시다가 앞장서서 걸으며 의견을 나누었다.

"역시 불을 피워서 요시미 부근을 지나가는 사람에게 신호를 보내는 방법밖에 없지 않을까요?"

"가만히 있는 것보다는 낫겠지만, 어제는 다리가 불탔는데도 아무도 구하러 오지 않았잖아. 모닥불 정도로는 소용

없을 거야."

"난로의 기름을 사용하면 어떻게 안 될까요?"

둘 다 탈출을 포기하고 구조 요청 방법을 고안하고 있는 듯했다.

그때 누가 오른쪽 소매를 잡아당겼다. 얼굴을 옆으로 돌리자 히루코 씨가 눈짓으로 뒤를 보라고 재촉했다.

바로 뒤를 걷고 있었을 도이로가 어느 틈엔가 쪼그려 앉아 토트백에서 스케치북을 꺼내는 참이었다. 뒤이어 파우치에서 갈색 색연필을 꺼내 망설임 없이 종이에다 문지르기 시작했다.

"이봐, 무슨 일이야?"

시시다와 구키자와도 걸음을 멈추고 돌아보았다. 모르는 건 뒤쪽에 남은 우스이뿐이다.

도이로는 어제와 마찬가지로 색연필을 바꿔가며 엄청난 속도로 그림을 그려나갔다. 생각하는 낌새라고는 조금도 없는 듯한 기계적인 움직임에 우리뿐만 아니라 시시다도 눈을 빼앗겼다.

완성된 그림은 어제 보았던 불타는 다리 그림보다 훨씬 이해하기 어려웠다.

종이를 전체적으로 가득 채운 갈색. 거기에 검은색이 섞여 복잡한 음영을 자아낸다. 군데군데 보이는 무기질적인 직선은 뭘까.

히루코 씨가 딱딱한 목소리로 중얼거렸다.

"기둥이나, 무슨 건축재……?"

그 순간 털이 쭈뼛 곤두서는 감각이 온몸을 내달렸다.

저 멀리에서 귀에 들리지 않는 중저음이 몰려왔다.

큰일이다.

그것은 순식간에 수십, 수백 킬로미터를 주파해 속귀가 아니라 뼈를 통해 직접 소리를 전달했다.

"지진이다!"

발밑이 크게 요동쳤다.

동시에 도이로의 그림이 무엇을 나타내는지 머릿속에 번쩍 떠올랐다.

히루코 씨도 같은 결론에 도달한 모양이었다.

"조심해요! 뭔가 무너질 거예요!"

이제 막 불 붙인 담배를 손에 든 채 휘청거리고 있는 우스이가 시선 끝에 들어왔다.

그때 한층 크게 요동치는가 싶더니 우스이의 오른편 비스듬히 위쪽, 황폐해진 폐가가 묻혀 있던 산비탈이 옹벽과 함께 주르르 미끄러져 내렸다. 마치 보이지 않는 거인이 산

일부를 칼로 잘라낸 듯 비현실적인 광경이었다.

어마어마하게 무거운 흙덩이가 아래에 있는 잡지기자를 비명 한마디조차 남기지 않고 집어삼켜서 짓뭉갰다.

그 직후에 굉음과 흙먼지, 돌팔매의 여파가 우리에게도 덮쳐왔다.

"위험해!"

"엎드려, 엎드려!"

저마다 고함을 지르면서 뒤로 물러났다. 산사태가 방금 전 도이로가 쪼그려 앉았던 곳까지 다다라 토트백도 시야에서 사라졌다.

하지만 다행히도 그걸 끝으로 요동은 잦아들었고, 산은 아무 일도 없었다는 듯 정적을 되찾았다.

"끝났나."

천천히 모래와 흙덩이에 다가선 나는 발치에 하얀 종잇조각 같은 게 떨어져 있는 걸 알아차렸다.

담배였다.

우스이가 놓친 후 바람에 날려 왔는지 얄궂을 만큼 깨끗한 담배꽁초가 산사태에 삼켜진 주인을 애도하듯 가느다란 연기를 피워 올리고 있었다.

5

우스이의 구조는 실패로 끝났다.

다행스럽게도 화를 면한 우리는 구조에 필요한 도구를 찾으러 마안갑으로 돌아갔다. 마안갑도 제법 흔들렸는지 현관에는 핫토리와 도키노, 준뻔만 아니라 사키미도 나와 있었다. 산에 갔던 오지도 마침 돌아왔으므로, 그도 함께 즉시 현장으로 되돌아갔다.

하지만 우스이를 집어삼킨 토사와 나무가 말 그대로 산더미처럼 쌓여 사람의 힘만으로 파헤치기는 너무나 절망적인 상황이었다.

"포기하는 수밖에."

비정한 현실을 직시하고 작업을 멈춘 사람은 시시다였다.

"지금부터 파헤쳐본들 늦었어. 그에게는 미안하지만 구조대가 오기를 기다리는 방법뿐이야."

"아니, 그게 무슨!" 오지가 바쁘게 삽질을 하면서 비난했다. "아직 파묻힌 지 삼십 분도 안 지났잖아요! 어쩌면 희박하나마 공기를 마시면서 살아 있을지도 모르는데."

그 정도 반론은 예상했는지 시시다는 냉정하게 고개를

저었다.

"자네는 못 봤지만 그는 무너진 옹벽에 깔렸고, 그 위로 토사가 쌓였어. 살아 있을 가능성은 만에 하나도 안 돼. 우리도 여기에 있는 건 위험해. 언제 여진이 올지 모르니까."

그 말에 호응하듯 무너진 비탈 위에서 수박만 한 돌덩이가 굴러떨어져 근처의 쓰러진 나무에 쿵 부딪쳤다. 저런 게 사람 머리에 떨어지면 무사하지 못할 것이다.

시시다 말이 옳다.

전화 한 통으로 경찰이나 응급 구조대가 달려오는 일상 속에서는 구조에 힘을 다하지 않거나 포기하는 일이 흡사 악행처럼 느껴진다. 하지만 불가항력과도 같은 재해, 자신의 안전을 우선해야 하는 상황은 존재한다.

그러니 경험자가 판단을 내려야 한다.

"저도 찬성이에요. 여기에 있으면 2차 피해를 입을 우려가 있어요. 돌아가죠."

내가 들고 있던 도구를 내리고 히루코 씨도 뒤따르자 다른 사람들도 묵묵히, 하지만 어쩐지 안도한 듯이 동참했다.

"맙소사, 진짜 사람이 죽을 줄이야."

돌아가는 도중에 오지가 원통하다는 듯 중얼거렸다.

머릿속에 떠오른 건 물론 사키미의 예언이다.

남녀가 두 명씩, 총 네 명이 죽는다.

예언이 실현되기를 바랐던 우스이 본인이 제일 먼저 죽을 줄이야. 그가 바라던 대로 이 사건은 조만간 전국지에 대문짝만 하게 실리겠지만, 그가 그 국물을 얻어먹을 날은 영원히 오지 않는다.

"그러니까 말했잖아." 도키노의 목소리에도 힘이 없었다. "사키미 님의 예언은 반드시 들어맞아. 섣불리 움직이는 게 아니었는데."

무거운 발걸음으로 마안갑에 돌아오자 준이 복도 오른쪽 끝에서 비질을 하고 있었다.

"아, 다녀오셨어요."

방금 전 지진으로 받침대에서 꽃병이 떨어졌는지 널빤지 바닥에 흩어진 조그마한 노란색 꽃잎을 비질로 모으는 중이었다.

"청소 돕는 거야?"

아빠의 말에 준은 고개를 끄덕였다.

다행히 꽃병은 깨지지 않은 듯 노란색 에리카는 원래 장소에 꽂혀 있었다.

"식당은 그릇이 깨져서 위험하니까 여기 청소를 도와달라고 그랬어. 식당은 핫토리 누나가 청소하고 있고."

식당에 들어가자 핫토리도 청소를 마친 듯 그릇 조각을 감싼 신문지를 비닐봉지에 담고 있었다. 핫토리는 우리 가운데 우스이가 없는 걸 보고 사정을 파악한 듯 몹시 차분한 투로 말했다.

"우스이 씨는 딱하게 됐지만, 어쩔 수 없는 일이에요. 사키미 님의 말씀을 마음에 새기고 행동했다면, 혹시 다른 미래가 있었을지도 모르는데."

"그딴 소리는 그만해." 시시다가 툭 내뱉었다. "우연이야. 사키미인지 뭔지가 지진이 일어난다고 언제 그랬어? 인간은 매일 여기저기서 죽는다고. 예언은 나중에 갖다 붙이면 다 그럴싸하게 들리는 법이야."

하지만 그 말에 대한 핫토리의 웃음에서는 여유마저 느껴졌다.

"잊어버리셨어요? 사키미 님은 '진안에서', '11월 마지막 이틀 동안' 사람이 죽을 거라 예언하셨어요. 우연이라면 확률이 얼마나 될까요?"

"하지만 아예 없지는 않지."

시시다는 완고한 어조로 대꾸했지만, 효과적인 반론이 떠오르지 않는지 옷에 묻은 흙을 짜증스럽게 털어냈다.

"잠깐, 뭐야 이거."

도키노의 목소리에 돌아보자 입구에서 그녀가 도이로 앞에 버티고 서 있었다. 지진 때문에 토트백을 잃어버린 도이로는 그림이 드러난 상태로 스케치북을 끌어안고 있었다. 도키노는 산사태 그림을 보고 노골적으로 혐오스럽다는 표정을 지었다.

"사람이 눈앞에서 생매장당했는데, 그걸 스케치하고 있었어?"

그때 마안갑에 있었던 도키노는 도이로가 산사태가 일어난 후에 그림을 그렸다고 생각한 것이다.

"이건……."

"어이가 없네. 결국 너도 그 기자처럼 남의 불행을 태연자약하게 이용해먹는 인간이로구나."

도키노가 오해하는 것도 무리는 아니었지만, 갑작스러운 비난에 직면한 도이로는 안색이 창백해졌다.

"아무것도 모르면서 함부로 말하지 마!"

구키자와가 끼어들었다.

"선배는 지진이 일어나기 전에 그림을 그렸어. 거짓말 같으면 시시다 씨랑 하무라 씨한테 물어봐."

도키노를 비롯해 현장에 없었던 사람들이 이쪽을 바라보았다. 어떻게 할까 히루코 씨의 안색을 살피자 그녀는 벌레

씹은 듯한 표정으로 구키자와를 노려보고 있었다. 도이로가 숨기려 애쓰는 사실을 왜 폭로하느냐고 속으로 화내고 있는 것이다.

하지만 기세가 오른 구키자와는 도이로의 손에서 스케치북을 낚아채 어제 그린 그림까지 사람들에게 들이댔다.

"산사태뿐만이 아니야. 봐, 어제 다리가 불탄 것도, 여기 오는 도중에 있었던 버스 사고도! 선배는 주변에서 일어날 사건을 그림으로 예지할 수 있다고! 나중에 악질적인 기록을 남기는 게 아니란 말이야!"

"구키자와, 그만해."

도이로가 막으려 했지만 오지가 끼어들었다.

"분명 어제 식당에 남았을 때도 스케치북을 꺼냈어. 시간상 다리가 불탄 건 그 직후야. 설마 정말로……."

한편 도키노는 의혹에 찬 목소리로 말했다.

"다리 화재와 산사태를 예지해서 그림으로 그렸다고? 타이밍 한번 기막히네. 사키미 님에 대해 캐고 다니는 것도 수상쩍고, 혹시 전부 너희들 짓 아니야?"

"그, 그게 무슨 소리야?"

"그 지진이 우연한 천재지변이 아니라 인위적인 소행일 가능성도 무시할 수는 없지. 예를 들어 발파용 폭약을 산에 설치해놓고 그림을 그린 후에 폭파시켰다면?"

생각지 못한 형태로 공격당해 구키자와는 겁에 질린 목소리로 말했다.

"다, 당신은 예지 능력의 존재를 믿는 거 아니었어?"

"어디서 똑같은 취급이야? 사키미 님의 예언은 아주 옛날부터 목격해온, 요지부동의 사실이라고. 그에 비해 너희는 일부러 그림을 과시하는 것 같아. 어쩐지 미심쩍은 냄새가 솔솔 풍겨."

따끔한 지적에 구키자와가 입을 다물자 지금까지 잠자코 있던 시시다가 심술궂게 말했다.

"하지만 도키노, 자네 주장은 도이로뿐만 아니라 사키미 씨한테도 해당되는데."

"무슨 뜻이죠?"

"사키미 씨는 지금까지 예언을 적중시켜온 덕분에 요시미에 군림할 수 있었던 거잖아. 그것도 전부 인위적인 소행 아니었을까? 그리고 이번에도 네 명이 죽는다는 예언을 실현시키기 위해 인위적으로 산사태를 일으킨 거지. 어쩌면 사키미 씨 혼자 그런 게 아니라, 그녀를 숭배하는 사람이 협력했을지도 모르고."

물론 핫토리가 반발하고 나섰다.

"그 사람은 저라고 해석해도 되겠죠?"

"그렇게 들렸나? 나는 가장 논리적인 가능성을 지적했을 뿐인데."

"그럼 논리적으로 반박하죠. 지진이 일어났을 때 저는 식당에 있었어요. 당신 부탁으로, 당신 아들인 준과 함께. 그런데 과연 밖에 있는 사람들의 상황에 맞춰서 폭약을 폭파시킬 수 있을까요?"

시시다의 말이 쑥 들어간 것을 보고 핫토리는 주장했다.

"반면 도이로 씨는 우스이 씨 근처에 있었잖아요. 그럼 우스이 씨가 목표 지점에 접근한 순간을 노려 그림을 그리고 폭약을 폭파시킬 수 있었을 거예요. 역시 도이로 씨가 제일 의심스럽다고요."

"뭐라고!"

도이로가 모욕당하자 구키자와가 버럭 화를 냈다.

"선배의 예지 능력은 진짜야. 거짓말 같으면 철저하게 검증해봐, 바라는 바니까! 그러면 선배가 특별한 사람이라는 게 즉시……."

"닥쳐!"

시시다의 화난 목소리를 들었을 때보다 우리 모두 열 배는 더 놀랐을지도 모르겠다. 지금까지 누구에게나 싹싹했던 도이로가 눈을 치켜뜨고 분노를 폭발시켰다.

"멋대로 나불나불, 그만 좀 해! 무슨 생각이야. 내가 언제 초능력자가 되고 싶다고 했어?"

"하, 하지만 다들 선배를 안 믿으니까 내가 증명해야죠."

"시끄러워, 입 다물어! 뭐야, 진짜. 최악이야."

도이로의 성난 고함 소리 때문에 침묵이 감돌자 이때다 싶어 나는 끼어들었다.

"들어보세요. 산사태는 폭발 때문에 일어난 게 아니에요. 자연적인 지진 때문이라고요. 지진이 오기 전에 분명 초기 미동이 느껴졌고, 폭발음은 전혀 들리지 않았어요."

"그 감각을 100퍼센트 믿을 수 있을까요?"

핫토리가 사무적인 어조로 물었다.

"저는 중학생 때 대재해를 경험했어요. 그리고 우스이 씨가 토사에 파묻힌 곳은 저희랑 이십 미터도 떨어져 있지 않았고요. 노린 것치고는 너무 위험해요."

핫토리와 도키노의 반론은 없었고, 음모론을 주창한 시시다도 "그건 그래" 하고 마지못해 인정했다. "그럼 전부 우연인 건가."

고개를 끄덕이는 사람은 없었지만 부정하는 사람도 없었다. 아무튼 다들 지쳐서 다시 언쟁을 벌이는 건 사양한다는 분위기였다. 그래도 방을 가득 채운 무언의 압력은 어젯밤부터 사람들 사이에서 부풀어 올랐던 시의심이 도이로를 향하기 시작했음을 나타냈다.

화제를 바꾸기 위해 오지에게 산책의 성과를 물었다.

"틀렸어. 산속은 덤불을 헤치면서 나아가야 할 정도로 길이 험해. 그리고 나무에 곰 발톱 자국 같은 것도 있길래 바로 돌아왔지."

이렇듯 힘없는 대답이 돌아왔다.

어느덧 정오가 지나 핫토리가 점심 식사를 준비할지 물어보았지만, 배고프다고 호소하는 사람은 없었다. 그보다 다들 몸이 더러워졌다는 도키노의 지적에 핫토리는 식사보다 먼저 목욕물을 준비하기로 했다.

"우스이 씨는 돌아가셨지만, 사키미 씨를 뵙는 건 어떻게 될까요? 가능하면 저도 직접 여쭤보고 싶은 게 있는데요."

히루코 씨의 물음에 핫토리는 잠시 생각하다 고개를 끄덕였다.

"일단 우스이 씨가 돌아가신 것부터 알리고 나서 말씀드릴게요. 방에서 기다려주세요."

"그럼 하무라의 방으로 부르러 와주시겠어요?"

대화를 흘려들으며 나는 멍하니 생각했다.

벌써 한 명이 죽었다. 예언이 옳다면 남은 서른여섯 시간 안에 세 명이 더 죽는다.

6

앞으로의 방침을 정하지 못하고 자리를 파했다. 다 함께 탈출 방법을 찾아야 하는데, 본의 아니게도 서로 서먹해지는 결과가 나오고 말았다.

핫토리의 대답을 방에서 기다리는 동안, 히루코 씨와 방금 전 일에 대해 이야기했다. 주안점은 우스이의 죽음이라기보다 도이로의 그림이다.

멧돼지가 버스에 치인 사고, 다리 화재, 그리고 지진에 의한 산사태. 우리는 어제부터 세 번이나 도이로의 그림이 얼마 후에 현실이 되는 장면을 목격했다. 우연으로 치부할 마음은 들지 않았다.

"원래 같으면 도키노 씨 의견에 찬성해서 도이로가 무슨 트릭을 썼을 거라 주장하고 싶지만…… 지진은 틀림없이 자연현상이었어. 그 결과, 사키미 씨의 예언대로 사망자가 나왔지."

"지금 단계에서는 사키미 씨와 도이로 씨, 어느 쪽의 초능력도 부정할 요소가 없네요."

히루코 씨는 큼지막한 숄을 무릎에 덮고, 흙먼지가 묻은 머리를 몇 번이고 손으로 빗으며 고개를 끄덕였다.

"나도 초능력의 존재가 믿기지는 않아. 하지만 사키미 씨가 마다라메 기관의 연구에 참여했다는 게 사실이라면. 그런 능력이 존재하지 않는다고 단언할 수는 없겠지."

나도 같은 의견이다.

오컬트 분야에서나 존재할 수 있는 상식적이지 못한 현상. 그러나 마다라메 기관이 그중 하나를 실현했음을 우리는 사베아 호수에서 목격했다.

기존의 상식에 들어맞지 않는다고 해서 부정하고 보는 것은 논리적이지 못하다.

"가령 사키미 씨의 예언과 도이로의 예지 능력이 진짜라면."

히루코 씨는 천천히 말을 꺼냈다.

"오히려 참고로 삼아 비참한 미래를 피할 수 있을지도 모르지. 하지만 이번 사키미 씨의 예언을 뜯어보면 사베아 호수 테러 사건과 오사카 미나미의 빌딩 화재 때에 비해 구체적인 내용이 모자라."

동감이다. 진안에서 남녀 두 명씩 죽는다는 말뿐, 뭐가 일어난다든가 어떻게 죽는지에 대해서는 일절 언급하지 않았으므로 피하려도 대책을 강구할 수 없다.

"한편 도이로의 그림은 현장의 광경을 그리니까 구체성은 있어. 문제는 그림이 현실이 될 때까지 시간 여유가 거의 없다는 거."

다리 화재는 정확치 않지만, 버스 사고와 산사태는 그림이 완성되고 몇 분 안에 발생했다. 즉, 항상 도이로의 동향을 감시하지 않고서는 위험을 회피하는 데 써먹을 수 없다.

유효한 대책을 찾지 못해 전전긍긍하고 있자니 히루코 씨가 고개를 푹 숙였다.

"역시 널 데려오는 게 아니었는데."

야단났다. 비관 모드다.

"히루코 씨 때문에 이렇게 된 게 아니잖아요."

"하지만 나 혼자 올 수는 있었어."

이제 와서 출발 전 이야기로 돌아가나 싶어 뜨악했다. 내가 아무 위험도 각오하지 않고 행동을 함께한 것이 아니라는 걸 얼마나 말해야 알아줄까. 설령 히루코 씨 혼자 왔더라도 내가 마음 졸이는 입장이 될 뿐인데.

히루코 씨가 마음을 고쳐먹도록 나는 말투에 힘을 실었다.

"그건 잘못된 반성이에요. 우리는 그저 여행 삼아 여기에 온 게 아니잖아요. 마다라메 기관을 조사하러 온 거라고요. 그 결과……."

발로 바닥을 한 번 굴렀다.

"이렇게 기관의 시설을 찾아냈죠. 실험 대상자였다는 사키미 씨도 찾아냈고요. 우리 행동에 잘못된 점은 없어요. 그렇잖아요. 이제 사키미 씨에게 이야기를 들을 거예요. 마다라메 기관에 대한 정보를 하나라도 많이 얻어서 무사히 돌아간다! 생각할 건 그것뿐이에요."

"응, 그렇지."

히루코 씨는 여전히 시선을 들지 않았지만, 불안을 삼키듯 고개를 끄덕였다.

"그러기 위해 내가 할 수 있는 일을 할 거야."

오후 1시가 조금 지났을 무렵, 핫토리가 부르러 왔다. 어제와 달리 우리 둘만 데리고 사키미의 방으로 향했다. 핫토리 말로는 사키미가 여유 있게 이야기를 하고 싶다고 해서 도이로와는 따로 면담 시간을 잡았다고 한다.

우리를 문 앞까지 안내하고 핫토리는 고개를 숙였다.

"두 분이서 들어가세요. 저는 식당에 있을 테니 무슨 일 있으면 부르시고요. 여러분이라면 괜찮을 것 같지만 사키미 님의 감정이 격해지지 않도록 잘 부탁드립니다."

핫토리가 식당에 들어가는 걸 확인한 후, 우리는 문을 두드리고 안으로 들어갔다.

서궤 뒤편에 앉은 사키미가 맹금류같이 날카로운 시선을 이쪽으로 던졌다. 서궤 위에 하얀 꽃이 꽂힌 작은 꽃병이 있는 것도 어제와 똑같았다. 히루코 씨는 그걸 이야기의 물꼬를 트는 계기로 삼았다.

"예쁜 꽃이네요. 오늘 아침에 건물 뒤편에서 봤어요. 이름이 에리카던가요?"

"야스코가 키우는 거야. 여러모로 참 신경을 많이 써준다니까."

사키미의 목소리에서 어제만큼의 엄격함은 느껴지지 않았다.

"핫토리 씨는 오 년 전에 여기로 이사 왔다고 들었어요. 그때부터 쭉 사키미 씨를 돌봐오신 건가요?"

"아직 젊고, 이런 산속에 살아봤자 미래가 없다고 달랬지만. 그래 보여도 고집 센 성격이거든."

지적 능력은 쇠퇴하지 않았는지 말이 귀에 쏙쏙 들어왔다. 하지만 비쩍 마른 몸과 바로 옆에 놓인 약상자에서 완연한 병색이 느껴졌다.

배려할 심산인지 사키미는 즉시 본론으로 들어갔다.

"기자는 유명을 달리했다면서. 스스로 뛰어들었다고는 하나 딱하게 됐어."

남의 일 같은 말투였지만 히루코 씨는 그저 고개를 끄덕였다.

"네. 요시미 분들이 그토록 예언을 두려워한 이유를 저도 알 것 같아요."

"자네는 잡지를 보고 내 예언에 흥미를 가졌다고 했지?"

어제 어수선한 가운데 이야기가 끝났지만 기억하고 있었던 모양이다.

"많은 사건을 예언했다는 사키미 씨의 능력에는 놀라움을 금할 수 없어요. 하지만 저희가 사키미 씨에게 흥미를 가진 건 그 이유 때문만이 아니에요."

사키미가 눈을 가느스름하게 떴다.

"저희는 당신이 예언한, 사베아 호수 테러 사건의 현장에 있었어요. 그 사건에 대해 조사하다가 테러에 마다라메 기관이라는 조직의 연구 성과가 이용됐다는 사실을 알았고요. 그러다 잡지에서 당신의 예언과 수수께끼의 조직에 관해 다룬 기사를 보고, 한 가지 의혹이 생겼어요."

사키미의 작은 눈꺼풀 틈새로 보이는 두 눈에 진지한 빛이 서려 있었다.

“사베아 호수 테러 사건에 관한 예언은 초능력이 아니라 기관의 관계자에게 얻은 정보를 바탕으로 한 것이 아닐까. 사키미 씨는 지금도 마다라메 기관과 무슨 관계를 유지하고 있는 것 아닐까.”

히루코 씨는 말을 끊고 상대의 반응을 살폈다.

사키미는 가까이에 놓아둔 찻잔을 들어 한 모금 마시고 깊은 숨을 내쉬었다.

“설마 이 나이를 먹고서 남에게 그 이름을 들을 줄이야. 한참 전에 없어진 줄 알았는데.”

“이제는 더이상 관계가 없다는 말씀이신가요?”

한 조각의 거짓말도 놓치지 않겠다는 듯 눈을 번뜩이는 히루코 씨 앞에서 사키미는 똑똑히 고개를 끄덕였다.

“맹세하지. 그들이 여기를 떠난 날부터 반세기 가까이 기관 사람과는 만나지 못했어. 테러 사건은 예전부터 예언했었고, 요시미 주민들에게도 그 지역에는 가지 말라고 충고했지. 나중에 조사해보면 알 거야.”

하지만 히루코 씨는 기관에 대해 거듭 캐물었다.

“분명 거대한 연구 조직으로서는 활동을 끝냈겠죠. 하지만 연구 성과의 일부가 실제로 대참사를 일으켰어요. 마다라메 기관은 그 밖에도 수많은 불가사의를 연구했다고 들었는데요. 다시는 비극이 일어나지 않도록 막아야 해요. 그러니 가르쳐주세요. 그들에 관해 당신이 알고 있는 모든 걸."

열의가 통했는지 사키미는 "그런가" 하고 중얼거리더니 잠시 입을 다물고 먼 곳을 바라보았다. 이윽고 이어진 목소리에서는 지금까지 없었던 적막감이 묻어났다.

"마다라메 기관은…… 말하자면 가능성의 온실이었어. 옛날에 여기 있던 연구자에게 들은 말이지만."

'가능성의 온실'. 나는 그 말을 입속으로 되풀이했다.

"세상에서는 때때로 잘한다고 생각한 일이 잘못되고, 재앙이 복으로 바뀌기도 하지. 인간의 발명이 가장 큰 예시야. 사람을 구하기 위한 기술로 사람을 죽이는 한편, 전쟁을 위해 태어난 기술이 세상을 편리하게 만들기도 해."

원자로나 GPS는 말할 것도 없고, 이제는 생활에 필수적인 인터넷이나 컴퓨터, 휴대전화도 원래는 군사기술에서 민간으로 사용 범위가 넓어졌다는 건 나도 알고 있다. 또한 반대 시점에서 보면 건축용 폭약으로 발명된 다이너마이트가 무기로 사용된 건 유명하며, 식물학자가 개발한 고엽제는 베트남 전쟁에서 살포돼 사람들에게 막대한 피해를 입혔다.

"전쟁처럼 논리적, 도덕적인 족쇄가 벗겨지는 상황에서 기술은 급속한 발전을 이루지."

사키미는 거기서 말을 멈추고 심하게 기침을 했다. 일반적인 감기가 아니라 좀더 심각하게 몸을 해치는 병에서 비롯된, 목숨을 깎아내는 듯한 기침. 나는 히루코 씨보다 한 발 먼저 일어나 사키미 뒤로 돌아가서 등을 문질러주었다. 너무 마른 나머지 옷 위로도 등뼈가 느껴져 놀랐다.

"미안하네, 젊은이."

"핫토리 씨를 부를까요?"

"괜찮아. 어디까지 이야기했더라. 그래, 전쟁 때는 기술이 눈부시게 발전하지. 반대로 평화로운 시대에는 사람들의 가슴에 변화를 두려워하는 마음이 싹터서 기술 발전에 신중해져. 마다라메 기관은 그런 족쇄에 묶이지 않고 연구를 진행하기 위해 만들어진 조직이라더군."

"논리적, 도덕적인 족쇄에 묶이지 않는 연구……."

사베아 호수에서 있었던 일이 생각났는지 히루코 씨가 씁쓸하게 중얼거렸다.

예를 들면 일본에는 복제 인간 개발을 금지하는 통칭 인간복제기술규제법이 있고, 최근의 AI기술 발달에는 반드시 위험성에 관한 논설이 붙어 다니기 마련이다.

연구의 확산이라는 관점에서만 보면 이는 명백한 억압이다.

마다라메 기관은 그러한 억압에 일절 간섭받지 않는 온실을 만들어 연구를 진행하려 한 것이다.

"물론 그들도 여기를 무법 지대로 만들려 했던 건 아니야. 이 시설에는 연구자 말고도 기관에서 파견된 감독원이 있었지. 그들은 늘 연구 내용을 파악하고, 연구자가 폭주하지 않도록 엄중히 감시했어."

히루코 씨가 머리카락을 한 줌 집어서 입술에 댔다.

"즉, 어떠한 연구든 '그 자체'에는 선도 악도 없다는 게 마다라메 기관의 사고방식이로군요. 문제는 성과를 다루는 인간에게 있으므로 속세와 떨어진 온실 속에서만 연구를 진행했다, 그런 말씀이신가요?"

"정보 누출에는 특히 유의했지. 나도 기관이 철수할 때까지 요시미 주민의 눈에 띄지 않도록 다리 이쪽에서만 생활했어."

약 오십 년 전, 마다라메 기관은 미래 예지와 투시 등 특수한 힘을 지녔다는 사람들을 전국 각지에서 모았다. 고명

한 점술가와 수행자, 수상한 소문이 끊이지 않는 기인 등 각양각색의 사람들을. 사키미 역시 깊은 산촌에서 대대로 무녀를 맡는 가문에서 태어난 능력자였다. 사키미는 어릴 적부터 심상치 않은 예지 능력을 발휘했지만, 시대가 흐르며 마을의 주 산업이었던 임업이 쇠퇴해 경제적으로 곤궁해지자 거액의 사례금을 받는 조건으로 마다라메 기관의 연구에 협력하게 됐다고 한다. 당시 사키미는 스무 살이었다.

협력이라고 하면 듣기에는 좋지만 실제로는 기관에 몸을 팔아넘긴 셈이다.

기관은 요시미 주민들에게 입막음 조로 거액의 돈을 치르고 이 연구소를 세워 초능력 연구를 시작했다. 젊은 연구자가 연구를 주도했고, 그가 데려온 조수 한 명과 마다라메 기관에서 온 연구자 세 명이 함께 일했다. 경비와 생활 관리 담당자를 합치면 연구소에는 직원이 늘 열 명 정도는 있었던 모양이다.

처음에 모인 실험 대상자는 열한 명. 다른 사람과 방을 같이 써야 했지만, 거짓말을 했거나 트릭을 이용한 가짜도 많아서 반년쯤 지나자 실험 대상자는 한 손에 꼽을 수 있을 만큼 줄어들었다.

"실험 대상자 입장에서 견디기 힘든 연구는 아니었나요?"

나는 사베아 호수에서 경험한 사건의 성격상 마안갑에서 연구를 행할 때도 비인도적인 처사가 있지 않았을까 생각했지만 사키미는 부정했다.

"능력을 최대한 끌어내려면 정신적인 부담을 최소한으로 줄여야 한다는 방침이었고, 직원들도 온화한 사람이 많았어. 다만……."

사키미의 목소리가 무거워졌다.

"바람직한 결과를 내놓을 것. 그러기 위해 매일 죽어라 애를 썼지. 가짜라고 판단되면 고향에도 못 돌아가. 일족의 수치라고 욕을 먹을 게 뻔하니까."

마다라메 기관에 온 시점에 사키미가 살 길은 자신의 능력을 계속 증명하는 것뿐이었다.

히루코 씨는 사키미의 능력에 대해 더 파고들었다.

"어제 '사건의 단편이 영상도 문자도 아닌, 그저 정보로서 전해진다'고 하셨는데, 예언하는 방법을 자세히 가르쳐 주실 수 없을까요?"

사키미는 "그런 걸 알아서 뭐 하려고" 하고 혼잣말했지만, 기분이 상한 것 같지는 않았다.

"일단 기도를 하지. 가능하면 자연 속에서 하는 게 좋아.

여기서는 뒤쪽에 있는 폭포 앞에서 자주 기도를 올렸어."

오늘 아침에 조사한 폭포를 가리키는 것이리라.

"아침과 밤에 대개 두 시간씩, 알고 싶은 일시와 장소, 또는 사건 규모 등을 마음에 품고 기도를 올려. 사흘에서 일주일쯤 기도를 올리면 꿈에 사건의 광경이 떠오르지. 먼 미래의 일일수록 기도를 올릴 때 부담이 늘어나지만."

"나름대로 시간과 공이 들어간다. 간단한 일은 아니라는 말씀이시군요."

"특히 요즘은 몸이 기도를 따라가지 못해. 참 한심한 꼴이라니까."

자조하며 어깨를 흔드는 사키미에게 히루코 씨는 납득이 가지 않는 표정으로 물었다.

"마다라메 기관은 왜 연구소에서 철수한 거죠? 당신이 결과를 내는 한 예언 연구는 계속할 수 있었을 텐데요?"

사키미는 무겁게 고개를 저었다.

"사 년이 지났을 즈음에 나는 큰 실수를 범했어."

"예언이 틀린 건가요?"

"아니. 예언은 적중했지. 하지만 그 까닭에 기관이 문제로 삼았고, 공안에도 찍히는 사태로 발전하고 말았어. 그전까지는 정부에 기관의 연줄이 있어 공안은 간섭하지 않는 입장이었지만, 내 예언이 마다라메 기관의 입장을 위태롭게 만들었고 예언 연구의 의의 자체를 부정하고 말았지. 결과적으로 나는 그들의 기대를 배신한 셈이야."

구체적인 설명은 아니었지만, 그 일을 계기로 연구가 막다른 벽에 부딪혀 연구원들은 사키미를 남겨두고 여기를 떠났다고 한다.

긴 고백에 체력이 떨어진 듯 사키미는 길고 가는 숨을 내쉬었다.

마침 그때 문을 두드리는 소리와 함께 핫토리의 목소리가 들렸다.

"사키미 님, 이만 다음 분을 모실게요."

방에 있는 시계를 보자 어느덧 한 시간 가까이 지났다. 도이로는 안달하는 기분으로 순서를 기다리고 있으리라.

"마지막으로 하나만 더요." 히루코 씨가 물고 늘어졌다. "도이로, 그 여고생도 미래를 예지하는 힘이 있는 것 같아요. 걔의 신원에 대해 뭔가 짚이는 점은 없으세요?"

예상치도 못했던 질문에 나는 허를 찔렸다.

입을 꾹 다문 사키미의 시선이 한순간 흔들렸다.

"전혀. 어제 처음 만난 사이니까. 야스코."

핫토리를 부른 것을 신호로 우리의 면담은 끝났다. 아쉽게도 기대한 만큼의 수확은 없었다.

사키미의 말을 믿자면, 일찍이 여기서 연구한 내용은 알았지만 사키미와 마다라메 기관은 관계가 끊어진 지 오래됐으며, 최근의 정보는 없다. 또한 예언에 대해서도 진위를 확인할 방법이 없으니 이대로 경과를 지켜보는 수밖에 없는 걸까.

방으로 돌아가는 도중에 히루코 씨가 느닷없이 현관 앞에서 걸음을 멈췄다. 왜 그러나 싶어 히루코 씨의 시선을 좇자 접수창구 앞에 놓인 펠트 인형이 보였다.

"줄었어."

원래는 네 개였던 인형이 세 개뿐이었다.

벚나무 가지를 들고 있던 '봄 인형'이 사라지고 없었다.

7

우리가 세 개로 줄어든 인형 앞에서 고개를 갸웃거리고 있자니 도이로를 부르러 가려던 핫토리가 목욕물이 준비되었다고 알려주었다. 지금은 다른 사람들이 순서대로 목욕 중이고, 마지막으로 오지가 내게 알려준다는 모양이다.

"그리고 7시에 저녁을 먹을 예정이에요. 식당으로 와주세요." 핫토리는 그렇게 말하고 물러갔다.

히루코 씨와 헤어진 나는 방에서 목욕 순서를 기다리며 개수가 줄어든 펠트 인형에 대해 생각했다. 인형이 없어지는 추리소설 하면 역시 『그리고 아무도 없었다』가 제일 먼저 떠오른다. 사람이 죽을 때마다 인형도 줄어드는 상황도 똑같다. 설마.

아니다. 우스이는 사고사였다. 『그리고 아무도 없었다』와는 상황이 전혀 다르다. 우연히 바닥에 떨어진 걸 누가 걷어찼거나 시시다의 아들인 준이 가지고 놀다가 잃어버렸을 가능성도 있다. 가령 누군가 추리소설을 모방했다고 해도 못된 장난질 이상의 의미가 있을 것 같지는 않았다.

생각을 거듭하던 끝에 꾸벅꾸벅 졸다가 복도에서 이야기 소리가 들려 번쩍 눈을 떴다. 시계를 보자 오후 3시였다. 한 시간 남짓 지났다.

바로 노크 소리가 들려 문을 열자 목욕을 하고 나온 듯한 오지가 서 있었다.

"이것참. 1층의 두 방이 너희 방이라기에 절반의 확률에 걸고 옆방을 찾아갔더니 겐자키 씨가 나오더라고. 괜히 경계심만 심어준 것 같아서 미안하네. 아, 겐자키 씨가 먼저 목욕하기로 했어."

화들짝 놀랐으리라. 히루코 씨는 사적인 공간에 관해서는 특히 방어가 단단하다. 오지가 갑자기 찾아오는 바람에 문틈으로 전전긍긍 대응하는 모습이 상상됐다.

목욕 순서를 알리려고 들렀나 싶었는데, 오지가 겸연쩍은 듯 손을 마주 모으고 의외의 부탁을 했다.

"저기, 혹시 남는 속옷 있으면 빌려줄 수 없을까?"

그러고 보니 갈아입을 옷이 있는 사람은 나, 히루코 씨, 구키자와 일행뿐이고 오지는 귀중품과 함께 오토바이에 놔두고 왔다. 다행히 두 벌쯤 예비로 가지고 왔고 속옷은 크기가 그리 다르지도 않으므로 한 벌 주었다.

하지만 오지는 아직도 뭔가 할 말이 남은 듯 시선을 이리저리 돌리며 쭈뼛거렸다.

"왜 그러세요?"

"아니, 눈앞에서 사람이 죽었는데 너는 참 냉정하구나 싶어서."

내가 혼란에 빠지지 않은 건 단순히 더 비참한 상황을 경험해봤기 때문이다.

"물론 놀랐어요. 까딱하면 저희까지 산사태에 휘말릴 뻔했으니까요."

오지는 주위에 사람이 없는 걸 재빨리 확인하고 목소리

를 낮추었다.

"네 생각은 어때? 우스이 씨가 죽은 건 정말로 우연일까. 아니면……."

아니면 역시 우리 중에 누군가가 죽인 걸까.

실제로는 그렇게 말하지 않고 입을 꾹 다물었다.

근거 없이 의혹의 시선을 던지는 게 부끄러웠는지도 모르고, 어쩌면 나도 용의자 중 하나라는 데 생각이 미쳤는지도 모른다.

"미안해, 잊어버려. 속옷 고마워."

그후 히루코 씨 다음으로 목욕을 하러 갔다. 내가 마지막이라 마음 편히 목욕물을 만끽하고 방으로 돌아오자 오후 4시에 가까웠다.

목욕하러 간 사이에도 난로를 틀어놓은 덕분에 방이 적당히 따뜻해서 수마가 몰려왔다. 아침부터 여기저기 돌아다녀 피로가 쌓인 탓이기도 하리라.

히루코 씨가 나중에 부르러 올 거라고 생각하며 침대에서 몸을 뒤척이는 동안, 내 의식은 깊은 곳으로 빨려들었다.

8

혼자 배를 타고 미친 듯이 날뛰는 파도 위를 나뭇잎처럼 떠다녔다.

눈을 깜박이자 처음 보는, 하지만 어디에나 있을 법하게 생긴 여자가 목을 졸랐고, 다음 순간에는 중후한 느낌이 넘치는 바에서 어마어마하게 도수가 높은 보드카인지 브랜디인지를 병째로 마시고 있었다.

몇몇 장면을 거치다 꿈이라는 건 깨달았지만 빠져나오는 데는 몹시 애먹었다. 나중에 생각해보면 그럴 만도 했다. 모든 장면의 공통점이었던 답답함과 구역질은 현실이었기 때문이다.

갑자기 상쾌한 바람이 느껴지고 몸이 세게 흔들렸다.

"하무라!"

히루코 씨 목소리다. 겨우겨우 눈을 뜨자 하얀 천장을 배경으로 내 얼굴을 들여다보는 긴장에 찬 미모가 한순간 흉하게 일그러진 기분이 들었다.

엄청난 구역질이 급격하게 솟구치는 걸 자각했다. 내 반응을 확인한 히루코 씨는 활짝 열어둔 문으로 달려가 몇 번 여닫았다. 아무래도 환기를 하는 듯했다. 그 너머로 도이로가 스케치북을 끌어안고 우두커니 서 있는 모습이 보였다. 나는 구역질을 참으며 입을 열었다.

"히루코 씨, 이게 무슨……."

"일산화탄소중독이야. 실내에 산소가 모자라서 석유난로가 불완전연소된 거야."

난로는 꺼져 있었다. 나를 깨우기 전에 히루코 씨가 조치한 걸까.

증상은 가벼웠고, 잠시 신선한 공기를 마시자 구역질도 점차 가라앉았다.

시계를 보자 오후 5시 반이었다. 목욕하고 온 지 한 시간 반이 지난 셈이다. 히루코 씨 말로는 내가 목욕하러 간 후에 히루코 씨도 꾸벅꾸벅 졸면서 내가 돌아오기를 기다렸다고 한다. 잠시 후 내 방에 와서 문을 두드렸지만 반응이 없었다. 문은 실내에서만 잠기므로 목욕중이라면 안을 확인할 수 있지만, 분명 아직 목욕하는 거라 생각하고 방으로 돌아갔다. 그리고 삼십 분쯤 지나서 방을 나서자 도이로가 통로 끝에 있는 화장실 앞을 서성거리는 모습이 보였다. 손에는 스케치북을 들고 있었다.

사키미와 면담을 끝내고 나왔구나 싶었는데 도이로가 울상을 지으며 매달렸다고 한다.

"겐자키 씨, 어쩌죠. 저 또……."

손에 색연필을 쥐고 있다는 걸 알고 히루코 씨는 무슨 사정인지 이해했다.

도이로가 또 '그 그림'을 그린 것이다. 서둘러 스케치북을 확인하자 빨갛게 불이 켜진 난로와 옆쪽 침대에 누운 검은 사람 형체가 눈에 들어왔고 바닥에는 작은 동물 같은 것이 널브러져 있었다.

"지금까지 있었던 일로 미루어 보건대, 어느 방에서 그림과 똑같은 상황이 일어나고 있겠구나 했지. 그래서 제일 먼저 이 방으로 달려왔더니 네가 축 늘어져 있었어."

히루코 씨는 난로를 조사하며 그렇게 이야기를 매듭지었다. 히루코 씨가 올지도 모른다 싶어 자기 전에 문을 잠그지 않은 것이 천만다행이었다.

방으로 들어온 도이로는 침통한 표정을 풀지 않고 가만히 서 있었다. 언제 혼날지 겁내는 것처럼 보이기도 했다.

"난로에 별다른 이상은 없어 보여. 전형적인 불완전연소인 것 같네."

"목욕하러 간 사이에도 계속 켜놓은 게 잘못이었을까요."

내 의문에 히루코 씨의 표정이 복잡해졌다.

"그럴지도 모르지만, 문을 열었을 때 어느 정도는 환기가 됐을 거야. 통풍구도 있고……."

분명 천장 부근에 작은 통풍구가 하나 있으니 문을 닫아도 산소가 결핍되지는 않을 것이다.

그때 히루코 씨가 침대 밑에서 뭔가를 찾아냈다.

"이건……."

운동화 발부리로 꺼낸 것은 주먹보다 작고 말라비틀어진 쥐 사체였다.

나는 죽은 쥐가 있는 방에서 일산화탄소중독으로 쓰러졌다.

도이로는 다시 한번 사고 예언을 완벽하게 적중시켰다.

"어제는 쥐가 없었는데."

"죄송해요."

작은 목소리에 눈을 돌리자 도이로가 눈물을 뚝뚝 흘리며 내게 사과했다.

"죄송해요. 저 때문에, 하마터면 하무라 씨도 죽었을지 몰라요."

하무라 씨'도'라고 도이로는 말했다. 그림과 우스이의 목숨을 빼앗은 산사태의 인과관계를 인정한 셈이다.

"이딴 힘 필요 없는데. 하지만 어쩔 수가 없어요. 광경이 번쩍 떠오르면 그걸 다 그릴 때까지는 제 힘으로 멈출 수가 없거든요. 정신을 차리면 이미 완성돼 있고……."

"괜찮아, 네 잘못이 아닌걸."

히루코 씨가 위로했지만 도이로는 머리칼이 흐트러질 만큼 고개를 내저으며 거부했다.

"지금까지 이렇게 연달아 안 좋은 일이 일어난 적은 없었는데. 앞으로도 저 때문에 사람이 죽을지도 몰라요."

"아니야. 우스이 씨가 죽은 것도 네 책임은……."

"저주받은 건 저니까 제가 죽으면 다 끝나요!"

"그건 틀렸어."

히루코 씨는 힘 있는 목소리로 비통한 호소를 끊고 눈물로 범벅된 도이로의 얼굴을 똑바로 들여다보았다.

"이 세상에 저주가 진짜로 존재한다면, 분명 내게 걸린 저주가 더 강할 거야. 지금까지 내 주변에서는 양손으로 헤아릴 수도 없을 만큼 많은 사람이 죽었거든."

갑작스러운 고백의 파괴력에 한 방 먹었는지 소녀가 울음을 뚝 그쳤다. 히루코 씨는 놀란 표정을 지은 도이로에게 미소 지었다.

"정말이야. 덕분에 이제는 본가와도 의절한 거나 다름없는 신세지. 그렇다고 죽고 싶지는 않고, 누구도 죽게 내버려두고 싶지 않아. 그래서 네가 참 고마워. 그림을 보여준 덕분에 재빨리 하무라한테 달려갈 수 있었으니까."

그 말에 도이로는 또 잠깐 울다가 눈물을 닦았다.

설마 히루코 씨가 자신의 체질을 밝힐 줄은 몰랐기에 조금 놀랐다.

정체 모를 능력에 괴로워하는 도이로의 모습에 동병상련을 느낀 걸까. 히루코 씨는 설령 남들이 저주 운운하더라도 스스로 죽음을 선택한다는 허망한 결말은 인정할 수 없는 것이리라.

"도이로한테 우리 사정을 알려주는 편이 낫지 않을까요?"

히루코 씨도 나와 같은 생각이었으리라. "그러자" 하고 동의하고 몸을 일으킨 내 옆에 도이로를 앉혔다.

"어제 핫토리 씨가 말했던 마다라메 기관 기억나? 우리는 그 조직에 대해 알고 싶어서 여기 왔어. 하지만 사키미 씨한테 직접 물어봐도 자세한 정보는 못 얻었지."

"아……."

느닷없이 도이로가 반응했다.

"그, 당시 연구 상황 같은 걸 알면 되는 건가요?"

"알아?" 나와 히루코 씨의 목소리가 겹쳤다.

"네. 다만……." 도이로가 말꼬리를 흐렸다. "역시 제 힘에 대해 먼저 들어보시는 편이 나을 것 같네요."

도이로의 특수한 능력은 초등학교 3학년 때 발현됐다고 한다. 어느 날 수업 시간, 창밖을 바라보고 있자니 아무 조심도 없이 한 광경이 머릿속에 떠올랐다.

땅에 엎어진 사람 형체. 인상파 회화 같은 사람 형체에 뚜렷한 얼굴은 없었고, 팔다리가 하나씩 말도 안 되는 방향으로 꺾인 채 피 웅덩이에 잠겨 있었다. 불길한 광경이었지만, 선잠을 자다 꾸는 꿈처럼 현실감이 없어서 도이로는 평정심을 잃지 않았다.

하지만.

"선생님, 도이로가 책상에 낙서한대요."

옆자리 남학생의 고자질에 정신을 차린 도이로는 눈앞의 광경에 이번에는 까무러칠 만큼 놀랐다.

책상 가득 연필로 그림이 그려져 있었다. 얼핏 보기에는 낙서로밖에 보이지 않지만, 본인만은 그것이 이리저리 꺾인 인간의 몸, 방금 본 환각과 똑같다는 것을 알 수 있었다. 연필을 쥔 손을 들자 옆면이 시커멨다. 믿기지 않지만 의식이 아주 잠깐 몽상의 세계로 날아간 동안, 단숨에 그림을 완성했다고밖에 설명할 수 없었다.

—도이로, 너.

담임선생님이 주의를 주려고 한 순간이었다.

창밖에서 커다란 물체가 위에서 아래로 지나가고, 쿵 하는 둔중한 소리가 도이로네 반이 있는 2층까지 울려 퍼졌다.

여기저기서 비명이 터져 나왔고, 담임선생님이 총알처럼 창문으로 달려갔다.

—말도 안 돼.

—뭐야, 이게. 내 탓이야?

땅에 떨어진 시체를 본 학생이 엉엉 우는 등 교실이 대혼란에 빠진 가운데, 도이로 혼자 지우개를 들고 책상에 그려진 그림을 필사적으로 지웠다고 한다.

다음 날 아침 조례 때 왕따를 당하던 6학년 여학생이 몸을 던졌다는 사실을 알았다.

그후로 도이로는 주변에서 참사가 발생하기 직전에 반드시 그 광경을 '수신'하게 되었다. 도이로 본인의 의사로 볼 수는 없고, 어디까지나 일방적으로 어디선가 정보가 송신되어 저도 모르는 사이에 색깔이 나오는 것이라면 뭐든지 사용해 가까이 있는 종이나 벽, 또는 땅바닥에 그 광경을 그린다.

빈도는 높아도 한 해에 한 번이나 두 번. 무서워진 도이로는 부모님에게 몇 번 상의했지만, 감수성이 예민한 시기에 나오는 일종의 반항 행위로 보았는지 진지하게 상대해 주지 않았다. 그러던 어느 날 멀리 사는 외할아버지가 찾아왔다. 아무래도 손녀가 이상한 소리를 한다는 이야기를 부모님에게 전해 들은 모양이었다. 평소 다정한 할아버지가 그때는 집안 망신이니까 증상을 결코 남에게 말하지 말라고 무서운 얼굴로 야단쳤다. 도이로는 또 침울해졌지만, 할아버지가 그 화제만 나오면 다른 사람처럼 변하는 건 그저 주변의 시선을 신경 쓰는 기성세대이기 때문이라고 생각했다.

안타깝게도 성장하면서 환각을 보는 빈도는 조금씩 늘어났다.

"어쨌거나 눈에 띄지 않게끔 조심했어요. 아무 데나 낙서하지 않도록 스케치북과 색연필을 가지고 다녔고, 중학교 때는 그게 부자연스러워 보이지 않도록 흥미도 없으면서 미술부에 들어갔죠. 하지만 교내에서 작은 불이 났을 때, 비상벨이 울리기도 전에 불이 난 그림을 그리는 걸 본 친구가 안 좋은 소문을 퍼뜨렸어요."

인간관계를 일신하고자 도이로는 고향에서는 거의 진학하는 사람이 없는 현 바깥의 고등학교에 들어갔다.

덕분에 나쁜 소문에서는 해방됐지만, 눈속임을 위해 남들 앞에서 일부러 그림을 그리는 습관은 버릴 수 없었다.

"틈만 나면 스케치를 하니까 친구들 눈에는 약간 괴짜로 보였을 거예요. 하지만 미대가 목표라고 공언했고, 그 정도 시선들은 괜찮아요. 중학교 때처럼 공포의 대상이 되는 것보다는 훨씬 낫죠."

미대라는 말에 나는 무심코 되물었다.

"진로까지 눈속임에 이용하려고? 정말 그림을 좋아한다면 상관없지만."

"좋아하기는요."

도이로는 쥐어짜내듯이 말했다.

"그림 때문에 이렇게 고생하는데. 하지만 이 힘을 감추려면 몇 배로 그리는 수밖에 없어요. 아니면 사람들 사이에 머물 수 없다고요!"

괜한 질문이었다. 히루코 씨가 사건을 끌어당기는 체질에서 벗어날 수 없듯이, 도이로의 인생도 성가신 능력과 분리될 수 없다. 도이로 나름대로 타협점을 찾기 위해 애쓰고 있다.

"미안해, 내가 너무 무신경했어."

도이로는 재빨리 눈가를 닦고 "아니요, 계속할게요" 하고 이야기로 되돌아갔다.

고등학교에 입학한 후로도 할아버지는 툭하면 도이로에게 증상을 묻고 단단히 입단속을 시켰다고 한다. 그만큼 신경 쓰는 걸 보면 이 힘에 대해 뭔가 알고 있는 게 아닐까 의심스러웠지만, 본인에게 직접 캐묻기는 망설여졌다.

그러던 어느 날, 우연히 구키자와가 읽고 있던 《월간 아틀란티스》 10월 호, 즉 예언과 M기관에 관한 기사를 보았다.

"그때는 어쩌면 나 말고도 비슷한 능력을 가진 사람이 있을지도 모르겠다는 정도의 생각이었는데요."

직후인 10월에 할아버지가 교통사고로 갑작스레 세상을 떠났다. 도이로는 슬픔에 젖은 가운데 아무것도 묻지 못한 것에 낙담했지만, 크게 상심한 할머니를 도와 유품을 정리하다가 책장 안쪽에서 낯선 물건을 발견했다.

"요즘은 아무도 안 쓸 법한 두툼한 사전들 뒤편에 마치 숨겨놓듯 노트 몇 권이 놓여 있었어요. 무슨 실험에 관한 연구 노트 같더라고요."

"연구 노트?"

우리는 이 정보에 놀라움을 금치 못했지만, 도이로의 말은 끝나지 않았다.

“척 보기에도 할아버지 글씨체였고, 마지막 페이지에는 사인도 있었어요. 문제는 적혀 있는 실험 내용이 초능력 연구, 주로 사키미라는 이름의 여성에 얽힌 연구였다는 거죠. 저희 할아버지는 일찍이 마다라메 기관의 연구자였던 거예요.”

9

도이로의 할아버지가 지금 우리가 머무르고 있는 이 연구소에서 초능력을 연구했다.

“노트에는 사키미 씨의 혈통이 격세유전으로 예지 능력을 물려받는다는 것에 덧붙여 할아버지와 사키미 씨가 깊은 관계였다는 사실까지 적혀 있었어요. 그리고 할아버지는 사키미 씨와의 사이에서 아이를 얻은 직후, 아이만 데리고 여기를 떠난 모양이에요.”

사키미에게는 생이별한 아이가 있었다. 설마 사키미의 핏줄이 진안 밖에서 이어졌을 줄이야.

“그 아이의 이름은 구미. 저희 엄마 이름이었어요.”

그리하여 도이로는 자신의 능력이 격세유전된 것, 즉 자신이 사키미의 손녀임을 확신했다. 하지만 섣불리 가족 앞에서 말을 꺼낼 수는 없다. 지금까지 할아버지는 물론이고 엄마인 구미에게도 이런 이야기는 못 들었기 때문이다. 엄마 본인도 할머니와 한 핏줄이 아니라는 사실을 모를 가능성이 높다. 할아버지를 잃어 가슴에 생긴 상처가 아물기도 전에 이런 폭탄을 터뜨릴 마음은 들지 않았다.

유일하게 뭔가 알고 있을 가능성이 있는 사람은 할머니다. 적어도 아이가 딸린 할아버지와 결혼했으니까.

"그래서 할아버지의 추억 이야기를 하면서 슬쩍 물어봤죠. '할머니랑 결혼하기 전에 할아버지는 뭘 했어?' 하고요. 하지만 할머니는 웃으면서 고개만 저었어요."

도이로는 자신의 눈으로 진실을 확인하기 위해 요시미를 찾아왔다. 구키자와를 데려온 건 낯선 곳에 혼자 발을 들여놓을 용기가 없었기 때문이다.

"연구소의 위치도 그 노트에 적혀 있었니?"

"요시미라는 지명밖에 없어서 제 힘으로 찾았어요. 노트 보실래요?"

바라마지않은 제안에 우리는 부푼 가슴을 안고 함께 도이로의 방으로 갔다. 지하층에 있는 도이로의 방은 히루코 씨의 방 바로 밑이었다.

오늘 아침에 봤던 도키노의 방과 구조와 조명이 같았다. 침대와 난로, 간소한 책상이 있는 것도 똑같았지만, 침대 반대쪽 벽에 동그란 벽시계가 걸려 있었다. 아주 세련된 시계로, 문자반에 유리 덮개가 없어 시곗바늘 두 개가 노출되어 있었다. 최근에 핫토리가 맞추어놓았는지 내 손목시계와 비교해보니 시곗바늘은 한 치의 어긋남도 없이 정확한 시각을 가리키고 있었다.

오후 6시.

또 제한 시간을 계산할 것만 같아 의식을 실내로 되돌렸다.

"핫토리 씨 말로는 연구실로 사용됐대요. 어쩌면 할아버지의 방이었을지도 모르겠네요."

도이로는 짐에서 변색된 노트 몇 권을 꺼내 히루코 씨에게 건넸다.

"여기요. 저는 다 읽었으니까 잠시 빌려드릴게요."

히루코 씨는 노트를 대충 훑어보고, 조심스레 물었다.

"혹시 오늘 아침에 몰래 사키미 씨 방을 찾아간 것도 핑줄에 대해 물어보려고?"

"어제는 다리에 불이 나는 통에 못 물어봤으니까 어떻게

든 빨리 확인하고 싶었어요. 하지만 모르는 일이라고 부정하더라고요. 아까 면담했을 때도 착각이라는 말로 일관했고요."

우리 때와 똑같은 반응이었던 모양이다. 도이로가 쓸쓸한 표정으로 눈을 내리까는 걸 보고 히루코 씨는 화제를 바꾸었다.

"구키자와한테는 이 노트에 대해?"

"말 안 했어요. 절대 안 할 거예요."

그것참 냉담하셔라.

"싫으면 대답 안 해도 되는데, 어떻게 걔는 네 능력을 아는 거야? 네가 가르쳐줬어?"

내 질문에 도이로는 과장되게 인상을 찌푸렸다.

"불가항력이었어요. 중학생 때 비상계단에서 떨어진 사람의 그림을 그린 적이 있는데요. 또 누군가 다치겠구나 싶어서 어떻게든 사고를 미연에 방지하려고 했어요."

학교 건물 두 동의 비상계단을 살폈지만 이상한 낌새가 없어 의아해하고 있자니, 마침 체육관 근처를 어슬렁거리는 남학생이 눈에 띄었다. 체육관에도 비상계단이 있다는 게 생각나 도이로는 자신이 그린 그림을 보여준 후, 손을 붙잡고 억지로 체육관에서 떼어놓았다.

그 남학생이 바로 구키자와였다.

“하지만 그때 비상계단에 모여 있던 불량 서클 애들 중 한 명이 발을 헛디뎌서 굴러떨어지고 말았어요. 구급차도 오고 큰 소동이 났었죠.”

결과적으로 사고를 면한 구키자와는 도이로에게 은혜를 입었다고 느꼈는지 그후로 주변의 시선에는 아랑곳없이 졸졸 따라다녔고, 고등학교까지 쫓아왔다고 한다.

“걔한테는 도이로가 큰 사고에서 구해준 은인인 셈이네.”

히루코 씨는 웃으며 그렇게 말했지만, 내가 보기에는 역시 은혜 이상으로 이성으로서 매력을 느꼈기에 이런 깊은 산골까지 동행했고, 도이로의 특이한 능력을 칭송하기까지 하는 것 아닐까 싶었다.

하지만 그가 연구 노트의 존재를 모른다면 마음에 걸리는 점이 있다.

“구키자와는 네가 요시미의 구체적인 장소와 사키미라는 이름을 알고 있는 걸 이상하게 여기지 않았어?”

“구키자와는 《월간 아틀란티스》의 기사에 흥미를 품고 있었고, 제 말은 뭐든지 곧이듣는 녀석이라 전부 먼 친척에게 들은 걸로 해뒀어요.”

비밀을 숨긴 채 데려온 건 도이로도 미안한 듯했다.

"뭐, 나쁜 녀석은 아닌 것 같더라. 착한 녀석도 아닌 것 같지만." 내가 말했다.

"걸어 다니는 커다란 방패라고 생각하면 봐줄 만하지 않을까." 히루코 씨가 뒤이어 말했다.

우리가 서슴없이 구기자와를 평가하자 도이로는 웃음을 터뜨리며 오랜만에 쾌활한 표정을 보여주었다.

"두 분은 역시 마음이 잘 맞으시네요. 부러워요."

히루코 씨가 진지한 표정을 지었다.

"아니, 보기에 따라서는 하무라의 행동력이 위험……."

"그렇지, 역시 신뢰 관계가 최고야."

쓸데없는 폭로를 재빨리 차단하고 화제를 바꾸었다.

"네 그림 말인데, 인물은 전부 검은 형체로 그리잖아. 머리에 이미지가 떠오른 단계에서 그렇게 보이는 거야?"

도이로는 눈살을 모았다. 대답하기 싫다기보다 어떻게 대답할지 말을 고르고 있는 듯했다.

"제일 먼저 머릿속에 번쩍 떠오르는 건 이미지라기보다 으음, 광경의 요소예요. 예를 들어 다리가 불탔을 때는 큼지막한 붉은색과 전체적으로 검은색, 사람은 가늘고 기다란 물체 같다고 할까."

"초점이 안 맞는 느낌?"

"그런 건 아니고요."

도이로는 안타깝다는 듯 머리를 끌어안고 있다가 드디어 한 가지 예시를 쥐어짜냈다.

"아마도 프린터에 가까운 느낌인 것 같아요. 무슨 색 잉크를 써라, 좌표는 이거다, 등등의 수많은 명령에 따라 잉크를 분사하지만 프린터 자신은 그 그림이 뭔지 모르는 것 같은? 저 자신도 완성된 그림을 보고서야 뭐가 그려졌는지 알아요."

"아아, 그러니까……." 히루코 씨가 도움의 손길을 내밀었다. "'다리가 불타고 있다'거나 '남자가 서 있다' 같은 정보가 전달되는 게 아니라, 색상의 미세한 배치만 아는 거로구나."

핵심을 찌르는 말이었는지 도이로가 몇 번이고 고개를 끄덕였다.

확실히 그렇게 생각하면 도이로의 그림이 추상적인 것도 설명이 된다. 좀더 정밀한 그림을 그리려면 지금과 비교도 안 될 만큼 방대한 색상 배치 정보를 받아들여 처리할 필요가 있다.

"곁가지를 덧붙이자면 도이로의 머리에 떠오르는 광경은 도이로의 시점이 아니라 부감한 상태에서 본 걸 거야."

히루코 씨는 도이로에게 지금까지 그린 그림을 보여달라고 부탁했다.

"이 버스 사고 그림, 멧돼지 뒤편에 사람 형체가 다섯 개 그려져 있지. 그때 현장에 있던 사람은 버스 기사와 우리 네 명. 즉, 모두를 부감한 그림이야. 그리고 다리가 불타서 무너졌을 때의 그림은 불길이 세차게 치솟는 광경이지. 하지만 우리가 달려갔을 때 다리는 무너지고 없었어. 둘 다 도이로 본인의 시점이 아니라, 소위 전지적 시점이라고 해야 할 광경인 거야."

즉, 도이로는 남뿐만이 아니라 자신에게 일어날 일도 예지할 수 있는 건가.

도이로 말에 따르면 그려진 광경은 그림이 완성되고 약 십 분 이내에 현실이 된다고 한다.

스케치북을 넘기던 히루코 씨가 "이야" 하고 탄성을 내뱉었다.

예지 그림이 아니라 평소 도이로가 그린 것이리라, 학교 건물과 복도, 운동장을 그린 풍경화와 친구를 모델로 한 듯한 인물화였다. 연필과 목탄만으로 그린 것과 수채 물감으로 색칠한 것도 있었다.

"전문적인 부분은 모르지만, 난 마음에 들어."

히루코 씨 말처럼 예지 그림은 지시대로 색칠하는 데 그친 분위기지만, 이 그림들에서는 때로는 힘차게 때로는 가볍게 약동하는 선 하나하나가 단순한 묘사를 넘어 종이 위에 숨결을 불어넣으려고 하는 듯해 작자의 열의가 전해져 왔다.

"그런가요? 어, 기쁘네요."

부끄러운 듯 도이로가 수줍어하고 있는데, 히루코 씨가 예상외의 말을 꺼냈다.

"저기, 나를 그려줘."

"네?" 도이로의 입에서 얼빠진 목소리가 흘러나왔다.

"이 인물화, 정말 좋아. 나를 모델로 그려줘. 몇 시간이든 참을 테니까."

"아아아아안 돼요!" 단발머리가 날뛰는 것처럼 보일 만큼 고개를 세차게 저었다. "저 같은 게 겐자키 씨를 어떻게! 안 돼요, 역량이 부족해요. 얼굴이 못나게 나올 거라고요!"

기를 쓰고 거절하자 히루코 씨는 "그, 그래……" 하고 몹시 아쉽다는 듯 어깨를 축 늘어뜨렸다.

세련된 벽시계를 보자 아까 위를 가리키고 있던 긴 바늘이 아래를 향하고 있었다. 6시 반이다.

도이로의 방에 온 지 벌써 삼십 분이나 지났다. 슬슬 구키자와가 찾아올지도 모르고, 무슨 이야기를 나누었는지 꼬치꼬치 캐묻기라도 하면 귀찮으니까 이만 물러가기로 하자.

문에서 한 발짝 나섰을 때 히루코 씨가 돌아보았다.

"아까 일산화탄소중독 그림을 그렸을 때, 혹시 누가 보거나 하지는 않았니?"

도이로는 미안하다는 표정으로 고개를 저었다.

"제 방에서 나오자마자 그리기 시작했어요. 그때는 아무도 없었던 것 같은데, 그리는 동안의 기억은 없으니까 아무도 안 봤다고 단정할 수는 없겠네요. 죄송해요."

히루코 씨는 "죄송하기는" 하고 웃었다.

1층으로 향하는 계단을 먼저 올라가고 있자니, 뒤에서 종이를 팔락팔락 넘기는 소리와 함께 흥분을 억누른 히루코 씨의 목소리가 들렸다.

"드디어, 드디어 잡았어. 마다라메의 실마리를……."

내 방에 돌아와 난로가 왜 불완전연소했는지 철저하게 조사해본 결과, 통풍구 출구 부근에 설치된 방충망이 죽은 벌레와 먼지로 막혀 있었음을 알아냈다. 한동안 사용하지 않았던 방이니 무리도 아니지만, 도이로가 사전에 그걸 알

왔을 리 없다. 게다가 내가 잠을 자거나 히루코 씨가 처음에 찾아왔을 때 문을 열지 않는 등, 이번 사고에는 불확정 요소가 너무 많아서 고의로 사고를 조작하기는 불가능했으리라.

우리는 더더욱 도이로의 예지 능력을 부정할 수가 없게 되었다.

003 상호 감시

1

11월 30일

마다라메 기관의 원조를 받아 염원하던 초능력 연구를 시작한 지 오늘로 한 달째다. 산속에 격리된 채 생활하지만, 하루하루가 흥분과 발견으로 가득하다.

대학에 있던 시절에는 냉대당하고 아무런 평가도 받지 못했던 만큼, 황당무계하게 들리는 이야기에 귀를 기울여주고 막대한 자금과 윤택한 연구 환경까지 마련해준 마다라메 기관에는 아무리 감사해도 모자란다. 대학에서 조수로 빼내온 오카마치 군도 환경에 만족하며 열심히 연구에 임하고 있다.

일단 한 달 동안 전국 각지에서 모은 열한 명의 초능력자 후보—무례를 무릅쓰고 말하자면 실험 대상자—들을 관찰했다.

과거에 초능력의 진위를 확인하고자 법원이나 경찰 등 공적 기관이 움직인 사례는 얼마든지 있다. 하지만 대부분 초능력자 본인이 지정한 상황 또는 도구를 활용해 극히 한정적으로 실험했으므로, 현재로서는 어떤 트릭을 사용했으리라는 의혹이 대두된다.

일단 이 의혹을 철저히 배제해야 한다.

실험 대상자들의 동의하에 한 달간 시설에서 한 발짝도 나가지 못하도록 했다. 생활에 필요한 물품은 전부 이쪽에서 준비하고, 실험 대상자가 반입을 신청한 물건—초능력 발현에 꼭 필요한 도구 등—은 나와 기관에서 파견된 연구자들이 철저하게 조사해 잔꾀를 부리지 않았는지 확인했다. 물론 실험 대상자도 X선사진 등으로 온몸을 구석구석 검사했다. 이 시점에서 트릭이 탄로 난 실험 대상자 네 명에게 퇴거를 명했고, 뒷일은 기관에 맡겼다.

12월 25일

본격적으로 초능력 검증에 임한 지 두 달. 지금은 오로지 실험과 결과 검증을 되풀이하며 정확도를 산출하고 있다.
객관적인 시점을 유지하기 위해 일단 나는 실험에서 거리를 두고 결과 분석에만 주력하고 있지만, 현장에 있는 오카마치 군의 보고로는 실험 대상자 일곱 명 중 네 명이 50퍼센트를 넘는 적중률을 기록했다.
강령술의 미야노 도지로.
다우징•의 기타카미 하루.
사이코메트리의 槐 간키치.
그리고 가장 유망한 사람이 아마네 사키미.
아직 스무 살로, 소녀라 불러도 될 만큼 앳된 외모다. 그녀가 태어난 산인 지방의 산악 지역에서는 지금도 원시 신도••가 섞인 독자적인 샤머니즘을 신봉하고 있으며, 그녀는 무녀 집안의 후손이다. 일족 중에서도 사키미가 탁월한 힘을 지녔다는 소문을 듣고 연구소가 신병을 인수했다. 무녀의 삶이 어떤지는 모르지만, 사키미의 관리 담당자인 오카마치 군의 말에 따르면 불만 하나 없이 지시에 잘 따른다고 한다.
현재 아마네 사키미의 능력은 '미래시'로 보인다. 그녀의 혈

• L 자 모양의 막대나 추 따위로 수맥이나 광맥을 찾는 것.
•• 神道. 일본 고유의 민족 종교.

통에서는 격세유전으로 능력이 나타날 때가 많다고 하며, 할머니를 비롯한 조상님들도 미래시의 능력을 타고났다. 다만 미래시의 방법에는 개인차가 있어, 사키미의 할머니와 언니는 신을 불러 말을 전하는 게 장기였지만, 과거에는 별점을 치는 사람도 있었다고 한다.

사키미는 꿈에서 미래를 본다.

사전에 기도로 원하는 장소와 일시를 어느 정도 지정하고, 그 결과를 꿈으로 꾸는 것이다. 거리와 일시가 멀어질수록 기도할 때 심신의 부담이 늘어난다는 모양이다. 믿기 어려운 이야기지만, 그녀는 현재 시설 밖에서 발생한 사건을 세 가지나 알아맞혔다.

아마네 사키미.

그녀야말로 우리가 원하던 인재일 가능성이 높다.

2

내 방으로 돌아와 도이로에게 받은 노트 도입부를 히루코 씨와 함께 읽었다.

도이로 쓰토무, 도이로의 할아버지이자 일찍이 초능력

연구를 감독한 인물의 연구 노트에 따르면 사키미의 성씨는 아마네인 모양이다.

하지만 내 생각에 두 달에 세 번은 약간 적은 것 같았다. 예언은 그렇게 체력을 소모하는 행위일까.

옆에서 노트를 들여다보던 히루코 씨가 원래 자세로 돌아가서 다른 견해를 내놓았다.

"예언이 과연 유효한 데이터인지 확인하기는 제법 까다로웠을 거야. 예를 들어 도이로 쓰토무가 '도쿄에서 일어날 사건을 예언해달라'고 부탁한들 도쿄에서는 사고나 사건이 빈발하니까 '큰 규모의 교통사고가 발생합니다' 정도로는 예언을 검증하는 데 써먹을 수 없겠지."

"그럼 좀더 사람이 적은 지역, 예를 들면 요시미에서 일어날 일을 예언하면 되잖아요."

"하지만 그런 곳에서는 반대로 예언할 만한 사건이 잘 일어나지 않아. '한 달 후에 요시미에서 일어날 사건을 예언하라'고 부탁해도 '큰 사건은 일어나지 않습니다'라는 예언이 나오겠지."

자세한 설명을 듣고서야 비로소 이해가 갔다.

초능력을 입증하기 위해서는 진귀한 사건을 예언해야 한다. 한편 진귀한 사건은 그렇게 마침맞게 발생하지 않는다.

신뢰할 만한 데이터를 쌓으려면 신중을 기할 필요가 있었으리라.

《월간 아틀란티스》의 기사를 읽고 나도 예언에 대해 조사해보았는데, 일본에서도 메이지시대• 때 천리안 사건이라 불리는 소동이 있었다. 투시나 염사•• 능력이 있다고 주장하는 여성들에게 도쿄 데이코쿠 대학과 교토 데이코쿠 대학의 교수들이 공개 실험을 실시하고, 그 진위에 대해 논쟁을 벌인 일이다. 소설 『링』의 등장인물 사다코의 모델이라는 다카하시 사다코라는 여성도 같은 시기에 염사 실험을 했는데, 매번 실험 대상자의 희망에 따라 절차와 도구를 정했고 다른 환경에서는 실험하지 않아, 조작됐을 여지를 배제하지 못해 과학적인 증명에는 이르지 못했다. 현재는 꼼수를 사용해 조작했을 것이라는 의견이 주류다.

도이로 쓰토무는 그러한 허점을 배제하기 위해 과도하다고 할 만큼 실험 대상자를 철저하게 관리한 것 같다. 그리고 검증 결과, 실험 대상자 일곱 명 중에서도 사키미가 특별히 유망한 존재였던 모양이다.

• 1868~1912년.

•• 생각만으로 건판이나 필름을 감광시켜, 풍경이나 인물의 상을 찍어내는 능력.

시계를 보자 7시가 되기 십오 분쯤 전이었다.

지금쯤 핫토리가 식사 준비를 하고 있으리라. 연구 노트의 다음 내용이 궁금했지만, 손님도 아니면서 핫토리에게만 맡겨두기가 미안해 노트를 덮고 방을 나섰다.

식당에 들어가자 주방에서 핫토리가 바쁘게 움직이고 있었다.

오늘 아침 히루코 씨가 악전고투하던 게 생각나 여러 의미에서 쓴맛을 피하기 위해 재빨리 주방으로 가서 말을 걸었다.

"좀 도와드릴까요!"

내 목소리에 핫토리는 약간 놀란 기색이었지만 "그럼 껍질을 벗긴 채소를 한입 크기로 잘라주시겠어요?" 하고 한 발짝 옆으로 비켜났다. 좁은 주방은 이걸로 가득 찼다.

히루코 씨는 안도한 듯하면서도 약간 삐친 듯한 복잡한 표정으로 오늘 아침과 같은 자리에 앉았다.

"사키미 씨 식사는요?"

"기분이 별로라서 안 드시겠대요."

식칼이 어디 있나 살피는데 쓰레기통에 처박힌 닭다리살 아니면 닭가슴살 같은 고깃덩이가 눈에 들어왔다.

"저건?" 내 물음에 핫토리가 탄식했다.

"냉장고가 고장 났어요. 낮까지는 이상 없었는데. 기온이 낮아서 아직 상하지는 않았겠지만 혹시라도 탈이 나면 안 되니까 날것은 버리기로 했어요. 내일까지는 상온 보관하는 채소와 쌀만으로도 식사를 준비할 수 있을 거예요."

이쪽 입장에서는 딱히 문제없다.

닭고기 하니 핫토리가 산탄총을 가지고 있다는 게 생각났다.

"핫토리 씨, 사냥도 하세요?"

"수렵 면허는 가지고 있지만 총은 채소를 훔쳐 먹으러 오는 짐승을 쫓을 때 사용하는 정도예요. 짐승을 잡아본들 해체하고 처리하려면 중노동이니까요. 라이플 소지 허가증은 없고요."

"엇, 산탄총과 라이플은 허가를 따로 받아야 하나요?"

핫토리는 냄비의 다시마 육수에 술과 맛술을 넣고 불을 높였다.

"라이플은 산탄총 허가증을 따고 십 년의 경력이 필요해요. 저는 아직 오 년밖에 안 됐거든요."

육수에 된장을 풀고 펄펄 끓을 때 건더기를 넣었다. 채소가 가득한 된장국이다. 마무리로 버터를 더해 부드러우면서도 농후한 맛이 우러나 밥에 그만일 것 같았다.

결국 도울 일은 거의 없었다.

그동안 다른 사람들도 속속 모여들었다. 나와 히루코 씨가 앉은 안쪽 테이블에는 후줄근한 셔츠와 슬랙스를 계속 입고 있는 시시다와 준, 빌린 슬리퍼를 잘잘 끌며 나타난 도키노는 시시다 부자를 등지는 자세로 입구 쪽 테이블에, 조금 늦게 온 고교생 두 명 중 도이로는 입구 바로 앞자리에 앉았고, 구키자와는 도이로의 안색을 살피며 그 옆에 앉았다.

하지만 예정된 7시가 지나도 오지가 나타나지 않았다.

"아직 방에 있는 걸까요?"

히루코 씨의 말에 시시다가 자기 손목시계를 노려보며 언짢은 티를 냈다.

"기다릴 것 없잖아. 약속 시간이 십 분이나 지났어. 이게 리포트 제출 기한이었으면 유급 확정이야. 시간 약속을 가벼이 여기는 사람이 되면 안 된다, 알겠지."

마지막은 아들 준을 향한 말이었다. 하지만 슬프게도 정작 준은 좋아하는 누나 히루코 씨에게 "낮에 있죠, 페인트 같은 게 있는 창고에서 말라비틀어진 쥐를 발견했어요" 하고 열심히 떠드느라 아빠는 거들떠보지도 않았다.

부글부글 끓는 냄비를 앞에 두고 가만히 있는 것도 이상해서 오지를 기다리지 않고 저녁을 먹기로 했다.

사키미가 예언한 이틀 중, 겨우 하루가 끝나간다. 남은 하루를 살아남는다면 아니, 연락이 두절돼 걱정한 가족 또는 직장 동료 등이 경찰에 신고해 다리가 무너진 게 발견된다면 하루 온종일 기다리지 않고 탈출할 가능성도 있다. 하지만.

"아쉽게도 직장에는 친척이 상을 당했다고만 보고했어."

식탁에서 시시다가 제일 먼저 가능성을 부정했다. 아내가 이야기에 나오지 않는 걸로 보아 싱글파파 가정일까. 오지도 휴가를 얻어서 여행을 떠났으므로 직장에서 신고해주기를 기대할 수는 없다고 했다.

도키노는 신호가 잡히지 않는 스마트폰을 짜증난다는 듯이 쿡쿡 찌르며 투덜거렸다.

"나야 뭐, 무단결근이라고 생각하겠지."

구명줄은 미성년자인 도이로와 구키자와다. 고교생이 이틀이나 학교를 무단결석하고 부모와도 연락이 되지 않으면 경찰이 움직일 가능성이 높다.

"하지만 어디에 가는지는 부모님께 말씀 안 드렸으니까 금방 찾아내지는 못할 것 같은데요."

도이로는 그렇게 말하고 고개를 떨구었다. 여기서 두 사람이 사는 곳까지 버스와 전철, 신칸센을 갈아타고 대여섯 시간은 걸린다고 하니, 내일이 지나기 전에 경찰이 여기를 찾아내 당도할 확률은 낮다.

어두운 화제로 기운 탓도 있어서인지 그후로 한동안 식기가 달그락거리는 소리만 울렸다.

"그러고 보니 다들 조심하세요."

나는 방 통풍구가 막혀 있어 목욕 후에 일산화탄소중독으로 죽을 뻔했다는 이야기를 꺼내 모두의 주의를 촉구했다.

"식당은 괜찮을 것 같네."

도키노는 도이로와 구키자와 뒤쪽, 살짝 틈이 벌어진 문을 보았다. 내가 도이로의 그림을 훔쳐본 틈새다.

"겉보기에는 빠져나갈 구석이 전혀 없어 보이지만, 복도에 비도 새고 건물도 제법 노후화가 진행된 모양이군."

시시다의 지적에 웬일로 준이 목소리를 높였다.

"나, 다들 밖에 나가고 없을 때 건물을 탐험했어."

"탐험?"

"놀 만한 곳도 없고 해서 제가 안내해줬어요." 핫토리가 대답했다.

아무래도 오전에 모두가 탈출 경로를 찾는 동안 핫토리가 심심해하는 준을 상대해준 모양이다.

"무슨 보물이라도 찾았니?"

히루코 씨가 묻자 준은 눈을 빛내며 고개를 크게 끄덕였다.

"비밀 '암호'가 적힌 종이를 찾았어요!"

암호?

모두의 얼굴에 물음표가 떠오르자 시시다가 요리를 덥석덥석 입에 넣으며 설명했다.

"암호가 아니라 위자보드야. 방에 가지고 왔더라고."

"위자보드?"

귀에 익숙지 않은지 도키노가 반복해 말하자, 지금까지 도이로 옆에서 얌전히 있던 구키자와가 "위자보드!" 하고 기쁜 표정으로 밥공기에서 얼굴을 들었다.

"강령술에 사용되는 문자반이에요. 우리나라의 곳쿠리상•과 흡사하다고 할까요."

잔뜩 줄지은 문자가 준에게는 암호로 보인 것이다.

"그것도 초능력 실험에 사용된 걸까요?"

• 동전이나 필기도구 등에 영혼을 불러 묻는 말에 대답하도록 하는 주술 의식. 국내에서는 '분신사바'라는 명칭으로 유행한 적이 있다.

도이로의 의문에 시시다가 차갑게 대꾸했다.

"초능력은 무슨, 그딴 건 전부 오토마티즘을 이용한 사기야."

"오토…… 뭐라고요?"

도키노가 자꾸 되묻는 게 불쾌한 듯 시시다가 눈썹을 움찔했다. 아무래도 그는 수고스럽게 두 번씩 설명하는 걸 싫어하는 모양이다. 시시다의 맞은편에 앉은 히루코 씨가 대신 설명했다.

"오토마티즘. 근육성 자동 작용이라고 해서 자신의 의사와는 무관하게 동작을 하는 현상이에요."

분명 도이로에게 받은 연구 노트에도 실험 대상자 중에 강령술이 특기인 사람이 있다고 적혀 있었다. 그 사람이 손수 만든 위자보드로 영혼과 교신해 온갖 질문에 대답한다는 이야기였다. 하기야 실험 성공률은 그다지 높지 않았던 모양이지만.

시시다는 뜨거운 건더기를 씹으면서도 유창하게 말했다.

"위자보드를 할 때는 보통 문자반에 적힌 문자를 가리키는 작은 기구 위에 참가자가 모두 손가락을 얹어. 곳쿠리상에 비유하자면 십 엔 동전이지. 그 기구가 움직여서 영혼과 대화나 교신을 행하는 방식인데, 참가자는 손가락에 힘을 주지 않는다고 생각하지만 실은 무의식중에 근육을 움직여. 그 증거로 참가자들이 모르는 언어로 질문하면 움직임이 딱 멈춘다는 실험 결과가 있지."

"잘 아시는군요."

사회학 전공인 시시다가 그런 것까지 알고 있는 게 의외라서 감탄하자 그는 당연하다는 듯 고웃음 쳤다.

"초능력은 모두 과학적으로 설명이 가능한 법이야."

사키미의 신봉자인 핫토리가 언짢아하지 않을까 걱정됐지만, 본인은 모르는 척 묵묵히 젓가락만 움직였다. 한편 오컬트를 좋아하는 구키자와는 재미없다는 듯 "곳쿠리상이 언제부터 여러 나라 말을 할 수 있었죠?" 하고 옆에 앉은 도이로에게 푸념했다.

"그럼, 시시다 씨. 만약 사키미 씨처럼 미래를 예언하는 사람이 나타났을 경우, 어떻게 진위를 검증할 수 있을까요?"

히루코 씨가 물었다. 이번에는 모두가 식사하던 손을 멈추고 흥미로운 시선을 던졌다. 시시다는 허를 찔린 듯 한순간 입을 다물었지만, 팔짱을 끼고 "어디 보자" 하고 생각하기 시작했다.

"일단 핫 리딩hot reading을 고려해야겠지. 유용한 정보를 미리 조사해놓는 방법인데, 미디어에 등장하는 점술사가 자주 써먹어."

"정보를 바탕으로 미래를 예측한다는 말씀이시로군요. 넓은 의미에서는 일기예보도 포함된다고 할 수 있을지도 모르겠네요."

날씨나 환율의 동향도 필요한 정보가 갖추어지면 어느 정도 예측이 가능하다. 초능력을 사용한 예언을 입증하려면 예언자가 그러한 정보에서 완전히 격리된 상황이어야 한다.

"바넘 효과도 주의해야겠지. 일부러 애매하게 표현함으로써 해석의 여지를 넓히는 수법이야."

시시다가 익숙지 않은 말을 꺼내자 즉시 히루코 씨가 보충 설명했다.

"예를 들어 '불행이 찾아온다'거나 '큰 피해를 입는다'는 식으로 예언하면 재해를 당하든 실연을 당하든 전부 들어맞은 것처럼 유리하게 해석할 수 있겠죠. 성격 분석 등에서 자주 눈에 띄는 방법이에요."

그렇구나. 예언은 가능한 한 구체적으로 표현해야 한다는 거로군.

어른들의 이야기를 듣기가 지루해졌는지 준이 "잘 먹었

습니다" 하고 식당에서 나갔다. 분명 화장실에라도 가는 것이리라.

"그리고…… 수많은 예언을 해놓고 나중에 적중했다고 해석 가능한 것만 의도적으로 부각시킨다거나. 자네들은 모르겠지만 70년대부터 90년대에 걸쳐 떠들썩했던 노스트라다무스의 예언이 여기에 적절한 예시야."

이 세 가지 조건만 배제해도 대부분의 속임수를 까발릴 수 있을 거라고 시시다는 단언했다. 히루코 씨는 감탄한 듯 고개를 끄덕였지만 속으로는 만족하지 못했을 것이다.

왜냐하면 그러한 점에 신중을 기해 실험을 진행했다고 도이로의 할아버지가 남긴 연구 노트에 똑똑히 적혀 있었기 때문이다. 외부의 영향을 배제하기 위해 실험 대상자들은 시설 안에서만 생활했다. 텔레비전도 없거니와 라디오도 나오지 않았고, 실험은 전부 방음이 되는 개인실에서 행해졌다. 그렇지만 젊은 시절의 사키미는 단 한 번도 예언에 실패한 적이 없다고 기록되어 있었다.

이걸 어떻게 생각해야 할까.

마다라메 기관은 정체 모를 조직이지만, 무턱대고 오컬트를 신봉하는 집단은 아니다. 특히 보통 사람이 이해하기 힘든 기술을 실현하는 데 관해서는.

스슥, 스슥, 스슥…….

나도 히루코 씨도 깜짝 놀라 일어섰다.

전혀 몰랐다.

우리가 시시다의 의견에 정신을 판 틈에, 대체 언제부터였는지 연필로 종이를 문지르는 소리가 테이블 한구석에서 들리고 있었던 것이다.

아니나 다를까 도이로가 뭔가에 씐 것처럼 그림을 그리고 있었고, 옆에 있던 구키자와는 우리의 시선을 받고 어쩔 줄 몰라 했다.

나는 대번에 상황을 이해했다. 구키자와는 도이로가 그림을 그리기 시작했다는 걸 혼자 눈치챘으면서도 입 다물고 있었던 것이다. 도이로가 그리는 재난이 얼마 지나지 않아 근처에서 일어난다는 걸 누구보다 잘 알면서. 구키자와에게 화를 내고 싶은 기분을 억누르고 도이로 곁으로 다가갔다. 거의 동시에 도이로가 손을 멈췄다. 그림을 다 그린 것이다.

"이건……."

검게 칠해진, 몸을 웅크린 채 쓰러진 사람 형체 옆에 불그스름한 점이 수없이 흩어져 있는 그림이었다. 쓰러진 사람 형체는 양손으로 목을 쥐고 괴로워하는 것처럼 보인다. 여기서 내가 연상한 것은.

"도, 독살?"

내 말에 도키노가 "헉" 하고 짤막한 비명을 질렀다. 식당에 있는 사람들은 이미 음식을 다 먹어치웠다. 도이로의 그림이 정말로 현실이 된다면 당장이라도 누군가 고통스러워하지 않을까.

우리는 서로 얼굴을 마주 보았지만 몸에 이상이 있다고 호소하는 사람은 없었다. 히루코 씨가 고개를 휙 들었다.

"준은?"

맞다. 식당을 나선 그 아이가 지금쯤 어디서 괴로움에 몸부림치고 있을지도 모른다.

"준!"

시시다가 새파랗게 질린 얼굴로 식당을 뛰쳐나가려고 했다.

그때 문이 열리고 함께 들어온 오지와 준이 일어서 있는 사람들을 의아하다는 듯 쳐다보았다.

"미안합니다. 방에 있다가 깜빡 잠드는 바람에. ……다들 표정이 왜 그렇게 무서워요? 무슨 일 있었습니까?"

그들도 무사하다. 그럼 누가?

우리 뒤쪽에서 핫토리가 숨을 삼켰다.

"설마 사키미 님……!"

여기 없는 사람은 사키미뿐이다. 우리는 서둘러 식당을 나서서 사키미의 방으로 이어지는 왼쪽 모퉁이를 돌았다.

그런데 복도에 뜬금없이 밝은 빨간색이 펼쳐져 나는 무심코 멈춰 섰다.

뭔가 했는데 꽃이었다. 현관 앞 복도 양쪽 끝에 장식된 흰색과 노란색 꽃과 똑같은 에리카다. 작고 빨간 꽃이 만발한 가지가 미닫이문 앞을 가득 메울 만큼 흩뿌려진 모양새를 보니 방금 전 도이로의 그림이 연상됐다.

그때 방 안에서 고통에 찬 기침 소리가 들려왔다.

"사키미 님!"

핫토리가 빨간 꽃을 짓밟으며 문에 달려들었다. 잠겨 있지 않아 바로 열렸다.

방 안에는 도이로의 그림을 통째로 베낀 듯한 광경이 펼쳐져 있었다.

"케에엑! 콜록, 콜록!"

다다미 위에 옆으로 누워 몸을 비틀며 목을 쥐어뜯는 사키미. 분명 지금까지 봤던 기침과는 상태가 다르다. 핫토리는 응급조치하는 것도 잊고서 여윈 몸을 안고 이름을 불렀다.

"사키미 님! 사키미 님……!"

"여기에도 빨간 꽃이……."

뒤에서 구키자와가 중얼거렸다.

서궤 위에 있던 꽃병이 쓰러져 사키미 주변에는 복도와 마찬가지로 빨간 꽃이 흩어져 있었다.

3

사키미의 용태는 좋지 못했지만 최악의 결과는 면했다.

아마도 무슨 독극물을 먹었겠지만, 일찍 발견한데다 히루코 씨가 즉시 토하도록 조치한 것이 도움이 됐다.

일련의 조치가 끝나자 우리는 사키미를 이부자리에 눕혀 식당 정면에 위치한 핫토리의 방으로 옮겼다. 핫토리는 사키미의 몸에 부담을 줄 거라며 반대했지만 히루코 씨가 이렇게 설득했다.

"우스이 씨 때와 달리 범죄일 가능성이 높아요. 더이상 단서가 훼손되지 않도록 해야 해요."

핫토리는 모두를 용의자로 보고, 응급조치를 취한 나와

히루코 씨를 제외한 나머지 사람들을 방에서 쫓아냈다.

사키미는 의식은 있지만 말을 할 수 있는 상태가 아니었다.

그래도 히루코 씨의 몇 가지 간단한 질문에 손가락질로 대답해줘서 최소한의 정보를 얻는 데 성공했다. 사키미가 이변을 느낀 건 찻잔에 담긴 차를 입에 머금은 직후, 혀에 자극이 느껴져 저도 모르게 뱉은 모양이다.

"차에서 별다른 냄새가 안 나서 무슨 독극물인지는 몰랐어. 사키미 씨의 손끝에 마비 증상이 보이길래 신경독으로 추측하고 조치했는데, 운이 좋았지. 만약 부식 작용이 있는 독극물이었다면 토하다가 오히려 점막이 손상됐을지도 몰라."

히루코 씨는 겸손을 떨었지만, 히루코 씨가 아니었다면 더 심각한 사태가 벌어졌을 것이다.

"사키미 님을 원망하는 사람이 독을 탄 거예요."

핫토리의 목소리에서 전에 없이 적의가 느껴졌다.

"하지만 여기 있는 사람들은 사키미 씨와 대부분 초면인걸요. 사키미 씨를 노릴 동기가 없어요."

"바꾸어 말하면 정체 모를 사람뿐이라는 뜻이죠."

히루코 씨는 감정이 격앙된 핫토리에게도 끈덕지게 질문

을 던졌다.

"한 가지 궁금한 점이 있어요. 사키미 씨 방 앞과 안에 빨간 에리카가 흩어져 있었잖아요. 낮에 사키미 씨와 이야기를 나누었을 때 방의 꽃병에는 하얀 에리카가 꽂혀 있었는데, 핫토리 씨가 바꾸신 건가요?"

"6시쯤, 저녁 식사를 준비하기 전에 갈았어요."

6시. 우리가 도이로의 방에 있었을 때인가.

"복도에 널려 있던 꽃도 그때 꽃병에 꽂은 건가요?"

핫토리는 고개를 저었다.

"아니요. 시험해보면 아시겠지만, 꽃병이 작아서 방에 흩어져 있던 것밖에 안 들어가요. 복도의 꽃은 뒤뜰 화단에 피어 있는 걸 따로 가져온 거겠죠. ……그게 왜요?"

사키미 곁에 있겠다고 주장하는 핫토리를 남겨두고 방을 나서자 침착하지 못하게 복도를 서성거리고 있던 도이로가 재빨리 다가왔다.

"사키미 씨는, 그분은 무사한가요!"

"응, 섣부른 판단은 금물이겠지만, 현재 의식은 또렷해."

가슴을 쓸어내리는 도이로에게 뭘 하고 있었느냐고 묻자 사키미의 방 앞에 흩어져 있는 빨간 에리카를 청소해도 될지 망설이고 있었다고 한다.

다시금 살펴보니 방문 앞에 뿌려진 에리카는 복도와 방 안에 장식된 것과는 상태가 달랐다. 장식된 꽃은 핫토리가 곁가지와 잎을 보기 좋게 다듬은 데 비해, 뿌려진 꽃은 화단에서 꽃나무 가지를 되는대로 꺾어 온 느낌이었다. 그래서 얼핏 보기에는 많아 보이지만 실제로는 예닐곱 개 정도 일까."

"원래는 건드리지 않고 놔둬야겠지만 이미 우리가 막 밟았으니까요."

소담한 에리카는 무참하게 납작해졌고, 팥알만 한 꽃도 여기저기 어지러이 흩어져 있다. 히루코 씨의 제안을 받아들여 현장을 스마트폰으로 촬영하고 에리카 가지는 모아서 비닐봉지에 보관해두기로 했다.

정리를 끝낸 후 우리는 현관과 뒷문을 돌아다니며 안쪽에 자물쇠와 빗장이 채워져 있다는 것을 확인했다. 뒤뜰 땅바닥이 건조해 발자국은 남지 않았지만 화단과 뒷문 사이, 그리고 뒷문 안쪽 복도에 빨간 꽃이 드문드문 떨어져 있었으므로 누군가가 화단에서 빨간 에리카를 가져온 건 확실했다.

조사를 마치고 나서 히루코 씨는 사람들을 모두 식당에

모았다.

사키미의 용태와 독극물을 먹었을 가능성이 높다는 사실 등을 말하자 도키노가 의문을 제기했다.

"잠깐만. 사키미 님은 저녁을 안 먹었잖아."

"독극물은 방에 있던 찻잔에 들어 있었던 것 같아요."

찻잔, 전기 포트, 찻잎 전부 오늘 아침에 핫토리가 준비했고, 내내 실내에 있었다. 사키미는 나와 히루코 씨와 면담한 이후 방에서 나오지 않았다고 증언했으며, 물론 수상한 사람이 드나들지 않았다는 것도 확인을 마쳤다.

게다가 우리와 면담할 때 사키미는 차를 마셨다. 즉, 독이 들어간 건 그 이후다.

"결국 큰일이 터졌군." 시시다가 준을 지키려는 듯 가까이로 끌어당기고 무거운 목소리로 말했다. "이 중의 누군가가 독을 탄 거야. 그리고 독을 소지했다는 건 처음부터 사키미 씨를 노리고 여기에 왔다는 뜻이지."

"하지만 어째서요. 사키미 씨를 노릴 이유가……."

도이로가 떨리는 목소리로 중얼거리자 오지가 대답했다.

"협박장이야. 우스이 씨가 그랬잖아. 편집부 앞으로 온 편지에 사키미 씨를 단죄해야 한다고 적혀 있었다고. 사키미 씨를 노릴 만한 건 그 편지를 보낸 사람밖에 없어."

분명 어제 사키미를 처음 만난 우리에게는 살의를 품을 이유가 없다. 예전부터 살의를 품었던 '협박자'가 이 중에 있다고 보는 것이 타당하다.

히루코 씨가 있었던 일을 순서대로 짚어보았다.

"산사태가 발생한 후, 일단 저랑 하무라가 사키미 씨와 면담했어요. 그다음에 도이로도 혼자서 면담을 했고요. 그러고 나서 저녁을 먹기 전에 핫토리 씨가 가서 꽃을 갈았죠. 방에 왔던 사람은 이게 전부라고 사키미 씨께 확인을 받았어요."

"잠깐만."

이야기가 이상하게 흘러가는 걸 깨달았는지 구키자와가 이의를 제기했다.

"선배는 사키미 씨와 어제 처음 만났어. 그 사람을 죽일 동기가 없다고. 있다면 핫토리 씨야. 헌신적으로 보이지만 평소 사키미 씨가 하도 부려먹어서 울분이 쌓였던 걸지도 모르지."

하지만 도키노가 바로 반박했다.

"핫토리 씨를 포함해 주민들이 사키미 님에게 품고 있는 경외심은 진짜야. 죽이려 할 리 없어. 그리고 이 중에 누가 사키미 님을 미워하는지 서로 초면인 우리로서는 확인할 방도가 없어."

일리 있는 주장이었다. 동기로 용의자를 추려내기는 불가능하리라.

하지만.

"어렵게 생각할 필요 있나. 범인은 누가 보기에도 명백해."

시시다가 단언했다.

"여러분, 잘 들어. 우리는 사키미 씨가 독을 먹게 될 줄 꿈에도 몰랐어. 그런데 현장에 달려가기도 전부터 그 광경을 알고 있던 사람이 있잖아, 안 그런가?"

도이로는 겁에 질린 얼굴로 스케치북을 꼭 끌어안았다. 시시다가 다가가서 스케치북을 빼앗으려 손을 뻗었다.

"시시다 씨." 히루코 씨가 항의하듯 이름을 불렀다.

그는 입술을 일그러뜨렸지만, 냉정한 어조로 "보여줘" 하고 도이로에게 요구했다. 도이로는 대들려는 구키자와를 만류하고 스케치북의 제일 새로운 페이지를 펼쳤다.

"봐. 이건 사키미 씨 방에서 일어난 상황과 똑같아. 식당에 있던 도이로가 이걸 그릴 수 있었던 건, 바로 독을 탄 범인 '협박자'이기 때문이지. 게다가 말썽에 휘말린 우리와 달리 도이로는 자의로 여기에 왔으니까 독을 미리 준비할 수도 있었어."

"헛소리 좀 작작해!" 구키자와가 낯빛을 바꾸며 소리쳤다. "범인이 범행 현장의 그림을 그려서 과시하다니, 말도 안 되잖아! 그런 짓을 할 이유가 어디 있어!"

"이유라면 있고말고. 낮에 말한 대로야." 시시다의 말투에는 여유가 있었다. "너희는 어제부터 예지 능력이 있다고 열심히 티를 내왔어. 그런데 아무도 그 주장을 받아들이지 않아서 똑같은 짓을 되풀이한 거야."

"서, 선배가 예지 능력을 인정받기 위해 사람을 죽이려 했다는 거야?"

"저는 절대로 그런 짓 안 해요!"

도이로는 동요한 나머지 눈물을 글썽거리며 부정했다. 주변 사람들의 얼굴을 살펴보니 도키노는 시시다에게 찬성하는 듯했다. 한편 오지는 복잡한 표정이었다.

"도이로 같은 여자애가 그런 이유로 사람을 죽이려 할까요?"

"사람을 죽이는 데 정당한 이유 같은 건 없어." 시시다는 쌀쌀맞게 대꾸했다.

감정적인 의견으로 시시다를 설득하기는 어려울 듯해 나는 모순점을 지적했다.

"분명 도이로는 사키미 씨와 면담할 때 독을 넣을 기회가 있었어요. 하지만 그때 방에는 하얀 에리카가 꽂혀 있었습니다. 핫토리 씨가 빨간 에리카로 바꾼 건 저녁 식사 준비를 하기 전이에요. 즉, 도이로는 그 방에 빨간 꽃이 있는 줄 몰랐을 거예요."

"뭐라고?" 오지의 눈이 휘둥그레졌다. "그런데도 도이로가 빨간 꽃을 그렸다는 건……."

구키자와가 물을 만난 물고기처럼 부활했다.

"맞아! 그거야말로 선배의 예지 능력이 진짜라는 증거야!"

입 좀 다물어. 네가 입만 열었다 하면 일이 골치 아파지니까.

"도이로가 정말로 몰랐을까? 예를 들어 핫토리가 빨간 꽃을 들고 복도를 걸어가는 모습을 목격했을 가능성은 없나?"

시시다가 여전히 의심스러운 듯 의문을 제기했지만, 부정할 재료는 갖추어져 있다.

"핫토리 씨의 증언으로는 6시경에 꽃을 바꿨다고 합니다. 그 시간에 도이로는 저희와 함께 있었어요."

바로 도이로의 방에 가서 연구 노트를 빌린 시간이다. 핫토리를 목격하기는 불가능하다.

그렇게 주장하면서도 나는 아까 전부터 히루코 씨가 잠자코 있는 게 마음에 걸렸다. 이 정도 논리적인 설명은 이미 머릿속에 있고도 남을 텐데.

시시다는 내 주장을 음미하듯 몇 번 고개를 끄덕인 후 다시 입을 열었다.

"하무라라고 했던가. 제법 설득력 있는 주장이로군. 하지만 나는 그 모순을 설명할 수 있어."

자신에 찬 목소리 때문인지 마치 시시다의 몸이 두 배로 커진 것 같은 착각이 들었다.

"방의 빨간 꽃은 사키미 씨가 꽃병을 쓰러뜨려서 흩어진 거야. 하지만 방 앞 복도에도 빨간 꽃이 흩뿌려져 있었잖아. 자기가 그랬다고 나서는 사람은 아무도 없었어. 따라서 '협박자'의 소행이라고 보는 게 자연스럽겠지. 그럼 목적은 뭘까? 꽃을 뿌려놓은들 발을 묶어놓지도 못할 텐데."

어울리지 않는 물건이 현장에 어지러이 널려 있었던 이유.

나는 추리소설에서 자주 사용되는 패턴을 말했다.

"복도에 남은 흔적을 감추려 했다든가?"

"나무를 감추려면 숲속에? 그건 간단히 인멸할 수 없는 흔적이 남았을 경우에나 그렇겠지. 물에 젖은 자국이나 자잘한 유리 조각이 흩어졌다거나 뭐 그런 거. 하지만 꽃이 아니면 감출 수 없는 흔적은 뭐지? 그래서는 오히려 나쁜 의미에서 눈에 띌 뿐이야."

확실히 그렇다. 복도는 더러워지지 않았고 간단히 처리할 수 없는 흔적, 예컨대 아주 작은 유리 조각이나 머리카락이라면 그대로 놓아두는 편이 알아차리기 힘들다. 꽃을 흩뿌리는 건 역효과다.

"반대로 우리의 눈길을 끌기 위해서일까요? 우리에게 들통 나기 싫은 흔적이 다른 곳에 있어서 눈길을 돌리려고 했다."

"그렇다면 굳이 뒤뜰에서 꽃을 가져올 이유가 없지. 근처에 욕실도 있겠다, 빨래든 대야든 내던져두면 그만이야."

시시다의 반론은 전부 일리가 있었다.

"따라서 내 생각은 이래. 복도의 빨간 꽃은 거기에 뿌려놓는 게 중요했던 것 아닐까. 독을 먹고 죽은 사람 근처에 빨간 꽃이 흐트러져 있다는, 그림과 똑 닮은 상황을 만들어내기 위해. 분명 저녁 먹을 때 도이로와 구키자와는 조금 늦게 식당에 왔잖아? 그 직전에 도이로가 복도에 빨간 꽃을 뿌린 거겠지."

즉, 도이로는 사키미와 면담하면서 빈틈을 노려 찻잔에 독을 탄다. 그리고 저녁을 먹을 때 사람들 앞에서 독살 현장의 그림을 그려 예지 능력을 선전할 계획이었다. 하지만 그림 속에 사람만 쓰러져 있어서는 임팩트가 부족하다. 그래서 원래 거기에 없을 빨간 꽃을 등장시키기로 했다는 것이다. 다들 식당에 모여 있는 틈에 빨간 꽃을 복도에 뿌리고 천연덕스러운 얼굴로 저녁 식사에 참석한다. 기회를 보아 독살 시체와 빨간 꽃의 그림을 그리고 모두와 함께 현장으로 달려간 것까지는 계획대로였다. 그런데 실내의 하얀 꽃을 핫토리가 빨간 꽃으로 바꾸었다. 우연하게도 그림과 똑같은 상황이 실내에서 완성된 것이다.

"나는 예언이니 예지니 하는 비과학적인 현상은 안 믿어. 아주 공들인 계획이었지만, '협박자'는 도이로라고밖에 생각할 수 없어."

나는 안타까움에 끙, 하고 앓는 소리를 냈다. 논리적으로 들리지만 그의 주장에는 수긍이 가지 않는 부분이 있다. 일단 초능력을 선전하기 위해 독을 탄다는 동기는 역시 억지스럽다. 그리고 그림에 임팩트를 주기 위해서였다고 치더라도, 도이로는 왜 면담 때 보았던 하얀 꽃이 아니라 굳이 빨간 꽃을 복도에 뿌리고 그림을 그렸을까. 요컨대 시시다는 도이로의 예지 능력이 사기라는 전제를 세우고 그 전제에 따라 주장을 펼치고 있는 것이다.

그렇다면 도이로가 무고하다는 걸 증명하기 위해서는 예지 능력이 진짜임을 입증해야 하는 건가. 예지 능력은 비과학적, 비논리적이니까. 이야기가 이상하게 꼬였다.

도이로는 이미 예지 능력이라고밖에 설명할 수 없는 현상을 몇 번이나 우리 눈앞에 선보였다. 그걸 덮어놓고 부정하는 것 또한 비논리적인 행위 아닐까. 도이로가 사기를 치고 있다는 전제부터 입증해야 마땅하다.

"초능력을 인정하시라고는 하지 않겠어요."

내 고뇌가 전해졌는지 히루코 씨가 입을 열었다.

"그렇지만 시시다 씨의 주장을 긍정한다면, 우스이 씨가 돌아가셨을 때 도이로가 산사태를 예지한 건 희귀한 우연…… 소위 기적인 셈인데요."

시시다는 히루코 씨의 말을 인정했다. 그 지진은 인위적으로 일으킨 것이 아니다.

"그럼 사키미 씨 독살 미수 사건도 '기적으로 맞혔을' 가능성을 고려해야 하지 않을까요? 초능력은 아니더라도, 도이로가 그린 그림이 우연히 현장의 상황과 일치했다면 그녀는 무고해요."

이 기묘한 논리에 시시다뿐만 아니라 나도 당황했다. 대신에 도키노가 끼어들었다.

"아무래도 그건……. 그런 우연이 몇 번이나 겹치다니, 비논리적이야."

"한 번은 괜찮지만 두 번은 안 된다는 건가요? 어째서죠?"

마치 안개 위를 걷는 것처럼 위태로운 논리지만 히루코 씨는 이렇게 말하고 있는 것이다. 시시다의 주장은 도이로가 지진을 예지한 것이 우연이었다는 가정 아래 성립된다. 그렇다면 왜 독살을 예지한 건 의도적으로 우연의 범주에서 제외해 사기라고 단정하지? 그거야말로 작위적이지 않나?

"에이, 쯧. 알았어, 알았어."

시시다가 흰머리가 많은 머리를 긁적였다.

"도이로가 어떻게 그 그림을 그릴 수 있었는지, 초능력인지, 기적인지, 속임수인지는 모르겠어. 하지만 도이로의 그림이 잇달아 현실이 된 건 사실이야. 그건 인정하지?"

히루코 씨는 신중하게 고개를 끄덕였다. 우연이든 초능력이든 그림을 모방한 범행이든, 도이로의 그림은 모두의 의식에 큰 영향을 끼치고 있다.

"그렇다면 역설적으로 생각해서 앞으로 도이로가 그림을 그리는 걸 금지해야 해. 그리고 자기 방에만 있게 하는 거야."

"차별이야!" 구키자와가 즉시 대들고 나섰다.

"차별은 무슨. 도이로에게는 독극물을 넣을 기회가 있었고, 보기도 전부터 현장 상황을 파악하고 있었어. 중요한 용의자라는 사실은 변함없지. 우리는 여기서 하루를 더 보내야 한다고."

"맞아. 그렇게 조치하면 일단 안심이겠네."

찬성 측에 선 도키노와 달리 오지는 내키지 않는 표정이었다.

"증거도 없이 여자를 연금하는 건 내 신조에 어긋나는데."

"꽁꽁 묶어서 가둬놓겠다는 게 아니잖아. 방에 얌전히 있으라는 건데 뭘." 도키노가 핀잔을 주었다.

도이로 본인이 나서서 말다툼을 말렸다.

"알겠어요. 그렇게 해서 여러분이 안심하신다면야."

팽팽하던 긴장감이 누그러졌다. 아무도 우격다짐으로 도이로를 가두고 싶지는 않았던 것이다.

시시다가 식당 시계를 보았다.

"지금은…… 8시 반인가. 일단 아침 7시까지 방에 있도록 해. 우리는 이대로 식당에서 밤을 보낸다. 그리고 아무도 도이로를 찾아가서는 안 돼. 만약을 위해 스케치북은 내가 맡아두도록 하지."

도이로는 학교 책상에도 그림을 그린 적이 있다고 했다. 스케치북을 압수해봤자 의미 없겠지만, 우리도 구키자와도 참견하지 않았다.

"그, 부끄러우니까 넘겨보지는 마세요."

희망에 따라 스케치북은 찬장 서랍에 넣었다.

"사키미 씨와 핫토리 씨는 어쩌죠?"

히루코 씨의 질문에 시시다는 고개를 저었다.

"우리랑 함께 있자고 해본들 안 듣겠지. 그리고 핫토리의 방은 식당 바로 앞이야. 문을 열어놓으면 감시할 수 있어."

우리의 결정을 알리러 가자 용태가 안정된 사키미 옆에서 핫토리는 고개를 끄덕이고 "저는 여기서 불침번을 설게요" 하고 선언했다.

추리소설에서는 좀처럼 실현되지 않는 단체 행동. 그 유효성을 몸소 시험할 날이 올 줄이야.

도이로는 화장실에 다녀온 후 나, 히루코 씨, 시시다가 방까지 바래다주기로 했다.

지하층에 있는 도이로의 방 앞에서 히루코 씨가 도이로에게 머리를 숙였다.

“이런 결과가 나와서 미안해.”

“사과하지 마세요. 열심히 변호해주시던 겐자키 씨의 모습, 정말 멋있었어요.”

시시다가 문에 손을 댔다.

“불편하겠지만, 내일 아침까지 참아다오.”

문이 닫히기 직전, “저어” 하고 도이로가 입을 열었다.

“겐자키 씨.”

“응?”

“겐자키 씨의 그림, 제가 그려드리면 안 될까요? 만족하실지는 모르겠지만 많이 연습할게요.”

히루코 씨의 눈이 동그래졌다.

“실은 저, 어릴 적부터 자주 인물화를 그렸어요. 돌아가신 할아버지도 정말 좋아하셔서, 힘이 발현되기 전에는 화가가 꿈인 적도 있었죠. 두 분과 이야기를 나눈 후에 그 생각이 나더라고요. 어쩌면 앞으로 인생을 살면서 이 힘에 휘둘리기만 하지는 않을 수도 있겠다 싶었어요.”

히루코 씨의 얼굴에 천천히 미소가 번졌다.

“기대할게.”

네, 하고 수줍어하는 도이로를 남겨두고 문이 닫혔다.

안쪽에서 자물쇠를 잠그는 소리. 이제 도이로가 자의로 나오지 않는 한 아무도 손을 댈 수 없다.

식당으로 돌아오는 길에 히루코 씨가 시시다의 등에 말을 던졌다.

"도이로의 자유를 빼앗음으로써 우리들 사이에 질서가 생겼어요. 하지만 이건 인신 공양이에요."

도이로와 이야기할 때와는 딴판으로 비난조의 목소리였다.

"알아. 더이상 희생자가 나오지 않고 경찰이 도이로의 무고를 증명한다면 그때는 나를 실컷 욕하도록 해."

남뿐만 아니라 본인에게도 엄격한 그의 태도는 바람직하게 느껴졌다.

"죄송해요." 히루코 씨의 목소리에서 분노가 사라지자 시시다는 "됐어" 하고 중얼거렸다.

역시 히루코 씨는 도이로에게 동병상련을 느끼고 있는 것이다.

계단을 다 올랐을 때 시시다가 문득 발을 멈췄다.

"내내 신경 쓰였는데, 너희는 아주 차분하게 상황을 관찰하는구나."

오지에게도 비슷한 말을 들었다고 생각하며 히루코 씨와 얼굴을 마주 보았다. 내가 냉정한 건 히루코 씨의 보좌 역할에 머무는 측면이 크지만, 히루코 씨를 미소녀 탐정이라 소개하기는 망설여졌다. 어떻게 설명해야 할까.

"뭐, 둘 다 다소나마 추리소설을 즐기다 보니까요."

그 말을 듣고 시시다가 흠, 하고 소리를 냈다.

"그렇군. 듣고 보니 소설에 나오는 탐정 같은 말투였어."

"시시다 씨도 추리소설을 읽으시나요?"

히루코 씨가 묻자 "흥" 하고 마치 무시하는 듯한 웃음이 돌아왔다.

"그런 건 어릴 적에 다 뗐어."

마치 면박을 주는 듯한 말투다. 시시다의 추리도 비슷한 느낌이었는데.

"그런데, 히루코는 본명인가?"

"네, 그런데요……?"

뭔가 가명이라고 의심할 계기라도 있었던 걸까. 우리의 궁금증을 알아차렸는지, 그는 겸연쩍은 듯 빠르게 말했다.

"아니, 그게, 부모님이 무슨 생각이셨나 싶어서."

나는 그저 '히루'라는 발음이 피를 빠는 환형동물을 연상시키기 때문에• 물어본 줄 알았는데 아니었다.

"이자나기와 이자나미라는 두 신은 알지? 고사기에 따르면 두 신 사이에서 히루코라는 첫 번째 신이 태어났지만, 미숙아라서 갈대로 만든 배에 태워 떠내려 보냈대. 그래서 두 신의 자식 숫자에는 포함되지 않는 존재지. 아이의 이름으로는 좀 재수가 없잖아."

"우리가 낳은 아이 부정하도다."

히루코 씨가 중얼거렸다.

"두 신이 히루코에 관해 남긴 말이래요. 히루코가 잘못 태어난 신의 이름이라는 건 저희 부모님도 알고 계세요."

잘못 태어났다. 그 어감이 섬뜩하게 다가왔다. 하지만 히루코 씨는 아무렇지도 않은 표정으로 담담하게 말했다.

"제 이름을 지을 때 옛날부터 알고 지내던 점술가에게 조언을 받았대요. 현재는 히루코를 거머리蛭의 아이子라고 쓰고 에비스••라고 읽기도 하는지 재수가 좋은 이름이라고."

시시다는 납득한 모양이었지만, 히루코 씨와 본가의 사정을 아는 나로서는 씁쓸한 감정을 품지 않을 수 없었다.

현관 앞에 접어들었을 때 히루코 씨가 걸음을 멈추고 접

● 일본어로 '히루'는 거머리다.

●● 일본의 칠복신 중 하나. 이자나기와 이자나미에게 자식인 히루코가 에비스라는 설도 있다.

수창구로 얼굴을 돌렸다.

“히루코 씨?”

“인형이…….”

앞서 가던 시시다가 돌아보고 의아하다는 듯 물었다.

“인형이 어쨌는데?

“수가 점점 줄고 있어요.”

분명 낮에 세 개로 줄었던 인형 중에서 밀짚모자를 쓴 ‘여름 인형’이 사라졌다.

“어쩌면 준 녀석이 가지고 갔는지도 모르겠군.”

히루코 씨는 시시다의 말에 고개를 끄덕였지만 표정은 딱딱했다.

4

만약을 위해 현관과 뒷문을 문단속하고 있는데 구키자와와 오지가 말다툼하는 소리가 복도까지 들려왔다. 핫토리가 방을 드나드는 모습이 식당에서도 보이도록 쌍바라지 문을 활짝 열어두었기 때문이다.

시시다와 얼굴을 마주 본 후 식당으로 돌아가자 몸을 움츠리고 있던 준이 달려왔다.

"아저씨랑 형이 막 싸워!"

조금 떨어진 자리에서 수수방관하던 도키노가 질렸다는 표정을 지으며 구키자와를 턱으로 가리켰다.

"재, 여자 친구랑 떨어뜨려놓은 게 엄청 불만인가 봐. 선배는 누명을 썼다면서 오지 씨랑 거기 꼬맹이한테까지 시비를 걸더라니까."

"준한테도?"

"그건 또 뭐 하는 짓이야."

시시다도 화났다기보다 어이가 없다는 눈치였다.

그러자 구키자와가 울컥한 표정으로 고개를 저었다.

"시비 건 게 아니야!"

도이로가 잠자코 방에 들어가 준 덕분에 사태가 일단락되었는데 또 문제 삼으려는 건가. 내가 진저리를 내며 시시다의 얼굴을 살피자, 그의 우거지상에서도 피로한 기색이 엿보였다.

"어차피 우리는 내일까지 함께 있어야 해. 시간은 충분하니까 아무튼 차분하게 이야기를 들어보자고."

모두가 자리에 앉은 후 "그래서?" 하고 시시다가 묻자 도키노가 소동의 원인이 된 구키자와의 주장을 이야기했다.

"사키미 님의 방 앞에 있던 빨간 꽃은 도이로에게 죄를 뒤집어씌우기 위해 협박자가 뿌린 거라잖아요, 얘가."

"죄를 뒤집어씌운다고요?"

내가 되묻자 구키자와가 "그래요!" 하고 목소리를 높였다.

"아까 시시다 씨는 선배가 예지 능력을 인정받기 위해 빨간 꽃을 뿌리고 그 그림을 그렸다고 했죠."

"예지 능력이 존재한다고는 믿을 수 없으니까. 그 외에는 설명할 도리가 없지."

"그게 틀렸어요. 꽃을 뿌린 후에 그림을 그린 게 아니라, 선배 그림을 본 누군가가 그 내용을 모방하기 위해 꽃을 뿌렸다면 어떨까요?"

"어휴. 그런 짓을 왜 하는데?" 도키노가 맥빠진 목소리로 말했다.

우리의 둔한 반응이 감질났는지 구키자와는 "그러니까!" 하고 속사포처럼 말을 내뱉었다.

"협박자는 저녁 식사 때 선배가 독살 현장의 그림을 그리기 시작한 걸 눈치챘어요. 범행이 간파당한 줄 알고 깜짝 놀랐겠죠. 그런데 그림을 자세히 보자 사키미 씨 방에 있던 하얀 꽃이 아니라 빨간 꽃이 그려져 있는 게 아니겠어요? 그때 협박자의 머릿속에 좋은 생각이 번쩍 떠오른 거죠. '그녀의 그림대로 빨간 꽃을 현장 근처에 뿌려두자. 그럼 아무도 모르는 현장의 상황을 그녀만 알고 있었던 셈이 되니까 의혹의 눈길이 그녀에게 쏠리겠지' 하고요."

구키자와의 주장에 따르면 협박자는 도이로의 그림을 보고 나서 꽃을 뿌린 셈이다. 하지만 도이로가 그림을 그리고 있을 때 주변에 모여 있었던 사람들은 꽃을 뿌리러 갈 기회가 없었다. 그렇다면 그 자리에 없었던 사람은 누구인가.

오지가 불만스러운 말투로 끼어들었다.

"나는 방에서 자고 있었으니까 식당에 오지조차 않았어. 도이로의 그림을 보기는 불가능해."

"아니요." 구키자와가 벌떡 일어나서 식당 입구로 달려갔다. "나랑 선배는 입구 바로 앞자리에 문을 등지고 앉아 있었어요. 봐요, 이 문은 꽉 닫히지 않아서 약간 틈이 생긴다고요."

어제 내가 '불타는 다리' 그림을 훔쳐봤을 때와 똑같은 상황이다. 확실히 식당에 들어오지 않고도 복도에서 그림을 볼 수는 있다. 구키자와는 추궁의 고삐를 조였다.

"오지 씨, 당신 실은 문 앞까지 왔었죠? 문틈으로 선배의 그림이 보였고요. 그래서 안에 들어오지 않고 꽃을 뿌리러 간 거잖아요."

"생사람 그만 잡아!" 오지가 구키자와를 노려보았다.

"아아. 준도 용의선상에 오른 거로군." 시시다가 중얼거렸다. "도중에 화장실에 갔으니까. 지나치면서 그림을 보는 건 불가능하지 않아."

지금까지 어른들의 대화를 건성으로 듣고 있던 듯한 준이 그림이라는 말에 고개를 들었다.

"그림이라면 봤어. 굉장해, 엄청 빨리 그리더라!"

하아아, 하고 깊은 한숨을 내쉬는 시시다가 애처로워 보였다. 초등학교 저학년인 준은 자신이 얼마나 심각한 증언을 했는지 이해가 안 되는 모양이다. 추리소설을 읽으렴, 소년.

구키자와는 약간 주춤한 것 같았지만 마음을 가다듬고 일동을 둘러보았다.

"즉, 오지 씨나 준은 선배의 그림을 보고 나서 꽃을 뿌리러 갈 수 있었어요."

"그래도 이상하지 않아? 협박자는 왜 복도에 꽃을 뿌렸을까. 그림 내용을 충실히 재현할 거면 실내에 뿌리면 될 것을."

"독이 든 차를 사키미 씨가 언제 마실지는 협박자도 모르니까요. 사키미 씨가 아직 살아 있을지도 모르니까 방에는 못 들어가죠."

도키노의 의문에 구키자와는 즉답했다. 지금까지는 어쩐지 분위기를 못 읽는다고 할까, 소견이 좁고 성급한 성격이라 생각했는데 논쟁에 제법 능숙하다.

하지만 중요한 점이 빠졌음을 간과해서는 안 된다. 나는 그 점을 지적했다.

"오지 씨도 준도 독을 탈 기회는 없었어."

방에 들어온 사람은 우리와 도이로, 그리고 핫토리뿐이라고 사키미 본인이 증언했다. 하지만 구키자와는 물러서지 않았다.

"사키미 씨의 증언이 거짓말이라면?"

"사키미 님이 자신을 죽이려 한 협박자를 비호하고 있다는 뜻? 뭔 소리래."

도키노는 전혀 믿지 않는 눈치였다.

"말도 안 되는 이야기는 아니죠. 가령 준이 사키미 씨 방에 가서 독을 탔다고 쳐요. 독을 먹은 사키미 씨는 생사의 기로에서 준이 범인임을 깨달았지만, 차마 어린애를 고발하기는 불쌍하다는 생각에 준이 방에 온 걸 숨긴 거예요."

준은 터무니없는 혐의를 받고 있다는 걸 알아차린 듯 아빠의 셔츠를 잡고 호소했다.

"난 화장실에만 다녀왔어. 아무 짓도 안 했어!"

시시다는 더이상 상대를 못 해주겠다는 듯 고개를 저었다.

"네 주장은 도이로의 예지 능력을 곧이곧대로 받아들인 헛소리야."

"아저씨 주장도 선배를 사기꾼 취급하는 헛소리고요."

금세 험악해진 식당의 분위기에서 나는 새로운 교훈을 얻었다.

분명 많은 추리소설 팬, 특히 클로즈드 서클을 좋아하는 사람이라면 이런 불만을 품은 적이 한두 번이 아닐 것이다.

'이 중에 분명 범인이 있으니까 자기 방에 돌아가지 말고 밤새 서로 감시하면 되잖아. 다들 바보인가'라는 불만을.

당사자 입장에서 말하겠다. 상호 감시는 무리다. 아직 삼십 분도 지나지 않았는데 이 모양이다. 의심과 의심이 부딪치는 상황하의 집단행동에는 늘 불만이 내포되어 있어 스트레스가 엄청나다. 이럴 바에야 방에 가서 문을 잠그고 가만히 있는 편이 낫겠다고 생각하는 것도 무리는 아니다.

하지만 그런 의심의 응수도 길게는 이어지지 않았고, 결국 구키자와가 자리에 털썩 앉았다. 아무리 주장을 펼쳐본들 도이로가 혼자 방에 있는 상황이 달라지지는 않는다고 깨달은 것이다.

이제 논쟁이 끝났는가 싶었는데 시시다가 입을 열었다.

“이봐, 겐자키. 지금까지 이야기를 들으면서 뭔가 짚고 넘어갈 부분은 없었나?”

“저요?” 히루코 씨가 눈을 동그랗게 떴다.

“진상은 모르더라도, 사건의 요점은 이해두는 편이 좋겠지. 나나 구키자와보다 네가 주도하는 편이 다른 사람들도 이해가 잘될 거야. 탐정 놀이라도 한다고 생각하면 돼.”

확실히 히루코 씨라면 공연히 남을 자극할 만한 발언을 하지 않을 것이다.

“그럼…… 일단 도이로의 예지 능력이 진짜일 경우에 대해 말씀드릴게요.”

히루코 씨는 그렇게 이야기를 시작했다.

“제가 주목한 점은 뒤뜰에서 가져온 빨간 에리카를 사키미 씨 방 앞에 뿌려놨다는 거예요. 틀림없이 사키미 씨와 핫토리 씨를 제외한 누군가가 도이로의 그림을 보고 나서 뿌린 셈이죠.”

사키미와 핫토리를 제외하고?

비약적인 단정 아닐까. 시시다도 동감이었는지 히루코 씨에게 근거를 요구했다. 히루코 씨는 순서대로 차근차근 설명했다.

"생각해보세요. 1층 복도 양 끝의 꽃병에 각각 흰색과 노란색 에리카가 꽂혀 있었어요. 그런데 범인은 흰색이나 노란색이 아니라 굳이 뒤뜰 화단에서 가져온 빨간 에리카를 복도에 뿌렸어요."

히루코 씨의 말에 사람들이 일제히 고개를 끄덕였다.

"그렇게까지 빨간 꽃에 집착한 이유는 구키자와의 말대로 도이로의 그림에 맞추기 위해서였다고밖에 생각할 수 없어요. 하지만 사키미 씨나 핫토리 씨가 꽃을 뿌렸다면, 일부러 뒤뜰의 꽃을 가져올 리 없거든요."

사키미와 꽃을 교환한 핫토리는 방에 빨간 꽃이 있다는 사실을 알고 있었기 때문이다.

"이건 오지 씨와 준 둘 중 한 명이 꽃을 뿌렸다는 구키자와의 추리와 합치해요. 하지만 두 사람은 독을 탈 기회가 없었죠. 이래서는 범인을 도출하기가 불가능해요."

독을 탈 기회가 있었던 사람은 나, 히루코 씨, 도이로, 핫토리, 그리고 사키미 본인.

도이로의 그림을 보고 나서 복도에 꽃을 뿌릴 수 있었던 사람은 오지와 준.

양쪽 다 가능한 사람이 없다.

"그것 봐. 역시 도이로의 예지 능력은 사기였다고 해석하는 수밖에 없잖아."

시시다가 의기양양하게 말했다. 사기였다면 그림을 그리기 전에 도이로 본인이 빨간 꽃을 뿌려놓았다는 해석이 가능하다. 도이로는 독을 타고 꽃을 뿌릴 수 있었던 유일한 인물이다.

"하지만 저는 도이로가 협박자라고 생각지 않아요."

히루코 씨의 말에 시시다는 허를 찔린 듯했다.

"왜지?"

"저희가 사키미 씨와 면담을 마친 게 오후 2시, 도이로는 그후에 사키미 씨와 면담하면서 독을 탄 셈이 되는데요. 하지만 아까 구키자와 말마따나 사키미 씨가 언제 독을 먹을지는 아무도 몰라요."

그렇구나. 도이로가 예지 능력을 선전하려 했다면, 사키미의 독살 시체가 발견되기 전에 그림을 그려서 모두에게 보여주어야 한다. 하지만 독을 탄 직후에 사키미가 차를 마셔도 이상할 건 없다. 그래서는 그림을 그릴 틈도 없거니와 자기가 제일 먼저 의심받는다. 반대로 그림을 모두에게 너무 일찍 보여주면, 사키미가 차를 마시기 전에 소동이 벌어져 독살 자체가 실패로 끝날지도 모른다.

"아시겠어요? 그림을 그린 직후에 사키미 씨가 독을 먹는 건 타이밍이 너무 딱 맞아떨어지는 일이에요. 예지 능력은 사기라는 전제로 이야기를 했는데, 결국 도이로가 사건을 예지했다고 볼 수밖에 없는 상황이 되는 거예요."

이리하여 도이로도 용의선상에서 벗어났다.

"오래 이야기해놓고 죄송합니다만, 현재 단계에서는 범인이 누구인지 모르겠다는 게 솔직한 심경이에요."

"잠깐만."

도키노가 손을 들었다.

"괜히 심술을 부리려는 건 아니지만, 겐자키는 복도에 뿌려진 빨간 꽃을 축으로 추리를 펼친 거잖아. 그렇게 생각하도록 유도하는 게 범인의 계획이었다면 어쩌지? '그럴 리 없다'는 상황을 일부러 남겨놓음으로써 용의선상에서 벗어나려고 했다면."

히루코 씨는 "그러게요" 하고 인정했다. "솔직히 범인이 우리의 허의 허를 찌르는 줄타기를 했을 것 같지는 않지만, 가능성이 없지는 않겠죠."

"하지만 그렇게 따지고 들기 시작하면 믿을 게 하나도 없어. 사키미 씨나 핫토리 씨가 거짓말을 했거나 이 중의 몇 명이 손을 잡았을지도 모르지."

오지가 막막하다는 듯 목소리를 높였다.

"가능성은 늘어갈 뿐인가."

시시다가 애벌레 같은 손가락으로 눈꺼풀을 문지르며 투덜거렸다.

잠깐 침묵이 흐른 후 히루코 씨가 "그런데" 하고 말을 꺼냈다.

"현관 옆 접수창구에 놓여 있던 인형의 개수가 줄어든 거 알고 계세요?"

시시다가 아들 준에게 "네가 손댄 거 아니야?" 하고 묻자 본인은 이렇게 부정했다.

"지진이 난 후에 네 개 다 바닥에 떨어져 있었던 건 기억나. 밖에 있던 아빠랑 사람들이 도구를 가지러 돌아오기 전에 내가 되돌려놨어. 그다음은 몰라."

그후 사키미와 면담을 마치고 나왔을 때 세 개로 줄었다는 걸 히루코 씨가 알아차렸다.

"잠깐. 저녁 먹으려고 식당에 오는 길에 봤을 때는 두 개던데요."

구키자와가 그렇게 증언했다.

하지만 정작 자기가 그랬다고 나서는 사람은 없었다.

"정말로 아무도 안 그러신 거죠?"

히루코 씨가 확인했다.

"아무도 나서지 않는 이상, '협박자'가 그랬다고 봐야겠죠."

"너무 지나친 생각 아닐까?" 오지가 끼어들어 의문을 제기했다.

"아니요. 첫 번째 인형은 우스이 씨가 생매장당한 후에 사라졌어요. 이건 누구라도 할 수 있죠. 하지만 사키미 씨 때는 아니에요. 저녁을 먹기 전에 이미 인형이 사라졌다는 건, 사키미 씨가 독을 먹기 전에 인형을 처분했다는 뜻이에요. 즉, 독을 탄 '협박자'가 의도적으로 인형을 치운 거죠."

거기까지 듣자 당연히 내게는 히루코 씨가 무슨 생각을 하는지 전해졌다.

다른 사람들 중에서는 뜻밖에도 도키노가 제일 먼저 말을 꺼냈다.

"그거, 무슨 소설에서 읽었는데. 인형이 줄어들 때마다 사람이 죽는, 그거잖아."

히루코 씨가 고개를 끄덕였다.

"'남녀가 두 명씩, 총 네 명이 죽는다'. 사키미 씨의 예언이에요. 인형의 개수는 '앞으로 죽어야 할 사람의 수'를 가리키는 게 아닐까요?"

"소위 '비유'인가."

시시다의 말에 오지가 고개를 갸웃했다.

"그건 뭡니까?"

그러나 시시다는 설명을 맡기겠다는 듯이 히루코 씨를 보았고, 히루코 씨는 나를 보았다. 예상치 못한 부분에서 내게 할 일이 생겼다. 투덜거린들 별다른 수는 없을 테니 잠시 생각하다 입을 열었다.

"'비유'는 보통 뭔가에 빗대어 표현한다는 뜻이죠. 하지만 추리소설에서는 단순한 표현법을 넘어서, 범인의 다양한 의도가 담겨 있어요. 방금 이야기에 나왔던 인형의 사례는 유명한 애거……."

"잠깐, 잠깐." 갑자기 시시다가 끼어들었다. "작품의 스포일러를 하려고? 그러고도 추리소설 팬이야?"

엉뚱한 부분에서 스위치가 켜진 모양이다. 어렴풋이 느끼기는 했지만 시시다는 상당한 추리소설 마니아 아닐까.

"스포일러해도 괜찮아."

오지가 흥미 없다는 듯 말했지만 시시다는 양보하지 않고 고집을 부렸다.

"자네가 괜찮고 괜찮지 않고를 떠나서, 이건 매너의 문제야."

나는 이야기를 본론으로 되돌리기 위해 목소리를 키웠다.

"아무튼 비유는 연쇄살인에 흔히 활용되는데요. 피해자들의 이름이나 그 지방에 전해지는 전설, 동요 등과의 연관성을 상기시키는 아이템이 현장에 남겨질 때가 많습니다. 단순하게 보면 범인의 정체성을 나타내거나 표적에게 메시지를 전달하는 게 가장 큰 목적이죠."

이번 경우는 방금 히루코 씨가 말했듯 우리에게 사키미의 예언을 의식시켜 '앞으로 두 명이나 더 죽는다. 어쩌면 나일지도 모른다'라는 공포를 심어줄 목적으로 볼 수 있겠다.

하지만 히루코 씨는 납득이 가지 않는다는 표정이었다.

"메시지를 전달하려는 것치고는 너무 두루뭉술해. 좀더 이해하기 쉬운 방법도 있을 것 같은데. 그 밖에 또 어떤 목적이 있을까?"

"음, 예언이라는 초자연적인 현상이 사인이라고 강조해서 용의선상에서 벗어난다든가."

"범인은 독을 사용했어. 이걸 초자연적 현상이라고 우기는 건 모순이야."

바로 히루코 씨에게 논파당했다.

"우리를 유도하기 위해서는 어떨까요? 인형이 없어지면 사람이 죽는다는 인상을 심어줌으로써 앞으로 또 인형이 줄어들었을 때 누군가가 죽었다고 믿고서 범인의 유도대로 움직이게 하는 거죠."

"만약 그렇다면 이 비유의 진가는 이제부터 발휘되는 셈이겠지. 그 밖에는?"

요구에 응하기 위해 머릿속으로 수많은 추리소설을 떠올려보았지만, 지금 상황에 딱 들어맞는 해석은 찾을 수 없었다. 그만 원망스러운 말이 툭 튀어나왔다.

"머리를 아무리 쥐어짜도 더는 안 되겠는데요. 추리소설이라면 첫 번째 사건과는 무관한 인물이 편승하려 했다든가, 범행 때문에 발생한 부자연스러운 상황을 얼버무리려 했다든가, 희생자들의 미싱링크를 감추려 했다든가 여러 가지가 있겠지만요."

"미싱링크!"

히루코 씨의 눈이 빛났고, 오지가 천장을 올려다보았다.

"아이고, 골치야. 모르는 말이 또 나왔잖아!"

5

자자, 하고 오지를 달래고 나는 설명했다.

"간단히 말하자면 금방은 눈에 딱 들어오지 않는 피해자와 범인, 또는 피해자 간의 관계성이에요. 실은 부모님이 초등학교 동창생이었다거나, 신칸센 옆자리에 앉은 적이 있다든가."

미싱링크가 범인의 예상치 못한 범행 동기로 이어질 때도 있다.

"구키자와."

히루코 씨가 갑자기 부르자 구키자와는 "왜요?" 하고 방어적인 자세로 대답했다.

"저녁 먹을 때 부모님께는 알리지 않고 요시미에 왔다고 했는데, 다른 사람한테도 말 안 했어? 반 친구라든가."

"지금 그게 무슨 상관인데요?"

구키자와는 순순히 대답하려 들지 않았다. 하지만 히루코 씨는 조바심 내지 않고 모두에게 차분하게 설명했다.

"사키미 씨를 죽이려 한 사람이 협박자라고 쳐도, 왜 펠트 인형의 개수를 줄였는지 확실한 이유는 몰라요. 그렇지만 네 개였던 인형이 차례차례 줄어가고 있는 이상, 사키미 씨만이 살해 대상이라고 볼 수는 없겠죠. 여기서 미싱링크입니다. 우스이 씨는 협박자의 편지를 받고 진안으로 왔어요. 그 밖에도 유인당했거나 여기 올 것이라 예상 가능했던 사람이 있지 않을까요? 어쩌면 우리 중 누군가와 협박자 사이에는 당사자도 모르는 사소한 연결 고리가 있을지도 몰라요."

표면상으로는 이 자리에 있는 모든 사람에게 하는 이야기지만, 나는 히루코 씨의 생각을 읽었다.

여기 있는 사람들은 초면인 걸로 되어 있다. 가령 이 중에 협박자가 존재하고, 사키미 외에도 표적이 있어 펠트 인형의 개수를 줄이고 있다면 표적의 첫 번째 후보는 핫토리다. 사키미의 신봉자이자 마안갑에 왕래하니까 계획에 추가하기도 용이하다.

그리고 두 번째 후보가 도이로다. 협박자가 사키미와 도이로의 관계를 알고 있었다면 증오의 불길이 도이로에게까지 미쳐도 이상할 것 없다. 문제는 사키미와 도이로의 관계, 또는 도이로가 이 일정으로 요시미에 오리라는 걸 누가 알 수 있었느냐다.

"어차피 한가하겠다, 한 명씩 이야기를 풀어놔도 괜찮지 않을까. 그저 이렇게 얼굴을 맞대고 있어본들 기분만 꿀꿀

해지잖아."

도키노가 나른한 듯 시계를 올려다보았다.

오후 9시 30분. 도이로를 방에 데려다준 지 아직 한 시간밖에 지나지 않았다.

"자신의 안전에도 관련된 이야기잖아요. 단순히 감시하는 데 그치지 않고 서로 협력해야 의의가 있겠죠."

오지도 동의했고, 시시다도 이의는 제기하지 않았다.

흐름상 1번 타자가 된 구키자와는 마음이 편치 않은 듯 의자에서 엉덩이를 몇 번 움찔거리며 자세를 바꾼 후, 테이블 중심에 시선을 떨어뜨린 채 입을 열었다.

구키자와는 간토 지방에서 태어나고 자랐으며, W현에 와본 것도 처음이라고 말했다.

"나도 선배도 학생이니까 부모님 몰래 어디 멀리 가기는 쉽지 않잖아요."

"도이로하고는 언제부터 알고 지냈나? 걔는 옛날부터 그런 그림을 그렸어?"

시시다의 물음에 구키자와는 고개를 끄덕였다.

"중학교 1학년 때 알게 됐어요. 2학년 중에 좀 기분 나쁜 여학생이 있다는 이야기는 유명했죠."

도이로 본인은 초등학교 3학년 때 처음으로 상급생의 자살을 예지했고, 이후로도 일 년에 한두 번은 비슷한 현상이 일어났으며, 그 빈도가 조금씩 늘어났다고 말했다.

구키자와는 나직한 목소리로 이야기를 이어나갔다.

"나는 입학 직후부터 불량 서클 상급생들에게 괴롭힘을 당했어요. 늘 방과 후에 체육관 뒤편 비상계단으로 불려가 돈을 빼앗겼죠. 몇백 엔 정도였으니 큰돈은 아니었지만."

그날도 수업을 마치고 무거운 발걸음으로 체육관에 가고 있는데, 도이로가 갑자기 뛰어와 팔을 붙잡고 가면 안 된다고 제지했다고 한다.

"선배가 스케치북을 펼쳐서 계단 밑에 까만 인간이 누운 그림을 보여주더라고요. 처음에는 대체 뭔가 싶었는데, 잠시 후에 불량 서클의 리더가 비상계단에서 장난치다 미끄러져서 떨어지는 바람에 난리가 났죠."

부상자는 병원에 실려 간 지 이틀 만에 의식을 되찾았지만, 오른쪽 다리에 뇌타박상의 후유증이 남아 졸업까지 일 년 남짓한 시간을 마치 다른 사람이 된 것처럼 침울하게 보냈다. 이 일을 계기로 구키자와는 도이로와 행동을 함께하게 됐고, 고등학교도 도이로와 같은 곳을 선택했다. 고등학교에서 도이로는 능력을 숨기려 최대한 애썼으므로, 구키자와는 자신이 도이로를 이해하는 유일한 사람이라고 자랑스러워했다.

구키자와의 말투에서 도이로에 대한 열의가 전해져 왔지만, 정작 도이로가 그걸 어떻게 느끼는지가 결여됐다는 느낌을 지울 수 없었다. 딱히 모두의 앞에서 지적할 마음은 없지만.

히루코 씨가 아까의 질문을 되풀이했다.

"그럼 반 친구들에게도 너희 둘이 여기에 온다는 이야기는 안 한 거지?"

"친구 없어요."

구키자와는 툭 내뱉듯이 말했다.

"머리가 굳은 멍청이들뿐이라고요. 지금 녀석들에게 선배의 능력을 알려준들 냉대만 당하겠죠. 그래서 찍소리도 못 할 확실한 증거를 갖춰서 언젠가 세상이 선배를 인정하게 만들 거예요."

이 발언에 도키노의 눈이 휘둥그레졌다.

"예지 능력을 공표하겠다는 거야?"

"선배하고는 충분한 데이터가 갖추어지고 나면 상의하려고요."

"그건 도이로가 싫어하지 않을까?"

내 말에 구키자와는 진심으로 놀란 표정을 지었다.

"왜요? 선배는 그 능력으로 나를 사고에서만 구해준 게 아니에요. 교사도 반 아이들도 알면서 모르는 척했던 괴롭힘에서 해방시켜줬다고요. 남에게 도움이 되는 능력이란 말이에요. 그런데 왜 선배가 능력을 숨기면서 불편하게 살아야 하는데요? 그건 차별이라고요."

사려가 모자란다는 생각이 들었지만, 구키자와의 주장도 이해가 가지 않는 건 아니었다.

도이로가 선천적으로 그런 능력을 가지고 태어났다면, 언젠가 과학적으로 능력의 전모가 해명되는 날이 올지도 모른다. 하지만 지금은 그런 능력이 존재한다는 것 자체를 세상에서 인정받지 못해, 도이로는 능력을 숨겨야 했을 뿐 아니라 진로까지 본의 아닌 방향으로 틀어야 했다. 부당하다면 부당하다.

반면 도이로는 그렇게까지 해서라도 평온을 바라고 있다고 볼 수도 있다.

능력을 인정받지 못해도 좋다. 평범한 여자로 살아가고 싶어 하는 것이다.

대체 어느 쪽이 진정으로 도이로를 위한 길일까.

그후로도 구키자와는 도이로가 가까이에서 일어날 교통사고와 화재를 수없이 많이 예지해왔다고 열변을 토했다.

다들 가볍게 흘려듣는 가운데, 시시다가 몰래 졸고 있다는 걸 나는 놓치지 않았다. 학생의 기분을 이해할 좋은 기회가 아니었을까.

아무튼 여기 있는 사람들과의 접점은 보이지 않았으며, 그들이 요시미에 오리라는 건 주변 누구에게도 알리지 않은 모양이었다.

구키자와가 사십 분 남짓 이야기를 계속해 시각은 오후 10시 15분.

드디어 만족한 듯 "화장실 다녀와도 되죠?" 하고 구키자와가 물었다. 우리는 꾸벅꾸벅 조는 시시다를 힐끗 보았다.

"한 명씩이라면 괜찮지 않을까. 자리를 비운 시간을 기록해두자."

히루코 씨가 허락했다.

6

구키자와가 돌아오고 나서 다음 사람의 이야기를 들으려고 기다렸지만, 십오 분이 지나도록 그는 식당에 돌아오지 않았다. 화장실에 간 것치고는 너무 길다.

"그 누나를 보러 간 걸지도 몰라요."

준의 말에 우리는 얼굴을 마주 보았다. 누나란 물론 도이로다.

"일리 있네." 도키노가 한숨을 쉬었다.

"그럼 안 되는데요. 도이로와 접촉하지 않는다는 약속이었으니까."

마침 그때 구키자와가 나타났다. 뭘 하고 있었느냐고 묻자 그는 입술을 삐죽였다.

"현관에서 잠깐 신선한 공기 좀 마셨어요. 비가 내려서 밖에도 못 나가잖아요. 선배의 입장이 난처해질 만한 짓은 안 했다고요."

네가 할 소리냐.

드디어 오지가 이야기를 시작했다.

오지는 도쿄에서 태어나고 자랐다. 도쿄의 사립대학을 졸업하고 음료 회사에 취직했지만, 일 년 전에 회사를 그만두고 간사이 지방으로 옮겨 가 가공식품 회사에 재취업했다. 지금은 휴가를 얻어 오토바이로 여행중. 버스가 달리던 길에서 더 안쪽으로 들어가면 나오는, 라이더들 사이에서 유명한 드라이브웨이를 달리며 웅대한 계곡과 산줄기의 경치를 즐기고 돌아가는 길이었다고 한다.

거기까지 이야기하고 오지가 히루코 씨에게 고개를 돌렸

다.

"여기 오는 걸 누가 알고 있느냐는 질문이었지. 동료에게 여행을 갈 거라고는 했지만 어디로 갈 건지 자세하게 말하지는 않았어. 사흘간 천 킬로미터 가까이 달릴 예정이었으니까."

"기름이 떨어져서 여기 들렀으니 아무도 예상 못 하겠군요."

"응, 네 말이 맞아."

평범한 말인데도 오지가 말하자 할리우드 영화의 대사처럼 들렸다.

"혹시 오지 씨, 외국인의 피가 흐르는 거 아니야? 피부가 뽀얗고 이목구비도 뚜렷하잖아." 도키노가 말했다.

"할아버지가 루마니아 사람이야. 가능하면 키도 물려받고 싶었는데." 오지가 익살스럽게 대답했다.

"저는 처음에 봤을 때 여자인 줄 알았어요."

준이 불쑥 중얼거리자 오지는 쓴웃음을 지었다.

"너만 할 때 여자 같다고 자주 놀림받았어. 구키자와가 괴롭힘당한 것과는 비교도 안 되겠지만, 아무도 날 인정해 주지 않아서 속상했지. 남자다워지고 싶어서 유도도 배웠지만 꼬맹이라 이길 수가 있어야 말이지. 결국 그만뒀어."

"저도 운동은 잘 못해요. 역시 약하면 남자답지 못한 걸까요."

평소 고민이었는지 준의 표정이 흐려지자 오지는 격려하듯 말했다.

"어릴 때는 목소리가 크고 발이 빠른 아이가 주목을 받는 법이야. 여자를 소중히 아낄 줄 알아야 진정한 남자지."

준이 고개를 끄덕했다. 그 모습에 도키노가 웃음을 터뜨렸다.

"말이라도 못하면. 어젯밤에 지하에서 나랑 마주쳤을 때 비명을 질렀잖아. 다리까지 풀려가지고 마치 계집아이처럼 덜덜덜 떨었으면서."

"그, 그건 너무 갑작스러웠던데다 어두워서 당신인 줄 몰라서 그런 거야. 뭐 그런 걸 가지고 그래!"

듣자하니 밤에 화장실에 가려고 오지가 방을 나섰을 때 딱 마주친 모양이다. 그 으스스한 지하에서 그런 일을 당하면 나라도 비명을 지를지 모르겠다.

창피한지 오지의 얼굴이 빨개졌다. 살펴보니 이마에도 땀이 맺혔다. 그는 어제부터 라이딩 재킷을 벗은 적이 없다. 내가 빌려준 속옷이 드러나는 게 부끄러운 걸까.

히루코 씨가 눈치 있게 난로를 끌지 물어보았지만 오지

는 "괜찮아" 하고 거절했다.

"저기. 아까 이야기 말인데." 도키노가 진지한 얼굴로 입을 열었다. "오지 씨, 진짜 남자 맞지?"

"거참, 농담은 1절만 하자."

"좀 맘에 걸려서 그래. 사키미 님의 예언으로는 남녀 두 명씩이라는데, 성별을 단순히 구분하기는 어렵잖아. 뭘 기준으로 판정하는 걸까."

확실히 그건 맹점이었다. 최근에는 성동일성장애 등 다양한 성 정체성이 인정받는 추세다. 한마디로 성별이라 해도 육체적인지 정신적인지, 호적에 등록된 것인지 개인이 주장하고 있는 것인지에 따라 달라진다. 사키미의 예언이 무엇을 가리키는지 모르는 것이다. 나는 의견을 제시했다.

"자신의 주장은 둘째 치고 제삼자가 인식하는 성별이 중요하지 않을까요?"

예를 들어 내가 정신적으로는 여성이라고 해도, 남자의 신체를 가지고 평소 남성으로 행동하고 있다면 예언에서도 남성으로 취급될 것이다. 마음은 여성이라는 부분까지 예언이 배려해줄 것 같지는 않았다.

"나는 몸도 마음도 여자야, 봐."

도키노는 그렇게 말하고 지갑에서 보험증을 꺼내서 보여

주었다. 분명 여자라고 기재되어 있었다.

"나도 있어요."

구키자와도 남자라고 기재된 학생증을 우리 앞에 내놓았고, 준은 잠든 시시다의 손가방에서 지갑을 꺼내 보험증을 보여주었다. 아빠와 아들 모두 남자다. 나와 히루코 씨도 따라서 증거를 보여주었다.

"난 중요한 물건들을 전부 오토바이에 놔두고 왔다니까."

오지는 답답하다는 듯 말했다.

"그럼 재킷 좀 벗어볼래?"

"그만 좀 해. 잠깐 쉬어야겠다."

도키노가 물고 늘어지자 오지는 이야기를 끊고 벌떡 일어나 식당에서 나갔다.

"왜 저래? 진짜 여자인가?"

"하지만 저 아저씨가 서서 오줌 누는 거 봤는데요."

도키노가 미심쩍어하자 준이 증언했다.

아마 나름의 사정이 있는 것이리라.

시계를 보니 10시 50분이었다.

7

오지는 약 십 분 후, 11시 정각에 돌아왔다.

그도 바깥 공기를 쐰 듯 앞머리가 비에 살짝 젖어 있었다.

"엄청 퍼붓더라. 이래서야 산을 빠져나가는 건 무모해. 지금 시기에는 얼어 죽을 위험성도 있어."

다음은 도키노가 이야기할 차례였지만, 다른 사람들에 비해 그녀의 입은 무거웠다. 요시미의 생활은 불편하기 짝이 없어 중학교조차 차로 데려다주고 데려오지 않으면 안 될 만큼 멀었고, 당시 친구들은 이미 모두 떠났다고 한다.

"아빠랑 단둘이 살았던데다 경제적으로도 궁핍했거든. 그래서 아빠가 돌아가시자 요시미를 떠나기로 했지. 터미널 역 근처 오래된 환락가의 스낵바에 정착했지만, 나쁘지 않은 것 같아. 세상을 접하며 산다는 기분이 드니까."

말허리를 자를 생각은 없었지만 궁금했던 점을 물어보았다.

"빨간색을 좋아하세요?"

성묘하러 오는 복장치고는 너무 화려하다. 도키노는 쓴웃음을 지었다.

"돌아가신 엄마가 좋아하는 색깔이라 나도 자주 입게 됐어. 어떤 단골손님한테 그 이야기를 했더니 툭하면 빨간색 물건만 사다 주지 뭐야."

"어, 음. 좋은 사람이네요."

"그런 일에 익숙하지 않은 숙맥이야."

처음으로 보는 부드러운 표정이 도키노의 얼굴에 맺혔다.

하여간 최근에는 성묘할 때 말고 요시미에 온 적이 없었다고 한다.

"매년 성묘를 하셨다면 어제 도키노 씨가 올 걸 예상할 수도 있었겠네요?"

히루코 씨의 물음에 도키노는 마지못해 고개를 끄덕였다.

"그랬을지도 모르지만, 내가 진안까지 발걸음한 건 시시다 씨가 전화를 쓰고 싶다고 했기 때문이야. 평소 같으면 주민이 안 보이더라도 성묘만 마치고 그냥 돌아갔겠지."

시시다는 친척의 장례식에 참석했다가 자동차에 말썽이 생기는 바람에 요시미 근처에서 발이 묶였다고 했다. 시시다는 아직 자고 있다. 나중에 본인에게 사정을 듣기로 하자.

"초능력 연구가 진행된 시절에 대해 아는 건 없으세요?"

도키노는 오른손으로 머리를 크게 쓸어 올렸다.

"벌써 반세기 가까이 지난 일인걸. 어른들은 옛날이야기 하는 걸 좋아하지 않았어." 그래도 잠시 생각하다 뭔가 떠오른 모양이었다. "요시미 주민들이 연구소 사람한테 돈을 짭짤하게 받았다나 봐. 그래서 조직이 철수한 후에도 여러모로 사키미 님을 돌봐줬지. 하지만 인간은 간사한 법이라, 몇 년이 지나자 불만을 늘어놓는 주민이 늘어난 모양이더라고."

우리가 몸종도 아닌데 왜 저런 타지 사람의 시중을 들어줘야 한단 말인가?

불만이 쌓인 주민들은 해마다 늘어났다. 그래도 사키미는 기죽은 내색 하나 없이 생활했지만, 비밀스러운 사키미가 마뜩지 않았는지 마침내 그녀에게 퇴거를 요구하는 일파가 생겼다고 한다.

그러던 어느 날, '퇴거파'가 모인 자리에 사키미가 나타나 주민들 앞에서 처음으로 예언을 했다.

"정확하게 뭐라고 했는지는 모르지만, 산사태가 일어나 몇 명이 죽으리라는 내용이었다나 봐. 하지만 주민들은 전혀 진지하게 받아들이지 않고, 만약 예언이 틀리면 나가라는 조건을 달았대."

하지만 결과적으로 그해 여름, 거대한 태풍이 몰려와 요시미에서 산사태가 발생했다. 집 세 채가 휘말려 총 여섯 명이 사망했다. 희생자 중에는 퇴거파의 중심 인물도 포함되어 있었다고 한다. 마다라메 기관의 연구가 끝난 후에도 사키미의 예언 능력은 건재했던 것이다.

"그후로 사키미 님에 대해 뒷말을 수군거리던 사람들도 입을 꽉 다물었대."

"하지만 사키미 씨의 예언은 저주와 달리, 누가 죽을지 콕 집어내지 않잖아요. 그렇게 두려워할 일인가요?"

내가 이상해하자 뜻밖에도 구키자와가 "나는 이해가 가요" 하고 고개를 끄덕였다.

"선배도 그림 내용을 통제 못 하죠. 나는 그걸 아니까 선배가 무섭지 않아요. 하지만 중학교 때 다른 사람들은 마치 선배가 재앙을 일으키는 것처럼 소름 끼쳐 했어요."

"내 말이 그 말이야. 만에 하나, 사키미 님의 심기를 거슬러서 큰 사건이 발생한다면. 그렇게 생각하면 사키미 님의 안색을 살필 수밖에 없지."

즉, 사키미는 예언 능력을 과시함으로써 주민들의 반항을 봉쇄한 것이다. 홀로 여기에 남겨진 사키미 입장에서는 부득이한 수단이었을지도 모른다. 하지만 그 탓에 주민들과 사키미 사이에는 마을에 흐르는 강보다도 깊은 골이 생겼으리라.

"잠깐 실례할게."

도키노가 자신의 이야기로 착 가라앉은 분위기를 떨쳐내기라도 하듯 화장실에 갔다.

시각은 오후 11시 20분. 도키노의 이야기는 비교적 빨리 끝났다.

아까 전부터 준이 눈을 슴벅거리고 있었다.

"졸리니?"

히루코 씨가 묻자 준은 고개를 붕붕 저었다.

요즘 아이들은 꽤 늦게까지 잠을 안 잔다. 내가 초등학생 때는 9시 반에는 잠자리에 드는 것이 집안의 규칙이었는데.

도키노는 남자 두 명과 달리 오 분 정도 만에 돌아왔다.

시시다도 아직 자고 있겠다, 이번에는 준에게 이야기를 듣기로 하자.

8

하지만 준에게 필요한 이야기를 듣는 건 쉬운 일이 아니었다.

지금까지 어른들끼리 어려운 이야기만 하던 히루코 씨가 상대를 해주자 준이 신나게 자기 할 말을 쏟아냈기 때문이다.

"히루코 누나는 대학생이죠. 대학은 재미있어요? 아빠는 늘 불평하던데."

"아빠는 성적밖에 관심 없어요. 가정 과목에서 '보통'을 받았는데도 화를 낸다니까요."

"히루코 누나는 멋있어요. 예쁘다기보다 멋있다는 느낌이에요."

아무래도 다른 사람들은 안중에 없는 모양이었다. 아들에게 제동을 걸어줄 시시다는 아직 꾸벅꾸벅 조는 중. 오지와 눈이 마주치자 그는 포기하자는 듯 말없이 고개를 저었다.

그래, 히루코 씨한테 맡기자.

"아빠는 무섭니?"

"무섭지는 않지만, 목소리가 크고 자주 화내는 건 좀 싫어요."

"공부 말고 다른 이유로도 화를 내셔?"

"요즘은 UFO나 마술 방송을 보고 있을 때 화내요. 저런 건 다 사기라면서."

역시 시시다는 모든 것에 합리적인 설명을 갖다 붙이지 않고서는 못 참는 성격인 모양이다.

마술이라는 말에 히루코 씨는 호주머니에서 손수건을 꺼냈다.

"재미있는 거 보여줄게. 이 십 엔짜리를 잘 보고 있어."

속임수가 없다는 걸 확인시켜주듯 소매를 걷어붙이고 십 엔 동전을 손수건으로 감쌌다. 수리수리마수리, 하고 적당히 주문을 외운 후, 손수건 가장자리를 집어서 확 펼쳤다. 그러자 손수건에서 떨어져야 할 동전이 없었다. 물론 히루코 씨의 양손도 텅 비었다.

준은 눈이 동그래졌지만 히루코 씨가 보는 앞에서 항복하고 싶지는 않은지 몇 번이나 손과 손수건을 번갈아 보았다.

나는 트릭을 안다. 손수건으로 동전을 감쌀 때, 그 밑동을 고무 머리끈으로 묶은 것이다.

이윽고 그걸 알아차린 준이 "찾았다, 찾았다!" 하고 불룩하게 동전이 묶인 곳을 가리켰다.

"정답. 그럼 다음은……."

히루코 씨는 다음 놀이로 넘어가면서 준이 가족에 관한 이야기를 하도록 슬쩍 유도했다.

준 말로는 자기가 초등학교에 입학하기 한 해 전에 아빠와 엄마가 이혼했다고 한다. 사정은 모르지만 준은 아빠가 맡았다.

"지금까지 요 부근에 온 적은 있어?"

"아니요, 없을 거예요."

시시다 부자는 여기서 멀리 떨어진 서태평양 쪽의 T현에 산다. 친척의 집까지 차로 다섯 시간가량 걸렸다는 모양이다. 차를 타고 이렇게 오래 이동한 기억은 없다고 한다.

"친척의 장례식이었다면서?"

"네. 할머니요."

이 말에 모두 얼굴을 마주 보았다.

"지금까지 할머니를 만난 적 없었어? 여름방학 때 놀러 갔다든가."

오지가 부드러운 말투로 물었다.

"한 번도 없어요. 집에 간 것도 어제가 처음이고요. 오래되고 엄청 큰 집이었어요. 할아버지를 처음 봤는데 시시다가 아니더라고요."

"시시다가 아니라고?"

"시시다는 엄마 성씨래요. 아빠는 할아버지랑 똑같은 '엔주'였지만 결혼하고 시시다로 바뀌었다고 했어요."

시시다는 데릴사위였던 걸까. 지금까지 준을 할아버지 할머니에게 보여주지 않았다니, 본가와 상당히 사이가 안 좋았던 듯하다. 이혼한 후에도 전처의 성씨를 계속 사용하는 건, 준을 위해서가 아니라 본가와 얽히는 걸 피하고 싶었기 때문인지도 모른다.

그런데 아까부터 준이 이야기를 하면서 허리를 자꾸 이리저리 꼬았다. 아하, 이건.

"준, 화장실 가고 싶어?"

소년은 작게 "네" 하고 고개를 끄덕였지만 일어나려 하지는 않았다.

창문이 없으므로 한낮이든 밤이든 건물 안의 상태는 변함없다. 하지만 사건이 계속되는 가운데, 밤에 혼자 화장실 가기가 내키지 않는다는 것도 이해는 간다. 게다가 아까는 혼자 화장실에 갔다는 이유로 의심까지 받았으니까.

"같이 가줄까?"

히루코 씨가 제안했지만 준은 부끄러운지 고개를 젓고

꾸벅꾸벅 조는 아빠를 흔들었다.

"아빠, 화장실 가자. 응? 빨리."

드디어 눈을 뜬 시시다는 주변을 둘러보고 겸연쩍은 표정을 짓더니 준의 손을 잡고 식당을 나섰다.

9

기다려도 시시다 부자가 돌아오지 않아 걱정하고 있었는데, 십오 분이나 지나서야 돌아왔다. 교대로 화장실을 사용한데다 준이 혼자 칸에 들어가기 싫다고 떼를 써서 시간을 잡아먹었다고 한다.

시각은 오후 11시 55분.

"이제야 겨우 하루가 끝났나."

시시다가 안도감에서인지 피로감에서인지 모를 한숨을 내쉬었다.

현재까지 이렇다 할 이변은 없었다. 상호 감시 작전은 잘 진행되고 있는 듯 보인다.

그러고 보니 사키미와 핫토리는 어쩌고 있을까 싶었는데, 때마침 식당 맞은편 방문이 열리고 핫토리가 나왔다.

"별일 없으신 모양이네요."

"사키미 씨는 좀 어떠세요?"

"많이 안정되신 것 같아요."

그렇게 대답하고 핫토리도 화장실 쪽으로 향했다.

이제 곧 날짜가 바뀐다.

독살 미수는 있었지만, 두 번째 희생자를 내지 않고 잘 버티고 있다. 이대로 스물네 시간 더 견뎌낸다면.

나는 시곗바늘의 움직임을 눈으로 좇아 정확히 자정이 된 것을 확인했다.

그때였다. 핫토리가 새파랗게 질린 얼굴로 뛰어와서 외쳤다.

"총은, 사무실에 보관해둔 산탄총은 어디에 갔나요!"

카랑카랑한 목소리에 이완되어 있던 분위기가 팽팽해졌다.

"총이 어쨌는데요?"

"없어요! 로커 자물쇠가 망가지고 속이 텅 비었다고요!"

오늘 아침에 채소밭을 둘러본 후, 핫토리가 로커에 산탄총을 넣는 걸 내 눈으로 봤다. 그게 없어졌다는 건가?

"언제 없어졌는지 모르세요?"

식당에서 나갔던 사람들을 둘러보았지만 모두 모른다며 고개를 저었다.

진정해라. 식당에 있는 우리가 그런 걸 숨겨 가지고 있을 수는 없다. 그렇다면…….

"도이로밖에 없어." 오지가 중얼거렸다.

히루코 씨와 구키자와가 쏜살같이 식당을 뛰쳐나갔다. 다른 사람도 뒤따랐다.

널빤지가 깔린 낡은 복도, 녹색 융단이 깔린 계단, 그리고 희미한 백열전구 불빛 속에 침침하게 펼쳐진 지하층. 그 안쪽에 도이로의 방이 있다.

"도이로!"

불렀지만 반응이 없자 히루코 씨는 냉큼 문손잡이를 잡았다. 그러자 저항 없이 돌아갔다.

우리가 바래다주었을 때 분명히 잠갔을 문이 열린다.

아직 안은 보이지 않는다. 그렇지만…….

아아, 이 냄새는…….

불을 켜자 바닥에 떨어진 산탄총이 눈에 들어왔다.

거기서 조금 떨어진 곳에, 가슴에 큰 구멍이 뚫린 채 위를 보고 쓰러진 도이로가 있었다.

"아아……."

누구 목소리였을까.

다만 균형을 잃고 쓰러지는 히루코 씨를 재빨리 부축한 건 기억한다.

"아아아아아아아아—."

공기를 찢는 듯한, 또는 분노한 야수 같은 절규가 건물을 처절하게 흔들었다.

10

흉행의 현장이 된 실내는 마치 폭풍우가 휩쓸고 지나간 것처럼 엉망진창이었다.

안으로 열리는 문 쪽에서 바라보면 오른편에 침대가 있다. 도이로는 왼편 안쪽 바닥에 위를 보고 쓰러져 있고, 가슴은 검붉은 피로 물들었다. 총에 맞아 죽은 것이다. 나는 눈을 부릅뜬 도이로를 똑바로 쳐다볼 수가 없었다. 공포나 고통으로 일그러지지 않은 건 그나마 다행일지도 모르지만, 저런 인형 같은…….

도이로 뒤편의 벽에는 피가 물보라처럼 튀었다. 그리고 찢어진 이불, 도이로가 가져온 옷가지, 색연필, 산산이 부서진 벽시계 조각으로 온 방이 난장판이었다. 멀쩡한 건 불이 켜진 난로 정도일까.

침대가 있는 오른편 벽에는 마치 손톱으로 벅벅 그은 듯한 자국이 무수히 많았는데, 자세히 보니 그림이었다. 우리가 상상한 대로 스케치북을 압수당한 도이로가 흰 벽을 캔버스 삼아 미래의 광경을 그린 것이다.

아마도 부드러운 방음 소재로 된 벽에 색연필을 댔기 때문에 색깔이 칠해지지 않고 손톱자국 같은 흔적이 남은 것이리라. 그래도 어렴풋이 색깔이 남은 부분을 살피자 지금 눈앞에 펼쳐진 참상을 묘사했음을 알 수 있었다.

"으아아아아!"

절규를 토해내며 시신에 매달린 구키자와를 시시다가 꽉 붙들었다.

"함부로 건드리면 안 돼! 어떤 증거가 남아 있을지 모르잖아."

"알 게 뭐야! 왜, 왜 선배가 이런 꼴을 당해야 하는 건데!"

구키자와는 호리호리한 몸 어디에서 그런 힘이 솟는지 모를 만큼 세차게 날뛰며 작지만 단단한 체격의 시시다를 떨쳐내려고 했다. 나와 오지가 합세해 겨우 시신에서 떼어냈지만, 구키자와는 활활 타오르는 것 같은 눈으로 우리를 노려보았다.

"봐, 선배는 협박자가 아니었잖아! 너희가 선배를 엿 먹인 거야. 망할, 망할! 반드시 죽여버리겠어!"

우리 손을 뿌리친 구키자와는 눈물범벅이 된 얼굴로 몸을 돌려 1층으로 뛰어 올라갔다. 잠시 후 철문이 열리는 소리가 들렸다.

"재, 밖으로 나갔어!" 도키노가 놀라서 소리쳤다.

"안 돼. 만약 저 녀석이 도이로를 죽였다면 두 눈 뻔히 뜨고 놓치는 꼴이야."

나와 시시다도 오지에게 합세해 남자 셋이서 구키자와를 뒤쫓았다. 1층 현관에 다다르자 비에 젖은 땅을 따라 어둠 속으로 사라진 발자국 두 줄기가 보였다. 아무래도 다리 쪽으로 향한 게 아니라 마안갑 오른편에 인접한 덤불을 헤치고 길 없는 산속으로 뛰어든 것 같았다.

"어떻게 하죠?"

두 사람의 얼굴을 살피자 "어떻게고 저떻게고……" 하고 시시다가 나지막하게 말을 내뱉었다.

"밤에 산에 들어가는 건 위험해. 다치는 걸로 그치면 다행이지만 자칫하면 조난당할지도 몰라. 게다가 지금 걔는 냉정함을 잃었어."

"그럼 이대로 문을 열어두고 돌아오길 기다리자는 겁니

까? 개가 열 받아서 적당한 흉기를 주워 들고 습격할지도 모르는데요."

오지의 걱정도 일리가 없지는 않은지라 우리는 일단 문을 닫고 빗장을 걸었다.

현관 옆 사무실은 산탄총을 보관해둔 곳이다. 접수창구로 안을 들여다보자 핫토리 말대로 제일 안쪽에 설치된 로커의 문이 열려 있었다. 안으로 들어가서 확인하자 자물쇠 부분이 비틀려서 끊어진 상태였다. 바닥에 함석 가위가 떨어져 있었다. 옆의 창고에서 가져와서 사용한 것이리라.

"규정상 더 엄중하게 보관해야 하는 거 아닙니까?"

오지의 불만에 시시다가 고개를 저었다.

"시골은 다 이래. 여기도 평소는 두 명뿐이니 관리가 허술한 것도 무리는 아니지."

지하층으로 돌아가자 도키노가 복도에 주저앉은 준을 달래고 있었고, 핫토리만 방 앞에 서서 안을 주시하고 있었다. 아마도 히루코 씨가 현장을 조사하고 있는 것이리라.

시신 앞에 쪼그려 앉은 히루코 씨의 뒷모습이 문간에서 보였다. 긴 머리에 가려서 얼굴은 보이지 않지만, 검사하는 손놀림은 지금까지 보아왔던 신속하고 적확한 움직임과 거리가 멀었다. 손을 멈춘 채 가만히 고개를 숙인 그 모습에서 그녀가 상당히 동요했다는 느낌이 전해져 왔다.

"히루코 씨."

말을 걸자 태엽 장치로 움직이듯 부자연스럽게 얼굴이 위를 향했다.

"아…… 구키자와는?"

"밖으로 나갔어요. 평정심을 잃고 뛰어나갔으니 만약을 대비해 문에는 빗장을 채웠어요."

그래, 하고 대답한 히루코 씨는 고개를 돌려 시시다를 보았다.

"원래 손을 대면 안 되겠지만, 경찰이 오려면 빨라도 하루 넘게 걸릴 거예요. 지금 가능한 검사는 해두고 싶은데요. 입회인으로서 제 행동에 수상쩍은 부분은 없는지 지켜봐주셨으면 해요."

"그런 것까지 할 줄 아나? 뭐, 알았어. 동영상으로 찍어두면 나중에 해명할 때도 도움이 되겠지."

시시다의 안색도 좋지는 않았지만 히루코 씨의 스마트폰을 받아 들고 촬영을 시작했다.

"현재 시각 오전 12시 15분. 시반은 뚜렷하지 않으니 사후 두 시간 이내로 추정됩니다. 손가락에는 색연필로 추정되는 가루가 붙어 있네요."

나와 히루코 씨는 힘을 합쳐서 도이로의 상체를 조금 일으켰다. 머리를 지탱하자 아직 체온이 남은 목덜미가 팔에 척 달라붙듯 닿았다. 수분이 빠져나간 듯한 두부 같은 감촉에 그만 비명을 지를 뻔했다.

참아라. 내가 할 수 있는 일은 이 정도밖에 없다. 그러라고 조수가 있는 거 아닌가.

도이로의 등에는 가슴 쪽보다 더 큰 구멍이 뚫려 있었다. 몸속에서 뭔가가 터진 것처럼 처참하게 파괴된 흔적이었다. 핫토리가 곰을 쫓기 위해 총에 슬러그탄을 장전해놨다고 했는데 진짜 총상은 이렇게까지 끔찍한 건가.

"총알은……." 괴로움이 북받친 듯 히루코 씨의 말이 잠깐 끊겼다. "총알은 가슴 한복판에서 왼쪽 등 약간 위쪽으로 관통한 것 같아요. 비스듬한 방향으로 쐈다기보다 몸속에서 튀어서 탄도가 바뀐 듯한 인상이랄까요."

거기까지 확인한 후 피 웅덩이 속에서 조용히 돌아왔다. 히루코 씨가 일어선 것을 보고 시시다가 촬영을 끝냈고, 핫토리는 들고 온 시트로 시신을 덮었다.

"자살일 가능성은 없을까?"

시시다가 조심스레 주장했지만, 부정할 수밖에 없었다. 나는 바닥에 떨어진 산탄총을 가리켰다.

"권총이라면 모를까 총신이 긴 산탄총을 가슴에 대고 방아쇠를 당기는 건 부자연스러워요. 산탄총을 사용한다면 밑에서 턱에 총구를 대겠죠. 게다가 상처 주위에 화상이나 그은 자국이 없고 총이 떨어져 있던 위치도 시신에서 너무 멀어요."

추리소설을 읽고 얻은 지식이나.

발포할 때 총구에서 튀어나오는 검댕이나 금속 가루가 몸이나 옷에 묻은 흔적을 발사 잔사물이라고 하는데, 산탄총의 총구를 몸에 대고 쐈다면 적어도 총구에서 뿜어져 나온 불꽃이나 고온의 가스로 생긴 화상 또는 그을음이 총상 주변에 남을 것이다. 도이로의 몸에는 그게 없었다. 즉, 총구는 도이로에게서 수십 센티미터는 떨어져 있었다. 자살일 가능성은 없다고 봐도 되리라.

침대 곁의 하얀 벽에 그려진 그림에 주목했다. 부드럽고 무른 벽에 그려서 뭉개졌지만, 그래도 빨간색 속에 검은 사람 형체가 쓰러져 있는 건 알 수 있었다.

"설마 도이로도 그림 속 인물이 자신일 줄은 상상도 못 했겠지."

오지가 어두운 목소리로 중얼거렸다.

"뚜렷한 이미지를 인식하는 건 아니었던 모양이니까요.

만약 자기인 줄만 알았다면……."

나는 거기서 말을 끊었다.

알았다면 어떻다는 말인가.

정말로 도이로의 예지가 들어맞는다면 뭘 어째도 피할 수 없지 않을까?

그래, 마치 저주처럼.

도이로는 자살한 게 아니다.

그 외의 수확 없이 우리는 도이로의 방을 나서서 다시 식당에 모였다. 핫토리 말로는 발사된 총알은 원래 산탄총에 장전해두었던 슬러그탄 한 발뿐이라고 한다.

"현장에 떨어져 있던 약협도 하나뿐이었으니, 그렇게 봐도 무방할 거예요."

지하층에 있는 방에는 방음 설비가 되어 있어서 1층에 있던 우리에게까지는 총소리가 들리지 않은 것이다.

"총을 좀더 엄중하게 보관했다면 이런 일은 없었을 텐데."

도키노의 비난에도 핫토리는 태연한 태도를 유지했다.

"원래 총은 저희 집에 놔둬요. 이번에는 어쩔 수 없이 사무실의 청소 도구함에 넣어뒀을 뿐이라고요. 일단 자물쇠도 채워놨으니 살인의 책임을 질 이유는 없어요."

산탄총은 중요한 증거품이었지만, 그냥 놔두기는 위험하다는 의견에 모두가 동의해 총신을 구부리고, 남은 총알은 모조리 망가뜨렸다.

"도이로는 협박자가 아니었어. 우리가 되도 않은 착각을 했다는 뜻이지."

시시다도 의기소침한 모습이었다.

"저기, 외부인이 범인일 가능성은 없으려나. 밖에서 안으로 숨어 들어와서 도이로를 쐈다든가."

오지가 매달리는 듯한 목소리로 말했지만 히루코 씨는 부정했다.

"도이로를 방에 바래다주고 나서 현관과 뒷문이 잠겨 있는지 확인했어요. 열쇠도 핫토리 씨가 죽 가지고 있었대요. 또 비로 땅이 젖어 있는데도 구키자와의 발자국 말고 다른 발자국은 없었고요."

"여기는 옛날에 이상한 연구를 하던 곳이잖아. 어딘가에 비밀 통로나 비밀 공간이 있어도 이상할 것 없어."

확실히 마안갑의 으스스한 분위기는 그런 상상을 자극하기에 충분하다. 하지만 이번에도 히루코 씨는 고개를 저었다.

"적어도 그 방에는 아무 장치도 없었어요. 문에 열쇠 구멍은 없고, 안쪽에서 잠금 손잡이를 돌려야 자물쇠를 여닫을 수 있죠. 지하층에 있는 방은 방음을 위해 밀폐된 구조라, 문틈으로 종이 한 장도 안 들어가요. 즉, 안에 있던 도이로가 문을 열고 범인을 방에 들였다. 다시 말해 범인은 도이로가 아는 사람인 셈이에요."

사키미의 방에 있었던 핫토리가 나무라듯 우리를 노려보았다.

"여러분은 쭉 함께 있었잖아요. 총을 꺼낼 수 있었던 건 대체 누구인가요?"

우리는 얼굴을 마주 보았다. 공교롭게도 핫토리가 총이 없어졌음을 알아차리기 전에 나와 히루코 씨를 제외하고 모두가 한 번은 자리를 비웠다.

구키자와, 오지, 도키노, 시시다 부자 순서다.

그리고 총이 없어졌음을 알아차린 핫토리 본인에게도 기회가 있었다고 봐야 마땅하다.

"화장실에 갔을 때, 로커에 이상이 생긴 걸 알아차린 분 계세요?"

히루코 씨가 물었지만, 아무도 나서지 않았다. 그렇게 마침맞게 로커를 보고 다니지는 않을 거라고 생각했던 바로 그때였다.

“저어, 이렇게 됐으니 사실대로 말할게.” 도키노가 입을 열었다. “화장실 갈 때 개수가 줄어든 인형 얘기가 생각나서 접수창구에 다가갔거든. 그때 로커도 보였는데, 자물쇠는 멀쩡했어.”

그 발언에 긴장감이 감돌았다. 그렇다면 도키노보다 나중에 화장실에 간 시시다 부자 또는 핫토리가 산탄총을 훔친 셈이 되니까.

“허 참! 이봐, 아무 말이나 되는대로 늘어놓으면 못 써.”

시시다가 낯빛을 바꾸며 항의했다.

“아무 말이라니요. 그리고 도이로의 방을 봤잖아요. 로커에서 총을 훔쳐서 도이로를 죽인 후, 그만큼 방을 어지럽히고 물건을 부수려면 오 분으로는 모자라요. 그러니 나나 핫토리 씨한테 범행은 불가능하죠.”

도키노의 주장이 옳은지 알아보기 위해 우리는 간단한 검증에 나섰다.

함석가위로 로커 자물쇠 부분을 비틀어 끊고, 방을 어지럽히는 데 시간이 얼마나 걸리는지 다른 방에서 남은 비품을 모아서 실제로 실험해보았다. 최단 시간을 측정하기 위해 남자인 나, 시시다, 오지가 검증을 맡았다.

그 결과, 자물쇠를 끊고 방의 이불을 찢어발기는 데 오 분 넘게 걸린다는 게 밝혀졌다. 처음으로 도전한 내가 합쳐서 팔 분, 나를 보고 비결을 파악한 시시다가 육 분, 오지가 육 분 삼십 초에 작업을 마쳤다. 실제로는 여기에 식당에서 이동하는 시간과 도이로에게 말을 걸어 방에 침입하는 시간 등이 더해질 테니, 도키노의 주장대로 오 분으로는 모자라고 십 분은 필요하다는 결론에 모두가 수긍했다.

메모를 보자 도키노는 오 분 정도 만에 식당으로 돌아왔다. 핫토리 때는 내가 시계를 보며 시간을 확인했으므로 역시 오 분 정도밖에 자리를 비우지 않았다고 장담할 수 있다. 그에 비해 남자들은 십 분 넘게 자리를 비웠다. 구키자와, 그리고 준과 함께 자리를 비운 시시다는 돌아오기까지 십오 분이나 걸렸다.

"나는 준과 차례대로 화장실을 쓰느라 늦은 거야. 둘 다 바로 앞에서 기다리고 있었고, 준도 그렇게 증언하겠지."

"동시에 알리바이가 없는 두 사람이 서로 알리바이를 증언하는 게 무슨 의미가 있어요? 그렇잖아요?"

도키노와 시시다는 테이블을 사이에 두고 서로 노려보았다.

"내가 자식을 살인 행각에 가담시켰다는 건가? 어디서

그딴 망발이야. 말이 나왔으니 한마디 하겠는데, 로커에 이상이 없었다는 자네 증언이 거짓말이라면 구키자와와 오지도 범행은 가능했어. 그들도 십 분 넘게 자리를 비웠으니까."

시시다는 핫토리에게도 공격의 화살을 돌렸다.

"자네도, 혼자서는 무리일지도 모르지만 도키노와 힘을 합쳤다면 어떨까. 둘이 합쳐서 십 분이야. 도키노가 도이로를 총으로 쏴 죽이고, 핫토리가 방을 어지럽힌다. 그럼 가능하잖나."

"도키노 씨와 힘을 합쳐서 도이로를 죽인다고요? 어처구니가 없네요."

결국 또 서로 죄를 전가하는 꼴이 되고 말았다. 게다가 이번에는 혼자서는 범행이 불가능하더라도 공범이 있다면 누구나 가능하다는 의견이므로 서로에 대한 의심이 더욱 깊어졌다.

오지가 요란하게 한숨을 쉬고 양손을 펼쳐 모두에게 진정하라는 제스처를 취했다.

"아까까지 했던 이야기를 생각해보세요. 우리가 서로 초면이고, 여기서 만난 건 우연이라는 게 확실해졌잖아요. 사키미 씨를 미워하는 협박자가 있다고 쳐도 도이로를 죽일 이유는 누구에게도 없습니다."

나는 속으로 부정했다. 이유라면 있다. 사키미와 도이로는 한 핏줄이다. 협박자는 그 사실을 알고 있었을까. 하지만 도이로는 그 사실을 구키자와에게조차 비밀로 했다. 사키미 본인만 알고 있었다고 봐야 마땅하다. 그리고 사키미는 핫토리의 방에서 한 발짝도 나오지 않았다.

"초면인데 뭐 어쩌라고? 요컨대 여기에 오고 나서 협박자한테 도이로를 죽일 동기가 생겼다. 그런 거겠지."

아무렇게나 말을 툭 내던지는 시시다에게 히루코 씨가 이의를 제기했다.

"그건 이상해요. 알리바이나 동기도 중요하지만, 더 기본적인 요소를 고려해야죠."

"기본적인 요소?"

"클로즈드 서클."

몇 달 전 내가 히루코 씨에게 가르쳐준 추리소설 용어였다.

"지금 우리는 요시미로 통하는 유일한 다리가 무너져서 도망도 구조 요청도 불가능한 클로즈드 서클에 있어요. 이거야말로 지금 가장 중요한 요소예요. 왜냐하면 클로즈드 서클은 나중에 반드시 열리는 법이니까요."

그 말을 들은 순간, 내가 커다란 걸 간과했음을 깨달았다.

그렇구나, 확실히 이상하다!

“다리 너머로 달아날 수 없는 건 범인도 마찬가지예요. 외부에서 경찰이나 구조대가 왔을 때, 여기서 살인 사건이 일어났다면 경찰은 어떻게 생각할까요? 우리 가운데 범인이 있을 게 분명하니 모두의 신변과 과거를 철저히 조사하겠죠. 범인이 체포될 가능성은 한없이 높아요. 즉, 클로즈드 서클만큼 범죄에 적합하지 않은 상황은 또 없는 셈이에요.”

추리소설에서는 아무도 방해하지 않으니까, 목표물이 도망칠 걱정이 없으니까 기회라 생각했다고 독백하는 범인도 있다. 하지만 나중에 경찰의 조사를 받을 걸 아는 상황에서 사람을 죽이는 건 충동적인 범행보다 훨씬 멍청한 짓이다. 사키미와 도이로에게 어떤 살해 동기를 품었을지언정, 여기에 갇혀 있는 동안은 행동에 나서지 말고 다음 기회를 기다려야 한다.

여름에 자담장에서 일어났던 사건처럼, 그야말로 목숨을 버릴 각오로 범행을 저지르지 않는 한.

“네 말이 옳아. 나라면 누군가를 죽일 생각이더라도 이런 상황은 피할 거야.”

도키노도 고개를 끄덕이며 동의했다.

"그럼에도 이미 두 번이나 범행이 발생했어요. 하물며 저희는 도이로를 사키미 씨 독살 미수 사건의 용의자로 간주했고요. 범인 입장에서는 더할 나위 없는 전개였겠죠. 그런데 도이로를 죽인 탓에 누명을 씌울 상대가 사라져 버렸어요. 범인의 의도가 전혀 읽히지 않아요. 일단 협박자라는 범인상은 잊어버려야 할지도 모르겠네요."

히루코 씨는 진지한 얼굴로 머리카락 한 줌을 집어 입술에 꾹 눌렀다.

"그렇게 이상한 일일까요?"

놀랍게도 핫토리가 그렇게 말했다.

"제 생각에 지금 상황에서 살인이 일어나는 건 지극히 당연해 보이는데요."

"그건 아니죠, 핫토리 씨."

오지가 당혹스러운 목소리로 대꾸했지만, 핫토리는 마치 자명한 일처럼 설명했다.

"잊어버리셨나요? 사키미 님은 남녀가 두 명씩 죽을 거라 예언하셨어요. 그 예언을 듣고 여러분 중 누군가가 '동성이 두 명 죽으면 자신은 무사할 것'이라 생각했더라도 전혀 이상할 것 없죠."

"허."

오지의 입에서 맥 빠진 목소리가 새어 나왔다.

죽음의 예언에서 살아남기 위해 남을 죽인다.

그 발상이 이상하지 않다고 핫토리가 진지한 얼굴로 말해서 우리는 충격을 받았다.

"자신과 같은 성별이 두 명 죽으면 안전이 보장돼요. 그래서 범인은 사키미 님을 노리고, 도이로를 죽인 거죠."

"에이, 이상하죠. 살인인데요? 고작 예언 때문에 사람을 죽이다니요."

오지가 반론을 제기했지만 핫토리는 냉정하게 답했다.

"하지만 겐자키 씨 말처럼 지금 상황이 범행에 부적합하다면, 현재까지 벌어진 사건은 '이런 상황이기에 저지를 필요성이 있었다'고 봐야겠죠. 그 이유가 사키미 님의 예언 말고 또 있을까요?"

"다, 당신 지금 무슨 말을 하는지는 아는 거야?"

도키노가 딱딱한 목소리로 항의했다.

"그거, 범인이 여자라는 뜻이라고."

게다가 핫토리의 방에서 한 발짝도 나오지 않은 사키미와 내내 식당에 있었던 히루코 씨는 도이로를 죽일 수 없다. 즉, 도키노와 핫토리 둘 중 한 명이 범인인 셈이다.

"그뿐만이 아니에요."

핫토리는 내키지 않는 듯 말을 끊었다가 다시 입을 열었다.

"앞으로 적어도 여자가 한 명 더 살해당할 거라고 말씀드리는 겁니다."

식당의 공기가 얼어붙었다.

범인이 사키미의 예언에서 벗어나기 위해 도이로를 죽였다면, 범인은 여자. 목적을 달성하려면 여자가 한 명 더 희생되어야 한다.

"정말이야?"

준이 불안한 듯 아빠를 올려다보았다.

"못 해먹겠군."

시시다는 들릴 듯 말 듯한 목소리로 말하고 크게 한숨을 내쉬었다.

"도이로가 죽은 데는 내 책임도 있지만……. 더이상 서로 감시해봤자 의미 없겠지. 희생자가 더 늘어날 가능성이 있다면 각자 알아서 몸을 지키는 수밖에."

그 말을 끝으로 시시다는 준을 데리고 식당을 나섰다.

11

또 여자가 살해당한다.

불길한 그 말에 탐색하듯 서로 얼굴을 살핀 후, 오지와 도키노도 기운 없이 방으로 돌아갔다.

식당에 남은 사람은 우리와 핫토리뿐.

현재 마안갑에 있는 여자는 네 명. 히루코 씨, 사키미, 핫토리, 도키노. 그중 한 명은 범인이고, 또 누군가가 죽는다? 하지만 단독으로는 도이로를 총으로 쏴 죽일 수 없다. 그리고 히루코 씨와 사키미에게는 완벽한 알리바이가 있다.

그렇다면 범인은…….

내 생각을 아는지 모르는지, 핫토리는 의기양양한 표정이었다.

"사키미 님의 예언은 반드시 적중해요. 이번 예언도 벌써 몇 년이나 전에 남기신 거라고요."

지금까지 묵묵히 생각에 잠겨 있던 히루코 씨가 그 말에 반응했다.

"진안에서 네 사람이 죽는다는 예언은 올해 주민들에게 공표된 게 아닌가요? 핫토리 씨에게만 사전에 알려주신 건가요?"

말실수였는지 핫토리는 겸연쩍은 듯 고개를 숙였다.

"사키미 님은 일 년 단위로 미래를 보시는 게 아니라 꿈에서 본 일을 그때그때 기록으로 남기세요. 그중에 조만간 주민들에게 영향을 끼칠 일이 있으면 공표하고요. 저는 그, 이사 온 지 얼마 되지 않았을 때 호기심에 그만 기록장을 훔쳐본 적이 있어요. 이번 예언은 그때 이미 기록장에 적혀 있었답니다."

분명 도이로 할아버지의 연구 노트에도 사키미가 몇 년 앞의 일까지 예언했다고 적혀 있었다.

히루코 씨가 기록장을 보여줄 수 없겠느냐고 핫토리에게 부탁했지만, 기록장을 훔쳐봤다는 사실이 들통날까 봐 두려웠는지 승낙하지 않았다. 대신에 내일 사키미의 상태가 나쁘지 않으면 한 번 더 면담을 시켜주겠다고 했다.

"그럼 이것만 가르쳐주세요. 당신이 기록장을 봤을 때 이번 사건 이후의 예언도 있었나요?"

"아니요. 이 예언이 마지막이었어요. 이제는 또 늘어났을지도 모르지만……."

기록장이 화제가 되어서인지 도이로의 스케치북을 주방에 보관해두었다는 것이 생각났다. 그러고 보니 도이로가 넘겨보지 말라고 했었다. 어쩌면 단서가 될 만한 그림이 그려져 있을지도 모른다.

"확인하는 편이 낫지 않을까요?"

히루코 씨에게 말하자 "만약 중요한 단서가 있다면, 우리가 꾸며냈다고 오해받을 우려가 있어" 하고 걱정하며 핫토리에게 입회해달라고 부탁했다.

나와 핫토리가 지켜보는 가운데, 히루코 씨가 찬상 서랍을 열고 스케치북의 양 가장자리를 집어서 꺼냈다. 유품이 되었음을 의식해서인지 손놀림은 아주 신중했다. 찬장 위에 놓고 처음부터 순서대로 넘겼다. 하지만 독살될 뻔한 사키미를 묘사한 그림 이후로는 새로운 그림 없이 하얀 페이지만 이어졌다. 너무 과한 기대였을까.

그런데 스케치북을 덮은 히루코 씨가 뭔가 알아차린 듯 아까와는 반대로 스케치북을 넘겼다. 제일 뒤에서부터 몇 장에 걸쳐 다른 그림이 그려져 있었다.

거기에 그려진 그림은 익숙하고 아름다운 얼굴.

히루코 씨였다.

예지 그림이 아니다. 도이로 본인의 힘으로 그린 히루코 씨의 인물화였다.

그것도 하나가 아니었다. 다양한 표정을 수없이.

—많이 연습할게요.

도이로의 목소리가 귓속에 되살아났다.

그림은 아직 끝나지 않았다. 핫토리가 숨을 헉 삼켰다.

늙은 여자의 얼굴이 나타났다. 사키미다. 우리와 면담했을 때보다 표정이 부드러워 보였지만, 위엄 있는 생김새와 강한 의지가 담긴 눈은 고작 몇 번 보았을 뿐이라는 게 믿기지 않을 만큼 특징을 잘 담고 있었다.

나는 그림을 잘 모른다. 하지만 두 사람의 인물화는 다른 어떤 그림보다도 열의가 담겨 있고, 생생해 보였다. 인물화 이야기를 하고 나서 저녁을 먹기까지 그 짧은 시간에, 도이로는 어떤 마음으로 이렇게 많은 그림을 그렸을까. 오랫동안 그림 그리는 걸 괴로워해왔고, 증오마저 느꼈을 텐데.

말없이 고개를 숙인 히루코 씨는 천천히 스케치북을 덮고, 이번에는 결코 놓지 않겠다는 듯 품에 꼭 끌어안았다.

식당을 나선 히루코 씨는 묵묵히 걸음을 옮겨 내 방 앞을 지나쳐 자기 방으로 향했다. 바래다주는 모양새로 나도 뒤따라갔다.

무슨 말을 하면 좋을까.

도이로의 죽음으로 히루코 씨가 받았을 충격은 나와 비할 바가 아니리라. 이야기를 나눌 때는 늘 내 방으로 갔는데, 이렇게 자기 방으로 돌아가려는 걸 보면 분명 혼자 있고 싶은 것이다.

하지만 남은 여자 중에 범인이 있다면 핫토리와 도키노는 공범일 가능성이 있다. 즉, 다음으로 희생될 가능성이 높은 사람은 히루코 씨다. 가능한 한 둘이 함께 있는 편이 낫다.

잠자코 문을 여는 히루코 씨와 이대로 헤어질 수도 없고, 그렇다고 이 상황에 어울릴 만한 말도 떠오르지 않아 나는 다짜고짜 뒤따라 방에 들어갔다.

젠장, 진짜 스토커 같잖아.

"흐흑……."

문이 닫힌 순간, 히루코 씨의 마음속에서 성벽이 무너지는 소리가 났다.

당황하여 손을 뻗으려는 순간, 가슴에 닿는 가벼운 충격과 함께 히루코 씨의 정수리가 눈에 들어왔다. 나는 스케치북을 끌어안은 채 기대어 온 몸에 살짝 손을 얹는 것이 고작이었다.

그후의 상황은 떠올리기도 괴롭다.

히루코 씨는 온몸을 떨며 소리를 지르고, 눈물샘이 망가진 것 아닐까 싶을 만큼 눈물을 펑펑 쏟았다.

—약속했는데.

자책하는 말이 진동이 되어 내 몸에 전해졌다.

되풀이해, 계속.

타고난 능력 때문에 시달려온 도이로. 히루코 씨와 같은 숙명을 짊어진 도이로. 마지막까지 해방되지 못하고 도이로는 가버렸다.

나는 도이로뿐만 아니라 히루코 씨도 구하지 못했다.

히루코 씨의 눈물이 말랐을 무렵, 나는 밤새 같이 있자고 제안했지만 히루코 씨는 더이상의 희생을 막기 위해 생각을 좀 해야겠다며 나를 방으로 돌려보냈다.

대신에 도이로에게 받은 연구 노트를 오늘 밤 안에 다 읽어달라고 했다. 그렇게 부탁하면 거절은 못 한다. 나는 문단속 단단히 하라고 말하고 방을 뒤로했다.

—안녕.

헤어질 때의 인사말이 불안의 앙금으로 변해 내 가슴속에 남았다.

004

사라진 히루코

1

4월 6일

어느덧 연구를 시작한 지 이 년 반이 지났다.

지금까지 신중에 신중을 기해 검증해온 결과, 사키미의 미래 예지 능력을 사실로 인정하기에 충분한 데이터가 갖추어졌다. 연구 벌레인 오카마치 군은 흥분한 나머지 요즘 잠도 제대로 못 잘 지경이라고 한다.

무리도 아니다. 사키미 같은 인재는 이 세상에 둘도 없을 테니까.

아쉽지만 다른 실험 대상자들은 초능력을 지녔다고 판단할 만한 결과를 남기지 못해 실험을 중단하고 고향에 돌려보내거나, 기관의 소개로 새로운 생활 터전에 정착시켰다. 이제 내 연구에는 사키미만 있으면 된다.

사키미는 엄정한 조건 아래서 마흔 건 이상의 미래를 예언했고, 전부 다 적중시켰다.

놀라운 점은 무작위가 아니라 어느 정도 지역과 기간을 지정해 예언을 할 수 있었다는 것이다. 우리가 '일 년 후 도쿄 신자에서 일어날 사건'이라고 조건을 달면, 사키미는 그 조건을 포함해 기도를 올렸고 조건에 부합하는 미래를 꿈으로 꾸었다. 물론 우연과 구별이 가능할 만큼 큰 사건은 그리 자주 일어나지 않으므로 실험할 때는 세심한 주의를 기울여 조건을 설정해야 했지만.

지난주, 기관에서 연락을 받은 오카마치 군이 신바람이 나서 보고했다. 이 년 전에 사키미가 예언한 사건이 적중했다고 한다. 그것도 일본 최초의 항공기 납치 사건이라는 이야기였다(예언 연구를 위해 우리는 변함없이 외부 정보와 차단되어 있다).

먼 미래의 예언은 아직 많이 남아 있다. 앞으로 검증할 나날이 실로 기다려진다.

사키미가 수면을 취할 때의 뇌파를 검사한 결과, 예지몽을 꾼 날만 렘수면과 논렘수면의 리듬이 무너지고, 서너 시간에 걸쳐 논렘수면 때보다 더 낮은 주파수의 뇌파가 기록됐다. 보통 논렘수면 때 꾸는 꿈은 거의 기억에 남지 않을 텐데…….

예지몽의 메커니즘에 대해서는 아직 불명확한 점이 많지만, 그 해명과 병행하여 다음 실험을 진행할 예정이다.

사키미의 예언을 위험 회피에 응용하는 실험이다.

마다라메 기관도 우리 연구에 큰 기대를 품고 있다. 순조로이 진행되면 이 연구가 기관의 명성을 높여, 국가 예산을 따낼 수 있을지도 모른다고 했다. 그러면 연구는 더더욱 진전돼 일본은 예지 능력 분야에서 세계를 이끌어나가게 될 것이다.

사키미도 그 의의를 이해하고 '선생님에게 도움이 된다면 무엇이든 하겠다'는 태도로 어떤 지시든 잘 따라준다.

한 가지 문제가 있다면 지금까지 연구에만 일편단심이었던 탓에 나와 열 살 가까이 차이 나는 사키미를 어떻게 대해야 할지 자신이 없다는 걸까. 아니다. 이 당혹감은 날로 커져가고 있다.

고향에서 무녀의 소임을 맡았던 사키미는 연구소에 올 때까지 남자와 접촉한 적이 거의 없었는지, 나 같은 백창호를 상대로도 거리낌 없이 거리를 좁히는 신기한 아가씨다.

이런 일도 있었다. 볼일이 있어 그녀의 방에 갔을 때 침구 뒤편에서 쥐가 기어 나왔다. 내가 사람을 불러 잡으려 하자 사키미가 기를 쓰고 말렸다. 시설에서 한 발짝도 나가지 못하는 외로움을 달래기 위해 쥐에게 먹이를 주며 이야기 상대로 삼았다고 한다. 나는 보기만 해도 소름이 끼쳤지만, 사키미는 옛날부터 상대가 거미든 도마뱀이든 상관없이 친구로 삼았다는 모양이다. 사키미는 하얀 새끼손가락을 내 새끼손가락에 걸고 "우리만의 비밀이에요" 하고 웃으며 쥐에 대해 발설하지 않겠다는 약속을 받아냈다.

한심한 이야기지만 인정하지 않을 수 없다. 나는 이제 예정된 실험이 없을 때도 이런저런 핑계를 대며 사키미를 보러 간다. 하지만 연구 내용 말고는 그럴듯하게 말할 재주가 없다 보니, 매번 혼자 설치며 헛고생을 하다 만다.

아까도 다음 달로 다가온 사키미의 생일에 뭔가 선물을 하고 싶은데 좋은 생각 없냐고 오카마치 군과 상의했는데, "선생님은 여자 마음을 좀더 공부하셔야겠군요" 하고 어이없다는 듯한 반응이 돌아왔다.

11월 12일

또 실패였다.

아니, 사키미에게는 아무 잘못도 없다. 그녀의 예언이 들어

맞았다는 의미에서 본다면 우리 연구는 무엇 하나 잘못되지 않았다.
하지만 그 응용. 사키미가 예언한 재앙을 회피하는 실험은 여태 단 한 번도 성공하지 못했다.
사키미가 태풍으로 수해가 발생한다고 예언했을 때는 해당 지역의 주민들을 대피시키려 했다. 기관에서 정부에 건의해 대피 지시까지 내렸다. 하지만 기상 징후가 적었던 탓에 주민들 대부분이 지시에 따르지 않았고, 예언대로 높은 파도가 일고 강이 범람해 열 명 넘게 사망했다.
전철 탈선을 예언했을 때는 아주 사소한 부분도 놓치지 않도록 엄중하게 점검했지만, 대형 덤프트럭이 엄청난 속도로 건널목에 뛰어드는 예상외의 사태가 발생해 탈선 사고가 현실화됐다.
그 밖에도 마다라메 기관의 권력을 사용해 다양한 대책을 강구했지만, 단 한 번도 사키미가 예언한 재해나 사건을 회피하지 못했다.
사키미의 예언은 반드시 적중한다. 적중하고 만다.
어제 오카마치 군은 새파랗게 질린 얼굴로 기관 간부들이 연구의 장래를 비관해 예산 축소를 검토하고 있다고 보고했다.
말도 안 된다. 사키미는 공전절후의 예언자다. 지금 그만두면 예지 능력 연구의 역사가 몇백 년이나 늦어질 게 빤하다.

나는 연구를 그만둘 수 없다.

오늘도 사키미는 나를 기다리고 있다.

쓰토무 씨, 쓰토무 씨. 다음에는 뭘 보면 되나요.

나를 진심으로 신뢰하며 웃는 사키미의 얼굴을 볼 때마다 죄악감으로 마음이 약해지려 한다. 그래도 남의 죽음을 예언시켜야 한다. 내 연구를 위해.

사키미, 사랑스러운 사키미.

너는 인류를 온갖 재앙에서 지켜낼 가능성을 간직한 구세주야.

조금만 더, 조금만 더 참아줘.

내가 너의 진정한 가치를 꼭 증명할게.

2

하루가 지나고 다음 날 아침.

7시가 되기 전에 문을 두드리는 소리가 났다.

내가 대답하자 문 너머에서 예상치 못한 인물의 목소리가 들렸다.

"아침 일찍 죄송해요. 핫토리예요."

"자, 잠깐만요."

허겁지겁 흐트러진 이불을 뭉쳐 침대 가장자리에 밀어놓았다. 조금은 깔끔하게 보이리라.

문을 열자 핫토리는 웬일로 침착하지 못하게 실내를 둘러보았다.

"겐자키 씨 안 오셨나요?"

"히루코 씨요? 무슨 일 있었나요?"

달려들듯이 묻자 핫토리가 오른손에 든 물건을 내밀었다.

히루코 씨의 스마트폰이다.

"욕실 앞 복도에 떨어져 있었어요. 어젯밤에 동영상을 찍는 데 사용한 걸 봐서 겐자키 씨 스마트폰이라는 걸 알았어요. 가져다주러 방에 갔는데……."

아무리 문을 두드려도 반응이 없어 손잡이를 돌리자 자물쇠가 잠겨 있지 않아 문이 열렸다. 텅 빈 실내에 짐만 그대로 남아 있었다고 한다.

"다른 곳은요?"

"화장실과 욕실에는 안 계셨어요. 분명 하무라 씨와 함께 있을 거라고……."

말이 끝나기 전에 나는 겉옷도 입지 않고 방을 뛰쳐나가

다른 사람들을 모조리 깨웠다. 모두 조심스러워했지만 도이로가 살해당했을 때 내게는 알리바이가 있었으므로 쉽게 문을 열어주었다.

"겐자키가 없어졌다고?"

사정을 설명하자 시시다는 나와 핫토리를 번갈아 보았다. 준도 "누나가 혼자 나갔어요?" 하고 처량하게 나를 올려다보았다.

"또 여자인가. 그렇다면 역시……."

시시다의 중얼거림에 도키노가 매서운 눈초리로 쏘아보았다.

"그만해요. 아침 댓바람부터 무의미한 말다툼을 하자는 거예요? 겐자키를 찾는 게 먼저잖아요."

만약을 위해 그들의 방도 살펴보았지만, 어디에도 히루코 씨는 없었다. 우스이, 구키자와, 도이로의 방도 확인했지만 결과는 마찬가지였다.

"혹시 구키자와처럼 밖에 나간 걸까?"

오지의 말을 핫토리가 부정했다.

"보시다시피 현관은 안쪽에서 빗장이……."

말이 끊겼다. 핫토리의 시선이 현관 옆에 못 박혔다. 접수창구 앞에 놓인 펠트 인형은 눈의 결정으로 장식된 겨울 인형 하나뿐이었다.

모두가 그 사실을 알아차리고 안색이 변했다.

"또 없어졌어!"

"설마, 이번에는 겐자키 씨가……."

현관으로 나가지 않았다면 남은 건 뒷문뿐이다. 우리는 줄지어 건물 안쪽으로 달려갔다. 그러자 어젯밤에 분명 잠가두었던 뒷문 자물쇠가 풀려 있었다.

문을 열자 자연광에 눈이 부셨다. 어젯밤에 퍼붓던 비는 그쳤고, 해가 보이지는 않지만 하늘에는 하얀 구름이 떠 있었다.

"이건……."

뒷문에서부터 시작된 발자국 한 쌍이 비에 젖은 뒤뜰을 가로질러 폭포로 향하는 암벽 사잇길로 이어져 있었다. 지면에 찍힌 발자국은 얕았지만 밑창 무늬의 특징이 똑똑히 남아 있었다. 같은 간격으로 새겨진 톱니 모양. 히루코 씨의 운동화다.

"어, 뭐지?"

도키노의 목소리가 들려온 방향으로 시선을 돌리자 뒷문에서 몇 미터 떨어진 발자국 바로 옆에 검은 천이 널브러져 있었다. 나는 발자국을 밟지 않도록 조심해서 다가가 천을 주웠다. 틀림없었다.

"……히루코 씨의 숄이에요."

나는 빗물을 잔뜩 머금은 숄을 꼭 끌어안고 발자국을 따라 폭포로 이어지는 길로 달려갔다.

"이봐!"

시시다의 목소리는 무시했다. 서둘러야 한다.

크게 휘어지는 암벽 사잇길을 진흙을 튀기며 내달렸다.

누구와도 마주치지 않고 발자국이 끝나는 지점에 다다르자 발을 멈췄다.

수량이 늘어난 폭포수가 굉음을 울리며 떨어지고 있었다.

"이봐, 겐자키 씨는……."

뒤따라온 오지가 내 시선 끝에 놓여 있는 물건을 보고 말을 끊었다.

발자국은 벼랑 끝에서 사라졌다. 외로이 나동그라진 운동화 한 짝만 남기고서.

"설마 몸을 던진 건가?"

용소에서 울려 퍼지는 물소리에 묻히지 않도록 오지는 목소리를 높였다. 시시다도 벼랑으로 다가가려고 발버둥 치는 아들을 붙잡으며 대답했다.

"말도 안 돼. 왜 걔가! 자살할 만한 사람이 아니잖아."

"하지만 어디에도 없는걸요!"

나는 길잡이가 된 히루코 씨의 발자국을 돌아보았다. 모두가 나처럼 발자국을 피해 달려준 덕분에 깨끗하게 남아 있다. 그 밖에 발자국이 없었던 건 틀림없다.

"암벽을 타고 돌아갔다고 보기는 힘들려나."

오지가 길 양쪽의 암벽을 올려다보았다. 표면에 팬 곳이 없을뿐더러 비 때문에 미끄러워서 발을 제대로 디디지도 못할 것 같았다.

"설령 가능하더라도 뒤뜰을 뛰어서 건널 수는 없어." 도키노가 힘없이 중얼거렸다.

나는 진창에 무릎을 꿇고 용소를 들여다보며 히루코 씨의 이름을 불렀다. 이렇게 큰 소리를 지른 건 얼마 만일까, 목이 타는 듯이 아팠다.

하지만 아무리 불러도 대답은 없고, 무자비한 물소리가 목소리를 집어삼켰다.

뒷문으로 돌아온 우리는 히루코 씨의 행방을 놓고 고민했다.

"겐자키의 발자국이 틀림없겠지?"

"네. 떨어져 있던 운동화는 히루코 씨 거고, 밑창 모양도 일치해요. 다른 분들의 발자국과는 달라요."

대답하는 목소리가 살짝 떨렸다. 도키노는 나를 배려하듯 지적했다.

"범인이 겐자키의 운동화를 신고 거기까지 갔다고 볼 수는 없을까?"

즉시 시시다가 반론했다.

"그럼 겐자키는 어디로 사라진 건데?"

"그건…… 감금당했다든가."

"그런 수고를 들여서 무슨 의미가 있나. 아무튼 폭포로 향한 게 겐자키든 범인이든, 발자국은 갈 때 찍힌 것 하나뿐이야. 그럼 현재 여기 없는 겐자키가 걸어갔다고 볼 수밖에 없잖아."

내뱉는 듯한 말투에 도키노가 화를 냈다.

"하무라 앞에서 너무 무신경한 거 아니에요?"

"그는 냉정해. 이 정도쯤은 벌써 감안했을걸. 일찍이 추리소설에 발자국 트릭이 얼마나 많이 사용된 줄 아나?"

시시다의 입에서 나온 트릭이라는 말에 오지가 반응했다.

"드라마에서 봤어요. 예를 들면, 갈 때 찍힌 발자국을 뒷걸음질로 밟으면 돌아올 수 있지 않을까요?"

현재 감식 기술이라면 어느 쪽으로 향하는 발자국인지 사람의 몸무게 등을 계산해 바로 알아낼 수 있겠지만, 진흙에 찍힌 발자국이 너무 얕아서 우리로서는 알 수 없었다. 발자국은 경찰이 오기 전에 사라질 것이다.

"그건 어렵지 않을까요?"

뒤에서 핫토리가 끼어들었다.

"운동화 한 짝은 발자국이 끝난 곳에 떨어져 있었잖아요. 가령 운동화를 한 짝만 신고 돌아온다고 쳐도 진흙 위를 한 발로, 그것도 뒤로 뛰면서 이미 찍혀 있는 발자국을 고스란히 밟고 돌아오기는 불가능할 거예요."

오지가 직접 한 발로 뛰어보았지만, 점프하는 순간에 젖은 지면이 쩍 들러붙고 착지할 때 진흙이 튀어서 발자국이 흐트러졌다. 남아 있는 발자국의 보폭과 방향이 균일한 것으로 보아 걸어간 흔적이라고밖에 생각할 수 없다.

"젠장, 틀렸나." 오지는 가라앉은 목소리로 말하고 초조한 듯 손톱을 깨물었다.

내가 세운 가설도 밝혔다.

"운동화를 신고 뒷걸음으로 뒷문까지 돌아와서 마지막에 운동화를 던지면 가능하지 않을까 했는데, 무리겠네요. 운동화가 떨어져 있던 벼랑까지 오십 미터쯤 되고, 애당초 암벽 사이의 길은 휘어져 있으니까 거기까지는 다다르지 않을 거예요."

"역시 발자국을 남긴 사람은 길 끝까지 제 발로 걸어가서 용소로 사라졌다, 그렇게 볼 수밖에 없는 건가."

그리고 그럴 수 있는 사람은 히루코 씨밖에 없다. 그러자 준이 목소리를 높였다.

"어제 없어진 키 큰 형은?"

그러고 보니 구키자와도 자취를 감췄다……. 잊어버린 건 아니다.

우리가 마안갑 뒤편에서 건물을 돌아 정면으로 오자 어젯밤에 구키자와가 나갈 때 찍힌 발자국이 희미하게나마 남아 있었다. 발자국이 향한 곳은 나무들이 우거진 산속이다.

"개는 밤을 무사히 넘겼으려나." 시시다가 말했다.

"그게, 힘들 겁니다."

어제 산에 들어갔던 오지가 대답했다.

"풀과 나무가 자랄 대로 자라서 그야말로 짐승들의 소굴 같아요. 발밑은 쓰러진 나무와 낙엽으로 뒤덮여서 앞으로 나아가기도 힘들 정도고요. 등산로가 없는 자연의 산이 이렇게 위험한 줄은 저도 처음 알았다니까요. 하물며 밤중에 제대로 된 장비도 없이 돌아다니는 건 제정신으로 할 짓이 아니에요."

"요시미 주민들도 익숙한 산에만 들어가요. 예전에 곰에게 습격당해 죽은 사람도 있었고요."

핫토리가 동의하자 도키노가 이제 됐다는 듯 크게 말했다.

"지금은 개보다 겐자키가 우선이야. 개가 무사하더라도 마안갑은 문단속을 해놨으니까 겐자키한테는 손을 못 댔을 거 아니야."

"하무라, 뭔가 짚이는 거 없어?"

오지의 질문에 나는 어젯밤에 마지막으로 나눈 대화를 떠올렸다.

"히루코 씨는 도이로가 죽어서 몹시 침울해했어요. 도이로가 살해당한 일에 책임을 느끼는 것 같더라고요. ……역시 곁에 있어야 했는데."

이윽고 핫토리가 조용히 입을 열었다.

"어젯밤에 제가 드린 말씀 기억하시나요? 범인은 사키미님의 예언에서 벗어나기 위해 자신과 같은 성별을 죽이는 거라고 했죠. 겐자키 씨는 도이로 씨의 죽음에 책임을 느끼고 스스로 희생하기로 결단을 내리신 거 아닐까요?"

남녀가 각각 두 명씩 죽는다는 예언.

도이로와 히루코 씨가 죽으면 분명 여성에 관해서는 예언이 성립되므로 도키노와 핫토리, 그리고 사키미는 안전해지는 셈이다.

자살이 아니라 자기희생.

이 생각에 납득했는지 다들 입을 다물었다. 단 한 명을 제외하고.

"아니야! 누나는 살아 있어!"

준은 분노에 찬 눈으로 어른들을 노려보며 작은 몸으로 힘껏 소리쳤다.

"왜, 왜 좀더 열심히 안 찾아보는 건데요! 거창한 소리만 하면서 속으로는 다들 안심하는 거죠!"

소년의 외침이 예상치 못한 각도에서 모두의 본심을 후벼 판 모양이다. 지금까지 몇 번이나 논박을 펼쳐온 어른들이 아빠 품속에서 날뛰는 소년에게 아무 대꾸도 못 하고 시선을 돌렸다.

나도 준을 똑바로 쳐다보지 못하고 중얼거렸다.

"저도 희생했다고는 생각하고 싶지 않아요. 하지만 범인이 사키미 씨의 예언에서 벗어나기 위해 범행을 거듭하고 있다면, 앞으로 남자를 한 명 더 노릴지도 모릅니다."

"왜, 범인은 여자 아니야?" 오지가 말했다.

"생각해보세요. 도이로가 살해됐을 때의 알리바이와 범행에 걸리는 시간을 고려할 때, 단독으로 범행을 실행할 수 있는 사람은 아무도 없었잖아요. 즉, 범인은 두 명일 가능성이 있어요. 만일 그들이 남녀 두 명이라면 남자 범인은 아직 목적을 달성하지 못했어요."

"그렇다면 더더욱 구키자와의 안부를 확인해야 하지 않을까?"

"설령 무사하더라도 지금 상태로서는 걔가 무슨 짓을 저지를지 몰라. 우리 안전을 우선해야겠지."

오지의 제안에 시시다는 내키지 않아 했다. 나도 동조했다.

"앞으로 하루만 더 참으면 돼요. 괜한 의혹을 피하기 위해서도 경계를 늦추지 말고, 서로 방에 가까이 가지 않는 편이 좋겠죠."

결국 오지도 얌전한 표정으로 내 말에 고개를 끄덕였다.

핫토리가 아침 식사 준비를 마친 듯했지만, 사키미가 독살당할 뻔한 일도 있어서인지 아무도 식사할 생각은 없는 모양이었다. 수량이 한정돼 있지만 주방에 즉석식품을 놓아둘 테니 마음대로 하라는 핫토리의 말에 고개를 끄덕이고 각자 방으로 돌아갔다.

사람들이 돌아간 후, 히루코 씨의 숄에 묻은 진흙을 최대한 털어내고 있는 내게 마지막까지 남아 있던 핫토리가 조심스레 말을 걸었다.

"이런 상황에서 드릴 말씀은 아닐지도 모르지만, 사키미 님과의 면담은 어떻게 하시겠어요?"

완전히 깜박하고 있었다. 하지만 혼자서라도 해야 할 일은 해야 한다.

"지금은 좀 혼란스러워서요. 낮에 부탁드릴 수 있을까요?"

핫토리는 "알겠습니다" 하고 선선히 승낙했다.

"사키미 씨는 말씀을 나눌 수 있으신가요?"

"아직 힘드신 것 같지만, 사키미 님도 이야기를 하고 싶어 하세요. 아마 도이로 씨에 대해 물어보고 싶으신 거겠죠."

"그럼 점심 때 지나서 찾아뵐게요. 여자는 이제 괜찮겠지만, 핫토리 씨도 조심하시고요."

핫토리는 내 염려에 약간 놀란 표정을 짓더니, 말없이 고개를 숙이고 복도 안쪽으로 사라졌다.

이번에야말로 혼자가 되어 내 방으로 향했다. 어스레한 복도에 내 발소리만 울려 퍼졌다.

방에 들어가 문을 닫자마자, 온몸에서 힘이 쭉 빠져 무릎을 끌어안고 웅크렸다.

그 순간 침대 가장자리로 밀어놓은 이불이 생물처럼 꿈틀거렸다.

이불 속에서 검은 머리카락과 반듯한 이마가 쏙 튀어나왔다.

"어땠어?"

히루코 씨가 주저앉은 나를 발그스름하게 부은 눈으로 쳐다보며 물었다.

3

—모두에게 내가 죽은 걸로 하자.

오늘 아침 일찍 내 방을 찾아온 히루코 씨가 입을 열자마자 그렇게 제안했다.

내가 왜 그런 짓을 해야 하느냐고 곤혹스러워하자, 히루코 씨는 울어서 빨갛게 부은 눈으로 호소했다.

“우리는 이미 일촉즉발의 상황에 있어.

처음에는 사키미 씨의 예언을 알고도 자신이 죽을 거라 생각하는 사람이 아무도 없었지. 우스이 씨가 변을 당한 건 사고였고, 사키미 씨가 표적이 된 것도 협박자의 개인적인 원한에 따른 범행이라 생각했어. 그래서 다들 범인을 찾으면서도 사건을 어쩐지 남의 일처럼 느낀 거야.

하지만 이제는 아니야. 초면인 도이로가 살해당하고 범인이 죽음의 예언에서 벗어나려 한다는 동기가 부각됨으로써 자신이 살해당할 위험성을 의식하기 시작했지.”

범인 대 전원이라는 구도가 도이로의 죽음을 계기로 자신 대 범인으로 바뀐 것이다.

“예를 들어 시시다 씨는 예언을 믿지 않는다고 큰소리를 뻥뻥 치지만, 준이 표적이 된다면 정당방위라는 명목으로 남에게 위해를 가할지도 몰라. 예언이나 예지를 믿지 않아도 자신의 몸을 지키기 위해 남을 죽인다. 그게 허튼소리로 들리지 않을 만큼 우리의 의심과 불안은 커졌어.

그러니 다음 희생자가 나오기 전에 범인의 움직임을 봉쇄할 수를 써야 해.”

그 이상의 설명은 뒤로 미루고, 나는 히루코 씨의 지시에 따라 모든 준비를 마쳤다.

그 직후, 핫토리가 내 방을 찾아왔다.

핫토리도 설마 침대 가장자리에 밀어둔 이불 밑에 사람이 있는 줄은 몰랐으리라.

"간신히 해냈어요. 목소리가 떨렸지만."

드디어 긴장에서 해방된 나는 차가워진 양손을 마주 비볐다.

연기는 누구에게도 들통나지 않았을 것이다. 히루코 씨를 잘 따르던 준에게는 미안했지만.

"괜찮을 거야. 난 네 연기력을 믿어. 네가 어떤 식으로 내 실종을 슬퍼했을지 궁금하기는 하다만."

그것만은 제발. 용소를 향해 이름을 부르짖는 장면을 히루코 씨에게 보여줄 바에야 그 자리에서 몸을 던지겠다.

"이거, 죄송해요. 더러워졌네요." 회수해 온 숄과 운동화를 히루코 씨에게 돌려주었다. "서둘러 고안한 것치고는 제법 괜찮은 발자국 트릭이었어요."

내 칭찬에 히루코 씨는 새치름한 얼굴로 고개를 끄덕였다.

"회장님이 평소 해오신 지도가 빛을 본 거겠지. 나도 일단은 미스터리 애호회 회원이니까."

사정을 모르는 다른 사람들은 현장을 보고 놀랐으리라. 폭포로 향한 흔적은 히루코 씨의 운동화 자국뿐. 운동화는 길 제일 끝에 떨어져 있었고, 길 말고 걸어갈 수 있을 만한 곳은 없었다. 높은 암벽 사이의 길은 크게 휘어져 있어 뒷문에서 운동화를 던져도 끝에 다다르기는 불가능하다. 아무리 봐도 히루코 씨가 제 발로 걸어가 용소 앞에서 운동화를 벗고 몸을 던진 상황이다.

우리가 사용한 트릭은 단순하다.

모두가 일어나기 전에 히루코 씨가 발자국을 남기며 용소 앞까지 걸어갔다가 다시 뒷걸음질로 발자국을 밟으며 뒷문까지 되돌아온다. 그리고 운동화 한 짝을 벗어 큼지막한 숄로 감싸고 밑동을 고무 머리끈으로 묶는다. 히루코 씨가 준에게 보여준 십 엔 동전 없애기 마술을 응용한 것이다. 그 숄을 마치 걸어가는 도중에 떨어뜨린 것처럼 뒷문에서 몇 미터 앞쪽의 발자국을 향해 던진다. 작전을 실행할 때 '가을 인형'도 용소에 버렸다.

나머지는 내 소임이다.

모두가 발자국을 발견했을 때, 제일 먼저 달려가서 떨어져 있는 숄을 회수한다. 그리고 발자국을 따라가는 척 다른 사람들보다 한발 먼저 용소로 향하고, 길이 구부러져 모두의 시야에서 벗어났을 즈음 숄에서 운동화를 꺼내 발자국이 끝난 지점에 놓아둔다.

나는 맨손으로 뒷문에서 나왔으므로, 사람들은 설마 내가 운동화를 운반했으리라고 생각지 않을 것이다.

이리하여 우리는 히루코 씨가 죽은 걸로 위장하는 데 성공했다.

히루코 씨가 내 방에 있다는 사실이 들통나지 않도록 복도에 주의를 기울이며 작게 대화를 나누었다.

"이제 됐죠? 왜 히루코 씨의 죽음이 범인의 움직임을 봉쇄할 수 있는지 가르쳐주세요."

히루코 씨는 언제라도 이불 속에 숨을 수 있도록 침대에 걸터앉아 검은색 슬림팬츠에 감싸인 다리를 꼬았다.

"아침에는 설명할 시간조차 아까웠어. 조금 길어질 테니 순서대로 설명해야겠네. 일단 사키미 씨 살인미수 사건에 독이 사용됐다는 사실을 근거로《아틀란티스》편집부에 편지를 보낸 협박자가 우리 중에 있다고 생각했지."

왜 협박자가《월간 아틀란티스》편집부에 사키미와 예언에 관한 정보를 흘렸는지, 또 왜 편집부 사람을 진안으로 불렀는지는 모른다. 다만 편지의 내용상 협박자가 사키미와 요시미의 사정에 정통하며, 예언이 적중하리라 믿고 있다는 건 틀림없으리라.

"하지만 계획성이 보이는 동시에, 협박자는 범죄에 절대 적합하지 않은 클로즈드 서클에서 범행에 임했어. 이건 큰 모순이야."

클로즈드 서클에서 희생자가 생기면 그 안에 있는 누군가가 범인이라는 뜻이다. 나중에 다리가 복구돼 경찰이 개입하면 우리 모두 철저하게 추궁당하리라. 잡힐 위험성이 극히 높은데다, 네 명이 죽는다는 예언의 존재를 알고 있던 협박자가 애당초 진안에 머무르려 할 리 없다.

히루코 씨가 말을 이었다.

"협박자도 우리처럼 우연히 클로즈드 서클에 갇힌 거야. 보통은 살해 계획을 중지하면 그만이겠지만, 이번에는 네 명이 죽는다는 예언이 있지. 예상치 못한 형태로 자신이 죽을 가능성도 존재하는 거야. 예언을 믿는 협박자는 붙잡힐 위험성을 알면서도 독살 계획을 실행했어."

즉, 사전에 독을 준비했을 뿐, 협박자의 입장은 우리와 크게 다를 바 없다는 건가.

여기서 나는 한차례 반론을 시도해보았다.

"협박자가 그런 제약을 전혀 신경 쓰지 않는 인물이라면 어떨까요? 클로즈드 서클이든 뭐든 그저 사람을 죽이고 싶을 뿐이라든가, 예를 들어 붙잡히는 한이 있더라도 사키미 씨와 도이로를 죽이고 싶었다든가."

그러자 히루코 씨는 양손을 들고 희미하게 웃었다.

"그럼 오히려 간단해. 그저 무지막지한 인물이라면 다음 행동을 예측해 봉쇄하기는 무리야. 방에 틀어박혀 있다가 습격해 오면 반격하는 지금의 대처가 옳겠지. 그리고 사키미 씨와 도이로에게만 원한을 품었다면 더이상 희생자가 늘어날 걱정은 없잖아. 경찰이 오기를 기다렸다가 수사를 맡기면 돼."

아아, 그렇구나. 히루코 씨가 죽음을 위장한 목적은 범인이 명확한 의지를 품고서 더 많은 희생자를 내는 것을 저지하는 것. '범인 찾기'와는 별개의 문제다.

"그런데 도이로가 살해당하면서 한 가지 커다란 의문이 생겼어. 살해된 상황으로 보건대 단독범의 소행일 리 없거든."

마안갑이라는 밀실 안에서 일어난 범행, 식당에서 확인한 각자의 알리바이, 살해하고 방을 어지럽히는 데 십 분은 걸렸으리라는 계산. 이러한 요소들을 고려하면 단독으로는 범행이 불가능했다고 볼 수밖에 없다.

"협박자는 처음부터 두 사람이었던 걸까요? 그럼 사키미 씨 독살 미수 사건도 분담해서 실행할 수 있는데요."

독을 탄 사람과 빨간 꽃을 뿌린 사람. 각각 별개의 인물이었다면 설명이 된다. 하지만 히루코 씨는 내 의견을 부정했다.

"만약 그렇다면 협박자 중 한 명은 독을 탈 수 있었던 핫토리 씨나 도이로인 셈이야. 하지만 생각해봐, 두 사람의 혐의를 벗겨줄 만한 증언을 한 사람은 아무도 없었잖아."

구키자와가 분투했지만 결국 도이로는 가장 유력한 용의자로 몰렸고, 핫토리의 혐의를 벗겨준 빨간 꽃에 관한 히루코 씨의 논증은 도이로가 마침 예지 그림을 그렸기 때문에 성립했다. 확실성이 너무 낮다. 협박자가 두 사람이었다면 파트너에게 더 유리하게 증언할 수 있지 않았을까.

"사키미 씨를 노리는 협박자는 한 명이고, 사키미 씨를 독살하는 데 실패한 후 죽음의 예언에서 벗어나기 위해 다른 사람과 손을 잡고 도이로 살해를 계획했다. 즉, 공범을 급조했다고 봐야겠지."

"그렇지만 도이로는 이야기를 하다 보니 연급된 거예요. 공범자들이 세세하게 의논할 여유는 없었을 텐데요."

"복잡한 트릭을 고안하기는 어렵겠지만 작업을 분담하거

나 말을 맞출 시간은 있었을 거야. 예를 들어 우리가 도이로를 방까지 바래다주는 사이라든가, 또는 이렇게."

히루코 씨는 스마트폰을 꺼내 "총에 묻은 지문을 지워"라는 문장을 입력했다.

"화장실 등 미리 장소를 정해두고 메모나 스마트폰으로 메시지를 남겨두면 지시를 전달할 수 있어."

분명 우리 말고 다른 사람들은 한 명씩 화장실에 갔다. 간단한 정보는 주고받을 수 있었다고 봐야 할 것이다.

"범인이 두 명이라면 힘으로 행동을 봉쇄하기는 곤란해. 그래서 예언을 이용해 행동을 봉쇄하기로 했지. 그래서 내가 자살한 걸로 위장한 거고."

"예언을 이용한다고요?"

내가 되묻자 히루코 씨는 손가락을 세 개 세웠다.

"두 명이 협력했다면 범인의 성별 조합은 남자 두 명, 남녀 한 명씩, 여자 두 명 이렇게 세 가지야. 예언에서 벗어난다는 동기를 고려하면 여자인 도이로가 희생됐으니 남자 두 명의 조합은 제외돼."

도이로가 죽어도 남자는 예언에서 벗어날 수 없으니 당연하다.

"다음으로 여자 두 명의 조합. 내가 자살로 위장함으로써 도이로와 합쳐 희생자 두 명이 충족됐지. 따라서 이 경우는 내가 살아 있다는 걸 들키지 않는 한, 살인이 벌어질 위험은 없어."

그렇구나, 하고 감탄했지만 히루코 씨의 말은 아직 끝나지 않았다.

"마지막으로 남녀 한 명씩의 조합. 이 경우 남자는 아직 우스이 씨밖에 죽지 않았으니 한 명이 더 희생될 가능성이 있어."

"아아, 그래서 그런 말을 하라고 시키신 거군요."

아까 사람들과 헤어질 때 나는 '예언대로라면 앞으로 남자가 한 명 더 죽을 것이다' '괜한 의혹을 피하기 위해서도 경계를 늦추지 말고, 서로 방에 가까이 가지 않는 편이 좋겠다'는 취지의 말을 했다. 그것도 히루코 씨의 책략이었다.

"그 충고 때문에 남자 간에 경계심이 높아져 남자 범인이 살인을 실행하기는 힘들어졌죠. 대신에 여자 범인이 손을 써주길 바라겠지만, 살인죄를 한 명분 더 짊어질 거라고 보기는 어려워요."

여자 범인은 히루코 씨가 '사망'함으로써 목적을 달성했기 때문이다. 죽음의 예언에서 벗어난다는 이득을 노리고 맺어진 공범 관계인 이상, 쓸데없는 죄까지 짊어지는 건 어불성설이다.

"대단해요. 정말로 범인들이 행동하기 어려운 상황이네요."

단 하룻밤 사이에, 게다가 도이로가 죽었다는 충격이 가시기도 전에 이런 생각을 해내다니.

하지만 히루코 씨는 기쁜 내색을 하지 않았다.

"아직 수수께끼가 남아 있어. 지금까지의 추리가 옳다면, 범인들은 어떻게 공범 관계를 맺은 걸까."

"그야…… 마음이 맞을 법한 사람을 찾아서, 사키미 씨가 남긴 죽음의 예언에서 살아남으려면 손을 잡는 편이 유리하다고 설득한 게 아닐까요?"

히루코 씨가 검지를 흔들었다.

"상대한테 뭐라고 말할 건데? '나, 예언대로 죽기 싫어서 남을 희생양으로 삼으려고 하는데, 손을 잡지 않을래'라고? 어제 처음 만난 사람한테?"

으아, 그건 어렵겠다.

그렇구나, 상대가 반드시 제안을 받아들일 거라는 확신이 없으면 계획을 밝힐 수 없다. 만약 잘못 점찍었다가는 끝장이다. '에이, 아니야. 농담이라니까!'라는 변명은 안 통한다. 완전히 위험인물로 찍힌다.

내 생각이 전해졌는지 히루코 씨는 만족스럽게 말을 이어나갔다.

"바로 그거야. 공범 관계를 맺는 것 자체가 상당히 위험하다고. 모든 수수께끼를 풀기는 어려울지도 몰라. 하지만 '내 죽음'으로 범인이 다음 행동에 나서기까지 약간 유예기간이 생겼겠지. 이 유예기간을 이용해서 범인을 찾아내 희생의 고리를 끊겠어."

하지만 히루코 씨는 한동안 사람들 앞에 나설 수 없다. 내가 어떻게든 단서를 찾아 와야 한다.

"알겠어요. 뭐부터 조사할까요?"

"도이로가 살해된 현장. 부끄럽지만 어젯밤은 나도 동요해서 방이 어떤 상태였는지 잘 기억이 안 나. 사진으로 찍어 와줄래?"

나는 기운차게 고개를 끄덕였다. 드디어 왓슨다운 역할이 맡겨졌다.

"그럼 히루코 씨는 잘 숨어 계세요. 제가 돌아올 때는 발소리를 크게 낼 테니까, 그렇지 않으면 다른 사람으로 간주하세요."

"하무라." 방을 나서려는데 걱정하는 목소리가 날아들었다. "미안해. 조심해."

범인이 행동하기 힘든 상황을 연출했다고는 하나, 아직 남자가 표적이 될 가능성은 남아 있다.

안전만 생각한다면 히루코 씨와 함께 방에 있어야 할 것이다.

하지만 나는 망설임 없이 "다녀올게요" 하고 방을 뒤로했다.

설령 위험한 줄 알더라도 사건으로부터 등을 돌릴 수는 없다. 그렇게 남을 위해 살다 간 사람을 알고 있으니까.

시각은 오전 9시. 남은 시간 열다섯 시간.

예언에 따르면 앞으로 두 명이 더 죽는다.

사키미의 예언은 빗나간 적이 없다.

4

외부와 완벽하게 차단된 방음실이라 그런지 도이로의 방 근처까지 다가가도 냄새는 새어 나오지 않았다. 설마 안에 총에 맞아 죽은 시신이 있을 줄은 아무도 모를 것이다.

나는 무의식중에 주변에 주의를 기울이며 발소리를 죽이

고 문을 열었다.

그 순간, 방 안에서 강렬한 냄새가 넘쳐 나왔다. 지하는 기온이 낮기 때문인지, 썩은 내라기보다 생생한 피와 살의 냄새다. 불을 켜고 문을 닫자마자 실내는 무서우리만치 정적에 감싸였다. 식당에 있던 사람들 중 누구도 총소리를 듣지 못했을 만하다.

실내에 펼쳐진 광경은 어제와 똑같았다. 방 왼편에 널브러진, 아니, 쓰러진 도이로의 시신과 바닥을 가득 메울 듯이 널려 있는 잡동사니들. 침대 옆쪽 벽에는 손톱자국과도 비슷한 선이 벽재를 후벼 파며 무수히 뻗어나가 방의 참상과 비슷한 그림을 이루었다.

나는 자신도 모르게 빨라진 호흡을 가다듬고 시트에 덮인 도이로의 시신으로 다가가 가만히 합장했다.

히루코 씨에게 받은 지시를 떠올렸다.

히루코 씨는 온 방이 잡동사니로 가득한데도 도이로의 시신 밑에는 아무것도 떨어져 있지 않다는 사실에 주목했다. 그건 폭풍우가 휘몰아친 듯한 방의 참상이 범인과 격투를 벌인 결과가 아니라, 도이로가 총에 맞아 죽은 후 범인의 손으로 만들어졌음을 암시한다.

그럼 범인은 왜 방을 어지럽히고, 도이로의 짐을 흩뿌린 걸까.

사키미 독살 미수 사건 때도 고려했듯이, 범인이 회수하지 못한 단서를 은폐했을 가능성이 있다.

나는 바닥에 무릎을 꿇고 손이 닿지 않도록 조심하며 떨어져 있는 물건들을 하나씩 살펴보았다.

예를 들어 총을 쏠 때, 범인이 착용한 피어스나 콘택트렌즈 같은 작은 물건이 떨어지는 바람에 금방 찾을 수 없어 방을 어지럽혔다든가.

"아니, 오히려 공이 더 많이 들어가려나……?"

불안함을 얼버무리기 위해 혼잣말을 했다.

그때 뒤에서 문손잡이가 찰칵 돌아가는 소리가 났다.

"넵!"

놀란 나머지 누가 말을 건 것도 아닌데 소리 내 대답했다. 문 틈새 너머에서도 "헉!" 하고 굳은 목소리가 들리고, 빨간 머리가 보였다.

"도키노 씨?"

"아아, 너였구나." 도키노는 안도한 표정을 지었지만, 곧장 나를 노려보았다. "이런 데서 뭐 하는 거야?"

나는 머릿속으로 히루코 씨가 행방불명됐다는 설정을 재확인했다.

"방에 가만히 있을 수가 없어서요. 하다못해 범인의 단서가 없을까 조사하던 중이었어요."

그야말로 무리해서 웃는다는 듯이 입매를 누그러뜨렸다. 이 연기가 정답일까.

"뭐, 너무 한 생각에 치우치는 것도 정신 건강에 안 좋으니까."

도키노는 약간 머쓱한 듯하면서도 납득하고 넘어갔다.

"도키노 씨는 어쩐 일로?"

도키노는 손에 작은 꽃다발을 쥐고 있었다. 그녀 나름대로 공양을 하러 온 모양이다.

"이래본들 별 의미 없다는 건 알지만, 그냥 내버려두기는 가엾잖아."

분명히 그렇다. 죽은 사람을 애도하는 건 범인 찾기와 마찬가지로 중요한 일인데, 거기에 생각이 미친 건 도키노뿐이라서 나 자신이 부끄러워졌다.

꽃을 바라보던 나는 문득 도키노의 양손에 변화가 있음을 알아차리고 시선을 멈췄다.

"도키노 씨, 손톱 지우셨어요?"

처음 만났을 때 옷과 똑같이 빨갛게 칠했던 양손의 손톱이 보통으로 돌아왔다.

"어제 낮에. 탐정치고는 관찰력이 별로구나. 그리고 칠했던 게 아니라 네일 팁이었어. 난 옛날부터 손톱이 못생겼었거든."

네일 팁이란 테이프나 접착제로 손톱 모양의 수지 조각을 붙이는, 인조 손톱의 일종이다.

"혹시, 네일 팁을 어디다 떨어뜨리셨어요?"

그러자 도키노는 노골적으로 불쾌한 표정을 지었다.

"떨어질락 말락 하던 게 어느새 없어졌더라고. 뭐야, 그 수상쩍다는 얼굴은. 이 방에 떨어뜨린 네일 팁을 찾으러 온 게 아니냐고 말하고 싶어 입이 간질간질한가 보네."

"어어, 아니…… 맞아요."

"인정하면 어쩌자는 거야." 도키노가 어이없어했다.

얼버무리기 귀찮았다. 그리고 찾지 못한 네일 팁을 감추기 위해서라면 방을 어지른 것도 설명이 될 듯했다.

"그러니까 어제 낮에 잊어버렸대도. 도이로가 살해당했을 때 여기에 떨어졌을 리가 있나. 방해 안 할 테니 어디 한번 실컷 찾아보렴."

거짓말하는 것처럼 보이지는 않았다. 도키노는 시신 곁에 꽃을 놓아두고 양손을 마주했다.

어쨌거나 단서를 찾아야 한다. 다시 바닥에 엎드리는

동시에 도키노가 증거 인멸을 꾀하지 않는지 주의를 기울였다.

잡동사니를 크기순으로 나열하면, 제일 큰 것은 찢어진 시트와 뒤집어진 책상이다. 다음은 도이로의 배낭과 갈아입을 옷가지. 나머지는 세면도구와 필기용품 따위의 자잘한 물건, 벽에 걸려 있었던 시계의 파편일까.

"그나저나 이상하네."

침묵이 싫었는지 문에 기대어 있던 도키노가 중얼거렸다.

"방문 자물쇠는 안쪽에서만 풀 수 있어. 억지로 연 흔적도 없으니까 도이로가 범인을 맞아들인 셈이야."

"분명 긴급사태가 일어났다는 핑계로 열게 했겠죠. 문에 얼굴을 바싹 붙이면 목소리가 간신히 들리니까요."

문손잡이를 돌리거나 문을 두드리면 도이로도 목소리가 들리는 거리까지 다가왔을 것이다.

그때 시신 바로 옆에서 부러진 시곗바늘에 섞여 빛을 반사하는 금속 덩어리가 눈에 들어왔다.

"이거…… 총알일까요?"

앞이 뾰족하지 않은, 엄지손가락 끝부분 같은 모양의 금속이다.

"슬러그탄의 탄체야. 그냥 납덩이."

옛날에 엽총을 가지고 있었던 요시미의 지인이 가르쳐주었다고 한다.

"영화에서 보던 것처럼 뾰족한 좌약 같은 모양이 아니네요."

"그건 주로 라이플에 사용되는 총알이야. 핫토리 씨처럼 짐승을 상대로 사용할 거면 슬러그탄처럼 관통력이 낮은 총알이 낫지."

관통력이 낮다는 말이 마음에 걸렸다.

"수렵용은 관통력이 더 낮다고요? 관통력이 높은 편이 사정거리도 길고, 위력도 강할 것 같은데요."

그러자 도키노는 "아니야, 아니야" 하고 오른손 손바닥을 왼손 검지로 쿡 찔렀다.

"총알은 고속으로 몸속에 침입할 때 생기는 충격파로 피해를 줘. 탄두의 소재와 형태도 영향을 주지만, 관통이 잘 안 된다는 건 몸속에서 충격파로 대량의 에너지를 전달한다는 뜻이야. 그래서 짐승을 잡을 때는 큰 피해를 주기 위해 앞이 뭉뚝해서 관통력이 낮은 총알을 쓰는 거지. 도이로의 몸에 생긴 상처 봤잖아."

도이로의 몸에 그렇게 무참한 상처가 생긴 건, 멧돼지나

곰을 잡을 때 쓰는 총알에 맞았기 때문인가. 흉행의 광경이 머릿속을 스쳐 나는 차가운 손으로 주먹을 움켜쥐었다.

그때 한 가지가 마음에 걸려 도키노를 불렀다.

"하나 부탁드려도 될까요? 제가 방 밖에서 범인 역할을 할 테니 문을 열어주세요."

"그래, 알았어."

내가 복도로 나가자 도키노는 부탁한 대로 문을 열었다.

"도이로를 구슬려 문을 열게 한 범인은 일단 도이로를 밀치든지 해서 안으로 들어갔을 거예요."

"그렇겠지. 문을 열어놓고 쏘면 총소리가 1층까지 울려 퍼질 테니까." 도키노가 고개를 끄덕였다.

"그리고 총구를 들이댄 채 도이로를 벽 앞에 세우고 발포. 도이로는 쓰러졌어요."

"실내 정황상 그렇게 봐야겠지."

다음으로 나는 벽을 가리켰다.

"총알은 도이로의 가슴으로 들어가 왼쪽 등으로 빠져나갔어요. 벽에 튄 피도 그걸 증명해요. 그런데 이상하게도 관통한 총알이 벽에 명중한 흔적이 어디에도 없어요."

도이로의 등 뒤에는 벽이 있었다. 관통한 총알은 반드시 벽에 맞을 것이다.

흰 벽의 표면은 무르다. 색연필로 그림만 그려도 팰 정도다. 그런데도 총알이 명중한 흔적이 없다니 어떻게 된 걸까?

나는 도이로가 서 있는 모습을 상상하며 총알이 빠져나갔을 도이로의 왼쪽 등, 즉 오른편 위쪽 방향을 올려다보았다. 그러자 내 머리보다 약간 높은 위치에 L 자형 후크가 박혀 있었다.

"시계가 걸려 있었던 걸까?"

도키노의 말이 맞다. 기억과도 합치한다. 그렇다면…….

"혹시 총알이 시계에 명중한 건가?"

그렇게 생각하면 의문이었던 몇 가지 사항도 설명이 가능하다.

"시계…… 그렇구나." 내가 하고 싶은 말이 도키노에게도 전해진 모양이다. "도이로의 몸을 관통하면서 탄도가 바뀌어 우연하게도 벽에 걸린 시계를 정통으로 맞혔다, 그거지?"

"그뿐만이 아니에요."

나는 말을 이어나갔다.

"총알이 명중한 순간, 또는 충격으로 바닥에 떨어지면서 시계가 범행 시각을 가리킨 상태로 망가진 거예요. 범인은 그 사실을 감추기 위해 시계를 산산이 부쉈고, 방을 어지럽혀서 은닉을 꾀했어요."

어젯밤 도이로가 방에 간 후, 나와 히루코 씨를 제외한 다른 사람들은 10시 15분부터 자정 사이에 각자 식당을 나섰다. 멈춘 시계 때문에 범행 시각이 드러나면 공범 중에 도이로를 쏜 범인이 밝혀진다. 그게 두려웠던 것이리라.

"방을 어지럽힌 이유는 알아냈지만, 범인은 여전히 알 수가 없구나."

도키노가 속상해했다.

그 이상 단서가 될 만한 건 찾지 못했고, 네일 팁도 없었다. 나는 실내 상황을 꼼꼼히 사진에 담고 도이로의 방을 떠났다.

방으로 돌아가겠다는 도키노와 헤어져 계단으로 향하는데 도키노가 "저기" 하고 나를 불러 세웠다.

"사키미 님과 수수께끼의 기관에 대해 이것저것 알고 싶겠지만, 핫토리 씨는 조심하는 편이 좋지 않을까."

"왜요?"

"그게, 도이로를 죽인 건 여자잖아. 사키미 님은 방에서 나오지 않았고, 나는 범인이 아니야. 남은 건 핫토리 씨뿐인걸. 그리고……."

의외의 말이 이어졌다.

“에리카의 꽃말 알아?” 내가 고개를 젓자 도키노는 긴 머리를 쓸어 올리며 말했다.

“스낵바의 마담이 꽃을 잘 알거든. 늘 잡다한 지식을 떠들어대서 기억해. 품종과 색깔에 따라 몇 가지가 있지만, 에리카의 주된 꽃말은 배신, 고독, 쓸쓸함.”

내 눈이 동그래지자 도키노는 가학적인 눈웃음을 지었다.

“알겠니? 그 사람은 사키미 님이 모른답시고 그런 꽃을 온 건물에 장식해놓은 거야. 순종하는 척하지만 뱃속으로는 무슨 생각을 하는지 모를 일이지.”

도키노와 헤어진 후 나는 현관 옆의 펠트 인형을 보러 갔다.

오늘 아침에 히루코 씨의 자살을 위장하면서 단풍잎으로 장식된 가을 인형을 용소에 버렸으므로 이제 남은 것은 하나였다. 겨울 인형은 홀로 오도카니 앉아 있었다. 범인이 행동하지 않는다는 근거는 아니지만, 조금 안심됐다.

기왕 왔으니 산탄총을 보관한 로커도 조사해두는 편이 좋을까. 사무실 문에 손을 대려다가 나중에 감식반이 조사할지도 모른다 싶어 문손잡이를 옷소매로 감싸고 살짝 돌렸다.

세 평 정도 크기의 사무실로 들어가자 접수창구 앞에 사무용 책상이 놓여 있는 걸 제외하면 책장 하나 없이 텅 비어 있었다. 방구석에는 산탄총을 보관했던 청소 도구함이 있었다.

접수창구 반대편 벽에 문이 하나 보였다. 열어보니 사무실과 비슷한 크기의 창고였다. 창고에는 페인트와 니스 같은 도료통, 비료 포대가 얹힌 나무 선반장이 자리를 잡고 있었다. 핫토리가 이사 온 게 오 년 전이라니까, 그전부터 방치되어 있는 물건도 많을 듯했다.

바닥을 둘러보다가 선반장 밑에 조그맣고 빨간 조각이 떨어져 있는 걸 알아차리고 발을 멈췄다.

"도키노 씨의 네일 팁?"

왜 이런 곳에. 도키노가 창고에 들어온 걸까. 설마 산탄총을 훔치러 온 게 아닐까 의심했지만 로커는 사무실에 있다.

나는 눈앞에 있는 선반장의 제일 아래쪽 문을 열었다.

거기에는 학교 과학 준비실에서 흔히 볼 수 있는 어두운 빛깔의 유리병이 있었다. 변색된 라벨에는 "아비산"이라고 적혀 있었다.

혹시 사키미의 찻잔에 들어 있던 독은 이것 아닐까.

도키노는 독의 존재를 알고 있었다……?

무심결에 주변에 인기척이 없다는 걸 확인한 후, 나는 창고를 나서서 재빨리 방으로 향했다.

도키노가 범인이라고 확정된 건 아니다. 하지만 마음만 먹었다면 아까 나를 죽일 수도 있었으리라.

등골을 내달리는 한기를 느끼며 다시 한번 강하게 자각했다.

죽임을 당하기 전에 이 사건의 진상을 밝혀내야 한다.

5

2월 2일

이 같은 궁지에 몰릴 줄은 몰랐다.

아무리 발버둥 쳐도 사키미가 예언한 미래를 피할 수 없다.

예언 중에는 일본 역사에 남을 만한 대사건도 있었다.

H시 근교에 항공기가 추락하는 사고로 일흔 명 가까운 승무원과 승객이 전원 사망.

I현 상공에서 여객기와 자위대기가 충돌해 160명이 넘는 사

망자가 나왔다.

어떤 사고든 사전에 기관의 힘을 최대한 동원해 대책을 강구했다. 하지만 막을 수 없었다. 분명 만반의 대책이었다. 그러나 사소한 착오, 이해 불가능한 인적 과오, 천문학적인 확률의 불운 등이 겹쳐 예언과 같은 결과가 나온다. 마치 사키미의 예언은 신의 계시라는 듯이.

얄궂게도 사키미의 예언은 내 연구의 가장 큰 장애물이 되고 말았다.

사키미는 변함없이 우리의 지시에 순종적이고, 대인 관계가 좋아 연구원들과 양호한 관계를 유지중이다.

하지만 책임자인 내게는 비난의 목소리가 날아들었다. 얼른 재능의 한계를 인정하고 다른 사람에게 연구를 넘겨야 한다는 것이다. 누구보다도 먼저 사키미의 예언을 접하면서 천 명이 넘는 사람들을 죽도록 내버려두었으니 당연하다. 그들 말마따나 마다라메 기관이라면 나보다 우수한 연구자를 준비할 수 있을 것이다.

오카마치 군이 그런 목소리를 억누르기 위해 분주하게 노력하고 있지만, 연구원들과의 대립은 나날이 극명해지고 있다.

안다. 내 잘못이다. 그래도 연구에서 물러날 생각은 없다.

사키미와 나를 이어주는 끈은 연구뿐이다.

이제 나는 예지 능력을 해명하기 위해서가 아니라 사키미 곁에 있기 위해 연구를 하고 있다.
연구자의 명성, 인간의 가능성, 그리고 연모하는 여인.
무엇 하나 놓칠까 보냐.
이 연구만 잘 풀리면 전부 해결된다.

2월 15일
마침내 큰일이 터졌다.
사키미가 이번 달 상순에 O현 I군에서 대량 살인이 발생하리라고 예언한 것이 원인이다.
하지만 I군에서 사키미가 지정한 지역은 인가가 전혀 없는 곳이었다. 그런 지역에서 대량 살인이 발생하리라고는 도저히 믿기지 않아 마지막까지 사건을 저지할 방책을 강구하지 않았다.
이번만은 사키미의 예언이 틀린 것 아닐까 안절부절못하는 마음으로 하루하루를 보내던 중, 어제 기관의 상사에게 소환돼 놀랄 만한 사실을 들었다.
O현에 있는 마다라메 기관의 연구 시설에서 중대한 사고가 발생해 수십 명의 사망자가 나왔다는 것이다.
문제는 사고 현장이 마다라메 기관에서도 극히 일부의 인원

밖에 모르는 극비 시설이며, 정부 주도로 연구를 진행하고 있었다는 것이다. 게다가 엎친 데 덮친 격으로 마침 현장에 있던 정부의 밀사도 사망했다고 한다. 사키미가 예언한 참극에 의해 마다라메 기관은 정부의 신용을 크게 잃어, 아슬아슬하게 균형을 유지하던 입장이 난처해졌다.
사고라고 설명했지만, 사키미는 대량 살인이라고 예언했다.
대체 어떤 참극이 일어났단 말인가.

2월 20일
결국 기관은 사키미를 위험시하기 시작했다. 그녀의 능력은 더이상 제어하기 불가능하다는 것이다.
나에 대한 공격도 거세져 오카마치 군은 지난주에 반대파 연구원과 폭력 사태를 일으켰다. 사키미는 예전과 다름없이 고분고분한 태도로 연구에 협력해주고 있지만, 연구원들의 마음은 이미 떠났다.
"정말로 재앙을 모면하고 싶다면 지금 당장 그 여자의 혀를 뽑고 입을 꿰매는 게 나아."
"당신이 있으면 민폐야. 연구를 계속하고 싶으면 그 건방진 여자를 데리고 다른 곳으로 가."
개중에는 그런 말을 내뱉는 사람도 있었다.

"놈들은 이 연구의 가치를 시기하고 있는 겁니다. 남의 발목 밖에 잡을 줄 모르는 멍청한 놈들."

오카마치 군의 분노는 나를 향한 것이었는지도 모른다.

이런 상황에서 또 다른 문제가 생겼기 때문이다.

사키미에게 아이가 생겼다. 우리의 아이.

임신이 사키미의 능력에 어떤 영향을 줄지 완전히 미지수다.

사키미의 일족 중에는 출산을 계기로 능력을 잃은 사람도 있다고 한다. 나는 내 손으로 희대의 예지 능력을 없애버리는 것 아닐까.

하지만 내 아이를 가졌음을 진심으로 기뻐하는 사키미에게 그런 말은 못 한다.

무엇보다 스스로도 정말 놀랐지만.

나 역시 우리 아이의 탄생을 바라마지않는다.

10월 16일

오늘 사키미가 출산했다. 건강한 여자아이이다.

연구는 진전 없음.

10월 30일

아이는 현재 순조롭게 성장하고 있다.

극히 제한된 축복밖에 받지 못한 우리 아이가 측은한 한편, 사키미와 나를 이어주는 새로운 끈이 생겨서 기쁘다.

이름은 구미. 평생 아름답기를 바라는 마음을 담았다.

최근 기관에서는 연락이 없다. 형세가 바뀐 걸까?

아니면 결국 버림받아 연구를 중단해야 할 날이 다가오고 있는 걸까.

사키미의 몸 상태가 안정된 걸 기회 삼아 연구소와 내 상황을 토로하자 뜻밖에도 사키미는 명랑한 표정을 지었다.

"괜찮아요. 함께 있을 수만 있다면 저는 어디서든 쓰토무 씨의 연구에 동참할게요."

출산 이후 사키미는 기도를 드리지 않았다. 본인 말로는 아마 능력에 문제는 없을 것이라고 한다.

만약 여기를 떠나게 된다면 어디로 갈까 묻자 바다 근처가 좋겠다며 눈을 반짝였다.

그간 사키미는 산속에서만 살았다. 바다 냄새를 맡으며 셋이서 새로운 생활을 시작하는 것도 나쁘지 않을지 모르겠다.

그렇게 말하자 사키미는 아이에게 뺨을 부비며 "약속이에요. 꼭 데려가주세요" 하고 웃었다.

그걸 보자 가슴속에 생각지도 못한 불안이 솟았다.

앞으로도 사키미는 계속 미래를 볼 것이다.

그런데 만에 하나 그녀가 우리 아이의 죽음을 예언한다면. 누구도 결과를 뒤집을 수 없다. 나도, 사키미 본인도 불가능하다.
각오는 되어 있나? 앞으로도 사키미의 예언과 함께 살아갈 각오가.

11월 3일
공안이 연구소를 조사 대상으로 점찍었다는 연락이 왔다. 게다가 며칠 안에 수색이 들어올 예정이라고 한다. 너무 급박하다.
기관에서 떨어진 철수 명령에 나는 경악했다.
사키미는 연구소에 남겨두고 딸만 데려가라는 것이다.
철수라니까 기관이 초능력 연구 자체를 중단할 작정은 아닌 모양이다. 하지만 사키미 없이는 연구를 계속할 방도가 없지 않은가.
기관은 놀랄 만한 답변을 주었다.
"사키미의 혈통이 각자 다른 예지 능력을 지닌다면, 언젠가 그 아이로 연구를 재개할 수 있을지도 몰라. 재앙만 퍼뜨리는 아이 엄마는 이제 필요 없어."
지금까지 연구가 중단되지 않은 이유를 마침내 알았다.

그들은 연구를 포기할 생각이 없었다. 나보다 훨씬 더.
사키미 대신 구미를, 그리고 언젠가는 구미의 아이도 이용할 작정이었던 것이다.
웃기지 마라. 역시 나는 틀렸다.
인간은 이런 꽉 막힌 상자 속이 아니라 자신의 두 다리로 살아갈 곳을 찾아야 한다.
이번 일을 기회로 마다라메 기관에서도 달아나자.
하지만 어쩌면 좋을까?
공안이 철수하려는 움직임을 알아채지 못하도록 요시미 주민의 협력을 받아 몇 명씩 차로 읍내까지 나가는 것이 기관의 계획이다. 주민들은 사키미의 얼굴을 모르겠지만, 계획보다 많은 사람이 차에 타면 들통날지도 모른다. 그러면 기관이 나와 딸을 떼어놓을 위험성도 있다.
나는 남자로서, 아버지로서 어떻게 해야 할까.
—꼭 데려가주세요.
그녀와 나눈 약속이 머릿속에 울려 퍼졌다.

11월 6일
고민에 고민을 거듭했지만 그녀를 남겨두고 갈 수밖에 없다.
최대한 돈을 박박 긁어모아 요시미 주민에게 주고 그녀를 잘 돌봐달라 부탁했다. 설령 문제가 발생하더라도 예언의 힘을 보여주면 살아갈 수 있으리라.

약속을 지키지 못한다는 것이 가슴에 사무친다.

미안하다. 정말로 미안하다.

6

일부러 조금 크게 발소리를 내며 방으로 돌아가자 히루코 씨는 침대에 무릎을 세우고 앉아 도이로에게 받은 연구 노트를 읽고 있었다. 마침 수기 끝부분, 도이로 쓰토무가 요시미를 떠나는 곳까지 읽은 모양이었다. 사키미와 도이로가 한 핏줄이라는 확신을 주는 부분이다.

밤새 이런저런 생각을 하느라 쌓인 피로가 이제야 몰려오는지 히루코 씨의 눈은 조금 졸려 보였다.

"어서 와. 무사해서 다행이야."

나는 도이로의 방에 특별히 수상한 물건은 떨어져 있지 않았다는 것, 벽과 천장 어디에도 총알 자국이 없었다는 것, 시계에 총알이 명중해서 망가진 듯하다는 것을 보고했다. 도키노가 알려준 슬러그탄의 특성과, 창고에서 도키노의 네일 팁과 아비산을 발견한 것도 덧붙였다.

관찰력이 뛰어난 히루코 씨는 네일 팁 이야기를 듣자 "아아" 하고 고개를 끄덕였다.

"분명 도키노 씨는 어제 저녁 먹을 때 이미 맨손톱이었어. 목욕하느라 뗀 줄 알았는데 하나 잃어버린 거였구나."

"남의 손가락까지 잘 보시는군요."

"꼼꼼히 주의를 기울여주지 않으면 여자는 상처받아."

나는 무심코 히루코 씨의 손가락을 확인했다.

"히루코 씨는 그대로도 예뻐요."

"고마워. 가능하면 평소에도 그렇게 입 밖에 내서 표현하도록 해."

죄송해요, 저한테는 무리예요.

히루코 씨는 농담은 그만두고 진지한 표정으로 생각에 잠겼다.

"사키미 씨가 먹은 독극물이 아비산인지 아닌지는 검사해보지 않으면 몰라. 하지만 사키미 씨는 차를 마시자마자 혀에 자극을 느꼈다고 했어."

"아, 그렇구나. 아비산은 무미무취죠."

비소는 추리소설에서도 1, 2위를 다툴 만큼 자주 사용되는 독극물로, 혼입됐음을 알아차리기 힘든 것으로 유명하다. 게다가 도키노에게는 찻잔에 독을 탈 기회가 없었다.

내가 너무 깊이 생각한 걸까.

"창고에서 그것 말고 또 찾은 건 없어?"

"네, 딱히."

"정말? 아무것도?"

히루코 씨가 미심쩍다는 얼굴로 확인했다. 내가 뭔가 이상한 말이라도 한 걸까. 마음에 걸렸지만 히루코 씨는 더이상 아무 말도 않고 화제를 바꾸었다.

"그나저나 벽과 천장에 총알 자국이 없었다는 건 의외네. 없다는 걸 알아차리다니 제법이야. 이건 아주 중요한 단서일지도 몰라. 과연 신코의 왓슨다워."

히루코 씨가 칭찬해주자 순수하게 기뻤다. 평소에 해오던 메뉴 맞히기의 성과일까.

"그런데 도이로가 벽에 그림을 그렸다면, 도이로는 얼마 지나지 않아 누군가 총에 맞아 죽을 줄 알고 있었던 셈이야. 하무라가 도이로의 입장이라면 누가 찾아왔을 때 문을 열어주겠어?"

"아."

분명 맹점이었다. 도이로가 지금까지처럼 미래를 예지해 그 그림을 그렸다면, 누구보다도 빨리 위험을 알아차렸을 것이다. 잘 구슬려서 문을 열게 하기는 힘들다.

아니, 하지만 그걸 역이용한다면…….

"이런 건 어떨까요? 범인은 도이로에게 이렇게 말한 거예요. '큰일 났어. 하무라가 구키자와를 총으로 쐈어. 하무라는 이미 제압했으니까, 빨리 가자' 라고요."

범인은 도이로를 쏴 죽일 계획이었다. 그 광경을 도이로가 예지했을 것도 예상하고 일부러 총격이 벌어졌다고 말한다. 도이로는 예지가 적중했다는 생각에 감쪽같이 속아 넘어가서 문을 열지 않을까.

히루코 씨는 왠지 수상쩍다는 눈으로 나를 보았다.

"머리가 엄청 잘 돌아가네. 혹시 평소부터 그런 수법을 능수능란하게……."

"아니에요!"

아무튼 범인은 도이로를 잘 구워삶아서 문을 열게 하고 쏴 죽였다.

도이로의 몸을 관통한 총알이 벽에 걸린 시계를 망가뜨려 시간이 멈춘다.

"시계가 벽에 그대로 걸려 있었는지 바닥에 떨어졌는지는 분명치 않아. 어쨌거나 시신 부근에서 시계가 망가졌다면 누가 보기에도 총에 맞은 걸로 보일 테니 범행 시각이 들통나."

그래서 범인은 시간을 읽을 수 없도록 시계를 박살 내고, 시계에서 우리의 시선을 돌리기 위해 온 방을 어질렀다. 나뭇잎을 나무에, 나무를 숲에 숨긴 셈이다.

이로써 현장의 불가해한 점은 전부 설명된 것처럼 보였다.

그런데 히루코 씨의 입에서 충격적인 말이 나왔다.

"하지만 이 추리, 근본적인 부분이 잘못됐어."

"잘못되다니 어디가요?"

"총알이 명중해서 시계가 멈췄다는 부분. 시계가 범행 시각을 가리킨 채 멈췄다고 해도, 시곗바늘을 돌리면 그만일걸."

단순한 지적에 나는 머리를 감싸 안았다. 왜 그런 걸 생각 못 했을까.

범인은 집요하게 시계를 박살 낼 필요가 없었다. 그렇다면 방을 어지럽힌 이유도 성립하지 않는다.

히루코 씨는 나를 두둔하듯 말을 이었다.

"하지만 벽이나 천장에 총알 자국이 없었던 건 사실이니까, 시계에 총알이 명중한 건 틀림없어. 문제는 시곗바늘을 돌리면 그만인데, 범인이 굳이 시계를 산산조각 낸 이유가 무엇이냐……. 지금은 사키미 씨와의 면담이 먼저인가."

시간을 확인하는 히루코 씨의 얼굴에 어두운 그늘이 졌다. 연구 노트의 마지막 부분, 도이로 쓰토무와 사키미가 맞이한 결말이 생각난 것이리라.

도이로 쓰토무는 아이를 데리고 마다라메 기관에서 달아났다.

사랑하는 사람에게 배신당하고 갓 태어난 아이와도 생이별한 사키미의 마음이 어땠을지는 이해가 가고도 남는다. 고향이며, 마다라메 기관의 연구소며, 특수한 환경에서만 지냈던 사키미는 이제 와서 바깥세상에서 살아갈 방법도 몰라 '상자' 안에서 살아가는 수밖에 없었으리라.

그렇게 희대의 예언자 사키미는 요시미 주민들에게 경원시되며 반세기를 이 마굴에서 보내다 누군가에게 살해당할 뻔했다. 너무나 비참한 인생 아닌가.

아까 도키노에게 들은 꽃말이 생각났다.

배신, 고독, 쓸쓸함.

에리카의 꽃말은 그야말로 사키미의 인생 그 자체다.

연구 노트에 적힌 내용과 도이로와의 관계 등, 사키미에게 확인하고 싶은 점이 많지만 무엇 하나 즐거운 이야기가 될 것 같지는 않았다.

"그거랑, 걸리는 부분이 하나 더 있었는데."

이미 어제 읽은 페이지를 히루코 씨가 펼쳤다.

"첫머리에 나왔던 실험 대상자의 이름. 강령술의 미야노 도지로. 다우징의 기타카미 하루. 그다음에 있는 간키치 말인데, 성을 뭐라고 읽는지 알아?"

나는 고개를 저었다. 별로 신경 쓰지 않고 넘겨 읽었던 부분이다.

"이 한자는 '엔주'라고 읽어."

과연 문학부인 만큼 한자에 강하다.

그런데 엔주. 어디서 들어본 것 같은데. 머릿속에서 어린 아이의 목소리가 되살아났다.

—아빠는 할아버지랑 똑같은 엔주였지만 결혼하고 시시다로 바뀌었다고 했어요.

혹시. 이건 그렇게 흔하지 않은 성씨다.

"시시다 씨의 아버지도 성씨가 엔주였죠."

"게다가 시시다 씨는 이혼 후에도 원래 성으로 돌아오지 않았어. 어쩌면 뭔가 감추고 싶은 사정이 있는 건지도 모르지."

우리 앞에서는 초능력의 존재를 완고하게 부정하는 시시다. 만약 그의 친족이 마다라메 기관의 연구에 참여했다면. 그가 여기에 온 건 정말로 우연이었을까?

7

정오가 가까워지자 식당에 준비된 즉석식품으로 식사를 준비해 방에 가져와서 히루코 씨와 나누어 먹었다.

그러고 나서 사키미를 만나러 핫토리의 방에 갔다. 이번에는 핫토리도 동석해서 이야기를 하기로 했다.

어제 저녁에 독살당할 뻔한 후, 몸 상태가 안정되었다고 들었지만 주름에 덮인 사키미의 얼굴에는 피로한 기색이 역력했다. 반듯이 누운 사키미가 고개를 살짝 기울이고 그르렁거리는 목소리로 말했다.

"자네도 참 안됐군."

히루코 씨가 죽었다고 핫토리에게 들은 것이리라. 나는 얌전한 표정으로 고개를 숙였다.

"쯧쯧, 이런 늙은이도 살아남았는데 둘 다 그렇게 젊은 나이에 세상을 떠날 줄이야."

두 사람이 안쓰러운지 지금까지 느끼지 못했던 애절함이 사키미의 목소리에 묻어났다.

"사키미 씨, 저희는 도이로가 미래의 광경을 그리는 걸 몇 번이나 봤어요. 도이로는 당신처럼 예지 능력자였던 게 아닐까요?"

사키미 곁에 꿇어앉은 핫토리도 가만히 귀를 기울였다.

몇십 초의 침묵 후, "……그래"라는 긍정의 말이 새어 나왔다.

"그 아이의 엄마는 일찍이 나와 도이로 쓰토무라는 연구자 사이에서 태어난 아이야. 즉, 그 애는 내 손녀야."

사키미에게 아이가 있었다는 사실을 처음 알았는지 핫토리의 눈이 휘둥그레졌다.

"하지만 이미 반세기 가까이 가족과 떨어져 지내셨잖아요. 그 연구자…… 도이로 쓰토무와는 연락을 취하고 계셨던 건가요?"

내 질문에 사키미는 힘없이 고개를 저었다.

"그는 아이가 태어나고 얼마 지나지 않아 여기를 떠났어. 이제 다시는 아이를 못 볼 거라 체념했지. 하지만 나이가 들수록 그들이 어디서 어떻게 살고 있는지 궁금해지더라고."

그때는 아직 핫토리가 요시미로 이사 오기 전이라 사키미에게는 의지할 만한 사람이 없었다. 그래서 사키미는 기관이 남기고 간 돈을 써서 어떤 주민에게 사람 찾기를 의뢰했다.

"그가 도키노의 아버지야. 내가 보기에도 주민들 사이에서 겉돌던 사람인데, 아무래도 내내 돈에 쪼들렸는지 다른 주민들 같으면 무서워서 들은 척도 안 할 내 제안을 덥석 받아들였지."

"도키노 씨도 아버지의 낭비벽 때문에 고생했어요." 핫토리도 동의했다.

사키미는 실적 있는 탐정 사무소에 도이로 쓰토무의 거주지 조사를 의뢰하는 중간 다리 역할을 도키노의 아버지에게 부탁했다.

조사에 시간이 걸리리라 각오했지만, 예상과 달리 도이로 쓰토무가 사는 곳을 금방 찾아냈다고 한다.

"어쩌면 지인을 통해 마다라메 기관이 해체됐다는 걸 알고 있었을지도 모르지. 그는 본명으로 살고 있었어. 새로운 세상에서 다른 여자와 결혼했고, 헤어질 때 아직 갓난아기였던 딸도 이미 배필을 찾았지."

다행인지 불행인지, 딸에게는 예지 능력이 발현되지 않았다.

하지만 사키미 집안의 예지 능력은 원래 격세유전되는 경향이 강하다. 더 자세한 조사를 의뢰하자, 아니나 다를까 손녀인 도이로 마리에가 초등학생 때 괴이한 일을 겪었음이 밝혀져 사키미는 예지 능력이 대를 이어 유전되었다고 확신했다.

"당신은 도이로의 예지 능력에 관해서도 알고 계셨던 거로군요."

"나처럼 되지 않기만을 바랐지."

사키미가 멀리서 도이로를 걱정하면서도, 진짜 할머니라고 나서지도 못한 채 몇 년이 흘렀다.

"야스코가 오고 이 년쯤 지났을 무렵인가."

"도키노 씨의 아버지가 돌아가신 거 말씀이시군요."

사키미의 말을 이어받아 핫토리가 설명했다.

"그해 사키미 님은 오본• 기간에 누군가 곰에 습격당해 죽을 거라 예언하셨어요. 물론 주민들은 예언을 두려워해 오본 기간 동안 외출을 삼가고 성묘조차 가지 않았죠. 하지만 도키노 씨 아버지는 혼자 성묫길에 나섰다가 곰에게 습격당해 시체로 발견됐어요."

나는 그 이야기가 의아했다.

"그는 왜 예언을 무시했나요? 사키미 씨의 예언을 신봉했을 텐데요."

"모르겠어. 그 무렵에는 더이상 중간 다리 역할도 부탁하

• 매년 양력 8월 15일을 중심으로 지내는 일본의 가장 큰 명절.

지 않아서 그와 만날 일이 없었으니까."

"주민들 사이에서는 딸인 도키노 아키코 씨가 일부러 사키미 님의 예언을 아버지에게 전하지 않은 게 아니냐는 소문이 돌았어요. 아까도 말했듯이 그는 요시미에서 겉돌던 터라 도키노 씨가 대신 이웃과 어울렸거든요."

단둘이 살면서 아버지의 낭비벽에 시달렸던 도키노. 도키노는 아버지의 죽음을 계기로 요시미를 떠나 새로운 생활을 시작했다. 그 계기는 도키노가 의도한 것이었을까.

"젊었을 때는 딸만 데리고 간 쓰토무 씨가 몹시 원망스러웠지만…… 이제는 그 마음도 이해가 가. 이 힘은 많은 사람들을 불행하게 만들었어. 사람은 미래를 알기를 바라지 않아. 설령 거짓말일지라도 희망을 전해주길 바라지. 절대 뒤집을 수 없는 예언 따윈……."

"그건 아니에요." 핫토리가 열띤 어조로 호소했다. "누군가의 죽음을 예언하더라도, 그 예언 덕분에 저처럼 구원받는 사람도 있는걸요."

"야스코 같은 사람은 소수야. 이제 예언자가 필요한 시대가 아니라고. 하지만……."

힘을 잃은 것처럼 보였던 고목 같은 손가락이 이불을 꽉 움켜쥐었다.

"그래도 나는 당시 버려졌다는 걸 알면서도 쓰토무 씨를 믿었어. 아니, 믿고 싶었던 거겠지. 인정하면 정말로 우리 관계가 끝나버릴 것 같았거든. 그래서 이 상자 속에서 계속 기다렸어."

"사키미 씨……." 사키미가 참으로 가엾다는 기분에 젖어들었다.

"하지만 지켜지지 않았지, 나를 데리러 오겠다는 약속은. 어제 그 아이한테 쓰토무 씨가 죽었다는 말을 듣고 어쩐지 기운이 쭉 빠졌어."

여기에도 특수한 능력 때문에 불행을 짊어진 사람이 있다.

도이로의 모습과 겹쳐서인지 사키미가 더이상 무섭게 느껴지지 않았다.

"사키미 씨, 앞으로 무슨 일이 일어날지 뭔가 아는 건 없으세요?"

사키미는 고개를 젓는 대신 힘없이 눈을 감았다.

"요즘은 기도도 뜻대로 되지 않고, 미래에도 흥미가 없어졌어."

이야기가 끝난 후, 이 방의 구조를 조사해보면 안 되겠느냐고 핫토리에게 부탁했다. 나는 마뜩잖은 표정을 짓는 핫토리에게 의도가 무엇인지 솔직하게 설명했다.

도이로가 총에 맞아 죽은 어젯밤, 식당에서 문이 훤히 보이는 핫토리의 방에서 사키미는 한 번도 나오지 않았다. 핫토리도 마지막에 오 분 정도만 방에서 나와 있었으니 단독으로 도이로를 죽일 틈은 없었을 것이다.

하지만 이 방 어딘가에 비밀 공간이 있어 식당에 있었던 사람들 몰래 밖으로 나갈 수 있다면 이야기는 달라진다. 만약 그렇다면 사키미와 핫토리는 도이로를 죽일 시간이 충분했던 셈이다. 두 사람의 결백을 증명하기 위해서는 비밀 공간의 존재가 부정되어야 한다.

핫토리는 불만스러워 보였지만 누워 있는 사키미를 배려한다는 조건으로 부탁을 받아주었다.

여성의 방을 조사하려니 긴장됐지만, 평소 요시미에서 오가는 까닭에 자고 가는 일이 없는지 핫토리의 개인 물품은 거의 눈에 띄지 않았고 비밀 공간이 없다는 확신도 금방 얻었다.

조사하는 김에 허락을 받아 사키미의 방도 조사하기로 하고, 나는 핫토리와 함께 방을 나섰다.

사키미의 방에는 어제 사키미가 쓰러졌을 때와 똑같이

혼란스러운 흔적이 고스란히 남아 있었다. 개중에서도 다다미 여기저기 흩어진 작고 빨간 꽃과 잎이 특히 눈에 띄었다. 쓰러진 꽃병에 꽂혀 있던 것이 아니라, 우리가 방에 들어갈 때 발에 붙어 온 복도의 에리카다.

나중에 청소할 생각이 났는지 문간에서 핫토리가 작게 한숨을 쉬었다.

나는 핫토리의 방에서처럼 비밀 공간을 찾기 시작했지만, 감시하듯 뒤편에서 가만히 날아드는 시선이 부담스러워 말을 꺼냈다.

"핫토리 씨는 친척에게 사키미 씨의 이야기를 듣고 도쿄에서 이사 오셨다면서요. 뭔가 특별한 사정이라도 있으셨나요?"

방에 남겨두고 온 사키미가 걱정되는지 힐끔힐끔 복도를 살피며 핫토리가 대답했다.

"도키노 씨와 똑같아요."

무슨 뜻일까.

"도쿄에서 일하던 시절에 격무에 시달린데다 성격이 안 맞는 상사도 있어서, 몸과 마음이 완전히 지친 나머지 살아갈 의미를 잃어버렸어요."

핫토리는 옛날부터 부모님과 사이가 좋지 않아 본가에도

돌아갈 수 없는 상황이었다고 한다. 그러던 어느 날, 소식이 거의 없던 숙부가 이상한 연락을 주었다. 며칠 동안 어느 지역에는 가지 말라는 것이다.

그곳은 핫토리가 휴일에 자주 가는 상점가가 있는 지역이었다. 뜬금없이 무슨 소리인가 싶었지만, 어쩐지 찜찜해서 외출할 마음이 들지 않았다고 한다.

다음 휴일, 그 상점가에서 무차별 살상 사건이 발생했다. 용의자는 대형차를 몰고 인도로 올라가 지나가던 사람들을 차례차례 치었다고 한다. 희생자 중에는 핫토리가 싫어하던 상사도 있었다.

"단순한 우연일 리 없다는 생각이 들어서 숙부한테 그때 한 말은 뭐였냐고 따져 물었죠. 그러자 요시미에 살던 시절 이웃이었던 사람이 알려줬다는 거예요."

더 자세하게 캐묻자 예언을 하면 반드시 적중한다는 사키미에 대해 말해주었다. 숙부는 예언에서 언급된 지역 근처에 사는 조카가 혹시나 사건에 휘말릴까 봐 연락을 주었다고 한다.

"사키미 님의 예언 덕분에 저는 사건에 휘말리지 않았고, 고민거리였던 상사도 죽었어요. 제가 얼마나 사키미 님께 고마워했을지 아시겠어요?"

그후 사이가 좋지 않았던 부모님이 병으로 잇달아 세상을 떠났다. 핫토리에게는 고액의 보험금이 지급됐다. 사키미를 내심 사모하고 있었던 핫토리는 그걸 계기로 일을 그만두고 요시미로 이사 왔다고 한다.

"도키노 씨도 아버지가 돌아가신 걸 속으로는 기뻐할 거다, 그런 말씀이신가요?"

"물론이죠. 유일한 육친이 그렇게 작고했는데도 장례식에서 눈물 한 방울 흘리지 않았다고 요시미에서 소문이 파다했는걸요."

"그렇군요."

나는 말을 흐렸다. 도키노는 진심으로 사키미를 두려워하는 것처럼 보이는데.

어쩌면 도키노는 아주 사소한 충동에서 아버지에게 예언을 알리지 않았는지도 모른다. 한번 놀라 보라는 마음으로. 그런데 아버지는 밖에 나갔다가 예언대로 곰에게 죽고 말았다. 도이로는 지금도 죄의식으로 괴로워하고 있는 것 아닐까. 요시미를 떠난 것도 그게 이유일지 모른다.

핫토리는 결연하게 말했다.

"분명 사키미 님의 예언은 누군가의 죽음을 무자비하게 결정하는지도 몰라요. 하지만 누군가가 죽음으로써 구원을 받거나 행복해지는 사람이 있다는 것도 부정할 수 없는 사실이에요."

핫토리의 주장에 뭐라고 대답해야 할까 망설이는 사이에 벽장 조사를 마쳤다. 이어서 다다미를 조사하며 방 안쪽으로 이동하자 작은 옷장 뒤편, 다다미 테두리와 벽 사이의 아주 좁은 틈새에 하얀 물체가 끼어 있었다.

살짝 뽑아내자 약 포장지 같은 얇은 종이였다. 작게 접은 종이에 뭔가가 감싸여 있었다.

"이건?"

종이를 펼치자 그 안에서 암갈색 과립이 나왔다. 굵은 설탕과 모래를 섞은 듯 크기가 제각기인 알갱이들이다.

핫토리에게 보여주었지만 눈썹을 찌푸리며 모른다고 고개를 저었다. 사키미의 방에서 발견된 수수께끼의 물질. 당연히 사키미가 먹은 독이 떠올랐다.

"사키미 씨에게 확인하고 싶은데요."

그러자 핫토리는 "네" 하고 고개를 끄덕인 후 이렇게 말했다.

"저는 동석하지 않는 편이 좋겠네요."

"네?"

"만약 그게 독살 미수 사건에 사용된 독극물이라면 누가 감췄는지가 문제겠죠. 평소 이 방에 드나드는 저도 용의자예요. 증언을 듣는 자리에서 제가 눈을 번뜩이고 있으면 안 되잖아요."

고마운 제안이었지만 약간 맥이 빠지기도 했다. 사키미와 단둘이 있는 건 특히나 더 반대할 줄 알았는데.

하지만 결과는 허사였다. 사키미는 자기도 본 적이 없다고 부정했고, 그게 숨겨져 있던 방 안쪽까지는 평소 핫토리도 들어가지 않는다고 단언했다. 누가 언제 숨겼을까.

나는 수수께끼의 물질을 들고 사키미의 방을 뒤로했다.

8

방에 돌아가는 도중에 화장실 앞에서 시시다 부자와 마주쳤다. 누가 목숨을 노리고 있을지 모르는 지금, 시시다는 아들에게서 한시도 눈을 뗄 수가 없는 모양이다.

다행히 나는 지금까지 벌어진 사건에서 알리바이가 확실하고, 동행인 히루코 씨를 잃은 것으로 되어 있으므로 경계하지 않는 듯 시시다는 "자, 다녀와" 하고 화장실을 향해 준의 등을 밀었다. 칸이 닫히는 소리가 들렸으니 잠깐은 이야기를 나눌 시간이 있을 것이다.

"좀 여쭙고 싶은 게 있는데요."

시시다는 약간 질렸다는 표정이었다.

"아직도 탐정 흉내를 내는 건가? 자네 입장에서는 나도 경계 대상 중 하나일 텐데."

확실히 그것도 고려해야 할 가능성이었다. 정신 차려라, 내가 '수사하는 쪽' 사람이라고 착각하고 있는 거 아니냐. 긴장감의 결여가 치명적인 결과로 이어질 수도 있다는 걸 명심해야 한다.

"죄송해요, 다음부터는 경계심을 늦추지 않을게요."

"그렇게 말하니 마음이 복잡하지만……. 그런데 뭐지?"

나는 숨을 살짝 들이마셨다. 만약 시시다에게 습격당하더라도 내 방에 있는 히루코 씨에게까지 목소리가 다다르기를 빌며.

"마다라메 기관이 진행했던 연구의 실험 대상자 중에 엔주 간키치라는 인물이 있었어요."

시시다의 표정이 확 굳어졌다.

"준에게 들었는데, 시시다 씨 아버님의 성씨는 '엔주'라면서요. 이건 우연일까요?"

시시다는 원망스러운 시선을 화장실로 던지고 길게 탄식했다.

"내가 어리석었다고 해야 할까, 운이 아주 나빴다고 체념해야 할까. 설마 아들놈 입에서 그런 말이 나올 줄은 몰랐군. 아니면 자네가 탐정으로서 운을 타고난 걸까."

"그렇다면."

"엔주 간키치는 내 아버지야. 호적상으로는 말이지. 한참 전에 의절했지만 어머니 장례식에는 얼굴을 내밀지 않을 수 없었어."

그 말로 판단컨대 꽤 오랫동안 본가와는 소원하게 지냈던 모양이다.

"이혼한 부인의 성씨를 사용하는 것도 그 때문인가요?"

"그 녀석도 참, 어디까지 이야기한 거람." 시시다는 삐죽삐죽 자란 턱수염을 긁적이며 투덜거렸다. "말해두겠는데 아내와는 지금도 자주 얼굴을 보는 사이야. 서로 자기주장이 강해서 함께 살 수 없었을 뿐이라고."

아아, 어쩐지 시시다네 집이 어땠을지 보이는 것 같았다. 서로 굽히지 않으려는 어른들이 일상적으로 싸움을 벌였다면, 거리를 두는 것이 준을 위해서도 좋았으리라.

"어쨌거나 내가 태어나기 전에 분명 아버지가 마다라메 기관이라는 곳과 접촉한 적이 있는 모양인데, 그 작자는 초능력자가 아니야. 사기꾼이지."

친아버지에게 그 작자 운운하더니 시시다는 서서히 열을 냈다.

"그 작자는 물건에 깃든 기억을 읽어내는, 속칭 사이코메트리 능력자라고 허풍을 떨며 사람들을 속여 돈을 벌었어. 유품에서 고인의 메시지를 읽어내는 무당 비슷한 짓을 하곤 했지. 내가 태어난 후에도 줄곧."

"어, 그건 사기가 확실한 거죠?" 혹시 진짜 초능력이었을 가능성은.

"확실하다마다!" 시시다가 버럭 고함을 질렀다. "늘 의뢰인과 만나기 전에 개인 정보를 산더미처럼 긁어모아 머릿속에 처박았어. 요전에 자네들과 초능력 검증에 대해 이야기했잖아. 핫 리딩, 바넘 효과…… 그건 전부 아버지가 사용한 기술이야. 자식이 철들기도 전부터 아버지라는 작자가 그런 짓만 하고 다녔으니 인연을 끊고 싶을 법도 하잖나."

"간키치 씨가 사기를 치는 걸 어머니는 두고 보셨나요?"

"그 인간은 아버지의 조수였어!"

시시다는 부모님의 가르침에 물들지 않고 고등학교 진학과 동시에 집을 나왔다고 한다. 그가 기를 쓰고 초능력을 부정하고 논리성을 몹시 중시하는 건 그러한 성장 과정에 대한 반발 때문일까.

“마다라메 기관에 대해 아버지로부터는 아무 말도 듣지 못했지만, 친척이 술김에 말실수를 한 적이 있어. 돈에 눈이 멀어서 연구에 참가했지만 그들의 연구는 예상 이상으로 엄격했던 모양이야. 아버지도 처음에는 속임수로 어찌어찌 넘어갔지만, 결국 방책이 다 바닥나 실격 낙인이 찍혀 쫓겨났다는군. 수상쩍은 조직이지만 그 사기꾼에게 속아 넘어가지 않았다는 점만은 칭찬할 만해.”

그후 간키치는 고향으로 돌아오자마자 다시 사기 행각을 시작했다고 한다.

이 이야기를 믿는다면 엔주 간키치는 이번 사건과 관계가 없을 듯하다.

“집안의 수치야. 아들 앞에서는 언급하지 말아줬으면 해. 지금은 특히나 더 울적한 모양이니까.”

히루코 씨가 없어졌기 때문일까. 미안함이 밀려왔다.

“저도 포기는 안 했지만, 준은 히루코 씨를 특히 잘 따랐으니까요.”

그러자 시시다가 조금 떨떠름하게 말했다.

“겐자키 때문이라기보다 과거에 집착하는 걸지도 모르지.”

"그건 무슨 말씀이신지?"

"옛날에 겐자키와 아주 닮은 여자애가 근처에 살았어. 고등학생이었는데, 준을 귀여워해서 자주 같이 놀아주었지. 그런데 준이 다섯 살 때 뺑소니를 당해서 죽었어. 준이 한동안 얼마나 우울해했는지 몰라."

시시다가 아련한 눈빛으로 먹먹하게 중얼거렸다.

"겐자키가 개랑 정말 닮아서 처음 봤을 때는 놀랐어. 준 입장에서는 두 번이나……." 거기서 시시다는 "아니야, 미안해" 하고 사과하고 눈에 띄게 화제를 바꾸었다.

"그러고 보니 어제 목욕을 했잖아. 방에 돌아갔는데 탈의실에 손목시계를 두고 온 게 생각났거든. 가지러 갔더니 마침 오지가 옷을 입고 있었어. 그때 등에 문신이 있는 걸 봤어."

"문신…… 타투 말씀이세요?"

어젯밤에 성별이 화제에 올랐을 때, 재킷을 벗기 싫어했던 이유가 그건가. 등은 셔츠에 가려 보이지 않더라도 목덜미 같이 눈에 잘 띄는 곳에까지 문신을 했을지도 모른다. 착한 청년으로 보이는 오지의 이미지와는 약간 어긋나는 것도 같지만, 요즘 패션 삼아 문신을 했더라도 이상한 일은 아니다. 그런데 시시다가 웬일로 똑 부러지지 못한 어조로 말을 이었다.

"오망성이니 뱀이니, 마귀를 쫓는 것들을 조합한 듯한 제법 큰 문신이었어. 약간 뒤죽박죽인 모양이었지. 무엇보다 오지 본인이 그걸 감추려 한 게 마음에 걸렸는데……."

거기까지 말했을 때 준이 젖은 손을 닦으며 나왔다. 준은 나를 보고 잠깐 망설이는가 싶더니 얼굴을 똑바로 들고 이렇게 말했다.

"형, 히루코 누나만은 꼭 구하자."

"준, 가자."

아버지의 손에 이끌려 어린 용사는 지하층으로 돌아갔다.

아이를 속인다는 것에 일말의 죄악감을 느꼈지만, 히루코 씨는 멀쩡히 살아 있다. 준을 위해서도.

그 순간. 한 가지 생각이 머리를 스치며 주변에서 들려오던 소리가 모조리 사라졌다.

—히루코 누나만은.

그럼 여기서 문제다.

여자들 중에서 히루코 씨가 확실하게 살아남기 위해서는 어떻게 하면 될까?

9

방에 돌아가자 히루코 씨는 눈을 감고 침대에 누워 있었다.

어젯밤부터 잠자는 시간도 아껴가며 머리를 회전시켰으니 그럴 만도 하다. 사키미의 방에서 발견한 포장지에 대해 보고하고 싶기는 했지만 조금 쉬게 놔두는 편이 낫겠다. 나는 침대가 흔들리지 않도록 조심해서 옆에 앉았다.

지금까지의 조사로 이번 사건을 풀어낼 단서가 어느 정도는 늘었을 것이다.

일찍이 마안갑에서 진행된 초능력 실험의 대상자였던 사키미는 연구자 도이로 쓰토무와의 사이에서 아이를 낳았다. 하지만 도이로 쓰토무는 공안이 손을 뻗친 것을 계기로 사키미를 남겨둔 채 아이와 함께 여기를 떠났다. 사키미는 그후에도 마안갑에 살았지만 세월이 흐를수록 주민들과의 관계가 악화됐고, 예언의 힘을 내세움으로써 우월한 입장을 유지했다.

결국 사키미는 도키노의 아버지를 경유해 탐정에게 도이로 쓰토무를 조사해달라고 의뢰했다. 그 결과 그가 사는 곳과 자신의 손녀인 마리에의 존재를 알았다. 마리에도 미래의 광경을 그림으로 그리는 예지 능력을 지니고 있었다. 도키노의 아버지는 불의의 사고로 죽었지만, 그에게 이 비밀을 들은 사람이 주민들 중에 있을지도 모른다.

그리고 올해. 《월간 아틀란티스》 편집부에 사키미의 존재를 폭로하는 편지가 왔고, 예언으로 지정된 날짜에 맞춰 기자를 요시미로 불러들였다.

이렇게 보면 사키미에게 독을 먹인 건 요시미와 관련이 있는 사람이 아니겠느냐는 생각을 지울 수 없다. 가령 죽음의 예언에서 벗어나기 위해 범행을 저질렀더라도, 제일 먼저 사키미를 노린 데는 나름의 이유가 있을 것 같은데.

"……동기를 생각해도 별수 없나."

결국은 내 상상이다. 상상 속 동기를 근거로 범인을 지적할 수는 없다.

유력한 단서는 역시 도이로의 방에 있던 시계다.

도이로의 몸을 관통한 총알이 시계에 명중한 건 분명하고, 범인이 일부러 온 방을 어지럽히는 수고를 아끼지 않은 이상, 시계에 범인을 특정할 중요한 증거가 있었을 것이다. 하지만 히루코 씨 말마따나 범행 시각에 시곗바늘이 멈췄다면 손가락으로 돌리면 그만이다.

그럼 그 밖에 범인을 나타낼 만한 단서는 뭐가 있을까.

예를 들어 시계에 범인의 피나 체액이 묻었다? 아니면 도이로가 시계에 다잉메시지를 남겼다? 도이로는 가슴에 총을 맞았지만, 심장이 관통되더라도 뇌가 무사하면 수십 초는 움직일 수 있다고 어디서 읽은 적이 있다.

아니, 틀렸다.

현장에 도이로가 총에 맞은 후 움직인 듯한 흔적은 없었다. 도이로는 즉사했다고 봐야 마땅하다. 또한 벽에 걸려 있던 시계에 범인의 피나 체액이 튀었으리라 보기도 힘들다.

역시 시계가 나타낼 증거는 시간밖에 없다.

버릇처럼 히루코 씨에게 의견을 물어보고 싶어져 고개를 내리자, 커다란 눈과 시선이 딱 마주쳐 엉겁결에 몸을 뒤로 젖혔다.

"이, 일어나 계셨어요?"

"처음부터. 만약 누가 찾아오면 살아 있다는 게 들통날 거 아니야."

"좀 주무시는 편이 좋겠어요. 예언의 기한은 오늘 자정까지니까요. 쉴 수 있을 때 쉬어둬야죠."

"괜찮아. 평소에 잠을 축적해놨으니까."

그렇게 큰소리쳤지만 히루코 씨는 드러누운 채 일어나려

하지 않고 가만히 이쪽을 쳐다보았다.

"……집중이 안 되는데요."

"내 머리카락을 만져도 되는데."

더 집중이 안 될걸요.

이대로는 계속 놀림당할 것 같아서 나는 새롭게 얻은 정보를 보고했다.

사키미의 방에서 발견한 수상한 포장지를 보여주자 히루코 씨도 흥미로운 듯 몸을 내밀었다.

"뭘까. 반죽해서 만든 것 같기도 하고, 수분을 증발시킨 결정처럼 보이기도 해."

말하면서 엄지와 검지로 조금 집어서 마주 비비며 감촉을 확인하는가 싶더니.

"헙."

입을 반쯤 벌리고 물질이 묻은 손가락을 아랫입술의 점막에 대는 것 아닌가.

"어, 위험해요!"

당황하는 나를 본체만체 히루코 씨는 손수건으로 입술을 닦고 냉정하게 말했다.

"약간 자극이 있었어. 사키미 씨가 먹은 독극물이 틀림없을 거야."

"아무리 그래도 위험하잖아요."

"꽤 많이 삼킨 사키미 씨도 살았잖아. 이 정도는 괜찮아."

그것보다도, 하고 히루코 씨가 이야기를 되돌렸다.

"범행에 사용된 독이 방 안쪽에 숨겨져 있었던 건 무슨 의미일까. 사키미 씨의 빈틈을 노려 찻잔에 독을 타는 것과는 사정이 달라. 우리나 도이로처럼 서궤를 사이에 두고 이야기만 나눈 사람에게는 무리야."

독을 숨긴 건 사키미에게 들키지 않고 방에 들어갈 수 있었던 사람이다. 하지만 핫토리도 방 안쪽까지 들어오지는 않았다고 사키미는 증언했다.

히루코 씨는 심각한 얼굴로 중얼거렸다.

"그럼 사키미 씨가 독을 숨겼다고밖에 생각할 수 없어."

독을 먹은 사키미가 독을 숨겼다?

"독살 미수가 아니라 자살 미수였다는 말씀이세요? 그건 이상한데요."

나는 떠오르는 대로 모순점을 꺼냈다.

"자살이라면 사용한 독극물을 굳이 감출 필요가 없어요. 찻잔에 넣고 나서 그냥 서궤 위에 방치해두면 되죠."

"사키미 씨에게 무슨 이유가 있어서 타살로 위장하려 했다면 어떨까. 자신이 죽은 후에도 자살임이 밝혀지지 않도록 독을 숨긴 거야."

마치 장기 대국 후에 복기하듯 히루코 씨는 담담한 투로 말했다. 아마 나와 논쟁을 벌이면서 생각을 정리하는 것이리라. 그에 응하듯 나도 전에 없이 입이 매끄럽게 움직였다.

"타살로 위장하고 싶었다면 방 안에 독극물을 숨기는 건 난센스예요. 욕실이나 화장실 물에 흘려보내든지 뒤뜰에 파묻든지, 적당히 처리할 방법은 얼마든지 있을 텐데요."

몸이 약해졌다고는 하나 사키미가 전혀 움직이지 못하는 건 아니다. 볼일을 보거나 세수를 할 정도의 체력은 있다. 그리고 사키미가 자살을 시도했다면 방 앞에 뿌려진 빨간 꽃은 설명이 안 된다. 사키미가 일부러 뒤뜰에서 꽃을 가져올 필요는 없으니까.

"그것보다 독을 탄 범인이 감췄다고 보는 편이 자연스러워요. 사키미 씨가 무사한 동안에는 옷장에 다가갈 수 없었겠지만, 사키미 씨가 핫토리 씨 방으로 옮겨진 뒤로는 아무나 안에 들어갈 수 있었으니까요."

"왜 굳이 방 안에 감췄는데?"

"물론 사키미 씨가 자살했다는 인상을 심어주기 위해서죠."

이번에는 히루코 씨가 반론할 차례였다.

"그거야말로 이상해. 사키미 씨를 다른 방으로 옮긴 건 응급조치가 끝난 후야. 목숨을 건질 가능성이 극히 높다는 건 그때 이미 알았을걸. 그후에 사키미 씨를 자살로 위장하는 건 앞뒤가 안 맞아. 어차피 사키미 씨가 부정할 테니까."

찍소리도 안 나왔다.

범인 입장에서는 사키미의 방에 들어가는 모습을 남에게 목격당할 위험성도 있다. 그렇다면 아까 내가 말했듯이 화장실이나 외부에서 처분하는 편이 합리적이다.

헛수고임을 알면서도 마지막 저항을 시도했다.

"그럼 응급조치를 하느라 정신없이 혼잡한 틈을 타서 숨겼다면요? 범인은 그때 사키미씨가 살아날 확률이 반반이라고 생각했다. 그래서 살지 못한다는 쪽에 걸고 독을 숨겼다."

"응급조치할 때 방에 있었던 핫토리 씨가 범인이라면 가능하다는 거로구나. 하지만 독극물은 방 안쪽에 숨겨져 있었잖아. 핫토리 씨는 사키미 씨 옆에 꼭 붙어 있었고, 나도 옆에 있었어. 방 밖에서 다른 사람들도 보고 있었고. 수상한 움직임을 보였다면 누군가 눈치챘을 거야."

논쟁이 마무리되고 둘 다 입을 다물었다.

사키미가 자살을 시도했다는 사실을 감추었든 범인이 사

키미의 자살로 위장하려 했든, 사키미의 방에 독극물이 감추어져 있었던 건 이치에 맞지 않는다.

독극물 문제는 일단 제쳐놓고 나는 다른 사항을 보고했다.

마안갑에 남겨진 사키미와 지켜지지 않은 약속. 도이로와 사키미의 혈연관계. 예언에 의해 인생이 바뀐 핫토리와 도키노. 시시다와 오지의 감추어진 일면.

이야기를 들은 히루코 씨는 잠시 묵묵히 생각에 잠겼다가 "그렇구나"라고만 말했다.

"히루코 씨, 시계와 관련해 뭔가 알아차린 건 없으세요?"

"아직 아무것도. 다만 증거를 인멸하기 위해 시계를 부수었다면, 그 증거는 간단히 지울 수 없는 형태로 시계에 남아 있었던 셈이야. 총알이 명중한 것과 조합하면 시계 문자반에 구멍이라도 뚫린 게 아닐까 싶기도 하고."

문자반에 구멍?

그 말을 들은 순간, 머릿속에 한 가지 아이디어가 번쩍했다.

"그렇구나, 그럴 가능성이 있었어!"

"하무라?"

나는 옆에 있던 베개에서 커버를 벗겨서 들고 일어섰다.

"도이로의 방을 한 번 더 보고 와야겠어요. 금방 올게요."

고작 십 분 정도 만에 나는 방으로 돌아왔다.

내가 베개 커버에서 꺼낸 것을 보고 재미있다는 듯 히루코 씨의 입매가 누그러졌다.

"그걸 가지고 왔구나."

'그것'이란 크고 작은 조각 여덟 개로 부서진 시계 문자반이다.

범행 현장에서 증거물을 반출하다니 말도 안 되는 짓이지만, 도이로의 시신 옆에서 작업을 하기도 그렇고, 히루코 씨를 오랫동안 혼자 놔두기 걱정스러웠다.

나는 바닥에 펼친 시트 위에 조각을 하나씩 늘어놓으며 설명했다.

"사진으로는 알아보기 힘들지만, 시계는 문자반이 산산조각 났을 뿐만 아니라 바늘까지 부러졌어요. 긴 바늘은 세 조각이 났을 정도라 참 철저하게 부쉈구나 싶더라니까요. 하지만 히루코 씨 이야기를 듣고 이유를 알았어요."

뭔지 알겠다는 듯이 히루코 씨가 코로 픽 웃었다.

나는 큰 조각부터 집어서 단면을 맞추어나갔다. 레코드를 모방한 세련된 문자반에는 12와 6 말고는 숫자가 새겨져 있지 않아 얼핏 봐서는 뭐가 어느 부분인지 불분명하다. 지그소퍼즐을 맞추는 요령으로 착실하게 진행하는 수밖에 없다.

"도이로의 몸을 관통한 총알은 시계에 명중해 문자반에 구멍을 냈든지, 총에 맞았음을 한눈에 알 만한 흔적을 남겼다. 그뿐이라면 범인 입장에서는 별 위협이 안 되죠. 그런데 총알이 문자반 앞에 있는 걸 부숴버린 거예요. 그건 바로 분침."

총알은 분침을 부러뜨린 후 문자반에 명중했다.

처음에는 범인도 그게 무엇을 의미하는지 눈치채지 못했을지도 모른다. 하지만 잘 생각해보면 그 흔적은 분침이 현재 가리키고 있던 위치, 즉 범행 시각을 나타낸다.

문자반 조각을 맞추어 총알이 어디에 명중했는지만 알면, 공범 중에 적어도 도이로에게 총을 쏜 실행범만큼은 밝혀낼 수 있다.

어젯밤에 각자 알리바이가 없는 시간은 기록해두었다.

구키자와는 10시 15분부터 십오 분쯤.

오지는 10시 50분부터 십 분쯤 자리를 비웠다.

도키노는 11시 20분에 자리를 비웠지만 오 분쯤 지나 돌아왔다.

11시 40분경에 시시다 부자가 함께 화장실에 간다며 십

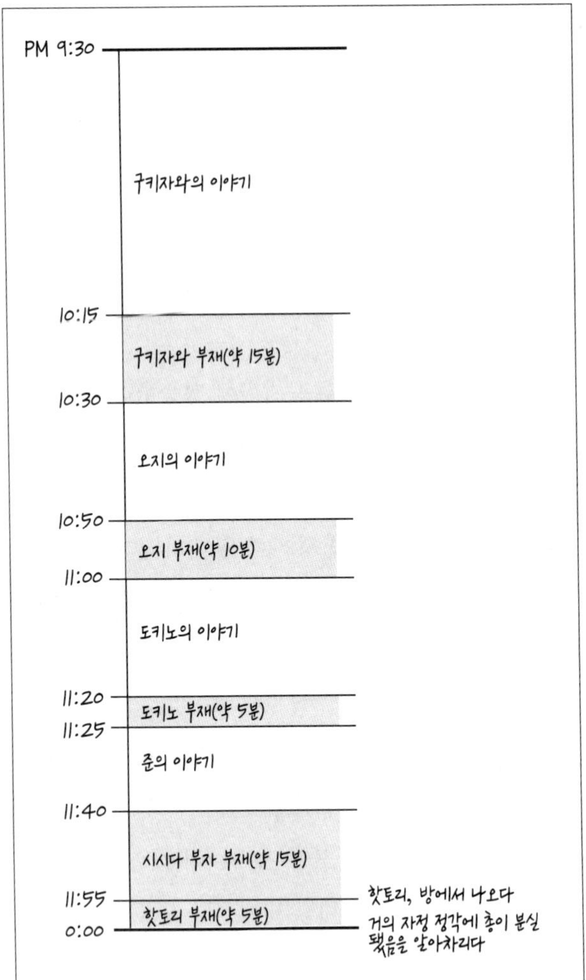
PM 9:30
구키자와의 이야기
10:15
구키자와 부재(약 15분)
10:30
오지의 이야기
10:50
오지 부재(약 10분)
11:00
도키노의 이야기
11:20
도키노 부재(약 5분)
11:25
준의 이야기
11:40
시시다 부자 부재(약 15분)
11:55
핫토리 부재(약 5분)
0:00
핫토리, 방에서 나오다
거의 자정 정각에 종이 분실
됐음을 알아차리다

알리바이 메모

오 분쯤 자리를 비웠다.

시시다 부자가 돌아온 것과 거의 동시에 방에서 나온 핫토리는 화장실에 갔다가 약 오 분 후인 자정에 식당으로 돌아왔다.

사키미는 한 번도 핫토리의 방에서 나오지 않았다.

"덧붙여 부러진 게 시침, 짧은 바늘이더라도 어느 정도는 시간이 추측 가능해요. 한 시간에 30도 움직이니까요. 다만 총알의 지름을 고려하면 분침이 고맙겠네요."

문자반은 여덟 조각으로 박살 났지만 다행히 재질이 놋쇠라 깨진 부분은 이가 빠지지 않고 말끔한 상태를 유지했다. 짜 맞추는 데 그리 시간이 많이 걸리지는 않았다.

하지만.

"뭐야."

나는 얼떨떨한 기분으로 중얼거렸다. 원형으로 돌아온 문자반 어디에도 총알 자국이 없었던 것이다.

히루코 씨가 문자반을 들여다보았다.

"슬러그탄은 관통력이 약하다고 했지?"

그래서 문자반을 관통하지 못하고 튕겨 나왔단 말인가. 하지만 총알이 명중한 자국도 없어서야 범행 시각을 확정할 수 없고, 그렇다면 범인이 공들여 시계를 부술 필요도 없다.

내 추리는 빗나갔다. 범인이 시계를 부순 이유는 따로 있는 걸까?

시각은 어느덧 오후 3시. 남은 시간은 아홉 시간.

히루코 씨가 자살을 위장한 효과인지, 오늘 아침 이후로 희생자는 늘어나지 않았다.

범인들은 목적을 달성한 걸까, 아니면 어디선가 다음 범행 기회를 노리고 있는 걸까.

10

느닷없이 복도에서 여자의 비명이 울려 퍼졌다.

히루코 씨와 얼굴을 마주 본 후, 일단 나만 문 밖으로 고개를 내밀었다.

어째선지 복도는 캄캄했다. 어느 틈엔가 불이 꺼진 것이다.

방에서 새어 나오는 불빛 속에 복도 왼편에서 총총히 뛰어온 하얀 형체가 나타났다. 누군가가 새하얀 홑옷을 걸치고 있는 듯했다. 지하층의 옛 실험실에 있던 흰옷과 흡사했다. 머리에도 두건 같은 걸 푹 덮어쓰고 있어 얼굴은 보이지 않았다.

흰옷은 내 시선을 알아차렸는지 위협하듯 오른손을 쳐들었다. 손에 긴 창 같은 물건을 쥐고 있었다.

"안 돼."

나는 무심결에 소리를 지르며 즉시 문을 닫을 수 있도록 자세를 취했다.

하지만 흰옷은 재빨리 몸을 돌리더니 찰팍찰팍 물을 튀기는 듯한 발소리를 내며 화장실 앞을 지나쳤다. 허둥지둥 방에서 뛰쳐나가자 뒤집어진 흰 옷자락이 복도 오른편에 있는 계단을 내려가는 모습이 보였다.

"뭐야?" 방에서 히루코 씨의 목소리가 들렸다.

"수상한 녀석이 지하로 달아났어요. 방에 계세요."

전등 스위치가 어디 있는지 몰라 스마트폰 불빛에 의지해 계단까지 가자 방금 전 찰팍거리던 발소리의 정체를 알았다. 새는 빗물을 흡수시키기 위해 화장실 앞 복도에 깔아둔 걸레에서부터 젖은 발자국이 이어져 있었다. 흰옷은 어둠 속에서 이 걸레를 밟은 것이다. 발자국은 신발이나 맨발이 아니라 양말을 신은 듯한 모양이었다.

녹색 융단이 깔린 계단에서는 발자국을 거의 알아볼 수

없었다. 계단을 내려가다 반대쪽으로 구부러지는 층계참에서 벗어 던진 흰옷과 두건을 발견했다.

어쩐지 찜찜했다. 마치 히루코 씨의 위장 자살을 재현한 것 같지 않은가. 그렇게 느끼고 흰옷을 주웠지만 안에는 아무것도 없었다.

지하층에 내려가자 여기에는 침침하나마 불이 켜져 있었다. 계단의 녹색 융단이 끝난 지점부터 다시 나타난 발자국은 희미하지만 모퉁이 너머로, 도키노의 방이 있는 쪽으로 이어졌다.

그때 계단 위에서 여자 목소리가 들렸다.

"하무라 씨세요?"

위에서 핫토리가 얼굴을 내밀었다. 쳐다보니 1층에서 불빛이 새어 들고 있었다. 핫토리가 불을 켠 모양이다.

"괜찮으세요? 아까 제 방 앞에서 수상한 사람을 봤거든요."

처음에 들린 비명은 핫토리가 지른 거였나. 핫토리는 즉시 방에 숨었지만, 내 목소리를 듣고서 왔다고 한다.

"저도 봤어요. 흰옷을 입은 녀석이 이쪽으로 도망치더라고요."

곧장 도키노의 방으로 향하려는데 핫토리가 충고했다.

“상대는 무기를 가지고 있었어요. 다른 사람도 부르는 게 낫지 않을까요?”

“하지만 도키노 씨가 위험해요.”

“잊어버리셨어요? 여자는 이미 두 명이 희생됐잖아요. 죽을 걱정은 없어요.”

말문이 막혔다. 사실 히루코 씨는 살아 있으니까 죽음의 예언은 여자에게도 아직 유효하다.

통로 저편에는 아무 소리 없이 으스스한 침묵만 감돌았다. 흰옷은 도키노와 접촉하지 않은 걸까. 아니면 숨어서 우리를 기다리고 있나?

그렇다면 핫토리 말대로 다른 사람들에게 도움을 요청하는 편이 현명할지도 모른다.

흰옷이 우리와 엇갈려 달아나지 않도록 주의하며 바로 왼편에 있는 시시다의 방으로 향했다. 방음실이라 문을 세게 두드리며 핫토리와 교대로 부르자 시시다가 의아한 표정으로 고개를 내밀었다. 역시 바깥에서 무슨 소동이 벌어졌는지 못 들은 모양이다.

“웬일이야?”

수상한 인물이 지하층으로 달아났다고 설명하자 시시다는 긴장된 표정으로 준에게 말했다.

"넌 여기서 기다리고 있어."

준은 새파랗게 질린 얼굴로 고개를 끄덕였다.

이어서 오지의 방으로 가자 나를 경계하는지 처음에는 좀체 나오려 하지 않았지만, 셋이서 말을 걸자 겨우 문을 열어주었다.

만약을 위해 아무도 숨어 있지 않은지 앞쪽 방부터 순서대로 확인하며 나아갔다.

모퉁이를 돌자 발자국은 역시 도키노의 방으로 이어져 있었다. 네 사람을 둘러싼 공기가 팽팽하게 긴장됐다.

우스이의 방과 예전에 실험실로 쓰였던 두 방을 먼저 들여다보았지만 역시 아무도 없었다.

"도키노 씨."

문을 세게 두드려도 대답은 없었다. 문손잡이를 돌리자 자물쇠가 잠겨 있지 않아 문이 살짝 열렸다.

불은 꺼져 있었고, 난로만 희미한 불빛을 뿜어냈다.

"천천히 들어가, 천천히." 시시다가 억누른 목소리로 말했다.

안쪽의 기습에 대비하며 문을 조금씩 밀어서 열었다.

누군가가 숨을 삼키는 소리가 들렸다.

침대 옆으로 아무렇게나 쭉 뻗은 두 다리가 보인 것이다.

핫토리가 "저런" 하고 중얼거리는 동시에 시시다가 굵은 팔을 문틈으로 집어넣어 전등 스위치를 켰다. 현실을 들이대듯, 불빛이 비춰진 바닥에 놀란 듯이 눈을 부릅뜬 도키노가 위를 보고 쓰러져 있었다. 그 곁에는 창 같은 나무 막대가 떨어져 있었다. 분명 흰옷이랑 두건과 마찬가지로 "실험실2"라고 표시된 방에 있었던 옛날 실험 도구 중 하나일 것이다.

옷은 흐트러지지 않았지만, 왼발만 양말이 반쯤 벗겨져 있었다. 마치 양말을 갈아 신는 도중에 쓰러진 것 같았다. 양말 바닥은 물에 젖은 듯 색깔이 변한 상태였다. 도키노가 신던 슬리퍼는 침대 옆에 가지런히 놓여 있었다.

"괜찮으세요, 도키노 씨."

나는 몸을 흔들려다 도키노의 눈에 초점이 없는 것을 알아차리고 목에 손을 댔다. 경직은 시작되지 않았고 체온도 남아 있지만 맥박은 뛰지 않았다.

"돌아가셨어요."

내가 나지막이 말하자 세 사람의 입에서 놀라움에 겨운 목소리가 터져 나왔다.

"살해당한 건가."

"그게 무슨 소리야. 여자는 이제 안전했던 게 아니었어?"

히루코 씨의 위장이 허사로 끝났다는 사실에 충격을 받은 나는 실내를 둘러보았다.

도키노 말고는 아무도 없었다. 히루코 씨처럼 이불 속에 숨어 있는 것도 아니다. 보아하니 자살도 아닌 듯하다. 도키노는 왜 죽은 걸까.

시체 곁에 쪼그려 앉자 도키노의 머리 근처 바닥에 묻은 거무스름한 얼룩이 눈에 들어왔다. 말라붙은 핏자국이다. 도키노의 뒤통수를 살피자 피가 응고되다 만 작은 상처가 있었다.

그걸 본 핫토리가 궁금한 듯 물어보았다.

"뒤통수를 얻어맞은 걸까요?"

"아니요, 그렇다면 앞으로 고꾸라졌을 거예요. 아마 바닥에 쓰러지면서 찧은 거겠죠."

핫토리에게 부탁해 온몸을 대강 확인했지만, 그 외에 사인이라 할 만한 상처는 보이지 않는다고 했다. 그러자 시시다가 진중하게 고개를 끄덕였다.

"넘어져서 머리를 찧는 바람에 죽었다, 사고사인 거로군."

"그럼 흰옷을 입은 사람은 도키노 씨였던 건가."

오지가 건조한 목소리로 중얼거렸다.

그렇게 볼 수밖에 없다. 나는 십 초도 뒤처지지 않고 흰 옷을 따라 지하층으로 내려왔다. 핫토리는 내 뒤에서 나타났고, 지하층에 있던 사람은 시시다 부자와 오지뿐. 고작 십 초 사이에 그들이 제일 안쪽에 있는 이 방에 달려와 도키노를 밀쳐 넘어뜨려서 죽이고 자기 방으로 돌아가는 건 절대로 불가능하다.

"모습을 감추기 위한 의복과 흉기. 누군가를 습격할 작정이었다고 봐도 무방하겠지. 하지만 실행에 옮기기 전에 들켜서 자기 방으로 달아났고, 증거인 창과 양말을 감추려고 했다. 당황한 나머지 난로 불빛에만 의지해 양말을 벗으려다 균형을 잃고 넘어졌다. 그렇게 된 건가."

시시다는 그렇게 결론지었지만 핫토리는 수긍이 가지 않는 모양이었다.

"하지만 여자는 이미 두 명이 희생됐는걸요. 도키노 씨가 남을 습격할 리 없어요."

"뭐, 실제 살인범의 정신 상태는 논리나 이치로 설명할 수 없는 법이니까."

시시다는 개운해졌다는 듯 말을 내뱉고 방을 나섰다.

도키노가 살인범이었다? 그래서는 설명이 안 되는 점이 너무 많다.

찝찝한 기분으로 자문하고 있는데 갑자기 "여기 좀!" 하고 시시다의 목소리가 울려 퍼졌다. 가보니 시시다 부자가 쓰는 방의 문이 열려 있었다.

"준이 없어!"

"뭐라고요?"

시시다가 이를 갈았다.

"그 녀석, 겐자키를 찾으러 간 거야. 오늘 아침부터 내내 그 소리만 했거든."

소년은 엄격한 아빠가 곁에 없는 지금이야말로 절호의 기회라 생각하고 밖에 나간 모양이다.

우리가 부리나케 계단을 올라 현관으로 향하자 질러놓았던 빗장이 빠지고 현관문이 열려 있었다. 거기서부터 점점이 이어진 작은 발자국은 산의 덤불 속으로 사라졌다.

오지의 목소리에 위기감이 감돌았다.

"큰일이네. 어린애가 혼자 돌아다닐 곳이 아닌데."

"짐승에게 공격당할 가능성도 있고요."

오지가 발자국을 쫓아서 달렸다. 나도 따라가려 했을 때 등에 뭔가 톡 닿았다. 돌아보자 복도 모퉁이에서 히루코 씨가 손짓하고 있었다. 나는 다른 사람들에게 들키지 않도록 살그머니 그쪽으로 다가갔다.

"아까 준이 1층에 올라왔는데, 무슨 일 있었어?"

나는 흰옷을 입은 수상한 사람이 도망친 곳에 도키노가 죽어 있었고, 준이 밖으로 나갔다는 것을 빠른 말투로 설명했다. 준이 자기를 찾으러 나간 듯하다는 사실을 알자 히루코 씨도 안절부절못하는 모습이었다.

"나도 찾으러 갈래."

"하지만."

"준이 날 찾으러 나갔다면 책임은 나한테 있어. 그리고 모두 함께 행동하는 편이 좋아. 만약 범인이 따로 있다면 아직 중요한 증거를 지하층에서 처분하지 못했을 거야."

중요한 증거가 뭔지 나는 짐작도 가지 않았지만, 일단 다른 사람들을 뒤쫓기로 했다. 준이 들어간 산은 오지가 지적한 대로 잡다한 나무들과 덤불에 뒤덮여 고작 몇 발짝만 내디뎌도 얼굴과 팔에 생채기가 잔뜩 생겼다. 우리보다 몸집이 작은 준은 더 쉽게 통과해 멀리까지 가지 않았을까. 게다가 비가 그친 대신 안개가 끼어 금방이라도 방향을 잃어버릴 것 같았다. 빨리 준을 찾지 못하면 우리까지 조난당한다.

히루코 씨 앞에서 죽어라 길을 뚫고 있자니 앞서 출발한 세 사람의 뒷모습이 보였다.

동시에 몸이 움츠러들 만한 비명 소리가 산속에 메아리쳤다. 어린아이 목소리다.

"준!"

시시다가 마치 멧돼지 같은 기세로 목소리가 들려온 쪽을 향해 돌진했다.

그는 작은 덤불 너머에서 발을 멈췄다. 오지, 핫토리, 그리고 겨우 따라잡은 우리도 눈앞에 펼쳐진 믿기지 않는 광경에 할 말을 잃었다.

배가 무참하게 찢어지고 여기저기 뜯어 먹힌 시체가 누워 있었다.

아마도 곰에게 습격당한 것이리라.

엉엉 우는 준을 끌어안으며 시시다가 그 이름을 중얼거렸다.

"구키자와……."

11

구키자와의 시체가 발견되는 동시에 히루코 씨가 나타나 사람들은 연거푸 경악을 금치 못했다.

위장 자살을 꾀한 의도를 사정을 설명하고 사과하자, 오늘 아침부터 준이 몹시 우울하게 지냈던 탓인지 시시다는 화가 나서 씩씩대며 우리를 비난했다. 하지만 히루코 씨와 재회한 덕분에 준이 구키자와의 시체를 본 충격에서 조금 회복되었으므로 시시다는 겨우 화를 가라앉혔다.

"역시 사키미 님의 예언은 틀리지 않았네요."

핫토리가 안도한 듯한 투로 말했다. 도키노가 여자 중 세 번째 희생자가 아니었음을 알자 히루코 씨의 생존을 환영하는 눈치였다.

온몸에 남은 상처와 주변의 발자국으로 판단컨대 구키자와는 곰에게 습격당했다고 봐도 무방하리라. 도이로가 죽은 걸 보고 실의에 잠겨 스스로도 짧은 인생을 마감한 구키자와에게 깊은 연민을 느끼지 않을 수 없었다. 특수한 능력에 휘둘린 도이로와 그녀의 버팀목이 되려 했던 구키자와의 관계는 어떤 의미에서 히루코 씨와 나의 관계와 흡사한지도 모르겠다.

하다못해 빗물과 진흙, 피로 범벅된 그의 몸을 깨끗하게 정돈해주고 싶었지만, 핫토리가 말렸다. 곰은 한번 획득한 식재료나 먹잇감에 대한 집착이 강해 빼앗긴 걸 되찾으려고 습격해올 가능성이 있다고 한다. 마음에 걸렸지만 우리는 시신을 그대로 두고 돌아오는 수밖에 없었다.

이리하여 남자는 우스이와 구키자와, 여자는 도이로와 도키노가 사망해 사키미의 예언은 실현됐다.

이 클로즈드 서클에서 사람이 살해당할 이유는 더이상 없다. 이제 날짜만 바뀌면 요시미 주민들이 다리가 무너졌다고 경찰에 신고해주리라. 그들은 다리에 불을 질렀다는 사실을 인정하지 않겠지만 그런 건 아무래도 상관없다.

현관 옆 접수창구를 보자 겨울 인형은 그대로 남아 있었다. 구키자와의 죽음은 범인에게도 예상외였다는 뜻이리라.

온몸에 허탈함이 쫙 밀려왔다. 우리는 살아남았다. 삶보다 나은 것은 없다. 하지만 죽음의 예언을 뒤집지는 못했다. 이건 승리인가, 패배인가.

하지만 우리들 가운데 히루코 씨만은 긴장된 표정을 무너뜨리지 않고 마안갑에 돌아오자마자 도키노의 방으로 향했다. 다른 사람들도 어쩌다 보니 뒤따라갔다.

핫토리가 도키노의 시신을 덮을 시트를 가져왔지만, 히루코 씨가 제지했다.

"잠깐 검사 좀 할게요."

도이로 때와 마찬가지로 시시다에게 동영상 촬영을 맡기고 실내에 들어갔다.

시신의 눈을 살짝 감겨주고, 빨갛게 물들인 머리카락을 헤치며 머리를 살펴보던 히루코 씨는 뒤통수의 상처에서 시선을 멈췄다.

“상처 주변의 피가 응고되다 말았네. 하무라가 봤을 때도 이랬어?”

“네, 변함없네요.”

“바닥에 말라붙은 혈흔도?”

다시 고개를 끄덕이자 복도에서 상황을 지켜보던 오지가 조심스레 물었다.

“드라마 같은 데 자주 나오던데, 사람은 정말로 머리를 찧는 정도로 죽나? 출혈은 심하지 않은 것 같은데.”

“머리를 다치면 출혈 때문이 아니라 뇌가 피해를 입어서 사망하는 경우가 많아요. 겉으로 보기에 상처가 없어도 안에서는 뇌가 두개골에 부딪쳐 손상됐을 가능성이 있죠. 또는 경막하혈종이라고 두개골 안쪽에 피가 고여서 뇌가 압박을 받았다든가.”

침대 위에는 도키노의 개인 물품, 코트와 지갑이 놓여 있었다. 그러자 궁금한 점이라도 있는지 히루코 씨는 코트를 집었다.

“기분 나빠 하지 마.”

내게 그렇게 양해를 구한 건, 남의 유품에 손대는 행위에 트라우마가 있음을 알기 때문이다.

히루코 씨는 코트 호주머니를 구석구석 뒤진 후, 깔끔하게 개켜서 내려놓았다.

"스마트폰이 없어."

그건 이상하다. 지금까지 도키노가 스마트폰을 만지작거리는 모습을 몇 번 보았다.

"어디 떨어뜨린 걸까요?"

내 질문에 히루코 씨는 긍정도 부정도 않고 잠시 묵묵히 생각하다가 문 밖에 대기하고 있던 핫토리에게 물었다.

"도키노 씨의 시신이 발견된 당시의 상황을 확인할게요. 대강은 들었지만, 흰옷을 입은 인물은 분명 지하로 내려간 거죠?"

"저는 흰옷을 본 순간 비명을 지르며 방문을 닫아서 도망가는 모습은 못 봤어요. 그후에 하무라 씨가 '안 돼' 하고 고함치는 소리가 들려서 다시 복도로 나왔죠."

하지만 나는 흰옷이 계단을 내려가는 모습을 두 눈으로 목격했다. 예를 들어 옷만 계단에 내던지고 입고 있던 사람은 반대 방향으로 달아났다든가 하는 일은 있을 수 없다.

"흰옷의 정체가 도키노 씨인 줄은 몰랐나요?"

"복도 불이 꺼져 있었고, 두건을 덮어써서 얼굴도 감췄거든요. 그리고 손에 든 창에 정신이 팔려서."

나도 핫토리와 마찬가지다. 돌이켜보면 흰옷은 일부러 등을 구부려 체형을 감추기 위함이었을지도 모르겠다는 생각이 든다. 가령 도키노가 아니라 핫토리나 남자로서는 덩치가 작은 오지, 또는 풍채는 좋지만 키가 작은 시시다였다고 해도 구별할 수 없었으리라.

"지하층에 내려간 뒤로는 오지 씨와 시시다 씨하고도 함께 행동했고, 아무도 위로 도망가지 않은 거죠?"

이번에는 핫토리도 긍정했다. 오지와 시시다의 방을 찾아갔을 때도, 다른 방을 살펴볼 때도 늘 복도에 주의를 기울였다. 빈틈을 노려 달아나기는 불가능했을 것이다.

히루코 씨는 말라가는 발자국을 되짚어 계단을 올라가며 중얼거렸다.

"저는 하무라가 걱정돼서 방문 틈새로 복도를 지켜보고 있었는데, 핫토리 씨는 분명 하무라를 곧장 뒤따라 계단을 내려갔어요. 올라온 사람은 준뿐이었고요."

1층 화장실 앞에 다다르자 히루코 씨는 젖은 걸레를 응시했다.

흰옷이 계단 아래로 모습을 감추고 나서 내가 지하층에

내려갈 때까지 걸린 시간은 기껏해야 십 초. 오지나 시시다가 고작 십 초 만에 흰옷과 두건을 벗어던지며 계단을 내려가서 제일 안쪽에 위치한 도키노의 방에 달려가 창을 놓아두고 자기 방에 돌아오기는 아무래도 불가능하리라.

"밟으면 자국이 남는다."

걸레에 시선을 고정한 채 히루코 씨가 중얼거렸다.

"생각해보면 당연해. 그뿐이었어."

대체 무슨 소리인가 싶어 내가 입을 열려고 하기 전에 히루코 씨는 고개를 들었다.

"이런 상황에서 불쾌할 만한 말씀을 드려서 죄송하지만, 시시다 씨와 오지 씨의 방을 살펴볼 수 없을까요?"

"우리를 의심하는 거야? 고작 몇 초 만에 도키노 씨 방까지 갔다 오기는 불가능해."

오지는 기가 찬다는 표정이었지만, 시시다는 반대로 자신에 찬 목소리로 말했다.

"그래서 직성이 풀릴 것 같으면 마음대로 해. 어차피 남자인 우리가 도키노를 죽일 이유는 없어."

우리는 함께 오지의 방으로 향했다. 급하게 준비한 방이라 다른 방과 달리 침대가 없고 바닥에 이부자리가 깔려 있다. 어디서 새는 건지 누수가 심해 크게 뜯어진 벽지 네 귀통이를 압정으로 고정해놓았다.

히루코 씨는 이불을 치워가며 방을 구석구석 면밀히 조사했다.

이어서 시시다의 방으로 이동했다. 언젠가 식사할 때 화제에 오른 대로, 책상에는 준이 옛 실험실에서 가져온 사방 일 미터 크기의 위자보드가 펼쳐져 있었다. 위자보드에는 오컬트 느낌이 물씬 풍기는 무늬와 함께 히라가나와 알파벳 등이 빼곡하게 그려져 있었다.

온 신경을 기울여 조사에 집중하는 히루코 씨를 문 바로 밖에서 준이 지켜보고 있다. 방금 전까지와는 비교도 안 될 만큼 평온하고 희색이 넘치는 표정이다.

문득 무서운 상상이 고개를 쳐들었다. 표적이 될 리 없는 도키노가 죽은 건 왜일까.

히루코 씨가 사라지자 사람들은 여자 쪽 희생자가 충족됐다고 여겼으리라.

하지만 히루코 씨의 시체는 발견되지 않았다.

만약 일말의 가능성을 믿는 사람이 있었다면, 이렇게 생각하지 않았을까.

'정말로 사키미의 예언이 들어맞는다면.'

'히루코 씨의 시체가 발견되기 전에 다른 여자를 확실히 죽이면, 히루코 씨는 무사히 돌아오지 않을까.'

내가 불안해하는 줄도 모르고 조사를 마친 히루코 씨는 "감사합니다" 하며 고개를 숙였다.

이제 다들 그녀도 만족했으리라고 여겼을 것이다.

그러므로, 이어서 히루코 씨 입에서 나온 말을 듣고 나를 포함한 모두가 귀를 의심했다.

"세 시간 후, 식당에 모여주시겠어요? 거기서 범인을 밝히겠습니다."

당혹스러운 기분을 감추지 못하고 모두가 그 자리를 떠난 후에 히루코 씨에게 확인했다.

"정말로 범인을 알아내셨어요? 둘 다? 누가 사키미 씨에게 독을 먹였는지도?"

"도이로가 살해된 현장과 도키노 씨의 시신 상태를 고려하면 두 범인을 지목할 수 있어. 어떤 경위로 손을 잡고 범행에 임했는지도 대강 설명할 수 있을 거야."

"독극물이 사키미 씨 방에 숨겨져 있던 이유도요?"

"응."

그렇게 대답했지만, 히루코 씨는 더이상 알려주려 하지

않았다. 내게 말할 생각은 없는 것이다.

심장을 죄는 듯한 속상함이 솟구쳤지만, 이유는 나도 안다.

"제가 아직 왓슨이 아니라서요?"

히루코 씨는 생각을 정리하듯 눈을 감고 천천히 한 번 호흡한 후 고개를 저었다.

"그런 거 아니야."

"그럼."

"이건 추리소설의 해결편이 아니거든. 그러니까 왓슨은 필요 없어."

해결편이 아니라고?

진의를 헤아리지 못하는 내게 히루코 씨가 선언했다.

"나와 범인의 사투가 시작될 거야. 말 그대로 서로의 인생을 걸고. 네가 그 결말을 지켜봐줘."

05 흉기를 앞에 두고

1

약속한 세 시간이 지나 히루코 씨가 나를 데리고 식당으로 가자 준을 제외한 모두가 모여 있었다. 준은 시시다가 방에 두고 왔다고 한다. 이제부터 범인을 고발한다면 어린아이가 들어서 좋을 것은 없다는 판단에서다. 사키미는 지금까지처럼 핫토리의 방에 누워 있다.

입구에서 먼 테이블 안쪽, 상석 옆에서부터 오지와 핫토리 그리고 오지의 맞은편에는 시시다가 앉았다. 나는 그 옆에 앉으라고 히루코 씨가 지시했다. 히루코 씨는 혼자 의장석이라고나 할 법한 상석에 섰다.

모두의 얼굴에 피로가 역력했지만, 히루코 씨가 "오래 기다리셨습니다" 하고 입을 열자 분위기가 팽팽하게 긴장됐다.

"여러분을 세 시간이나 기다리시게 한 건 마안갑 내부에 정말로 비밀 통로나 비밀 공간 같은 구조가 없는지 조사했기 때문이에요. 마다라메 기관의 연구소로 사용된 곳이니까 이 점은 철저하게 확인하고 넘어갈 필요가 있었어요. 결과는 제로. 어디에도 그런 구조는 없었습니다. 아아, 그리고."

히루코 씨는 말을 멈추고 주방으로 향했다. 그 모습을 눈으로 좇던 우리는 히루코 씨가 싱크대 옆 서랍에서 꺼낸 물건을 보고 숨을 삼켰다.

"겐자키 씨, 잠깐! 위험하잖아. 무슨 생각이야."

오지의 얼굴이 딱딱하게 굳은 것도 무리는 아니다.

히루코 씨가 식칼, 과도, 주방 가위를 들고 돌아온 것이다.

우리가 엉거주춤 일어서자 "그대로 앉아 계세요" 하고 만류한 히루코 씨는 식칼을 시시다 앞에, 과도와 주방 가위를 오지와 핫토리 앞에 내려놓았다.

"이건?" 핫토리가 의아한 얼굴로 물었다.

"수수께끼 풀이에 필요해요."

시시다가 미소 짓는 히루코 씨를 견제하듯 말을 꺼냈다.

"자네가 어떤 추리를 펼칠지는 아주 궁금하지만, 내일이면 경찰이 올 가능성이 높아. 과학수사에 맡겨두면 금방 진상이 규명될걸. 이제 와서 탐정 흉내라니 현명한 처사는 아닌 듯한데."

히루코 씨는 고개를 끄덕였다.

"시시다 씨 말씀대로 원래 사건의 진상은 다음 피해자를 내지 않기 위해 해명되어야 마땅하겠죠. 이번 경우는 이미 사키미 씨의 예언대로 남녀 희생자가 두 명씩 나왔어요. 그런데도 여러분 앞에서 범인을 지적하는 건 쓸데없는 짓이라고 생각하실지도 모르겠네요. 그렇지만……."

히루코 씨는 테이블에 양손을 짚으며 도발하듯 일동의 얼굴을 둘러보았다.

"이번에 일어난 일련의 사건은 평소 우리가 보고 듣는 범행과는 분명히 이질적이에요. 사키미 씨와 도이로, 두 예지 능력자가 진짜인지 가짜인지와는 별개로, 우리가 그 능력을 두려워하는 마음과 일종의 신앙심이 사건을 좌우하고 있기 때문이죠."

그녀들의 능력이 직접 사람을 죽인 것은 아니고, 결국은 자연현상과 인간의 손에 의해 사람이 죽었다. 그런 의미에서는 보통 살인 사건과 동일하다.

문제는 예지 능력의 존재가 우리의 이성과 사고에 어떤 영향을 주었느냐다.

"클로즈드 서클과 예지 능력. 이 조합에서 발생한 공포감과 정신적 핍박을 외부에서 온 경찰이 완벽히 이해해줄 것 같지는 않네요. 요 며칠간 우리를 지배한 기묘한 논리는 밖으로 나가자마자 눈 녹듯이 사라질 허상과 같아요. 그렇기에 지금 제 나름의 방식으로 막을 내리기로 했습니다. 이 좁은 하나의 세계가 무너지기 전에."

히루코 씨는 진심이다.

원래 히루코 씨는 진실을 추구한다거나 범죄가 밉다는 이유로 추리하지 않는다. 자신이 살아남기 위해 수수께끼를 푼다. 그런 의미에서 말하자면 이번 위험은 이미 히루코 씨에게서 물러갔다. 그럼에도 범인을 지목하기 위해 추리를 펼치겠다는 것이다.

"이틀간 수많은 일이 있었죠. 하지만 우스이 씨의 목숨을 앗아 간 산사태와 구키자와가 곰에게 습격당한 일은 인간의 작위적인 소행이 아니에요. 따라서 범인이 획책한 범죄에만 초점을 맞추도록 할게요. 편의상,

1. 사키미 독살 미수.

2. 도이로 살해.

3. 도키노 살해.

라고 부르겠습니다."

"잠깐만." 오지가 이야기를 멈췄다. "도키노 '살해'? 도키노 씨는 넘어져서 머리를 찧는 바람에 죽었다고밖에 볼 수 없는 상황이었잖아."

"뒤통수를 세게 찧은 게 사인은 맞겠죠. 하지만 도키노 씨의 방을 살펴본바, 도키노 씨의 죽음에 제삼자가 개입했을 가능성이 높아요."

"딱히 이상한 점은 없었던 것 같은데요?"

핫토리의 말에 다른 두 사람도 고개를 끄덕였다.

"도키노 씨가 흰옷을 입은 인물이고, 자기 방으로 달아났다고 치죠. 하지만 여러분이 달려갔을 때 문은 잠겨 있지 않았잖아요. 창을 처리하고 옷차림을 정리할 시간을 조금이라도 더 벌 필요가 있었는데 말이에요. 이건 부자연스러워요."

그도 그렇다. 시간을 벌기 위해서라도 방에 들어가면 자물쇠부터 채울 것이다. 그러지 않았다는 것은 도키노 이외의 누군가가 마지막으로 방을 나섰다는 뜻인가.

"또한 도키노 씨의 시신은 아직 따뜻했어요. 난로가 켜져 있었던 영향도 있겠지만, 보통 시체의 체온은 사후 한 시간에 1도씩 떨어집니다. 덧붙여 시반과 사후경직이 나타나지 않았다는 점에서도 사망한 지 얼마 되지 않았던 건 확실해요.

그런데도 머리를 찧으면서 바닥에 묻었다고 추정되는 혈흔은 여러분이 달려갔을 때 말라 있었죠. 방을 하나씩 확인하며 갔다고는 하나, 도키노 씨 방에 도착하는 데 시간이 그리 많이 걸리지는 않았을 거예요. 피가 말라붙기에는 너무 짧은 시간이죠. 즉, 도키노 씨는 소동이 벌어지기 전에 이미 사망했고, 흰옷을 입은 범인이 누명을 씌웠을 가능성이 높습니다."

"도키노도 피해자고, 이 중에 범인이 있다는 건가. 정신이 이상해질 것 같군."

모두의 기분을 대변하듯 시시다가 푸념했다.

"그럼 일단, 세 사건의 대전제를 다시 짚어볼게요."

우리는 초면일 가능성이 극히 높다는 것. 클로즈드 서클이라는 범죄에 부적합한 상황임에도 범인이 살인을 단행했다는 것. 범행은 남녀가 두 명씩 죽는다는 사키미의 예언을 두려워하는 마음과 관련이 있으리라는 것. 히루코 씨는 그러한 사항을 재확인하고 각 사건의 검증으로 옮겨갔다.

"첫 번째 사키미 독살 미수는 넘어가고 두 번째 도이로 살해 먼저 생각해보죠. 그 사건의 포인트는 로커 자물쇠를 망가뜨려 총을 훔친 후 도이로의 방에 침입해 살해하고 방을 어지럽히는 데 십 분은 필요하다는 점이에요. 하지만 그때 식당을 십 분 넘게 비운 사람은 죽은 구키자와를 제외하면 오지 씨와 시시다 씨 부자뿐이죠."

핫토리와 사키미는 식당에 없었지만, 핫토리의 방문은 식당 정면에 있다. 누군가 드나들면 우리가 반드시 알아차렸을 테고, 도중에 문이 열린 적은 없었다. 핫토리가 방에서 나온 건 산탄총이 분실됐음을 알아차렸을 때이고, 그 오 분 동안만 알리바이가 없다.

"하지만 시시다 씨와 준은 교대로 화장실을 사용했다고 증언했고, 오지 씨의 경우는 그가 돌아온 후에도 로커 자물쇠는 멀쩡했다고 도키노 씨가 증언했어요. 누군가 거짓말을 한 게 아니라면 범행은 불가능한 셈이죠."

히루코 씨가 말을 마친 후 내가 의견을 보탰다.

"공범자가 있다면 도이로를 살해하는 것과 방을 어지럽히는 걸 분담할 수 있어요. 즉, 오 분밖에 식당을 떠나지 않았던 도키노 씨와 핫토리 씨도 범행을 저질렀을 가능성이 생기죠. 더 나아가 도이로 본인이 산탄총을 훔쳐뒀을 가능성도 있고요."

시시다가 질렸다는 듯이 목소리를 높였다.

"범인의 조합이 무수히 늘어나잖아. 누가 거짓말을 했는지 어떻게 알겠어?"

"그런데 가능해요. 무수한 조합 중에서 단 하나의 조합을 추려내기가."

히루코 씨가 단언하자 사람들이 술렁거렸다.

"도대체 어떻게?"

"도이로 살해 현장에는 불가해한 점이 하나 있어요. 도이로의 몸을 관통했을 총알이 뒤쪽 벽에 명중한 흔적이 어디에도 없다는 거예요."

천장과 벽은 무르므로 총알 자국이 남지 않을 리 없다. 즉, 총알은 유일하게 벽에 걸려 있던 시계에 명중한 것이라고 히루코 씨는 설명했다.

"총알이 명중해 시계가 망가졌다. 범인이 방을 어지럽힌 건 그 사실을 숨기기 위한 은폐 공작이었다고 보면 설명이 돼요.

중요한 점은 범인이 한시라도 빨리 식당으로 돌아가고 싶었으리라는 거죠. 너무 오래 자리를 비우면 식당에서 기다리는 우리가 수상쩍게 여기고 누가 살피러 올지도 모르니까요. 그런데도 시간을 들여 은폐 공작을 한 건 범인에게 치명적인 증거가 남아 있었기 때문이겠죠. 그럼 시계에 남을 만한 증거는 뭘까요?"

"당연히 시간이겠죠." 핫토리가 바로 답했다. "총에 맞아서 시계가 멈춘 걸 거예요."

"그건 아니지." 시시다가 즉시 반론했다. "시계가 멈췄다면 시곗바늘을 다른 시간으로 돌리면 그만이야. 잘하면 그 시간에 알리바이가 없는 사람에게 죄를 뒤집어씌울 수도 있을걸. 굳이 시계를 박살 낼 필요가 어디 있겠나."

"시시다 씨 말씀이 맞아요. 그래서 하무라는 시곗바늘까지 부러져서 흩어져 있던 것에 착안해 다른 추리를 펼쳤어요. 총알이 분침을 부러뜨리고 문자반에 명중해 자국을 남긴 게 아닐까 생각한 거죠."

오지가 감탄한 듯 고개를 끄덕였다.

"그렇구나. 그 자국이 바로 총을 쏜 순간에 분침이 가리키고 있던 위치라는 거로군. 그렇다면 범인이 시계를 부수지 않을 수 없겠어."

"하지만 조각난 문자반을 맞춰봐도 총알 자국은 어디에도 없었어요."

히루코 씨가 사실대로 말하자 세 사람 사이에 침묵이 흘렸다.

"그럼 지금 이야기는 아무 의미도 없잖아요."

핫토리의 목소리가 어쩐지 차갑게 들렸다. 왠지 내가 나쁜 짓을 한 것 같은 기분이 들었다.

그러나 히루코 씨는 "없기는요" 하고 고개를 저었다.

"문자반에 아무 자국도 남아 있지 않다. 이건 가장 중요한 증거예요. 도이로의 등을 빠져나간 총알은 벽, 천장, 문자반 어디에도 맞지 않았다. 그럼에도 시계에는 범인 입장에서 방치할 수 없는, 범행 시각을 나타내는 단서가 남았다. 이 요건을 충족시키는 상황은 하나뿐이에요."

히루코 씨는 호주머니에서 손수건을 꺼내 감싸둔 물건을 우리에게 보여주었다.

"총알은 긴 침과 짧은 침, 마침 겹쳐 있던 두 시곗바늘에 명중해 둘 다 부러뜨린 거예요."

손수건 위에는 두 조각난 짧은 침과 세 조각난 긴 침이 놓여 있었다. 두 시곗바늘은 밑동에서부터 부러진 지점까지의 길이가 완전히 일치했다.

"산탄총에 장전되어 있던 건 슬러그탄이라고, 관통력이 약한 총알이었어요. 그래서 도이로의 몸을 꿰뚫은 시점에서 이미 위력이 많이 감소했고, 놋쇠로 된 시곗바늘 두 개를 부러뜨리고 나자 문자반에 맞고 튕긴 거죠. 시곗바늘을 잘 보면 육안으로도 부러진 부분이 패어 있다는 걸 알 수 있어요. 감식하면 시곗바늘 단면에서 총알의 금속 성분이 검출되겠죠."

범인 입장에서는 악몽과도 같은 우연이었을 것이다. 시곗바늘 두 개가 완벽히 똑같은 위치에서 부러지다니 이렇게 부자연스러운 상황은 또 없다. 하지만 부러진 시곗바늘을 가지고 가면 오히려 나쁜 의미에서 눈에 띌 것이다.

시곗바늘이 부러졌다는 사실을 숨기기 위해서는 시계 자체를 부숴야 한다. 더 나아가 시계만 부서져 있는 것도 부자연스러우므로 방 전체를 어질러야 한다. 그리하여 현장이 그 모양이 된 것이다.

즉, 범행 시각은 시곗바늘 두 개가 겹치는 시각.

나는 어젯밤에 사람들이 언제 자리를 비웠는지 생각하며 말을 꺼냈다.

"처음으로 구키자와가 자리를 비운 게 10시 15분, 마지막으로 핫토리 씨가 산탄총이 분실됐음을 알아차린 게 자정. 그사이에 시곗바늘은 10시대, 11시대, 그리고 자정, 총 세 번 겹치는……."

"아니야." "틀렸어!"

히루코 씨와 시시다가 거의 동시에 소리쳤다.

"긴 침이 한 시간 걸려 한 바퀴 도는 동안, 짧은 침도 조금씩 움직여! 즉 두 시곗바늘이 겹치려면 한 시간 넘게 걸린다는 뜻이야. 자정에 시곗바늘이 겹친다는 말인즉슨, 11시대에는 시곗바늘이 안 겹친다는 거라고!"

"옳으신 말씀이에요. 두 시곗바늘이 겹치는 시각은 10시 54분경과 자정 정각. 자정은 핫토리 씨가 산탄총이 분실된 걸 알아차린 시각이니까 그 순간에 발포했다는 건 말이 안 되죠. 즉, 도이로가 총에 맞은 건 10시 54분이에요."

모두가 숨을 죽인 가운데, 히루코 씨의 목소리가 무자비하게 울려 퍼졌다.

"그 시간에 알리바이가 없는 건 오지 씨. 당신뿐이에요."

2

"어휴, 잠깐, 잠깐."

뜻밖에도 오지의 입에서는 차분한 쓴웃음이 새어 나왔다.

"너희가 저번에 이야기하지 않았나? 범행 현장에 남겨진 증거가 진짜인지 범인이 준비한 가짜인지 판별하기는 불가능하다고. 그렇다면 시계나 시곗바늘도 내게 죄를 뒤집어씌우기 위해 조작했을 가능성이 있잖아."

분명 그렇다. 날조된 증거인지 아닌지 정밀한 과학적 검증 없이는 판별이 불가능하다. 하지만 히루코 씨는 털끝만큼도 당황하지 않았다.

"시곗바늘을 부러뜨리는 것만이라면 날조할 수 있을지도 모르죠. 하지만 가장 중요한 건 현장 상황이에요. 총알은 도이로의 몸속에서 탄도가 바뀌었고, 피가 튄 벽과 천장 어디에도 총알 자국은 없었죠. 이걸 어떻게 날조한단 말인가요?

도이로를 눕혀놓고 위에서 쏜다?

무리예요. 바닥에 총알 자국이 남을 테고 벽에는 피가 튀지 않죠.

벽에 피가 튄 건 범인의 위장 공작이고, 총은 다른 곳에서 맞았다?

무리예요. 그 밖에 피로 더러워진 곳은 없었어요.

시계를 도이로의 등에 댄 상태로 쐈다?

무리예요. 총알은 몸속에서 탄도가 바뀌어서 등 왼쪽으로 빠져나갔어요. 예측할 수 없는 현상이죠.

몸속에서 탄도가 바뀐 총알이 시곗바늘에 명중한다, 그런 기적적인 확률에 의존해서 현장을 날조하기는 불가능하다고요."

히루코 씨가 담담한 목소리로 거듭 몰아붙였다.

"오지 씨가 도이로를 총으로 쏴 죽였다면 다른 한 명의 공범도 저절로 판명되죠. 오지 씨가 산탄총을 훔쳤다면 그 후에 도키노 씨가 로커를 봤을 때 이상이 없었다는 건 말도 안 돼요. 도키노 씨는 오지 씨의 알리바이를 만들기 위해 거짓 증언을 한 거예요. 오지 씨와 도키노 씨는 공범. 이 두 사람입니다."

"그러니까 오지 씨는." 나는 목이 바짝 마르는 걸 느끼며 말했다. "공범자였는데도 도키노 씨에게 누명을 씌웠다는 건가요?"

"헛소리 좀 작작해."

오지가 정말 뜻밖이라는 듯이 테이블을 두드렸다. 과도가 튀어 올랐다가 떨어지며 시끄러운 소리를 냈다.

"흰옷을 입고 연기한 게 나라고? 생각해봐, 하무라는 창을 든 흰옷을 쫓아 바로 지하에 내려왔잖아? 하지만 하무라가 다른 두 사람과 함께 찾아왔을 때 나는 분명히 방에 있었고, 창은 도키노 씨 옆에 놓여 있었어. 복도의 발자국도 도키노 씨 방으로 이어졌잖아."

하지만 히루코 씨는 오히려 여유 있는 표정을 지었다.

"'어떻게 죽였는가'라는 하우더닛에는 별로 흥미가 없어서요. 범인이 어떻게든 했다는 건 변함없으니까요. 하지만 제 나름대로 짐작이 가니까 설명은 해드릴게요.

하무라는 흰옷을 입은 인물이 계단을 내려가자마자 뒤쫓아 갔어요. 그 인물이 1층에서 젖은 걸레를 밟아서 발자국이 도키노 씨의 방까지 이어졌다는 걸 알 수 있었죠. 유의할 점은 흰옷을 입은 인물이 도키노 씨의 방으로 향하는 모습을 실제로 본 사람은 없다는 거예요. 발자국과 방에 떨어져 있는 창을 보고 그렇게 추측했을 뿐이죠. 그 두 가지를 위장할 수 있다면 알리바이는 무너져요."

발자국과 창은 위장이었다? 나는 그 말의 의미를 헤아려 보았다.

"저희가 지하에 내려가기 전부터 창은 도키노 씨의 방에 있었다는 말씀인가요?"

"맞아. 오지 씨가 흰옷을 입고 연기하기 전에 도키노 씨는 방에서 숨진 뒤였지. 오지 씨는 젖은 도키노 씨의 양말을 신고 계단을 내려선 지점부터 도키노 씨의 방까지 발자국을 찍고 '진짜' 창을 도키노 씨 옆에 놓아뒀어. 그리고 옷을 갈아입는 도중인 것처럼 양말을 반절만 신겼지.

그리고 흰옷 차림으로 '가짜' 창을 들고 핫토리 씨와 하무라 앞에 모습을 드러낸 후, 이번에는 자기 양말을 신은 채 일부러 젖은 걸레를 밟고 발자국을 남기며 달아났어. 복도의 불을 끈 건 얼굴을 숨기는 동시에 창이 '가짜'임을 들키지 않기 위해서였어."

1층과 지하의 발자국이 전혀 다른 타이밍에 찍혔다는 말인가.

흰옷이 물을 튀기는 듯한 발소리를 내며 달아났으므로 나는 지하에 남은 발자국도 방금 찍힌 것이라고 믿었다. 사이에 융단이 깔린 계단이 있던 탓에 1층과 지하층의 발자국에 다소 차이가 있는데도 부자연스럽다고 느끼지 못했다.

오지는 계단을 내려가는 도중에 흰옷을 벗어 던진 후 지하층 앞에서 양말을 벗고 자기 방으로 돌아갔을 뿐이다. 이 정도라면 내가 지하에 내려가는 몇 초 사이에 해치울 수 있었으리라. 만약 그때 모두의 양말을 조사했다면 트릭이 발각됐겠지만, 거기까지는 머리가 돌아가지 않았다.

하지만 이것만으로는 설명이 모자란다.

"저희가 본 '가짜' 창은 뭔가요? 그렇게 길면 부러뜨려서 감추려고 해도 부피가 클 텐데요. 오지 씨가 그럴싸한 물건을 가지고 있는 낌새는 없었고, 방을 조사했을 때도 발견되지 않았잖아요."

그러자 추리소설에 훤한 시시다가 끼어들었다.

"진짜 창일 필요는 없잖아. 흉기 소실 하면 얼음을 사용한 트릭이 유명하지. 목욕 타월을 막대기 모양으로 얼렸다가 발견되기 전에 난로의 열기로 녹였다는 건 어때?"

"재미있는 추리지만, 냉동고는 어제 낮부터 고장이었어요." 히루코 씨가 단박에 부정했다. "그렇게 귀찮은 짓을 할 필요 없죠. 손안에서 갑자기 막대기가 나타나는 마술을 한 번쯤은 보셨을 텐데요. 그건 줄자처럼 몇 겹으로 감긴 얇은 금속을 막대기 모양으로 늘인 게 전부예요. 누구나 살 수 있는 마술용품이죠."

"그런 물건을 마침맞게 가지고 다니는 사람이 어디 있겠어?"

시시다가 어처구니없어했다. 확실히 장례식에 참석하고 돌아가는 그들뿐만 아니라, 오토바이 여행중인 오지가 마술용품을 가지고 다녔으리라고는 보기 힘들다. 히루코 씨는 기죽지 않고 말을 이었다.

"그렇게 단순한 마술용품이니 주변 물건으로도 대용할 수 있을 거예요. 예를 들어 오지 씨 방의 벽지는 비가 새서 벗겨져 있었죠?"

분명 그 정도 크기의 벽지라면 돌돌 말아서 창으로 위장하는 것도 가능하다.

하지만 오지는 즉각 이의를 제기했다.

“잠깐. 그건 시시다 씨도 마찬가지잖아. 시시다 씨 방 책상에는 글씨가 가득 적힌 희한한 종이가 놓여 있었으니까.”

준이 가지고 온 위자보드 말인가. 그 종이도 가로세로 일 미터니까 이 트릭에 이용하기는 충분하다. 하지만 이 반론도 히루코 씨가 즉시 논파했다.

“창으로 보이려면 아주 가늘게 말아서 들어야겠죠. 그렇게 돌돌 만 종이는 곧장 원래대로 펴지지 않아요. 위자보드를 사용했다면 저희가 방을 조사했을 때 아직 양옆이 말려 있었겠죠. 말리는 걸 막기 위해서는 종이를 단단히 고정해야 해요. 예를 들면 네 귀퉁이에 압정을 박는다든지 해서요.”

돌돌 만 포스터나 달력을 거꾸로 말아서 평평하게 하려고 해도 묘하게 구부러지며 좀처럼 원래대로 돌아오지 않는다. 시시다의 방에 있었던 위자보드는 책상에 깔끔하게 펼쳐져 있었고, 말린 흔적은 없었다.

오지의 범행임을 뒷받침하는 상황증거가 또 하나 나왔지만, 히루코 씨는 멈추지 않고 이야기를 이어나갔다.

"도키노 살해가 가능하다는 걸 이해하셨을 거예요. 하지만 도키노 살해에서 주목해야 할 점은 하우더닛이 아니라 와이더닛, '왜 도키노 씨를 죽였느냐'입니다."

이 말에 핫토리가 고개를 끄덕였다.

"우리는 겐자키 씨가 죽었다고 생각했으니까, 또 여자를 죽일 필요는 없었을 거예요."

"맞아!" 오지가 응원군을 얻었다는 듯이 격한 어조로 따졌다. "내게는 동기가 없어! 도키노 씨든 도이로든 왜 남자인 내가 죽인단 말이야?"

지당한 주장이다.

사키미의 예언을 믿는 인물이 죽음의 예언에서 벗어나기 위해 클로즈드 서클임에도 불구하고 살인을 저질렀다는 것이 이 추리의 대전제다.

남자인 오지가 여자인 도이로를 해쳤고, 더 나아가 예언된 숫자를 넘어서면서까지 여자를 죽였다고 하면 대전제가 무너지고 만다.

"요시미에 살았던 도키노나 핫토리라면 모를까, 외부인인 오지가 사람을 죽일 만큼 사키미 씨의 예언을 두려워했다는 게 애당초 납득이 안 가."

시시다의 의견에 히루코 씨는 고개를 끄덕였다.

“무슨 말씀이신지 알겠어요. 오지 씨는 우연히 요시미에 발을 들여놓았다가 갇힌 외부인이고, 지금까지 사키미 씨의 예언에 대해서도 몰랐죠. 오지 씨가 범인이라면 사키미 독살 미수, 도이로 살해, 도키노 살해 전부 동기가 수수께끼로 남아요.

이제부터는 마안갑에 온 뒤로 있었던 일을 짚어가며 이야기하는 편이 이해하시기 쉽겠네요.”

3

이야기는 첫날, 우리가 마안갑에 발을 들여놓았을 때로 거슬러 올라갔다.

“사키미 씨와 면담을 허락받은 저희는 그제야 사키미 씨가 예언자임을 알았어요. 이때 오지 씨는 아직 의심쩍게 여기고 있었겠죠.”

남녀가 두 명씩 죽는다는 사키미의 예언을 듣고도 도저히 믿을 마음이 들지 않았을 것이다.

“다음 날 아침, 우스이 씨가 산사태로 돌아가신 게 상황이 변한 계기였어요. 예언대로 사망자가 나온데다 도이로가 사고를 예지한 듯한 그림을 몇 번이나 그렸다는 게 밝혀졌죠. 사키미 씨의 예언과 도이로의 그림. 누구나 두 사람의 예지 능력을 강하게 의식했을 거예요."

"그렇다고 사람을 죽인다는 게 말이 돼!"

막힘없이 이어지는 이야기의 흐름을 끊듯이 오지가 말을 내뱉었다.

시시다도 신중하게 의견을 제시했다.

"예언을 두려워했다, 동기가 그뿐이라면 도키노 쪽의 동기가 더 강했을 것 같은데."

"네, 우스이 씨가 사망한 것만 가지고 예언을 믿었다고 보기는 힘들죠. 하물며 살인을 단행하는 결정타가 됐다고는 볼 수 없고요. 저라면 망설일 거예요. 앞으로도 예언이 들어맞을지 좀더 지켜보고 싶겠죠. 하지만 재수 없는 일을 피해서 행동하려는 건 극히 일반적인 사고방식 아닐까요."

새해 첫 참배 때 뽑은 길흉 제비의 결과. 정보 방송에 나온 별점. 진심으로 믿지는 않더라도 어쩐지, 만약을 위해, 그 지시나 충고에 따른다. 이는 누구에게나 해당되는 행동 양식이다.

"그런데 그게 죽음의 예언과 무슨 상관인데요?" 내가 물어보았다.

"오지 씨는 사키미 씨의 예언이 아니라 도이로의 예지 그림을 피하려고 한 거야."

"그림이라면 독살 미수의……."

히루코 씨는 그쪽이 아니라며 고개를 저었다.

"그전에도 도이로가 그림을 한 번 그렸지. 네가 일산화탄소중독으로 죽을 뻔했을 때."

나는 무심결에 앗, 하고 외마디 소리를 질렀다.

무슨 이야기인지 종잡을 수 없는지 시시다가 곤혹스러운 목소리로 말했다.

"일산화탄소중독으로 죽을 뻔한 이야기는 들었지만 그건 통풍구가 막혀서 일어난 사고였잖아."

"도이로는 그 사고의 광경도 예지했어요. 그림에는 난로 옆에 쓰러진 사람 형체와 작은 동물 같은 형체가 그려져 있었고, 하무라의 방도 그림과 완전히 똑같은 상황이었죠. 하지만 이상한 점이 하나 있어요. 하무라 말로는 전날에 죽은 쥐 같은 건 없었대요."

죽은 쥐는 고작 하루 사이에 숨어들어 죽었다고는 믿기지 않을 만큼 말라비틀어진 상태였다. 그래서 왜 죽은 쥐가 있었는지 내내 의문이었다.

히루코 씨는 오지를 똑바로 보고 말했다.

"그 죽은 쥐를, 도이로가 예지한 광경을 떠넘기기 위해

고의로 던져 넣은 거라면요?"

도이로가 예지한 미래를 떠넘긴다.

설마 나는 쥐도 새도 모르는 새 살해당할 뻔한 건가.

"그림 속 상황이 누군가에게 일어난다면, 남을 그림 속 상황에 가깝게 만들면 된다. 도이로의 예지 능력을 역이용하는 그야말로 참신한 발상이에요. 작은 동물 옆에서 사고가 발생한다면 죽은 쥐를 누군가의 곁에 놔두자. 그러면 자신은 아무 손해 없이 도이로와 사키미 씨의 예지 능력이 진짜인지도 확인할 수 있어요. 그 증거로 준이 어제 낮에 보았다는 죽은 쥐가 창고에서 사라졌어요. 오지 씨가 하무라의 방에 던져 넣은 거겠죠."

도이로는 방에서 나오자마자 그림을 그렸다고 했다. 복도를 지나가던 오지가 그림을 훔쳐봤을 가능성은 충분하다. 그는 그림에 그려진 미래를 피하기 위해 죽은 쥐를 놔둘 사람을 물색했다. 그리고 내 방을 찾아왔다가 우연히 내가 자고 있는 걸 발견한 것이다. 가령 깨어 있었더라도 직전에 속옷을 빌렸으니 적당한 핑계를 댈 수 있으리라 생각했을지도 모른다.

그 결과, 나는 그림에 그려진 대로 죽을 뻔했고, 오지에게는 아무 일도 일어나지 않았다.

오지는 도이로의 예지 능력이 진짜라는 확신을 가지는 동시에 그 편리한 수법에 매료됐으리라. 자신의 손을 직접 더럽히지 않고 죽음의 운명을 남에게 떠넘길 수 있으니까.

"아, 아니야……. 나는……."

오지의 이마에 굵은 진땀이 맺혔다.

하지만 히루코 씨는 그의 목소리가 들리지 않는 것처럼 냉혹하리만큼 차분한 목소리로 말을 이었다.

"사키미 독살 미수 때도 같은 행동을 취했죠. 방에서 잠을 자느라 늦게 식당으로 향한 당신은 닫힌 문 틈새로 도이로가 새로운 그림을 그리는 걸 본 거예요. 그 그림에는 빨간 꽃 옆에서 독을 먹고 죽은 듯한 사람이 그려져 있었죠. 물론 당신은 독을 가지고 있지 않으니까 하무라 때와 마찬가지로 빨간 꽃을 누군가에게 넘겨서 본인의 안전을 지키려고 했어요. 그래서 자기 방에 있는 사키미 씨를 표적으로 삼아 뒤뜰의 꽃을 가져와서 방 앞에 뿌린 거예요."

실은 저녁 식사 전에 핫토리가 사키미의 방에 빨간 꽃을 꽂았으므로 오지가 행동에 나서지 않았더라도 그림 속 상황은 갖추어졌지만, 그 사실을 알 까닭이 없었다.

"잠깐만요. 그럼 사키미 님에게 독을 먹인 협박자의 정체는 누구인가요? 오지 씨도 도키노 씨도 독을 탈 기회는 없었는데요."

핫토리의 말대로다. 오지도 도키노도 독을 탈 수 없었다면 사키미 독살 미수가 설명되지 않는다.

그러자 히루코 씨는 호주머니에서 손수건에 감싼 얇은 종이를 꺼내 테이블에 내려놓았다.

"그 수수께끼를 풀기 위한 열쇠가 여기 있어요. 이건 사키미 씨의 찻잔에 들어 있었던 걸로 추정되는 독극물인데, 현장인 사키미 씨의 방 안쪽에 숨겨져 있었어요."

시시다가 종이에 남은 암갈색 알갱이를 흥미롭게 들여다보더니 흠, 하고 말했다.

"정제된 약품이 아니로군. 식물이나 생물에서 유래된 독을 범인이 독자적으로 추출해서 조합했는지도 모르겠어."

"사키미 씨는 본 적이 없다고 했고, 사키미 씨가 방에 계신 동안에는 아무도 이게 숨겨진 장소에 다가가지 않았대요. 즉, 독은 쓰러진 사키미 씨가 방에서 옮겨진 후에 숨겨진 거죠. 범인은 왜 그런 짓을 한 걸까요?"

이어서 히루코 씨는 낮에 나와 논쟁했던 내용을 들려주었다.

사키미가 자살임을 감추려 했다면 방 밖에다 처분했을 테고, 범인이 따로 있다면 사키미의 응급조치가 끝난 후에 자살로 위장하려 드는 건 이상하다. 어느 쪽이든 간에 변기에 흘려보내든지 밖에 버리든지 처분하기에 좀더 적당한 방법이 있었을 것이다.

"이 모순에 대한 제 생각은 이래요. 그 인물은 자살임을 감추기 위해 독을 처분하고 싶었다. 하지만 부득이한 사정으로 방 안에 숨길 수밖에 없었다. 방 밖으로 나갈 수 없었기 때문이에요."

그 말에 사람들의 입에서 놀라움 어린 목소리가 터져 나왔다.

"그럼 독은 사키미 씨가 숨겼던 건가."

"그게 무슨. 몸 상태가 별로이긴 하셨지만 건물을 돌아다닐 정도는 되셨다고요."

핫토리의 반론에 히루코 씨는 고개를 끄덕였다.

"저도 사키미 씨가 천천히 걸어 다니시는 모습을 봤어요. 하지만 그 정도로는 안 돼요. 아시겠어요, 남은 독은 당연히 찻잔에 독을 탄 후에 처분할 거예요. 어젯밤, 식당에서 도이로가 그림을 다 그리기 직전에 사키미 씨는 자기 찻잔에 독을 탔어요. 하지만 준비했던 독의 양이 많아서 차에 전부 녹지 않았겠죠. 만약 녹지 않은 대량의 독이 찻잔에서 발견되면 나중에 자살이었음이 간파될지도 몰라요. 하는 수 없이 남은 독을 처분하기 위해 방을 나서려고 했을 때, 문 앞에는 이미 빨간 꽃이 뿌려져 있었던 거예요."

머릿속에서 여러 개의 퍼즐 조각이 맞추어졌다.

도이로의 그림을 훔쳐보고 빨간 꽃을 뿌린 건 오지다. 그 사실을 몰랐던 사키미는 연못처럼 펼쳐진 빨간 꽃을 보고 크게 당황했으리라.

"자살임을 감추기 위해서는 독을 어딘가에 처분해야 하니까 방 밖으로 나가야 해요. 하지만 에리카는 밟으면 뭉개지는데다, 작은 꽃이 흩어지며 발바닥에 들러붙고는 하죠. 게다가 에리카는 방 앞을 뒤덮을 만큼 잔뜩 뿌려져 있었어요. 몸이 약한 사키미 씨는 뛰어넘을 수 없었을 거예요."

에리카를 옆으로 치우는 방법도 있지만, 그래도 부근에 흩어진 작은 꽃은 전부 없앨 수 없다. 애당초 사키미는 누가 무슨 목적으로 꽃을 뿌렸는지 모른다.

그 '누군가'가 에리카를 뿌린 위치를 정확하게 기억하고 있다면 어떻게 하나? 에리카의 위치가 바뀐 걸 알면 사키미가 독으로 죽기 직전에 방을 나섰음이 드러나지 않을까. 어지럽게 흩뿌려진 에리카를 보고도 왜 사키미가 식당에 말하러 오지 않았는지, 모두 의문을 품을 것이다.

"사키미 씨는 혼란스러웠을 거예요. 어떤 방법으로든 에리카를 움직이면 밖으로 나간 증거가 남죠. 그러는 사이에 식당에서 사람들이 떠들썩대는 기척이 느껴졌어요. 사키미 씨는 어쩔 수 없이 방 안쪽에 독을 숨기고 차를 마신 거예요."

독을 탄 사람과 꽃을 뿌린 사람. 양쪽은 공범이 아니라, 우연하게도 의도와 행동이 서로 얽히는 바람에 불가해한 독살 현장이 완성된 것이다.

"그런데 사키미 씨는 왜 자살을?"

시시다의 의문에 핫토리가 대답했다.

"도이로 씨를…… 위해서죠?"

"네. 사실 도이로는 사키미 씨의 피를 이어받은 손녀였어요. 손녀인 도이로를 죽음의 예언에서 구하기 위해 사키미 씨는 스스로 희생자 중 하나가 되려고 한 거겠죠."

첫날, 사키미의 방으로 안내받았을 때 사키미가 도이로의 이름을 듣고 동요한 것이 생각났다. 이제부터 네 명이나 죽을 곳에 설마 손녀가 올 줄은 몰랐던 게 틀림없다.

"자살임을 숨긴 이유는? 모두가 의심에 빠지리라는 건 잘 알고 있었을 텐데."

고개를 갸웃하는 시시다에게 히루코 씨가 말했다.

"도이로는 자신이 사키미 씨와 혈연관계라는 걸 눈치채

고 있었지만, 사키미 씨는 어떤 사정으로 끝까지 그 사실을 숨기려 했어요. 그러니 손녀를 비호했다는 걸 들키고 싶지 않았던 거겠죠."

사키미는 처음 만난 손녀를 위해 희생하려고 했다. 그런데 바라던 것과는 정반대의 결말이 나오다니.

"이야기를 오지 씨에게 되돌리도록 할까요."

서늘하게도 들리는 말로 히루코 씨가 이야기를 본론으로 되돌렸다.

"도이로의 그림대로 사키미 씨는 독을 먹고 쓰러졌어요. 이리하여 오지 씨는 더더욱 도이로의 예지 능력에 신뢰를 보내는 동시에 고민에 빠졌을 거예요. 도이로가 언제 어떤 그림을 그릴지는 오지 씨도 모르니까요."

모르는 사이에 자신이 도이로의 그림과 똑같은 상황에 처할 가능성도 있다. 도이로의 그림은 유용할 뿐만 아니라 자신에게도 화를 끼칠 수 있는 양날의 검임을 깨달은 것이다.

오지는 죽음의 예언에서 벗어나기 위해 마침내 자신의 손을 더럽힐 각오를 다져야 했다.

"그러나 클로즈드 서클에서 살인을 저지르고 경찰 수사에서 빠져나가는 건 불가능에 가깝죠. 그때 당신은 공범으로 안성맞춤인 상대를 발견했어요. 그건 바로 도키노 씨였습니다."

나는 의문을 제기했다.

"분명 도키노 씨는 처음부터 사키미 씨의 예언을 두려워했어요. 하지만 공범이 되라는 제안을 그렇게 간단히 받아들일까요?"

"섣불리 제안할 수는 없을 테고, 삼류 드라마처럼 '녀석이 죽어주면 좋을 텐데' 하고 혼잣말을 흘리는 사람도 없겠지.

그럼 상대를 범죄에 끌어들이는 동시에 거부하지 못하게 만드는 또 다른 방법은?"

"협박인가!"

히루코 씨의 친절한 유도에 시시다가 소리쳤다.

"네. 오지 씨는 도키노 씨를 협박해서 살인에 가담토록 한 거예요."

"그게 말이 되냐?" 입을 다물고 있던 오지가 거칠게 대꾸했다. "우리는 초면이라고. 도키노 씨를 위협하기에 적당한 협박거리가 나한테 있겠어?"

뜻밖에도 히루코 씨는 순순히 인정했다.

"맞아요. 사실 오지 씨가 잡은 협박거리도 착각이었어

요."

"협박거리라니, 대체 뭔데?" 시시다가 대답을 재촉했다.

"오지 씨는 도키노 씨가 사키미 씨에게 독을 먹인 범인이라고 생각한 거예요."

그 순간 오지의 눈에 명백한 동요가 스쳤다.

"아까 죽은 쥐가 없어졌다고 한 사무실 안쪽 창고. 하무라가 거기서 도키노 씨의 네일 팁을 발견했어요. 어쩌면 도키노 씨가 탈출에 쓸 만한 도구를 찾다가 떨어뜨렸는지도 모르겠네요. 문제는 네일 팁 근처에 쥐 잡는 데 사용된 아비산이 보관되어 있었다는 거예요."

오지가 창고에 있는 도키노를 목격했는지, 우리처럼 네일 팁을 발견했는지는 모른다. 처음에는 오지도 마음에 두지 않았으리라. 하지만 사키미가 독으로 쓰러졌을 때, 오지는 도키노가 아비산을 탄 것이라고 생각했다.

사키미가 보인 반응상 독극물은 아비산이 아닐 가능성이 높고, 애당초 도키노에게는 독을 탈 기회가 없었지만 그건 나중에야 판명된 사실이다.

"사키미 씨를 간호할 때 여러분은 따로따로 행동했죠. 아마 그때 도키노 씨에게 접근해 협박했을 거예요. '독을 탄 걸 모른 척해주는 대신, 내 계획에 동참해" 하고요. 당연히 도키노 씨 입장에서는 얼토당토않은 소리예요. 협박해서 이용하려 했지만, 도리어 살인 계획을 도키노 씨에게 들켜 약점을 잡히고 말았죠."

"어리석은……."

핫토리가 딱하다는 시선을 던졌다. 오지는 흐리멍덩한 눈으로 테이블의 과도를 내려다보며 "아니야. 아니야" 하고 거듭 고개를 저었다.

"이건 도키노 씨에게도 호재였어요. 사키미 씨의 예언을 철석같이 믿던 도키노 씨는 자신이 죽지는 않을까 두려워했죠. 오지 씨가 제안한 공범 계획은 도키노 씨에게 제격이었던 거예요."

그들 입장에서는 '협박자', 사키미의 독살을 시도한 자의 정체가 가장 큰 걱정거리였으리라. 협박자가 다음에는 자신을 노릴 가능성도 있다. 그렇다면 독을 탈 기회가 있었던 나, 히루코 씨, 도이로, 핫토리는 가장 경계해야 할 대상이었을 것이다. 그중에서도 언제 어떤 그림을 그릴지 모르는 도이로는 내버려둘 수 없는 존재였다. 우리가 사키미를 간호하거나 도이로를 격리하기 위해 자기 방으로 데려가는 사이의 짧은 시간을 이용해 두 사람은 도이로를 죽일 계획을 세웠다.

나는 한 가지 궁금한 점을 물어보았다.

"혼자 방에 있던 도이로를 제일 먼저 노린 건 이해가 가요. 하지만 도이로는 여자인 도키노 씨의 표적일 텐데요. 왜 오지 씨가 아무 이득도 안 되는 살인을 맡은 건가요?"

"그게 두 사람이 세운 계획의 교활한 점이야."

히루코 씨가 고개를 끄덕였다.

"그들은 단순히 서로 협력하는 걸 넘어서 치밀한 수단을 선택했어.

그건 바로, 교환 살인."

4

교환 살인.

각자 죽이고 싶은 상대가 있는 두 사람이 표적을 교환하여 목적을 달성하는 방법이다. 추리소설 애독자라면 소설 속에서 한 번은 본 적이 있으리라.

예를 들어 여기에 생면부지의 A와 B라는 사람이 있다고 치자.

A는 아내를 죽이고 싶다. B는 남편을 죽이고 싶다.

하지만 직접 손을 쓰면 동기 때문에 금방 경찰에게 의심받는다. 그러던 어느 날 우연히 알게 된 두 사람은 이야기를 나누다 서로 죽이고 싶은 상대가 있음을 알고 표적을 교환한다.

A가 B의 남편을 죽이고, B가 A의 아내를 죽이는 것이다.

피해자와 범인의 접점이 전혀 없으므로 경찰이 아무리 동기를 조사해도 살인범은 수사선상에 떠오르지 않는다. A와 B는 표적이 살해될 때에 맞추어 알리바이만 확보해두면 완벽하다.

"잠깐만요. 피해자와 범인에게 접점이 없어 용의자로 의심받지 않는다는 게 교환 살인의 이점이잖아요. 우리처럼 모두가 수사선상에 올라서는 의미가 없어요."

모두가 이미 용의자니까 표적을 교환하는 의미가 없다. 내 의견에 히루코 씨는 "그런 게 아니야" 하고 고개를 저었다.

"오지 씨와 도키노 씨에게 제일 큰 장애물은 우리가 예언과 살인의 관계성을 알아차리고 동성을 경계하는 거였어. 도이로가 죽은 뒤에도 두 명을 더 죽여야 하는데, 그랬다가는 표적에 접근하기조차 어려워지겠지."

실제로 도이로가 살해된 직후에 핫토리가 그 동기를 알아차려 우리는 동성의 접근을 경계하게 됐다. 그러나 오지와 도키노는 그 반응을 역이용한 것이다.

"예언에서 벗어나기 위해 사람을 죽인다면 이성을 노릴 리 없다. 우리의 생각을 그런 방향으로 유도해 의심을 피하는 동시에, 이성에 대한 경계심을 약화시켜 나머지 두 번의 살인을 실행하기 쉬운 상황을 만든다. 그게 교환 살인을 선택한 이유예요. 나아가 서로에게 유리한 증언을 함으로써 경찰 수사에서 빠져나갈 가능성을 높일 목적도 있었겠죠."

그 말을 듣고 핫토리가 분하다는 듯이 입술을 일그러뜨렸다.

"오지 씨와 도키노 씨는 제가 그렇게 생각할 것도 예상했던 거로군요."

"핫토리 씨 잘못이 아니에요. 저도 똑같이 생각했으니까."

대화를 듣고 있던 시시다가 "과연" 하고 중얼거렸다.

"펠트 인형을 하나씩 없앤 것도 그래서인가. 일부러 예언을 암시해 동성을 의식토록 하기 위해서."

"아니야, 인형 같은 거 몰라!"

오지가 숙이고 있던 고개를 들었다. 잘생긴 얼굴이 울상으로 일그러졌다.

"교환 살인? 무슨 헛소리야. 남자의 표적은 한 명인데, 여자의 표적은 두 명이잖아. 표적을 교환하면 내가 여자를 두 명 죽여야 해. 그렇게 자기한테 불리한 계약은 성립하지 않아. 하다못해 서로 표적이 한 명씩 남았을 때여야 손을 잡는 의미가 있겠지. 그러니 내가 도이로를 죽였다는 어처구니없는 소리는 좀 집어치워."

"표적이 남녀 한 명씩이 되고 나서는 늦어요."

히루코 씨는 딱 잘라 말했다.

"가령 도이로가 우스이 씨처럼 사고로 죽고 나서 교환 살인을 계획했다고 치죠. 표적이 남녀 한 명씩일 때, 예를 들어 오지 씨가 여자를 죽이면 그 시점에서 도키노 씨는 목적이 달성되니까 손을 더럽히지 않고도 살아남을 수 있어요. 도키노 씨 입장에서는 오지 씨를 위해 손을 더럽히기가 싫어지지 않을까요? 이처럼 표적이 남녀 한 명씩일 때는 먼저 범행을 실행하는 쪽이 압도적으로 불리해요. 기껏 대신해서 표적을 죽였건만 상대가 배신할 가능성이 있으니까요."

그러므로 표적이 죽어도 상대의 목적이 아직 달성되지 않는 상황에서 손을 잡을 필요가 있었던 것이다. 오지가 도이로를 죽여도 도키노의 목적이 달성되려면 여자가 한 명 더 죽어야 한다. 그러기 위해서는 오지의 협력이 필요하므로 배신할 수 없다는 논리다.

"그럼 도키노 씨를 죽일 필요가 어디 있는데? 우리는 네가 '죽었다'고 믿었으니까 여자는 두 명이 죽은 셈이야."

오지의 말마따나 도키노의 죽음은 정말로 이치에 맞지 않는다. 오지는 사키미의 예언을 믿었기에 살인을 저질렀을 것이다. 그런데 쓸데없이 사람을 죽여 예언을 깨뜨리려 할 리 없다.

"도키노 살해는 계획적인 범행이 아니라, 충동적인 범행이었겠죠."

히루코 씨는 전혀 막힘없이 대답했다.

"방금 전 논리와 똑같아요. 오지 씨가 도이로를 죽이고, 다음은 도키노 씨가 남자를 죽일 차례였죠. 그런데 범행에 나서기 전에 제가 죽어버린 거예요. 두 사람 입장에서는 예상외의 형태로 여자 희생자가 충족돼, 도키노 씨는 손을 더럽히지 않고도 목적을 달성했죠. 그럼 도키노 씨가 그후로도 살인에 가담하려 할까요?"

클로즈드 서클의 대전제. 범인은 가능하면 살인을 저지르고 싶어 하지 않는다.

도이로 살해 때 도키노는 거짓 증언을 했지만, 직접 누군가를 해치지는 않았다. 살인과 위증은 죄의 무게가 천지 차이다. 태도가 소극적으로 변하는 것도 당연하다.

"덧붙여 오지 씨에게는 한 가지 골치 아픈 문제가 있었어요. 실종된 구키자와의 생사를 모른다는 거죠. 그가 만약 죽었다면 희생자가 충족되겠지만, 그가 살아 있다면 한시라도 빨리 다른 남자를 죽여야 해요. 가장 안 좋은 상황은 오지 씨가 다른 남자를 죽인 후에 구키자와의 사망이 판명되는 것이죠. 이 경우, 사키미 씨의 예언이 빗나간 셈이니까 지금까지 괜한 죄를 저지른 게 되거든요."

이렇게 이러지도 저러지도 못할 상황에서 시시각각 시간만 흘러 오지는 미칠 듯이 괴로웠을 것이다. 하지만 그는 더한 궁지에 빠진다.

"도키노 씨는 분명 공범 관계를 일방적으로 파기했을 거예요. 도이로를 대신 죽인 오지 씨 입장에서는 용납할 수 없는 배신행위예요. 교환 조건이기에 위험을 무릅쓰고 도이로를 총으로 쏴 죽였는데, 도키노 씨는 아무것도 하지 않고 이득만 날름 챙기겠다니 용서할 수 없었겠죠. 아마 도키노 씨 방에서 심한 말다툼을 벌였을 거예요. 그 결과 도키노 씨가 바닥에 쓰러지면서 머리를 세게 찧은 거고요."

"그렇다고 쳐도 말이야."

히루코 씨의 추궁을 물리치듯 오지가 오른손을 얼굴 앞

에다 대고 세차게 내저었다.

"도키노 씨의 시신을 그대로 놔두면 그만이잖아. 넘어져서 죽었으니 사고인지 타살인지 어차피 구별이 안 될 테니까. 그런데 흰옷을 입고 사람들 앞에 모습을 드러내다니, 그렇게 위험한 행동을 할 이유가 어디 있어?"

오지의 말도 일리가 있다. 어쩌면 그 자리에서 제압당했을지도 모르고, 고작 몇 초에 운명을 맡기는 트릭을 사용하는 건 너무나 위험한 짓이다.

"그때 도키노 씨한테 아직 숨이 붙어 있었기 때문이에요. 도키노 씨는 즉사한 게 아니라 기절했던 겁니다."

도키노가 기절했다.

이건 오지에게 빼도 박도 못할 위기였다.

왜냐하면 기절한 사람은 조만간 의식을 되찾으니까.

안 그래도 공범 관계를 파기하려던 도키노를 말다툼 끝에 다치게 했다. 의식을 되찾으면 도키노는 펄펄 화를 내며 오지의 범행을 폭로할 것이 분명하다.

"당신은 어떻게든 도키노 씨의 입을 막아야 했어요. 하지만 죽일 수는 없죠. 이유는 아까 당신이 말했듯이 여자 희생자는 충족됐으니까. 그때 떠오른 방법이 도키노 씨를 범인으로 추정할 수밖에 없는 상황을 모두의 눈앞에서 만들어내는 거예요. 위험을 무릅쓰면서까지 흰옷을 입고 연기한 건 그래서였죠."

도키노가 다음 범행을 꾀하고 있었다는 인상을 우리에게 심어주면, 의식을 되찾은 도키노가 오지의 죄를 폭로해도 불리해지니까 발뺌하는 거라고 반론할 수 있다. 도키노를 살려놓은 채 오지가 무고함을 주장하려면 모두의 눈앞에서 도키노를 범인으로 만드는 수밖에 없었다. 게다가 기절한 도키노가 의식을 되찾기 전에 모든 일을 마무리해야 했다.

이것이 위험을 무릅쓰면서까지 흰옷을 입고 연기한 이유다.

오지는 힘을 잃은 목소리로 대꾸했다.

"전부 네 망상이야. 도키노 씨가 기절했었다니, 그런 증거가 어디 있어?"

"있어요. 도키노 씨의 뒤통수에 생긴 상처에 생활반응이 있었거든요."

히루코 씨는 스마트폰에 사진 한 장을 띄웠다. 거기에는 피가 응고되다 만 상처가 찍혀 있었다.

"생활반응이란 피하출혈 또는 화농과 같이 살아 있는 몸에서만 일어나는 반응을 말해요. 도키노 씨의 뒤통수에 생긴 상처 주변의 피는 응고되던 중이었죠. 이건 말라서 굳은 게 아니라 지혈하기 위해 딱지를 만들려는 생활반응이에요. 도키노 씨가 즉사했다면 상처의 피가 응고될 리 없어요.

즉, 도키노 씨는 머리를 찧은 후에도 기절했을 뿐 잠시 살아 있었던 거예요.

당신은 도키노 씨가 숨을 쉰다는 걸 확인하고 서둘러 옛 실험실에서 쓸 만한 도구를 찾아 연기에 나섰어요.

하지만 뇌에 충격을 받은 탓인지, 시간이 흐르며 혈종에 압박당한 탓인지, 결국 도키노 씨는 의식을 되찾지 못하고 사망했죠. 그 시점에서 혈액을 응고시키는 반응이 끝났고요."

상처의 상태 하나로 불가해했던 상황이 점점 풀려나간다.

"도키노 씨의 사망이 확인됐을 때 아주 혼란스러웠겠죠. 예언에서 벗어나기 위해 살인을 저질렀는데, 예언보다 여자가 한 명 더 죽어버렸으니까요."

"아니야!"

"도키노 씨의 스마트폰이 없어진 것도 당신 소행이겠죠. 살인이라는 죄를 공유하는 관계였으니, 무슨 형태로든 계약을 맺었을 터. 둘 다 필기구는 없었으니 스마트폰에 녹음이라도 했을까요. 데이터를 찾아서 삭제할 여유는 없고, 그렇다고 단말기를 통째로 부수면 너무 부자연스러워요. 그래서 스마트폰을 가지고 간 거겠죠."

"아니야, 아니야, 아니야!"

오지가 벌떡 일어나 악을 썼다.

큰일이다. 그는 막다른 지경에 몰려 자포자기에 빠졌다. 오지가 핏발 선 눈으로 테이블을 보았다. 기기에는 흉흉하게 번쩍이는 과도가.

"손대지 마!"

내 의도와는 정반대로 오지는 냅다 과도를 집었다.

시시다와 핫토리가 뒤로 펄쩍 물러났다.

"바보 같은 짓 그만둬!"

"죄를 더 저지를 생각이세요?"

오지는 두 사람을 무시하고 칼끝을 히루코 씨에게 향했다. 제압하려 해도 내 자리는 너무 멀다. 덤벼들기 전에 오지가 히루코 씨에게 칼을 꽂으리라.

"그딴, 그딴 자잘한 증거로 죄를 물을 수 있을 것 같아? 탐정 놀이는 끝이다. 만족스럽나!"

오지는 이성을 잃은 모양이다. 일단 흉기를 들면 어떤 발뺌도 통하지 않는데.

하지만 히루코 씨는 허둥거리지 않고 얼굴에 미소까지

띠었다.

"아주 만족스러워요. 지금부터가 마지막 증명이니까요."

아름답고도 처절하리만큼 위압감 넘치는 모습에 오지뿐만 아니라 그 자리에 있던 모두가 압도당했다.

히루코 씨는 거침없이 한 발짝, 또 한 발짝 오지와의 거리를 좁혔다.

"히루코 씨."

내가 말리려 하자 히루코 씨는 시선만으로 제지했다.

"움직이지 마." 오지가 떨리는 목소리로 명령하며 칼을 내미는 데도 아랑곳없이, 히루코 씨는 마침내 그가 팔을 뻗으면 닿을 거리까지 다가갔다.

"내가 못 죽일 것 같아?"

"네, 절대로. 당신이 범인이니까."

히루코 씨가 내밀어진 칼날을 들여다보듯 얼굴을 쑥 내밀었다.

"처음에 말했을 텐데요. 이 사건을 일으킨 범인은 사키미 씨의 예언을 믿고 두려워한다고요. 그러니까 사람을 죽이면서까지 예언에서 벗어나려고 했죠.

그리고 지금, 바라던 대로 사키미 씨의 예언은 이루어졌어요. 그런데도 또 사람을 죽일 수 있겠어요? 자신의 손으로 예언을 뒤집을 수 있겠느냐고요? 지금까지 손을 더럽힌 게 전부 헛수고가 되더라도."

이게 히루코 씨가 원했던 결말.

죽음의 예언에서 벗어나기 위해서가 살인 동기라니, 외부인인 경찰은 이해하지 못할 것이다. 정신 나간 인간의 괴상한 범죄로 기록될 뿐이다.

이 와이더닛은 오늘, 사키미의 예언이 유효한 동안에 증명해야 했다.

그래서 히루코 씨는 오지의 정신을 극도로 몰아붙여 흉기를 쥐게 만들었다.

범인이기에 절대로 예언을 거스를 수 없다.

가령 오지가 히루코 씨를 죽이면 다섯 번째 희생자가 되므로 사키미의 예언은 엉터리였음이 증명된다. 그 순간, 그가 공포 속에서 고생고생하며 사람을 죽인 의미가 사라진다.

이는 예언을 믿는 범인을 예언을 방패 삼아 추궁하는 전대미문의 심판이다.

"아아……."

오지의 손에서 칼이 떨어졌다.

맥 빠지는 소리와 함께 바닥에 떨어지는 칼을 보고, 힘이

다한 것처럼 오지가 무릎을 꿇었다.

"난 잘못 없어. 난 약속대로 도이로를 쏴 죽였어. 그런데 도키노가 버러지라도 보는 것 같은 눈으로 '난 이제부터 행복해져야 해'라고 지껄였다고. 믿어져? 나도, 나도……."

우리가 몸을 묶는 동안에도 오지는 잠꼬대하듯 말을 꺼내놓았다.

"그 여자의 저주야. 그 여자가 나를 부적에서 떼어놓으려고 나를 함정에 빠뜨렸어. 어쩌다 이런……."

5

그후, 아무리 말을 걸어도 오지가 부들부들 떨기만 해서 대화는 이루어지지 않았다.

다른 사람들과 힘을 합쳐 오지를 1층 내 방의 침대에 묶어놓고, 식당으로 돌아와 겨우 한숨 돌렸다. 방에 남겨둔 준도 식당으로 데려왔지만 테이블에 엎드려 잠들었다.

핫토리가 끓여준 차로 가끔 입을 축이기는 했지만, 다들 입을 열지 않았다. 방금 전까지 완벽하게 계산된 추리를 기계처럼 선보이던 히루코 씨도 지금은 허공에 멍한 시선을 던질 따름이다.

무리도 아니다. 우리는 살아남았지만 만세를 부르며 기뻐할 기분은 아니었다.

우리는 살인자로 변모하기 이전의 오지를 안다. 오토바이 여행을 즐기고, 싹싹한 태도로 기름을 찾으러 온 오지. 이 타이밍에 여기에만 오지 않았다면 평생 사람을 죽이지 않고 살았을 텐데.

오지뿐만이 아니다. 도키노는 요시미 밖에서 드디어 조촐한 행복을 찾았고, 도이로에게는 자신의 능력과 새로이 마주하는 나날이 기다리고 있었을 것이다. 사고로 죽은 우스이와 구키자와도 불운이라는 말로 넘어가기에는 너무나 무자비한 최후를 맞지 않았는가.

울적한 기분에 젖은 채 날짜가 바뀌기까지 삼십 분 남았을 때.

핫토리가 갑자기 오지의 마지막 말을 언급했다.

"그 여자라느니, 부적이라느니, 그건 무슨 뜻이었을까요?"

"확실히 이토록 계획적인 범행을 저지른 것치고는 해괴한 말이었어."

시시다는 테이블에 올려둔 과도를 보며 대꾸했다.

"겐자키, 뭔가 의견 없나."

지목당한 히루코 씨는 난감하다는 듯 고개를 기울였다.

"저라고 오지 씨에게 어떤 사정이 있었는지까지는 알 턱이 없죠. 단편적인 정보를 조합해 망상을 부풀리는 정도가 고작인걸요. 그걸 다 아는 척하는 얼굴로 말씀드릴 수 있을 만큼 저는 명탐정이 아니에요."

"뭘 이제 와서. '추리소설'에서 하는 것처럼 하면 되지."

핫토리까지 이야기를 재촉하듯 차를 더 따라주자 히루코 씨는 체념하고 설명을 시작했다.

"오지 씨는 '여자의 저주'라고 했어요. 사키미 씨의 예언은 분명 저주 같은 이미지가 있지만, 아무도 그런 식으로 부르지는 않아요. 저주 하면 유령 같은 오컬트 요소가 연상되는데, 저희가 여기서 대화를 나누다 관계있을 법한 화제가 나왔죠."

오컬트와 관련된 이야기라면 구키자와나 우스이가 꺼냈을 가능성이 높다. 기억을 더듬어보자 짐작 가는 게 하나 있었다.

"혹시 《아틀란티스》의 기사 말씀인가요. 진짜 오컬트라는."

분명 미쓰쿠비 터널이라는 심령 스폿을 남자가 운전하는 차로 지나가면 불타 죽은 여자의 원령에게 저주받는다는 이야기였다. 거기에 담력 시험을 하러 갔던 젊은이 네 명이 차례차례 죽었다던가.

그러자 히루코 씨의 입에서 놀라운 말이 튀어나왔다.

"그거 사실 아니었을까요? 우스이 씨 말로는 젊은이 세 명이 죽었지만, 연락이 두절된 생존자가 있었죠. 그게 오지 씨였다면."

이 대담한 가설에 의견을 요구한 시시다도 쓴웃음이 나오는 모양이었다.

"상상력이 너무 풍부한 거 아닌가?"

하지만 히루코 씨의 이야기는 아직 끝나지 않았다.

"오지 씨는 평소 부적을 가지고 다녔고, 몸에는 마귀를 쫓는 용도로 추정되는 문신을 새겼죠. 뭔가 이유가 있어 재앙이 내리는 걸 몹시 두려워했던 걸로 보여요. 그런데 이번에 오지 씨는 귀중품과 함께 부적을 오토바이에 놔두고 왔어요."

분명 오지는 이렇게 말했다.

—최악이야. 오토바이에 두고 온 지갑에 부적도 들어 있었는데. 놔두고 오는 게 아니었어.

"부적이 없으니까 죽음의 예언도 믿었다고요?" 핫토리가 신중한 어조로 물었다.

"부적의 영험 덕분인지는 모르겠지만, 실제로 미쓰쿠비 터널에 갔던 다른 친구들은 차례차례 죽었고 오지 씨만 살아남았어요. 그가 부적의 효과를 믿고 마음을 의지할 만도 해요."

다시 오지의 비통한 목소리가 머릿속에 되살아났다.

—믿는 사람한테는 효험이 있다고요.

"그뿐만이 아니에요. 기억나세요? 미쓰쿠비 터널의 괴담에는 피에 젖은 손자국과 불에 타 죽는다는 인상적인 모티브가 등장해요."

원령이 됐다는 여자의 죽음과 관련된 요소다.

"우스이 씨 이야기로는 젊은이 중 한 명은 사베아 호수의 테러 사건으로 죽었고, 다른 한 명은 오사카에서 발생한 빌딩 화재 때 불타 죽었어요. 각각 피에 젖은 손자국과 소사라는 모티브를 연상시키죠. 오지 씨는 아침 식사 때 이 이야기를 듣고 공포를 느꼈을 거예요. 사키미 씨는 친구 두 명이 죽은 사건을 잇달아 예언했던 셈이니까요."

그리고 다리가 불타 무너지는 바람에 오지는 마음의 버팀목이던 부적을 찾으러 가지 못했다.

이번에는 자기가 친구들과 같은 꼴을 당하는 것 아닐까. 그런 공포에 사로잡혀도 이상하지는 않다.

그러고 보니 도키노가 밤중에 오지와 마주쳤을 때 그가 다리까지 풀렸다며 놀렸다. 도키노는 머리도 옷도 빨간데다, 그날 밤은 목욕을 했으니까 올린 머리를 내리고 있었을 것이다. 오지 입장에서는 처음 보는 불타는 듯이 빨간 여자와 마주친 셈이다. 비명을 지를 만도 하다.

"이처럼 불길한 조건이 겹쳐 어제 아침을 먹은 시점에 오지 씨는 이미 공포에 좀먹혔을 거예요. 그리고 우스이 씨의 죽음이 결정타였죠."

"마침내 그도 사키미 님의 예언을 믿지 않을 수가 없게 된 거군요."

핫토리가 납득했다는 듯 말했지만, 히루코 씨는 고개를 저었다.

"아니요. 우스이 씨의 죽음이 증명한 건 사키미 씨의 예언이 아니라 미쓰쿠비 터널의 저주예요."

"저주를 증명했다고? 그건 무슨 소리야?"

시시다가 미심쩍어하자 히루코 씨는 그날 우스이의 행동을 지적했다.

"기억나세요? 아침 식사 자리에서 미쓰쿠비 터널의 괴담에 대해 들려주던 우스이 씨가 취재 때 찍은 사진을 보여주려고 했잖아요."

"그게 어쨌는데?"

"우스이 씨도 미쓰쿠비 터널에 갔던 거예요. 물론 자기가 운전하는 차로."

우리는 드디어 무슨 말인지 이해했다. 터널의 저주를 받은 우스이가 죽었다. 오지는 그걸 깨달은 것이다.

오지가 내게 묻지 않았던가.

—네 생각은 어때? 우스이 씨가 죽은 건 정말로 우연일까. 아니면…….

나는 영락없이 '우리 중에 누군가가 죽인 걸까'라는 말이 그 뒤에 이어질 줄 알았다. 착각이었다. 오지는 이렇게 말하려 한 것이다.

'미쓰쿠비 터널의 저주로 죽었을까'라고.

"오지 씨는 사키미 씨의 예언보다도 오히려 터널의 저주를 두려워했는지도 모르겠네요. 부적이 없으니까 죽음이 가까이 다가올 거라고 겁을 먹었다. 그리고 사키미 씨는 미쓰쿠비 터널에 관련된 사람들이 죽는 사건을 예언했다. 오지 씨는 미쓰쿠비 터널의 저주와 사키미 씨의 예언, 둘 다에 겁을 먹었기에 누군가를 희생시키는 것밖에 이 상황을 타개할 방법이 없다고 믿었다. 제 추측은 이 정도랄까요. 진실은 본인밖에 모르겠지만."

오지의 마지막 말이 떠올랐다.

—그 여자의 저주야. 그 여자가 나를 부적에서 떼어놓으려고 나를 함정에 빠뜨렸어. 어쩌다 이런…….

식당에 있는 시계의 시침과 분침이 겹쳤다. 드디어 자정이 지나 날짜가 바뀌었다.

동시에 예언에 지배된 11월 마지막 이틀도 끝나 우리는 12월을 맞이했다.

이 앞의 미래는 아직 예언되지 않았다.

종장

탐정의 예언

12월의 아침이 왔다.

해는 산에 가려서 보이지 않았지만, 하늘이 훤해지자마자 핫토리는 다리를 보고 오겠다고 말하고 마안갑을 나섰다. 예언된 기한이 지났으니 요시미 주민들 중 누군가가 왔을지도 모른다.

나는 히루코 씨를 따라 사키미가 있는 핫토리의 방으로 향했다.

어떤 용건인지 이야기해줄 낌새는 없었다.

우리가 들어가자 사키미는 이부자리에서 몸을 일으켜 머리를 깊이 숙였다. 역시 도이로의 죽음이 영향을 미쳤는지

정상적인 상태는 아닌 듯했다.

"야스코한테 들었어. 범인이 잡혔다면서."

하지만 히루코 씨는 기뻐하거나 안도하는 기색 하나 없이 고개를 저었다.

"예언대로 네 명이나 죽은 후에요. 과연 의미가 있었는지, 복잡한 심경이네요."

"어쩔 수 없지. 아무도 예언을 뒤집지는 못해. 상심할 일이 아니야."

"사키미 씨에게도 딱한 결과가 나오고 말았어요."

그 말에 사키미의 표정이 흐려졌다. 결국 손녀인 도이로와는 실컷 이야기도 해보지 못하고 영원히 헤어졌다.

"후회스러워. 창피한 걸 참고 할머니라고 인정했으면 좋았을걸. 가엾게도 그렇게 어린 나이에……."

"아아, 그게 아니라요."

히루코 씨는 사키미의 말을 막고 마치 시퍼런 칼날처럼 날카로운 한마디를 던졌다.

"당신이 자살에 실패한 게 딱하다는 말이에요."

분명 사키미는 도이로를 구하기 위해 대신 희생하는 데 실패했다.

그런데 뭘까. 히루코 씨답지 않게 말투에 예의가 없다.

"그 애 대신 희생하지 못한 건 한스러워. 하지만……."

"희생? 아니죠. 당신은 어디까지나 자신의 명예를 위해 목숨을 끊으려 했어요. 그걸 실패했으니까 그렇게 표정이 시무룩한 거잖아요."

그 순간 패기를 잃었던 사키미의 눈에 힘이 돌아온 것처럼 보였다.

"이보게, 대체 무슨 말을 하고 싶은 건가."

"살인을 저지른 건 오지 씨고, 더이상 사람이 죽을 일은 없어요. 지금부터 제가 하려는 일은 도이로의 원통함을 조금이라도 풀어주기 위한 개인적인 화풀이예요."

어젯밤 오지와 대치했을 때처럼 히루코 씨의 눈빛에서는 털끝만큼의 자비도 느껴지지 않았다.

"명예?"

사키미의 목소리는 작았지만 똑똑히 귀에 와닿았다.

"어째서 죽음이 내 명예를 지킨다는 거지?"

"당신이 오늘 이후의 미래에 대해 어떤 예언도 남기지 않았기 때문이에요. 당신은 요 몇 년 사이 몸 상태가 급격히 안 좋아졌지만, 진찰을 제대로 받지 않아 정확한 병명도 몰라요. 만약 새로운 예언을 남기지 않고 이대로 병사한다면? 요시미 주민들은 당신을 자신의 죽음도 예측하지 못하는 사기꾼이라 생각지 않을까요? 그래서 예언자로서 명예를 지키기 위해 남아 있는 예언에 자신의 죽음을 끼워 맞춰야 했던 거죠."

사키미는 즉시 반론에 나섰다.

"분명 지금 몸 상태로 기도는 버거워. 하지만 예언을 하려고 마음먹으면……."

히루코 씨가 말허리를 싹둑 잘랐다.

"아니요. 당신한테는 원래부터 예지 능력이 없었어요. 왜냐하면 당신은 아마네 사키미가 아니니까요."

내 귀를 의심했다.

사키미가 아니라고? 그럼 이 노파는 대체 누구라는 말인가.

"히루코 씨, 대체 그게 무슨……."

"도이로에게 빌린 연구 노트의 내용과 네게 들은 이야기가 어긋나서 이상하다 싶었지."

사키미, 아니, 노파와 눈싸움을 벌이며 히루코 씨는 말했다.

"도이로 쓰토무는 공안이 연구소를 조사 대상으로 점찍

었음을 알고 갓 태어난 딸을 데리고 도망칠 계획을 세웠어. 그때 그는 사키미를 남겨두고 가기로 결단했지만, 예전에 그녀와 나눈 약속에 대해 이렇게 적었지. '꼭 데려가주세요'라고."

도이로 쓰토무는 결국 사키미와의 약속을 지키지 못한 것을 사과했다.

"한편 어제 이 사람은 이렇게 말했어.

'하지만 지켜지지 않았지. 나를 데리러 오겠다는 약속은.'

우리가 도이로에게 연구 노트를 빌려서 읽은 줄 몰랐으니까 그만 진심이 나온 거겠지. '데리고 가다'와 '데리러 오다'. 얼핏 비슷하게 느껴지는 말이지만, 이 위화감을 깨달았을 때 번쩍 생각나더라고. 혹시 약속은 두 개였던 게 아닐까.

도이로 쓰토무는 딸과 함께 사키미도 '데리고 가기'로 했어. 하지만 요시미 주민과 공안의 눈을 속여야 해. 그래서 그는 사키미의 대역을 남겨두고 가기로 한 거야. 도이로 쓰토무가 가족을 안전한 장소에 숨길 때까지 그녀가 주변의 눈을 속이고, 나중에 도이로 쓰토무가 그녀를 '데리러 온다'. 그런 약속이었겠지."

하지만 약속은 지켜지지 않았다.

도이로 쓰토무는 가족과 함께 새로운 인생을 살기 위해 그대로 자취를 감추었다.

그리하여 홀로 남겨진 대역이 바로 이 노파다.

"그럼 당신은 누굴까요. 도이로 쓰토무와 두터운 신뢰 관계를 맺었으면서, 그에게 마음을 품었을 가능성이 높은 인물 하면 '오카마치' 아닐까요?"

오카마치. 연구 노트에서는 오카마치 군이라고 불리는 도이로 쓰토무의 조수.

듣고 보니 어디에도 오카마치를 '그'라고 지칭하는 부분은 없다. 대학 시절부터 도이로 쓰토무의 연구를 도와온 조수가 사키미의 대역으로 발탁된 건가.

"그저께부터 당신의 정체에 의문을 품고 있었어요. 도이로 쓰토무의 연구 노트에는 사키미가 방에서 쥐를 길렀다는 일화가 적혀 있었죠. 옛날부터 거미나 도마뱀을 친구로 삼았다고도요. 그런데 그저께 아침 식사 때 도키노 씨가 쥐 때문에 잠을 못 잤다고 불평하자 핫토리 씨는 당신 방에다 쓰는 쥐 잡는 약을 가져다주겠다고 했어요."

같은 인물이건만 완전히 모순된 반응이다.

이유는 간단하다. 사키미와 도이로 쓰토무는 쥐를 키운다는 걸 둘만의 비밀로 했다. 그래서 오카마치는 그렇게 행동할 수 없었다.

그 밖의 부분도 다르게 해석할 수 있다.

도이로 쓰토무가 사키미의 생일 선물로 뭐가 좋을지 상의했을 때, 오카마치는 '여자 마음을 좀더 공부하셔야겠군요'라고 답했다. 그건 선물에 대한 충고가 아니라, 자신의 마음도 모르고 다른 여자에 대해 상의하는 그의 둔한 성격에 대한 푸념 아니었을까.

또한 연구가 막다른 벽에 부딪쳐 연구소 내부에서 반발이 심해졌을 때, 연구원 중 한 명이 이렇게 말했다.

—연구를 계속하고 싶으면 그 건방진 여자를 데리고 다른 곳으로 가.

나는 영락없이 건방진 여자가 사키미라고 생각했다. 하지만 사키미는 "예전과 다름없이 고분고분한 태도로 연구에 협력해주고 있지만"이라고 적혀 있지 않았던가. 다른 연구원과 다툰 건 조수인 오카마치다.

"아주 재미있는 이야기로군. 그런데 증거는 있나?"

노파가 딱 잡아뗐지만 히루코 씨는 물러나지 않았다.

"경찰이 조사하면 도이로와 당신이 혈연관계인지 아닌지 금방 알 수 있겠죠."

"하지만 내가 가짜라면, 지금까지 적중시킨 예언은 다 뭐지? 마다라메 기관이 철수한 후에도 나는 요시미와 세상에 일어날 일을 계속 예언해왔어."

"그야 간단하죠. 당신은 사키미의 실험에 관여했으니까 사키미가 말한 예언을 빠짐없이 기록했을 거예요. 그걸 사람들 앞에서 발표했을 뿐이죠."

그 기록이 바로 핫토리가 훔쳐보았다는 기록장이리라. 연구 노트에도 이렇게 적혀 있었다.

—최대한 돈을 박박 긁어모아 요시미 주민에게 주고 그녀를 잘 돌봐달라고 부탁했다. 설령 문제가 발생하더라도 예언의 힘을 보여주면 살아갈 수 있으리라.

도이로 쓰토무는 오카마치가 성격이 과격하고 자존심이 높다는 걸 알고 있었다. 언젠가 그녀와 요시미 주민들의 관계가 악화되리라는 것도 예상했을지 모른다.

진짜 사키미는 오십여 년 전에 현재의 일을 예언한 셈이다. 우리의 상상을 초월하는 경이로운 능력을 가진 사람이었다.

하지만 결국 쟁여둔 예언이 바닥을 드러냈다. 예언자 사키미로서 요시미 주민들의 반발을 억눌러온 노파에게는 중대한 사태다. 만약 앞으로 요시미에서 예언되지 않은 재해나 사고가 발생한다면? 주민들은 사키미가 능력을 잃었다고 여기리라. 우위에 서 있던 노파의 입장은 무너지고 궁지에 몰린다. 또는 그녀가 죽음을 맞을 경우, 애당초 예언은 사기였다고 간주될 가능성도 있다.

"오카마치라……."

노파가 갑자기 큭큭 웃었다.

"물론 오카마치 씨는 기억나. 대학에서 연구를 하던 시절부터 누구보다도 쓰토무 씨를 열심히 뒷받침해온 여자였지. 그땐 여자가 연구를 한다고 하면 경시받던 시대였지만, 그런 차별을 뚫고 나올 만큼 우수했던 모양이야. 오카마치 씨의 도움이 없었다면 쓰토무 씨의 연구가 마다라메 기관의 눈에 들 기회가 없었을지도 몰라."

동조하듯 히루코 씨의 뺨에도 웃음이 번졌다.

"오카마치 씨는 도이로 쓰토무의 파트너로서 자부심이 강했겠죠. 그런데 아마네 사키미라는 여자가 나타나 단순한 실험 대상자를 넘어 연구의 핵심으로 자리 잡았으니 자존심에 깊은 상처를 입지 않았을까요?"

"당연할 테지. 게다가 이성으로서도 쓰토무 씨와 점차 친밀해졌어. 오카마치 씨 입장에서는 내가 얄밉기 짝이 없었을 거야."

"사키미를 죽이고 싶었던 적도 있었을까요?"

"그럴지도 모르지. 하지만 연구에 내 능력이 필수불가결했으니 피를 토하는 심정으로 참는 수밖에 없었을걸. 생각만 해도 머릿속 혈관이 터질 것 같군."

두 사람이 웃음을 띤 채 나누는 대화가 마치 신경독처럼 내 심장을 서서히 죄어왔다. 차라리 크게 악을 쓰며 드잡이질이라도 벌이면 얼마나 좋을까.

하지만 히루코 씨는 강철 같은 자제력을 보이며 말을 이어나갔다.

"도이로 쓰토무가 언제 데리러 오겠다고 약속했는지는 모르겠지만, 늦어도 몇 년 안에 당신은 그가 약속을 저버렸음을 깨달았을 거예요. 하지만 그 사실을 받아들이면 사키미에게 패했다는 걸 인정하는 셈이기도 하죠. 도이로 쓰토무의 파트너로서, 그리고 여자로서. 그래서 당신은 계속 사키미를 연기한 거예요."

어제 이 노파는 내게 이렇게 말했다.

—당시 나는 버려졌다는 걸 알면서도 쓰토무 씨를 믿었어. 아니, 믿고 싶었던 거겠지. 인정하면 정말로 우리 관계가 끝나버릴 것 같았거든.

그건 오카마치의 본심이었을까.

도이로 쓰토무에게 배신당했음을 순순히 인정했다면 다

른 곳에서 인생을 재출발할 기회가 남아 있었다. 하지만 그녀는 패배를 인정하기 싫다는 일념으로 여기에 머물렀고, 결국 수십 년이라는 세월이 지나가고 말았다.

"노년에 접어들자 당신은 도이로 쓰토무와 사키미를 찾기로 결심하고 도키노 씨의 아버지를 경유해 탐정을 고용했어요. 그 결과 그들은 행복한 가정을 꾸렸고 손녀까지 얻었다는 걸 알았죠.

정말 증오스러웠을 거예요. 당신은 사키미의 대역으로 인생을 날리고 지금도 고독한 시간을 보내고 있는데, 원흉인 그들은 태평하게 행복을 누리다니. 하지만 멀리 떨어진 곳에 사는 그들에게 복수하기는 불가능해요. 이대로 인생을 마치는 수밖에 없나 싶어 분했겠죠."

그렇다면 차라리 마다라메 기관과 사키미에 대해 폭로해 버리려고 각 방송국과 출판사의 연락처를 조사한 적도 있지 않았을까. 아마 그때 《월간 아틀란티스》도 알았을 것이다. 하지만 안 된다. 사키미에 대해 폭로하면 자신이 가짜라는 사실까지 요시미 주민들에게 들통난다. 지금까지 예언을 방패로 주민들을 억눌러온 그녀 입장에서는 수십 년에 걸쳐 쌓아 올린 예언자의 권위를 잃고 가짜로 전락하는 것도 굴욕이었다.

"도이로 쓰토무와 사키미의 평온한 인생을 붕괴시키는 것과 자신의 권위를 지키는 것. 이건 양립할 수 없는 문제 같았어요. 그러나 당신은 마침내 좋은 생각을 해냈죠. 두 가지 목적을 동시에 달성하기 위해서는 사키미로서 매스컴 관계자에게 예언을 적중시키는 모습을 보여주면 된다고요."

느닷없이 신문이나 방송국에 예언자라고 주장해봤자 아무도 상대해주지 않는다. 그래서 오컬트 잡지 편집부 앞으로 협박 비슷한 편지를 보낸 것이다. 재고가 얼마 남지 않은 예언을 사용해 오사카의 빌딩 화재와 사베아 호수 테러 사건을 적중시킨다. 그들이 예언에 혹해서 반응을 보이면 '진안에서 네 명이 죽는다'는 예언에 맞춰 기자를 마안갑에 불러들이고 눈앞에서 예언이 적중하는 장면을 보여준다.

물론 희생자 중 한 명은 자신이다. 만약 기자를 저승길 동무로 삼을 수 있다면 더 대대적으로 언급될지도 모른다. 예언자로서 자신의 권위가 지켜지는 동시에 사건이 크게 보도돼, 결과적으로 사키미와 마다라메 기관의 이름이 전국에 알려진다. 멀리 사는 사키미의 귀에도 들어갈 것이다.

'다른 사람이 되어 평안하게 살 수 있을 줄 알았어?'

'사키미의 전설은 공포와 함께 영원히 사람들의 기억에

남을 거야.'

이렇게 사키미의 마음에 회한의 손톱자국을 남기는 것이 노파의 계획이었다.

자기 말고 누가 희생될지는 모르지만 예언은 반드시 적중한다. 중요한 건 자신 또는 기자가 살아남지 않도록 무관한 주민들이 요시미에서 대피하게끔 수를 써놓는 것이다. 그러고 나서 독을 준비하고 때가 오기를 기다리면 된다.

"하지만 마지막의 마지막에 기적이 일어났죠. 사키미의 손녀인 도이로가 찾아온 거예요."

처음에는 도이로가 찾아온 목적을 몰라 당황했으리라. 하지만 다음 날 모두가 탈출 경로를 찾으러 나갔을 때 도이로가 몰래 만나러 왔다. 그때 비로소 도이로가 자신을 친할머니로 착각하고 있음을 알았다. 그래서 급히 복수 계획에 새로운 항목을 추가한 것이다. 사키미가 가장 사랑하는 손녀를 죽여 사키미에게 복수한다는 항목을.

노파는 말없이 웃음을 머금은 채 히루코 씨의 이야기에 귀를 기울였다.

나는 재빨리 여기 머물렀던 여자들의 얼굴을 떠올렸다.

"예언된 희생자는 남녀 각각 두 명씩. 이 사람이 자살할 작정이었다면 남은 여자 희생자는 한 명. 도이로가 죽을 확률은 고작 4분의 1이었어요. 너무 승산 없는 도박 아닐까요?"

히루코 씨는 고개를 끄덕이고 내 물음에 대답했다.

"그래서 그녀는 도이로를 몰아붙일 다른 방법을 생각했어."

"다른 방법?"

"우리 가운데서 살인이 벌어지도록 획책한 거야. 누가 죽기를 가만히 기다리는 게 아니라 누군가가 다른 사람을 죽이게끔 유도한 거지. 우스이 씨처럼 사고로 죽으면 피해자만 생기지만, 살인이라면 가해자와 피해자 두 명의 인생이 망가지니까."

단순한 사고사에 비해 두 배 많은 인생이 망가지는 셈이다. 당연히 도이로가 휘말릴 확률도 높아진다.

"살인을 어떻게 유발하는데요?"

마안갑에 죽음의 예언을 믿을 만한 사람들만 모였다면 이해가 간다. 하지만 실제로는 시시다 같은 부정파와 핫토리처럼 운명을 달관하는 사람도 있었다. 즉시 서로 죽이고 죽는 단순한 전개는 기대할 수 없다.

"그래서 펠트 인형의 개수를 줄인 거야."

"그건 오지 씨 짓 아니었나요?"

"잘 생각해봐. 두 번째 사건인 사키미 독살 미수 때, 구키자와의 증언에 따르면 인형은 저녁을 먹기 전에 없어졌어. 하지만 그 시점에 오지 씨는 사키미 씨가 독에 당할 줄 몰랐을 거야. 아는 사람은 독을 탄 인물, 사키미 씨뿐."

오지가 펠트 인형을 없애지 않았다고 주장한 건 거짓말이 아니었나.

"도이로가 몰래 만나러 온 후에 이 사람은 계획을 세웠어. 사람이 죽을 때마다 인형이 하나씩 없어지면 그걸 알아차린 사람은 이렇게 생각하겠지. '인형은 전부 네 개. 예언된 죽음의 숫자와 똑같다. 누군가가 사망자를 네 명 채우려고 한다'라고."

누군가가 의도적으로 없앤 인형. 그 사실을 알아차렸을 때 우리는 예언에서 벗어난다는 살인 동기를 떠올렸고, 서로에게 의심을 품었다. 모든 것은 이 노파가 유도한 것이었단 말인가.

"이 사람은 도이로를 몰아붙이기 위해 또 다른 함정을 팠어. 스스로 독을 먹고 혐의를 도이로에게 뒤집어씌우려 했지. 도이로가 살인자로 의심받아 고립되도록."

도이로의 능력은 가까이에서 일어날 이변을 예지해 그림으로 그리는 것.

그림으로 그려진 이변이 반드시 일어난다면, 앞으로 일어나려고 하는 이변도 도이로는 반드시 예측한다.

오지와는 또 다르게 예지 능력을 역이용하는 발상이다. 도이로 같은 존재가 초능력을 믿지 않는 일반인의 눈에 얼마나 수상하게 보이는지 노파는 잘 알고 있었던 것이다.

그래서 노파는 저녁 식사를 거절하고 자기 방에서 독을 먹었다. 도이로가 알 리 없는 상황에서 이변을 일으키기 위해. 노파는 도이로의 예지 능력을 완전히 신용했다. 왜냐하면 도이로는 사키미의 손녀니까. 그 예지 능력이 진짜임을 노파는 누구보다도 잘 알고 있었던 셈이다.

계획은 성공해 도이로는 알고 있었을 리 없는 현장의 상황을 그림으로 그렸고 용의자가 되어 방에 갇혔다. 가령 경찰이 그 자리에 있었더라도 예지 능력이라고 받아들일 리 없다.

"두 번째 인형을 없앤 건 구키자와가 알아차리기 훨씬 전, 분명 도이로와의 면담이 끝난 후였을 거야. '사기꾼 초능력자인 도이로가 독을 탔다'는 인상을 모두에게 심어주고 싶다면 면담 직후에 인형을 없애놔야 해. 언제 독을 먹을지 도이로는 모르니까."

이리하여 노파의 의도대로 인형을 통한 비유와 도이로의

예지 능력에 의해 의심과 공포가 증폭돼 오지와 도키노처럼 겁에 질린 사람이 흉행에 나섰다. 그것도 도이로가 제일 먼저 희생됐다. 노파 입장에서는 바라마지않았던 전개였을 것이다.

"그럴싸한 추리로군. 하지만 큰 모순이 하나 있어."

노파는 몸 상태가 나쁘다는 게 느껴지지 않을 만큼 차분한 목소리로 말했다.

"복수라면 내가 직접 도이로를 죽이면 그만이잖나. '혐의를 뒤집어씌운다'는 둥 '남에게 죽이게 한다'는 둥 그런 번거로운 짓은 집어치우고 도이로를 죽이고 나도 죽으면 가장 확실할 텐데."

분명 그렇다. 노파는 도이로와 단둘이 이야기를 나눌 기회도 있었으니까 확실하게 끝맺음을 할 수 있었을 것이다.

"그래서는 의미가 없죠."

히루코 씨가 차갑게 대꾸했다.

"당신이 직접 손을 쓰면 단순한 살인이니까요.

그것 가지고는 안 돼요.

당신은 사키미에게 연모하는 사람을 빼앗기고, 사키미의 대역으로 남겨져 사키미의 예언에 사로잡힌 인생을 보냈는데, 그사이에 사키미 본인은 예언자라는 과거를 버리고 행복한 가정을 꾸몄죠.

그래서 당신은 사키미 본인의 예언으로 사키미의 행복을 파괴하려 한 거야! 예언한 걸 후회하며 살길 바랐겠지! 특별한 힘을 지니고 태어난 사키미의 인생을 뿌리째 부정하고 싶었던 거라고!"

불같은 호통에도 노파는 능청스럽게 웃었다.

"가령 자네 말이 진실이라 한들, 나는 무슨 죄지? 나는 인형을 없애고 스스로 독을 먹었을 뿐이야. 나머지는 전부 다른 사람이 한 짓인걸."

"그럴지도 모르죠."

히루코 씨는 목소리를 낮추고 원래의 냉정한 어조로 말했다.

"핫토리 씨가 그러더군요. 예언 자체가 누군가를 해친 건 아니라고. 마음에 티가 있는 사람이 예언을 곧이듣고 범죄로 치닫고 마는 거죠. 이번에는 그게 오지 씨와 도키노 씨였고요."

"야스코 씨다운 생각이야." 노파는 입가를 일그러뜨렸다. "하지만 애초에 예언이 없었다면 그들이 범죄로 치달을 일도 없었다고 할 수 있겠지. 이를테면 저주지. 몇십 년분의 저주를 뿌린 거야, 그 일족이. 하지만 예언은 더이상 남아 있지 않아. 전부 끝났어."

드디어 노파는, 오카마치는 자신이 예언자가 아니라는 걸 인정했다.

저주. 사키미의 예언도 도이로의 그림도, 사람들을 불안에 빠뜨려 어리석은 행동으로 이끄는 저주라는 말인가. 사건을 끌어들이는 히루코 씨의 체질과 마찬가지로.

오카마치를 용서할 마음은 들지 않는다. 하지만 예언이 원인이든 인간의 연약함이 원인이든, 그녀가 누구도 직접 해치지 않은 것은 사실이다.

이야기는 끝났다는 듯 오카마치가 시선을 돌렸다. 하지만.

"아직 안 끝났어요."

히루코 씨의 목소리가 시선을 붙잡았다.

"지금부터는 제가 새로운 예언자예요."

"그건 또 무슨 수작이야?"

히루코 씨의 찜찜한 발언에 오카마치의 얼굴에 살짝 동요가 스쳤다.

"화풀이라고 했죠? 도이로의 능력이 저주라는 그 말만은 부정해야겠어요. 아니면 세상을 떠난 도이로에게 면목이 없거든요."

꿇어앉아 있던 히루코 씨는 몸을 일으켜 도발하듯 오카마치에게 얼굴을 가까이 댔다.

"특별한 능력이 없더라도 예언은 할 수 있어요.

당신은 예언자로서 마지막까지 권위를 지키기 위해 사키미의 예언에 맞추어 자살할 생각이었죠. 하지만 뜻밖에도 살아남고 말았어요. 참 고민스러웠을 거예요. 방에서 실려나와 핫토리 씨가 늘 곁에서 지켜보고 있는 탓에 다시 자살을 꾀할 수도 없고요."

핫토리 입장에서는 신봉하는 사키미 님을 범인으로부터 지키겠다는 목적이었겠지만, 노파 입장에서는 다시 자살을 시도할 기회를 빼앗긴 셈이다.

"사키미에게 복수한다는 목표는 달성했지만, 당신 자신의 권위를 지킨다는 문제는 여전히 남아 있어요. 이대로는 자신의 죽음을 예언할 수 없어 사후에 주민들에게 사기꾼 예언자라는 낙인이 찍히겠죠. 당신의 자존심이 그걸 용납할 수 있을까요?

회피하는 방법은 단 하나, 자신의 죽음을 예언하고 그에 따라 목숨을 끊는 것.

당신은 당신의 예언에 살해당하는 거예요."

벼락이라도 맞은 것처럼 노파의 백발이 곤두섰다.

찢어질 듯 벌어진 눈은 탁한 유리구슬 같았다.

히루코 씨는 사정없이 더욱 몰아붙였다.

"그리고 《아틀란티스》를 통해 이번 사건을 전국에 퍼뜨려 예언자로서 당신의 명성을 떨칠 계획이겠지만, 틀림없이 실패할 거예요. 당신은 모르겠지만 현재 마다라메 기관에 대한 정보는 철저하게 은폐되고 있거든요. 공안의 짓인지는 확실치 않지만, 마다라메 기관과의 연관성이 판명된 이상 이번 일도 어둠에 파묻혀 일반 시민들은 모르고 넘어가겠죠. 멀지 않은 미래에 당신은 이 벽촌에서 조용히 인생을 마감하고, 예언자의 존재는 잊힌다. 그게 제 예언이에요."

"닥쳐……."

노파는 감정이 격해진 나머지 온몸을 떨고 숨을 헐떡이며 앙심에 찬 말을 내뱉었다.

"닥쳐, 닥쳐. 지금까지 얼마나……. 굴욕을 참으며 지금까지."

"당신에게는 다른 길이 있었어요."

힘 있는 목소리가 악에 받친 노파의 말을 끊었다.

"당신 인생을 꼬아버린 원인은 분명 도이로 쓰토무의 배신이에요. 그가 당신에게 한 짓은 결코 용서받을 수 없어요. 하지만 배신당한 걸 알았을 때 예언자의 가면을 벗어던졌다면 다른 인생을 살아갈 수 있었겠죠. 하지만 당신은 실패와 패배를 인정할 수 없어 스스로를 속이고 예언을 무기 삼아 휘둘러댔어요.

이 길을 선택한 건 예언도 저주도 아니라, 바로 당신입니다."

노파가 입을 열어 뭐라고 대꾸하려 한 것 같았지만, 바로 기침이 터져 나왔다.

그건 불길한 예언자가 아니라 그저 왜소한 노인의 모습이었다.

히루코 씨는 잠시 내려다보고 있다가 몸을 돌리더니 내게 "가자" 하고는 방에서 나갔다.

닫힌 문 너머에서 기침 소리가 계속 들려왔다.

아직 핫토리가 돌아오지 않았지만 우리는 바깥 상황을 알고 싶어 마안갑을 나섰다.

나는 조금 뒤에서 걷는 히루코 씨의 눈치를 살폈다.

방금 전 노파, 오카마치와 대결한 후로 말을 걸기 힘든 분위기가 감돌았기 때문이다.

그런데 히루코 씨가 먼저 불렀다.

“하무라.”

내가 돌아보자 히루코 씨가 말했다.

“미안해. 역시 난 너의 홈스는 되지 못할 것 같아.”

어, 하고 걸음을 멈추자 히루코 씨가 옆을 지나갔다. 더이상의 설명은 없었다. 허둥지둥 뒤따라가며 나는 생각했다.

내 홈스. 즉, ‘아케치 씨처럼’이라는 뜻일까.

확실히 히루코 씨는 탐정을 동경하던 아케치 씨와 달리, 닥쳐오는 재난에서 살아남기 위해 수수께끼를 푼다. 그러나 그 덕분에 이번에도 어떻게든 헤쳐 나올 수 있었지 않은가.

그때 문득 깨달았다.

히루코 씨가 제안한 위장 자살. 그건 분명 범인의 움직임을 봉쇄할 묘수였다.

하지만 왜 히루코 씨가 자살하는 역할을 맡았을까?

그때까지 죽은 사람은 우스이와 도이로. 아직 남녀 모두 한 명씩 더 죽을 가능성이 있었으니 추리력이 뛰어난 히루코 씨가 자유로이 활동할 수 있도록 내가 ‘자살’했어도 됐을 터.

아니, 잠깐. 차분하게 정리하자.

우스이는 사고사였다. 예언에서 살아남기 위해 오지는 남자 한 명을, 여자는 여자 두 명을 죽일, 소위 할당량이 있다. 손을 잡은 그들이 가령 표적을 교환하지 않고, 원래 목적대로 도키노가 도이로를 죽였을 경우를 생각해보자.

만약 내가 '자살'하면 남자 희생자 두 명이 충족돼 오지는 손을 더럽히지 않고 목적을 달성한다. 도키노는 한 명을 더 죽여야 하지만, 원래 할당량이 두 명이라 괜한 죄를 짊어지는 것이 아니므로 오지와 분쟁을 일으킬 일은 없다.

히루코 씨가 '자살'해도 서로 입장이 뒤바뀔 뿐. 도이로와 히루코 씨로 여자 희생자 두 명이 충족돼 도키노는 목적을 달성하고, 오지는 할당량대로 남은 남자를 노린다. 분쟁은 일어나지 않는다.

하지만 실제로는 우리를 혼란시키기 위해 교환 살인을 계획했고, 오지가 여자인 도이로를 죽였다. 그 때문에 무슨 일이 벌어지는가.

이 경우에도 내가 '자살'하면 문제는 없었다. 남자 희생자 두 명이 충족돼 오지는 목적을 달성하고 도키노가 여자를 노리면 서로 한 건씩밖에 살인죄를 짊어지지 않으니 분쟁은 일어나지 않는다.

히루코 씨가 '자살'했기 때문에 분쟁이 일어났다. 도이로와 히루코 씨가 죽어 손을 더럽히지 않고도 목적을 달성한 도키노와 달리, 도키노 대신 도이로를 살해한 오지는 본래 할당량보다 남자를 한 명 더 살해해야 하는 불합리한 상황이 발생한 것이다.

내가 아니라 히루코 씨가 위장 자살을 해야 했던 필연성.

바로 교환 살인이 계획됐을 경우, 범인들에게 파멸을 초래하기 때문이다.

나는 몇 발짝 앞에서 발걸음에 맞추어 흔들리는 히루코 씨의 검은 머리를 바라보았다.

도이로가 살해당한 밤, 자기 방에서 울었던 히루코 씨.

히루코 씨는 밤새 눈물을 흘리며 범인이 취할 모든 행동 패턴을 상정해 그들을 몰아붙일 방법을 찾았다. 그리고 범인들이 파멸할 가능성을 좀더 높이기 위해 내가 아니라 본인이 위장 자살하는 방법을 선택했다.

이를테면 의도적으로 범인을 파멸로 이끌었다.

이건 히루코 씨의 원래 방식이 아니다. 명백하게 공격성을 띠고 있다.

왜 그런 짓을. 그 정도까지 도이로의 죽음에 분노를 느낀 걸까.

멍청이.

아니야.

나 때문이잖아!

예언에 따르면 우스이 말고도 남자가 한 명 더 죽는다.

예언이 진짜일 경우, 내가 절대로 죽지 않도록 하기 위해 범인이 죽을지도 모르는 선택을 했다!

나와 범인의 목숨이 얹힌 천칭을 의도적으로 내 쪽으로 기울였다!

식당에서도 그랬다. 히루코 씨와 나는 일부러 모두에게 지정한 시간이 지나고 나서 식당에 들어갔다. 그건 모두가 앉은 자리를 확인해 나와 오지의 자리를 떨어뜨려놓기 위해서였으리라. 오지를 정신적으로 압박해 과도를 집게 하는 것이 히루코 씨의 계획이었다. 그때 내가 가까이에 있으면 오지에게 덤벼들든지 해서 다칠 우려가 있었다.

그리고 한 가지 더. 나는 구하러 끼어들기에는 늦었다고 판단하고 오지에게 "손대지 마" 하고 소리쳤다. 결과적으로 그게 방아쇠가 되어 오지는 칼에 손을 뻗었다. 이것도 히루코 씨 계획의 일부 아니었을까. 만약 내가 외치지 않았다면 오지가 같은 행동을 취했을지 의심스럽다. 그래서는 곤란하다.

히루코 씨가 해결편이 아니라 사투라고 말한 이유를 드디어 알았다. 내게 요구된 건 조수가 아니라 안전지대에서 범인에게 결판의 방아쇠를 당기는 저격수의 역할.

히루코 씨는 전부 계산하고서 그 자리에 임한 것이다.

그것이 내 홈스, 아케치 씨가 지향한 진실을 추구하는 탐정의 모습과는 다르다는 걸 알면서도.

길 앞쪽에서 이쪽으로 달려오는 핫토리가 보였다. 강 건너편에 구조대가 도착했다고 소리쳤다. 그 뒤편에는 시시다 부자도 있었다. 준이 우리를 향해 양손을 흔들었다.

히루코 씨를 뒤따라가며 생각했다.

히루코 씨는 내 홈스가 되지 않는 길을 선택했다.

내가 곁에 있으려고 하는 한, 그녀는 그렇게 날 지킬 작정이다.

안 된다. 이대로 괜찮을 리 없다.

설령 히루코 씨가 내 홈스가 아니더라도.

나는 그녀의 왓슨이어야 한다.

이번 사건으로 일찍이 마다라메 기관에서 진행한 연구 내용의 일부를 알았지만, 아쉽게도 현재 무슨 활동을 하는지에 대한 정보는 얻지 못했으며 그들은 추적할 실마리도 끊어지고 말았다.

하지만 몇 달 후. 도이로 쓰토무의 연구 노트에 언급된 사건—사키미가 예언했던 극비 연구 시설에서 발생한 대량 살인—의 후일담에 얽히게 될 줄은 우리도 전혀 예상하지 못했다.

옮긴이 **김은모**

경북대학교 행정학과를 졸업했다. 일본어를 공부하던 도중에 일본 미스터리의 깊은 바다에 빠져들어 헤어나지 못하고 있다. 아직 국내에 소개되지 않은 다양한 작가의 작품을 소개하고자 노력하고 있다. 옮긴 작품으로 이마무라 마사히로의 『시인장의 살인』, 아오사키 유고의 『노킹 온 록트 도어』, 이치카와 유토의 『젤리피시는 얼어붙지 않는다』, 오타 아이의 『범죄자』, 누쿠이 도쿠로의 『나를 닮은 사람』, 『프리즘』, 『미소 짓는 사람』, 기타야마 다케쿠니의 『인어공주』, 마리 유키코의 『여자 친구』를 비롯하여 우타노 쇼고의 '밀실살인게임' 시리즈, 미쓰다 신조의 '작가' 시리즈 등이 있다.

마안갑의 살인

1판 1쇄 2021년 5월 14일
1판 2쇄 2021년 6월 18일

지은이 이마무라 마사히로
옮긴이 김은모

책임편집 지혜림 | **편집** 임지호 김유진
표지디자인 최윤미 | **본문디자인** 이주영 | **저작권** 김지영 이영은
마케팅 정민호 정진아 김혜연 정유선
홍보 김희숙 김상만 함유지 이소정 이미희 김현지 박지원
제작 강신은 김동욱 임현식 | **제작처** 한영문화사

펴낸곳 (주)문학동네 | **펴낸이** 염현숙
출판등록 1993년 10월 22일 제406-2003-000045호
임프린트 엘릭시르

주소 10881 경기도 파주시 회동길 210
문의 031-955-1901(편집) 031-955-8896(마케팅) 031-955-8855(팩스)
전자우편 editor@elmys.co.kr | **홈페이지** www.elmys.co.kr

ISBN 978-89-546-7933-6 03830

엘릭시르는 출판그룹 문학동네의 임프린트입니다.

잘못된 책은 구입하신 서점에서 교환해드립니다.
기타 교환 문의 031) 955-2661, 3580